A noiva do tigre

A noiva do tigre

TÉA OBREHT

Tradução
Santiago Nazarian

LeYa

Título original: *The tiger's wife*

Direção editorial: Pascoal Soto
Editora: Mariana Rolier
Produção editorial: Sonnini Ruiz
Marketing: Léo Harrison

Preparação de texto: Luis Carlos Cardoso
Revisão: Bel Ribeiro e Leila Santos
Diagramação: S4 Editorial
Capa: Retina 78

DADOS INTERNACIONAIS DE CATALOGAÇÃO NA PUBLICAÇÃO (CIP-BRASIL)
Ficha catalográfica elaborada por Oficina Miríade, RJ, Brasil.

O13 Obreht, Téa, 1985-
A noiva do tigre / Téa Obreht; tradução: Santiago Nazarian. – São Paulo : Leya, 2011.
280 p.

Tradução de: The tiger's wife.
ISBN 978-85-8044-106-2

1. Literatura inglesa. 2. Ficção. I. Título.

11-0130 CDD 826

TEXTO EDITORES LTDA.
[Uma editora do grupo LeYa]
Rua Desembargador Paulo Passaláqua, 86
01248-010 – Pacaembu – São Paulo – SP
www.leya.com

Para Stefan Obreht

SUMÁRIO

Nas minhas lembranças mais antigas, meu avô é careca como uma pedra e me leva para ver os tigres. Ele veste o chapéu, sua grande capa de chuva de botões, e eu uso meus sapatos de verniz e meu vestidinho de veludo. É outono, e tenho quatro anos de idade. A certeza desse processo: a mão do meu avô, o sibilar alegre do carrinho de passear, a umidade da manhã, o passeio lotado morro acima para o parque do forte.

Sempre dentro do bolso do meu avô: *O livro da selva*, com sua capa dourada e páginas velhas amareladas. Não tenho permissão para segurá-lo, mas ficará aberto em seu colo a tarde toda enquanto ele recita as passagens para mim. Mesmo que meu avô não esteja usando seu estetoscópio ou avental branco, a senhora no guichê dos ingressos de entrada o chama de "doutor".

E há o carrinho de pipoca, a barraca de guarda-chuvas, um pequeno quiosque com cartões-postais e fotos. Descendo a escada, passa-se pelo aviário, onde as corujas de orelha pontuda dormem, e pelo jardim que segue a extensão do muro do forte emoldurado com jaulas. Certa vez, um rei esteve por lá, um sultão, com seus janízaros. Agora, as aberturas para os canhões que dão para a rua criam canais bloqueados preenchidos por água tépida. As barras das jaulas curvam-se para fora, alaranjadas pela ferrugem. Em sua mão livre, meu avô carrega o grande saco azul que minha avó preparou para nós. Nele estão cabeças de repolho para os hipopótamos, cenouras e aipo para as ovelhas, cervos, touros e para o alce, que é meio um fenômeno. No bolso, meu avô esconde cubos de açúcar para o pônei que puxa a charrete do parque. Não vou me lembrar disso como sentimentalismo, mas como grandeza.

Os tigres vivem no fosso externo do forte. Subimos a escada do castelo, passamos pelas aves aquáticas e as janelas suadas da casa dos macacos, e pelo lobo em sua pelagem de inverno. Passamos os abutres barbudos e os ursos, que dormem o dia todo sentindo o cheiro da terra úmida e a morte de algo. Meu avô me pega e me coloca sobre a grade, para que eu possa ver os tigres lá embaixo no fosso.

Meu avô nunca se refere à noiva do tigre pelo nome. Seu braço fica ao meu redor e meus pés tocam no ferro, e ele talvez diga: "Uma vez conheci uma menina que amava tanto os tigres que ela quase se tornou um". Por ser pequena e meu amor pelos tigres vir diretamente dele, acredito que ele fala sobre mim mesma, oferecendo-me um conto de fadas no qual eu possa me imaginar – e me imaginarei, por anos e anos.

A jaula dá para um pátio; nós descemos a escada e vamos de jaula em jaula. Há uma pantera também, com manchas fantasmas empalidecendo sua pele lisa como petróleo; e um leão enorme da África. Mas os tigres estão acordados e agitados, alertas e rancorosos. Ombros marcados com listras movimentando-se, eles vão lado a lado pela estreita trilha de pedras, e seu cheiro é azedo e quente, preenchendo tudo. Permanecerá comigo o dia todo esse cheiro, mesmo depois de eu tomar banho e ir para a cama, e voltará em momentos aleatórios: na escola, na festa de aniversário de uma amiga anos depois, no laboratório de patologia ou ao voltar para a casa de Galina.

Lembro-me disto também: um tumulto. Um pequeno grupo de pessoas amontoadas ao redor da jaula do tigre. Entre elas, um garotinho com um balão em forma de papagaio, uma mulher de casaco roxo e um homem barbudo usando o uniforme marrom de tratador do zoológico.

Esse homem tem uma vassoura e uma pá com cabo longo, e varre a área entre a jaula e o ferro externo do corrimão. Vai de um lado para outro varrendo caixinhas de suco e papéis de bala, grãos de pipoca que as pessoas tentaram jogar para os tigres. Os tigres vão de um lado para outro com ele. A mulher de roxo diz algo e sorri, ele lhe sorri de volta. Ela tem cabelo castanho. O homem que varre para e apoia-se no cabo da vassoura, e, quando faz isso, o tigre maior passa, esfregando-se nas barras da jaula, rugindo, e o homem põe a mão entre as barras e toca sua lateral. Por um momento, nada.

E, então, o pandemônio.

O tigre dá um giro, a mulher grita e, de repente, os ombros do tratador estão entre as barras e ele está se contorcendo, virando a cabeça e tentando segurar o corrimão externo para se agarrar a algo. O tigre pegou o braço do tratador da forma como um cachorro segura um osso grande: sustentado nas patas, mordendo em cima. Os dois homens que estavam com crianças saltam sobre o corrimão, agarram a cintura e o braço agitado do tratador, e tentam puxá-lo para longe. Um terceiro homem enfia seu guarda-chuva entre as barras e o espeta seguidamente nas costelas do tigre. Um grito ultrajado emana do tigre; ele fica de pé nas pernas traseiras e abraça o tratador, sacudindo-o de um lado para outro como se puxasse uma corda. Suas orelhas se abaixam e ele faz um ruído de locomotiva. O rosto do tratador está branco, e nesse tempo todo ele não emitiu um único som.

Então, de repente, não vale mais a pena, e o tigre o solta.

Os três homens caem para longe e há respingo de sangue. O tigre bate o rabo, e o tratador rasteja sob o corrimão e fica de pé. A mulher de roxo desapareceu. Meu avô não se virou. Eu tenho quatro anos, mas ele também não me virou. Vi tudo, e mais tarde permaneceu a ideia de que ele quis que eu visse.

Agora, o tratador corre na nossa direção, enrolando um pedaço de camisa rasgada no braço. Está com o rosto vermelho e furioso, a caminho da enfermaria. Naquela época, acreditei que aquilo fosse medo, mas posteriormente soube que era embaraço, vergonha. Os tigres, agitados, avançam e recuam na grade. O tratador deixa uma trilha escura no cascalho atrás de si. Quando ele passa por nós, meu avô diz: – Meu Deus, você é um tolo, não é? – e o homem diz algo em resposta, algo que sei que não devo repetir. Em vez disso, estridente e arrumadinha nos meus sapatinhos de verniz, corajosa por meu avô estar segurando minha mão, digo: – Ele é um bobo, não é, vovô?

Mas meu avô já caminha atrás do tratador, puxando-me, pedindo que o homem pare para que possa ajudá-lo.

1
A COSTA

Os quarenta dias da alma começam na manhã após a morte. Na primeira noite, antes de os quarenta dias começarem, a alma fica parada contra travesseiros suados e observa os vivos dobrarem suas mãos e fecharem seus olhos, sufocarem o quarto com fumaça e silêncio para manter a nova alma longe das portas, janelas e rachaduras no chão, para que ela não fuja da casa como um rio. Os vivos sabem que, ao nascer do dia, a alma vai deixá-los e seguir para os lugares do passado – as escolas e dormitórios da juventude, quartéis do exército e moradias, casas demolidas e reconstruídas, lugares que relembram amor e culpa, dificuldades e felicidade desordenada, otimismo e êxtase, lembranças de graça sem sentido para quaisquer outros –, e por vezes essa jornada vai tão longe, por tanto tempo, que a alma se esquece de voltar. Por esse motivo, os vivos fazem seus próprios rituais para uma paralisação: para receber o espírito recém-solto, eles não limpam, não lavam nem arrumam, não removem os pertences da alma por quarenta dias, torcendo para que o sentimento e o desejo a tragam de volta para casa, encorajando-a a retornar com uma mensagem, um sinal ou perdão.

Se for devidamente atraída, a alma retornará com a passagem dos dias, para vasculhar gavetas, espiar armários, buscar o conforto tátil de sua identidade de vivo ao reencontrar o armário de louça e a campainha e o telefone, lembrando a si mesma da funcionalidade, sempre tocando as coisas que produzem sons e fazendo sua presença ser notada pelos habitantes da casa.

Falando baixinho ao telefone, minha avó me lembrou disso depois de contar sobre a morte do meu avô. Para ela, os quarenta dias eram um fato e senso comum, conhecimento vindo de ter enterrado os pais e uma irmã mais velha, alguns primos e estranhos em sua terra natal, uma fórmula que ela recitava para confortar meu avô sempre que ele perdia um paciente no qual estivera particularmente empenhado – uma superstição, de acordo com ele, mas que o fazia ceder cada vez com menos protestos, conforme a idade avançada fortalecia as crenças dela.

Minha avó estava chocada, com raiva porque havíamos sido furtados dos quarenta dias do meu avô, reduzidos agora a trinta e sete ou trinta e oito pelas circunstâncias de sua morte. Ele tinha morrido sozinho, numa viagem longe de casa; ela não sabia que ele estava morto quando passou suas roupas no dia anterior ou lavou os pratos de manhã, e não podia estimar as consequências espirituais de sua ignorância. Ele morrera numa clínica de uma cidade obscura chamada Zdrevkov, do outro lado da fronteira; ninguém com quem minha avó falou sabia onde ficava Zdrevkov e, quando ela perguntou, eu lhe disse a verdade: não tinha ideia do que ele estava fazendo lá.

– Está mentindo – ela disse.

– Bako, não estou.

– Ele disse que estava indo te encontrar.

– Isso não pode ser verdade – eu disse.

Ele havia mentido para ela, percebi, e também para mim. Ele se aproveitara da minha viagem cruzando o país para dar uma escapada – uma semana atrás, ela disse, de ônibus, logo depois que eu saí – e partiu por algum motivo desconhecido para nós duas. Levou três dias depois da sua morte para o pessoal da clínica de Zdrevkov localizar minha avó para lhe dizer, e à minha mãe, que ele estava morto e para arranjar as coisas e mandar o corpo. Chegou ao necrotério da cidade naquela manhã, mas daí eu já estava a mais de 200 quilômetros de casa, num banheiro público no último posto de gasolina antes da fronteira, com o telefone público na orelha, as barras da calça enroladas, sandálias nas mãos, pés descalços escorregando em azulejos verdes debaixo da pia quebrada.

Alguém prendera uma mangueira torcida na torneira pendurada com o bocal para baixo nos canos de aquecimento, tossindo filetes de água no chão. Devia estar escorrendo por horas; havia água por todo canto, inundando os espaços entre os azulejos e formando poças ao redor das beiradas das privadas no chão, escorrendo por baixo da porta e para o jardim seco atrás da cabana. Nada disso incomodava a atendente do banheiro, uma mulher de meia-idade com um cachecol laranja amarrado no cabelo, que encontrei cochilando numa cadeira num canto e por quem passei direto deixando um maço de notas, com medo do que aquelas sete mensagens perdidas da minha avó poderiam significar mesmo antes de pegar o telefone do gancho.

Eu estava furiosa com ela por não ter me contado que meu avô saíra de casa. Ele lhe dissera, e à minha mãe, que estava preocupado com minha missão beneficente, sobre as vacinas no orfanato Brejevina, e que estava indo ajudar.

Mas eu não podia repreender minha avó sem me entregar, ela responderia que eu sabia da doença que ele escondera dela. Então, deixei-a falar e não disse nada sobre como eu estivera com ele na Academia Militar de Medicina, três meses antes, quando descobriu a doença; ou como o oncologista, um colega de muito tempo do meu avô, lhe mostrara os exames, ao que pôs o chapéu no colo e disse: – Porra. Você procura um mosquito e encontra uma mula.

Coloquei mais duas moedas e o telefone chiou.

Pardais estavam mergulhando da beira dos tijolos nas paredes do banheiro, caindo nas poças aos meus pés, espirrando água em suas costas. O sol lá fora assara o começo da tarde numa quietude, e o ar quente e úmido permanecia no cômodo comigo, brilhando na entrada que levava à rua, onde os carros no controle de fronteira estavam amontoados numa fila sobre o asfalto brilhante. Eu podia ver nosso carro, com a lateral raspada de uma batida recente com uma carreta, e Zóra sentada no banco do motorista, com a porta aberta, uma perna longa arrastando no chão, olhando de volta ao banheiro cada vez com mais frequência conforme se aproximava do guichê da alfândega.

– Ligaram na noite passada – disse minha avó, sua voz mais alta. – Pensei: *eles se enganaram.* Eu não queria ligar para você até termos certeza, para não preocupá-la caso não fosse ele. Mas sua mãe foi ao necrotério nesta manhã. – Ela ficou em silêncio, depois: – Não entendo, não entendo nada disso.

– Nem eu, Bako – respondi.

– Ele ia te encontrar.

– Eu não sabia disso.

Então, o tom da voz dela mudou. Ela estava desconfiada, minha avó, porque eu não estava chorando, não estava histérica. Nos primeiros dez minutos da nossa conversa, ela provavelmente se permitiu acreditar que minha calma era resultado de eu estar num hospital estrangeiro, em serviço, talvez cercada por colegas. Ela teria me confrontado bem antes se soubesse que eu estava escondida no banheiro do controle de fronteiras para que Zóra não pudesse me ouvir.

Ela disse: – Não tem nada a dizer?

– Só não sei, Bako, por que ele mentiria sobre vir me encontrar.

– Você não perguntou se foi acidente. Por que não perguntou isso? Por que não perguntou como ele morreu?

– Eu nem sabia que ele havia saído de casa – eu disse. – Não sabia de nada disso que está acontecendo.

– Você não está chorando – ela disse.

– Nem você.

– Sua mãe está abalada. Ele já devia saber. Disseram que ele estava muito doente, então ele já devia saber, deve ter contado a alguém. Contou a você?

– Se ele já soubesse, não teria ido a nenhum lugar – respondi, torcendo para soar como convicção. – Ele teria se precavido.

Havia toalhas brancas empilhadas de forma bem organizada numa prateleira de metal sobre o espelho, e com uma delas enxuguei o rosto e o pescoço, depois mais uma, e a pele do rosto e pescoço deixou manchas cinzentas na toalha até eu ter usado cinco. Não havia cesto para jogá-las, então as deixei na pia. – Que lugar é esse onde o encontraram? – perguntei. – Para onde ele foi?

– Não sei. Não nos disseram. Algum lugar do outro lado.

– Talvez fosse uma clínica especializada – eu disse.

– Ele estava indo encontrá-la.

– Ele deixou uma carta?

Não deixou. Percebi que minha mãe e minha avó provavelmente viram sua partida como uma recusa a se aposentar, como a relação dele com um novo paciente acamado fora da cidade – o paciente que usamos como cobertura para as visitas ao amigo oncologista do almoço semanal dos médicos, um homem que dava injeções de algumas fórmulas que deveriam ajudar na dor. "Fórmulas coloridas", meu avô disse quando voltou para casa, como se soubesse o tempo inteiro que as fórmulas eram apenas água com corante alimentício, como se não importasse mais. Inicialmente ele mais ou menos mantivera sua saúde, o que tornou mais fácil esconder a doença; mas, certa vez, depois de vê-lo sair dessas sessões, eu ameacei contar à minha mãe, e ele disse: "Não ouse". E foi isso.

– Já está em Brejevina? – minha avó me perguntava.

– Estamos na fronteira – respondi. – Acabamos de chegar à balsa.

Lá fora, a fila de carros começava a se mover novamente. Vi Zóra jogar o cigarro no chão, colocar as pernas de volta para dentro e bater a porta. Um alvoroço de gente tinha voltado para seus veículos, depois de uma reunião no acostamento de cascalho alongando-se e fumando, verificando os pneus e enchendo garrafas de água nos bebedouros, olhando impacientemente para a fila, livrando-se dos salgados e sanduíches que antes queriam passar escondidos pela fronteira, mijando do lado do banheiro.

Minha avó ficou em silêncio por alguns instantes. Eu podia ouvir os estalos da linha, e então ela disse: – Sua mãe quer fazer o velório nos próximos dias. Zóra não pode ir para Brejevina sozinha?

Se eu tivesse contado isso a Zóra, ela me teria feito ir para casa imediatamente. Teria me dado a chave do carro, pegado os *coolers* com as vacinas e pedido carona ao longo da fronteira para fazer a doação da universidade ao orfanato de Brejevina lá na costa. Mas eu disse: – Estamos quase lá, Bako, e muitas crianças esperam por essas vacinas.

Minha avó não pediu de novo. Apenas deu a data do velório, a hora, o local, mesmo eu já sabendo onde seria, lá em Strmina, no morro voltado para a cidade, onde a Mãe Vera, minha tataravó, fora enterrada.

Depois que ela desligou, liguei a torneira com o cotovelo e enchi as garrafas de água que trouxera como pretexto para sair do carro. No cascalho lá fora, molhei os pés antes de calçar os sapatos para voltar; Zóra deixou o motor ligado e saltou para o banheiro, enquanto eu entrava no banco do motorista, puxava-o para a frente para compensar minha altura e me certificava de que nossas licenças e os documentos de importação de medicamentos estavam alinhados corretamente no painel. Dois carros na nossa frente, um oficial da alfândega, com camisa verde apertada no peito, estava abrindo o porta-malas do carro de um casal de velhinhos, abaixando-se com cuidado para ver, abrindo malas com uma mão enluvada.

Quando Zóra voltou, não lhe disse nada sobre meu avô. Já tinha sido um ano frio para nós. Eu cometera o erro de sair com as enfermeiras durante a greve em janeiro, sendo recompensada pelos esforços com uma suspensão indefinida da clínica de Vojvodja. Fiquei em casa por meses – uma bênção, de certo modo, porque pude estar perto do meu avô quando o diagnóstico veio. Ele se mostrou feliz por isso inicialmente, mas não deixou passar a oportunidade de me chamar de pamonha ingênua por ter sido suspensa. Então, quando sua doença foi suavizando, ele começou a passar cada vez menos tempo em casa, e sugeriu que eu fizesse o mesmo; não me queria por perto, com cara fechada, matando-o de medo, como quando ele acordou sem os óculos no meio da noite e me encontrou do lado da sua cama. Dizia que meu comportamento dava pistas à minha avó sobre a sua doença, deixando-a desconfiada dos nossos silêncios e olhares, e também pelo fato de que meu avô e eu estávamos mais ocupados do que nunca, agora que nos tornáramos respectivamente aposentado e suspensa. Ele ainda queria que eu pensasse em minha especialização, no que iria fazer da vida quando a suspensão acabasse – não estava surpreso de que Srdjan, professor de engenharia bioquímica com quem eu estivera "de rolo" de acordo com ele, meu avô, não conseguira agir a meu favor diante do comitê de suspensão. Por sugestão do meu avô, voltei a ser voluntária do programa Clínicas Unidas da Universidade, algo que não fazia desde o final da guerra.

Zóra usava sua missão de voluntária como desculpa para se afastar de um problema na Academia Militar de Medicina. Quatro anos depois de conseguir seu diploma de medicina, ela ainda estava na unidade de traumatologia, à espera de que a exposição a uma variedade de procedimentos cirúrgicos a ajudasse a se decidir sobre uma especialização. Infelizmente, ela passou a maior parte desse tempo com um diretor de traumatologia conhecido na cidade como "Mão de Ferro", nome que conquistara em seus dias como chefe de obstetrícia, quando não tirava os braceletes de prata que tinha no pulso ao fazer os exames pélvicos.

Zóra era uma mulher de princípios, uma ateia assumida. Aos treze anos de idade, um padre lhe disse que animais não tinham alma, e ela disse: – Bem, então vai se foder, Papa – e saiu da igreja; quatro anos batendo de frente com o Mão de Ferro haviam terminado num incidente em que

Zóra, sob a direção do procurador do Estado, foi proibida de discutir. Seu silêncio sobre o assunto se estendia inclusive a mim, mas o que ouvi aqui e ali pelos corredores do hospital girava em torno de um trabalhador da ferrovia, um acidente e uma amputação na qual Mão de Ferro, que podia ou não estar bêbado, disse mais ou menos algo como: – Não se preocupe, senhor, é bem mais fácil ver o segundo dedo indo embora se você estiver mordendo o primeiro.

Naturalmente houve um processo, e Zóra foi chamada para testemunhar contra Mão de Ferro. Apesar da reputação, ele ainda tinha boas conexões na comunidade médica, e agora Zóra estava dividida entre ficar ao lado de um homem que ela desprezava havia anos e arriscar sua carreira e reputação que estava apenas começando a criar para si; pela primeira vez, ninguém – nem eu, nem seu pai, nem seu namorado da época – podia lhe apontar a direção certa.

Depois de nos decidirmos, passamos uma semana nos quartéis das Clínicas Unidas para nosso breve treinamento, e por todo esse tempo ela tratou tanto a minha curiosidade quanto os telefonemas incessantes do procurador do Estado com o mesmo silêncio determinado. Então, ontem, contra todas as perspectivas, admitiu querer o conselho do meu avô assim que voltássemos à cidade. Ela não o vira no hospital no mês passado, não vira seu rosto empalidecendo, a forma como sua pele começava a se desprender dos ossos.

Nós vimos o oficial da alfândega confiscar dois jarros de pedras da praia do casal de idosos e acenar para o próximo carro passar; quando chegou até nós, passou vinte minutos olhando nossos passaportes e identidades, nossas cartas de certificação da Universidade. Abriu os *coolers* de remédios e os enfileirou no asfalto enquanto Zóra ficava sobre ele, com os braços cruzados, e então disse: – Você percebe, claro, que o fato de estar num *cooler* significa que é sensível à temperatura, ou não te ensinam sobre refrigeração na escola da vila? – sabendo que tudo estava em ordem e que, de forma realista, ele não podia nos tocar. Mas esse enfrentamento o fez vasculhar o carro em busca de armas, passageiros clandestinos, conchas e animais de estimação sem certificados por mais trinta minutos.

Há doze anos, antes da guerra, o povo de Brejevina era o nosso povo. A fronteira era uma piada, uma formalidade ocasional, e costumava-se passar por ela de carro, ou voando, ou andando como bem se entendesse, por terra, água, por uma planície aberta. Costumava-se oferecer sanduíches aos oficiais da alfândega ou jarros de pimenta em conserva ao passar. Ninguém perguntava seu nome; apesar de que, como se acabou revelando, todo mundo estava interessado nisso o tempo todo, em como seu nome começava e terminava. Nosso compromisso em Brejevina tinha a intenção de reconstruir algo. Nossa Universidade queria colaborar com o governo local a erguer vários orfanatos, começando a atrair jovens do outro lado da fronteira de volta à cidade. Esse era o objetivo diplomático a longo prazo da nossa jornada. Mas, nos termos leigos, Zóra e eu estávamos lá para tratar de crianças que se tornaram órfãs devido a nossos próprios soldados, para examiná-las contra pneumonia, tuberculose e piolho, vaciná-las contra sarampo, caxumba, rubéola e outras doenças às quais tinham sido expostas na guerra e nos anos de destituição que se seguiram.

Nosso contato em Brejevina, um monge franciscano chamado frade Antun, ficara entusiasmado e fora hospitaleiro, mandando-nos mensagens no *pager* para se certificar de que nossa viagem corresse bem e para nos certificar de que estavam ansiosos por nos receber em casa de maneira bem conveniente. Sua voz era sempre animada, especialmente sendo a de um homem que passara os últimos três anos na luta para angariar fundos para o estabelecimento e construir o primeiro orfanato oficial da costa e que estava, no meio-tempo, abrigando sessenta crianças órfãs num mosteiro feito para acomodar vinte monges.

Zóra e eu nos juntamos para essa viagem de caridade antes de nossas vidas nos separarem pela primeira vez nos vinte e poucos anos que nos conhecíamos. Usávamos nossos aventais brancos de médico mesmo nos momentos de folga para aparentar ao mesmo tempo confiança e inquietação. Estávamos formidáveis com nossos quatro *coolers* carregados de frascos de MMR-II e IPV, com caixas de balas que levávamos para cortar os choros e gritos que tínhamos certeza de vir depois das inoculações. Tínhamos um mapa antigo mantido no carro mesmo depois de anos em que se tornara completamente impreciso. Usamos o mapa em toda viagem na estrada que havíamos feito, e dava para ver pelos escritos marcados nele: as áreas cruzadas que deveríamos evitar a caminho de alguma conferência médica, o homem de pauzinho segurando esquis bem mal desenhado no *resort* das montanhas que amamos e que não era mais parte do nosso país. Eu não conseguia encontrar Zdrevkov, o lugar em que meu avô morreu, no mapa. Também não conseguia encontrar Brejevina, mas sabia de antemão que não estava lá, então a desenhamos. Era uma pequena vila à beira-mar a quarenta quilômetros a leste da fronteira. Desenhamos através de vilas de telhados vermelhos que se juntavam ao mar, passando por igrejas e pastos de cavalos, planícies íngremes claras com campos de flores roxas, cachoeiras iluminadas pelo sol que se estendiam da rocha íngreme sobre a estrada. Com frequência entrávamos nos bosques, florestas de pinheiros altos pontilhadas de oliveiras e ciprestes, o mar piscando como uma faca onde a floresta descia os morros. Partes da estrada eram bem pavimentadas, mas havia pontos que se rasgavam em faixas de cascalho não reparadas fazia anos.

O carro foi saltando pelas fendas do asfalto, e eu podia ouvir os frascos de vidro que tremiam no *cooler*. A trinta quilômetros fora de Brejevina, vimos mais sinais de pensões e restaurantes, lugares turísticos que lentamente começavam a confiar nas ilhas ao redor para ter movimento de novo. Vimos barracas de frutas e de especialidades culinárias, placas anunciando biscoitos caseiros de pimenta e *rakija* de folhas de uva, mel nativo, cereja azeda e figo em conserva. Eu tinha três recados perdidos da minha avó, mas o celular estava com Zóra, e não havia jeito de ligar com ela no carro. Paramos no próximo ponto de descanso, e lá havia telefone público, uma barraca de churrasco na estrada com uma cobertura azul e banheiro anexo no campo adjacente.

Havia um caminhão parado do outro lado da barraca e uma longa fila de soldados diante do balcão da churrascaria. Os homens usavam roupas camufladas. Abanavam-se com os chapéus e acenaram quando saí do carro e me encaminhei para a cabine telefônica.

Alguns garotos ciganos, entregando panfletos de uma nova boate em Brac, riram de mim atrás do vidro. Correram para a lateral do carro esmolando cigarros de Zóra.

Da cabine eu podia ver o caminhão do exército com sua lona empoeirada e a grelha do Boro's Beefs, sobre o qual um homem grandão, provavelmente o próprio Boro, virava hambúrgueres, vitela e salsichas com a parte lisa de uma enorme faca.

Atrás da barraca, um pouco à frente no campo, havia uma vaca marrom engraçada presa a um poste – de repente, tive a sensação de que Boro utilizaria frequentemente aquela faca na vaca, para cortá-la, virar os hambúrgueres e cortar o pão, o que me fez ter uma certa pena do soldado esperando no balcão, jogando fatias de cebola sobre o seu sanduíche.

Eu não notara a dor de cabeça enquanto dirigia, mas agora ela me acertava quando minha avó atendeu depois da sexta chamada, e sua voz foi seguida pelo som agudo de seu aparelho de audição lancinando pela linha do telefone até a base do meu crânio.

Havia bipes suaves quando ela diminuía o som. Eu podia ouvir a voz da minha mãe ao fundo, baixa, mas determinada, falando com outra pessoa que ligava para lhe dar os pêsames. Minha avó estava histérica.

– As coisas dele se foram!

Eu disse para ela se acalmar, e pedi que me explicasse.

– As coisas dele! – ela disse. – As coisas do seu avô, elas... Sua mãe foi ao necrotério e eles colocaram o terno e os sapatos, mas suas *coisas*, Natalia... Elas se foram, não estão com ele.

– Que coisas?

– Olhe, Deus... "que coisas"! – Eu a vi batendo as mãos. – Está me ouvindo? Estou dizendo que as coisas dele se *foram*, aqueles canalhas na clínica roubaram, roubaram o chapéu, o guarda-chuva, a carteira. Veja... Pode acreditar? Roubar as coisas de um morto.

Eu podia acreditar, pois já ouvira sobre isso no nosso próprio hospital. Acontecia em geral com os mortos não procurados, e frequentemente com muito pouca reprimenda. Mas respondi: – Às vezes elas se misturam. Não deve ser uma clínica grande, Bako. Pode ter havido um atraso. Talvez tenham esquecido de enviar.

– O relógio, Natalia.

– Por favor, Bako. – Pensei em seu relógio de bolso e no *Livro da selva*, e quis perguntar se ele também havia sido perdido, mas, até onde sabia, minha avó ainda não tinha chorado, e eu estava morrendo de medo de dizer algo que pudesse fazê-la chorar. Eu devia ter pensado no homem sem morte neste momento, mas o pensamento estava tão longe que só iria encontrá-lo mais tarde.

– O *relógio*.

– Tem o número da clínica? – perguntei. – Ligou para eles?

– Estou ligando sem parar. Sem resposta. Não tem ninguém lá. Eles pegaram as coisas dele. Meu Deus, Natalia, os óculos... Eles se foram.

Os óculos, pensei – a forma como ele os limpava: colocava quase toda a lente na boca e soprava antes de esfregar com o pano de seda que mantinha no bolso –, e um arrepio frio se apoderou das minhas costelas e ficou lá.

– Que tipo de lugar é esse onde ele morreu? – minha avó dizia. Sua voz, rouca de gritar, começava a se partir.

– Não sei, Bako – eu disse. – Quem dera eu soubesse para onde ele foi.

– Nada disso precisava ter sido assim. Mas vocês tiveram de mentir, vocês dois, sempre cochichando alguma coisa. Ele estava mentindo, você estava mentindo.

Ouvi minha mãe tentando pegar o telefone dela e minha avó respondendo: "Não". Eu estava vendo Zóra sair do carro, ela se alongou lentamente e fechou a porta do carro, deixando o *cooler* no chão do lado do passageiro. Os meninos ciganos estavam encostados no porta-malas, passando o cigarro um para o outro.

– Tem certeza de que ele não deixou um bilhete? – Minha avó me perguntou que tipo de bilhete, e eu respondi: – Qualquer coisa, qualquer tipo de mensagem.

– Estou dizendo, não sei – ela retrucou.

– O que ele disse quando partiu?

– Que ia te encontrar.

Era minha vez de ficar desconfiada, de calcular quem sabia o que e quanto ninguém sabia. Ele estava contando com o padrão em que havíamos caído como uma família no passar dos anos, com a tendência de mentir sobre a condição física um do outro e sobre a nossa localização para poupar aflições e tristezas aos outros; como na vez em que minha mãe quebrou a perna caindo da garagem da casa do lago em Verimovo e contamos aos meus avós que atrasaríamos nossa volta porque a casa tinha sido inundada; ou quando minha avó passou por uma cirurgia no coração numa clínica em Strekovac enquanto minha mãe e eu, felizmente alheias, tirávamos férias em Veneza, e meu avô, mentindo ao telefone numa linha ruidosa demais para ser outra que não a nossa, insistiu que tinha levado minha avó para uma viagem surpresa num *spa* em Luzern.

– Me passe o número de telefone daquela clínica em Zdrevkov – eu disse.

– Por quê? – minha avó disse, ainda desconfiada.

– Apenas me passe.

Eu estava com uma receita amassada no bolso da jaqueta e a coloquei contra o vidro. O único lápis que tinha era apenas um toco; influência do meu avô aquele hábito de usar o mesmo lápis até ele não poder mais se encaixar entre os dedos.

Anotei o número.

Zóra estava acenando para mim, apontando na direção de Boro e seus bifes e o povo no balcão; sacudi a cabeça e olhei desesperada enquanto ela cruzava os sulcos enlameados do acostamento e entrava na fila atrás de um soldado de olhos azuis que não devia ter mais de dezenove anos. Eu o vi olhando-a de cima a baixo, nada discreto, e Zóra disse algo que não pude ouvir. O estouro de risadas que irrompeu dos soldados ao redor do garoto de olhos azuis foi audível até da cabine telefônica, e as orelhas dele ficaram vermelhas. Zóra me mandou um olhar satisfeito e continuou parada lá, com os braços cruzados no peito, lendo o cardápio na lousa acima do desenho de uma vaca que usava um chapéu roxo e parecia muito com a vaca amarrada lá atrás.

– Onde vocês estão agora? – minha avó perguntou.

– Vamos chegar em Brejevina no cair da noite – eu disse. – Vamos dar as injeções e voltar direto para casa. Prometo tentar estar em casa depois de amanhã.

Ela não disse nada.

– Ligo para a clínica em Zdrevkov – eu disse – e, se estiver no caminho da volta passo lá e pego as coisas dele, Bako.

– Ainda não sei – ela finalmente disse –, como nenhuma de nós sabia – pensei. Ela estava esperando que eu admitisse que sabia. – Você está mentindo para mim – ela disse.

– Não sei de nada, Bako.

Ela queria que eu dissesse que tinha visto os sintomas, mas ignorado, ou que falara disso com ele, qualquer coisa para confortá-la do medo de que, apesar de estar conosco, ele estava totalmente sozinho com a consciência da própria morte.

– Então jure para mim – ela disse. – Jure pela minha vida que você não sabia.

Foi minha vez de ficar em silêncio. Ela esperou meu juramento, mas, quando não veio, disse: – Deve estar quente aí. Vocês duas estão bebendo bastante água?

– Estamos bem.

Uma pausa. – Se comerem carne, certifiquem-se de que não está rosada dentro.

Eu disse que a amava, e ela desligou sem dizer uma palavra. Segurei o telefone mudo na cabeça por mais alguns minutos e então liguei para a clínica em Zdrevkov. Sempre se consegue identificar os lugares remotos porque se leva uma eternidade para conectar e, quando conecta, o som é distante e abafado.

Deixei a linha tocar até o fim duas vezes, depois tentei mais uma antes de desligar e entrar na fila com a Zóra, que já tinha batido de frente com Boro tentando pedir o que na nossa cidade se chamava – um hambúrguer reforçado – com cebolas extras. Boro lhe disse que estávamos em Brejevina, e que ela podia ter um hambúrguer duplo se quisesse, mas ele nunca ouvira falar em hambúrguer reforçado e o que diabos fosse aquilo. O quiosque estava cheio de *coolers* de carne crua e panelas de ferro forjado lotadas de alguma coisa marrom e oleosa. Atrás do balcão, Boro estava irritado e queria o troco exato, provavelmente descontando por aquele hambúrguer reforçado. Zóra segurou seu sanduíche numa mão e o meu na outra enquanto eu buscava a carteira nos bolsos de sua jaqueta.

– Já ouviu falar de um lugar chamado Zdrevkov? – perguntei a Boro, encostando-me no balcão com as notas rosas e azuis nas mãos. – Sabe onde fica?

Ele não sabia.

Às sete e meia, com o sol descendo na cobertura distante de nuvens azuis, avistamos Brejevina e saímos da estrada para seguir a rua da cidade até o mar. A cidade era menor do que eu esperava, com um calçadão de tábuas de madeira que se estendia da praia às lojas e restaurantes que circundavam nosso caminho, cadeiras de cafés e barracas de cartões-postais no meio da rua, crianças de bicicleta batendo na traseira dos carros com as mãos abertas. Era cedo demais para a temporada de férias estar a toda, mas, com as janelas abaixadas, eu podia ouvir polonês e italiano ao passarmos lentamente pela loja de conveniência e o correio até a praça do mosteiro onde iríamos montar a clínica improvisada para o orfanato.

Frade Antun nos disse onde encontrar a casa de seus pais. O lugar ficava afastado numa alameda branca de oleandros nos limites da cidade. Era uma casa modesta em frente à praia, com janelas azuis de persianas e um telhado com telhas desbotadas, sobre uma escarpa natural na descida da montanha, talvez a metros do mar. Havia uma grande oliveira com o que parecia ser um balanço de pneu na frente e um galinheiro que aparentemente despencara pelo menos uma vez nos últimos anos e fora remontado de qualquer jeito encostado num muro baixo de pedra que corria pelo limite sul da propriedade. Algumas galinhas estavam na porta, e um galo sentava-se numa das jardineiras do andar de baixo. O lugar parecia esquecido, mas não devastado. Algo determinado havia na forma como a tinta azul se prendia nas persinas, na porta e no caixote quebrado cheio de lavandas que se encostava na lateral da casa.

O pai do frade Antun, Barba Ivan, era um pescador local. No momento em que chegamos ao topo das escadas que vinham da estrada, ele estava correndo pelo jardim. Usava suspensórios marrons, sandálias e uma camiseta vermelho-vivo que deve ter custado à sua esposa uma fortuna no armarinho. Ao seu lado corria um cachorro branco com cabeça preta quadrada – era um *pointer*, mas sua expressão animada de olhos esbugalhados o fazia parecer tão útil quanto um panda.

Barba Ivan dizia: “Aqui, doutoras! Bem-vindas, bem-vindas!”, enquanto vinha na nossa direção e tentava pegar nossos pertences todos de uma vez. Depois de o convencermos, lhe entregamos a mala de Zóra, que ele puxou pelo caminho de pedras entre os arbustos e as rosas. A esposa de Barba Ivan, Nada, estava esperando na porta, fumando. Tinha cabelo branco fino e veias verdes, como um rio, que corriam por seu pescoço e braços nus. Ela beijou nosso rosto objetivamente e se desculpou pelo estado do jardim antes de apagar o cigarro e nos conduzir para dentro.

Lá dentro a casa estava silenciosa e quente, iluminada, apesar de ser fim do dia. O corredor onde deixamos os sapatos se abria para uma pequena sala com cadeiras de almofadas azuis e um sofá e poltrona que obviamente haviam sido forrados fazia muito tempo. Alguém na casa pintava; um cavalete, com telas inacabadas do que parecia ser um cão, havia sido posto rente à janela, e jornais manchados de tinta estavam jogados ao seu redor no chão. Aquarelas emolduradas tinham sido colocadas cuidadosamente nas paredes, e levei um tempo para perceber que eram todas do mesmo cão, aquele cão lindamente idiota de cabeça preta lá fora.

As janelas estavam todas abertas, e com o calor de fora vinha o som elétrico das cigarras na noite. Ainda se desculpando pela bagunça, Nada nos conduziu à cozinha enquanto Barba Ivan aproveitava a oportunidade para pegar toda a nossa bagagem – a mala de Zóra, meu edredom, nossas mochilas – e subir a escada no final do corredor. Nada nos empurrou até a cozinha e nos mostrou onde ficavam os pratos e copos e a caixa com pães, abriu a geladeira, e apontou para o leite, o suco, as peras e o bacon e nos disse para pegarmos quanto quiséssemos de tudo, quando quiséssemos, até mesmo da Coca-Cola.

Um papagaio vermelho e amarelo sentava-se numa gaiolinha entre a janela da cozinha e outra aquarela torta do cachorro preto. Ele ficou olhando desconfiado para Zóra desde que entramos na cozinha, e aproveitou esse momento para guinchar: "Oh! Deus meu! Contemple a maravilha!", acesso que inicialmente consideramos ser uma reação visivelmente lasciva aos braços e colo nu de Zóra. Mas Nada se desculpou efusivamente e jogou um pano de prato sobre a gaiola do papagaio.

– Ele gosta de recitar poesia – ela disse, e nós duas percebemos que o papagaio estava começando o prólogo de um velho poema épico. – Tentei fazê-lo dizer coisas como "bom dia" e "gosto de pão com manteiga".

Ela nos mostrou o segundo andar. Zóra e eu dividiríamos um quarto com duas camas feitas com colchas azuis de *paislei*. Havia uma penteadeira de madeira polida com algumas gavetas quebradas e um banheirinho com uma banheira antiga e uma privada com descarga de corrente que, ela nos alertou, poderia ou não funcionar dependendo do momento. Mais desenhos do cachorro sob uma figueira, e um dele dormindo no sofá do andar de baixo. Nossa janela dava para os fundos da propriedade, com as árvores de laranja e limão balançando atrás e, sobre elas, uma planície íngreme aos pés da montanha, circundada por fileiras de vinhas baixas agitadas pelo vento.

Homens escavavam entre as vinhas; podíamos ouvir a trituração distante de suas pás, o som de suas vozes gritando uns com os outros.

– Nosso vinhedo – disse Nada. – Não se incomode com eles – continuou, referindo-se aos escavadores, e fechou uma das venezianas.

Quando trouxemos os *coolers* e as caixas do carro e os colocamos num canto do nosso quarto, o jantar já estava pronto. Nada havia fritado sardinhas e duas lulas e grelhado alguns peixes que eram mais ou menos do tamanho da mão de um homem; não restava o que fazer senão aceitar a hospitalidade e se agrupar ao redor da mesa quadrada enquanto Barba Ivan nos servia duas canecas de vinho feito em casa, e o papagaio, ainda sob a coberta do pano de prato, gargarejava consigo mesmo e ocasionalmente guinchava: "Oh! Ouviste um trovão? Estaria a terra tremendo?", e com frequência respondia a sua própria pergunta: "Não! Não se trata de trovão! Nem da terra tremendo!".

Nada nos serviu pão preto, pimentões verdes fatiados, batata cozida com acelga e alho. Empenhou-se bastante, colocou tudo em uma porcelana azul que estava lascada, mas carinhosamente limpa após o que podiam ter sido anos de uso num porão com ladrões escondidos. O ar frio da noite vinha do mar da varanda de baixo; havia sardinhas empilhadas e cobertas de sal; dois robalos grelhados brilhantes de azeite. "Das nossas oliveiras", disse Barba Ivan, oferecendo-me a garrafa para cheirar. Eu podia visualizá-lo sentado mais cedo naquele dia num barquinho em algum canto na baía com as ondas rolando, a rede fina nas mãos, o esforço para tirar os peixes dela com aquelas mãos marrons de juntas grossas. Barba Ivan e Nada não nos perguntaram sobre nossa viagem, nosso trabalho ou nossas famílias. Em vez disso, para evitar qualquer tangente política ou religiosa, a conversa se voltou para os campos. A primavera fora terrível: chuvas torrenciais, córregos transbordando, inundações que varreram o solo e desceram a costa destruindo alfaces e cebolas. Os tomates demoraram a vir, e não se conseguia encontrar espinafre – lembrei do meu avô vindo do mercado com folhas de dentes-de-leão que um fazendeiro lhe vendera como se fosse espinafre, minha avó passando manteiga na massa fina como papel da *zaljanica* e depois tirando a massa de folhas grosseiras que ele trouxera do saco de compras e gritando: "Que diabos é isso?". Era a primeira vez em que pensara no meu avô por horas, e esse golpe repentino me deixou em silêncio. Fiquei sentada escutando, ouvindo mais ou menos, enquanto Barba Ivan insistia que o verão, ao contrário de suas expectativas, fora incrível: as laranjas e limões abundaram, morangos deram aos montes, os figos ficaram gordos e maduros. Zóra dizia: *para nós também*, mesmo que eu nunca a tenha visto comendo um figo na vida.

Já tínhamos tirado a maior parte da pele de nossos respectivos peixes, negligentemente virado nossas canecas de vinho tinto, tentáramos ajudar o papagaio com versos que ele parecia ter memorizado melhor do que nós, quando a criança surgiu. Era tão pequena que suspeitei que nenhum de nós a teria notado se não tivesse entrado tossindo, uma tosse grossa, alta e forte que irrompia de dentro dela na varanda. E lá estava ela, pequenina, a barriga redonda, parada na entrada em seus sapatos descombinados, na cabeça uma bagunça de cachinhos castanhos.

Ela não podia ter mais de cinco ou seis anos, e se segurava na moldura da porta, uma mão enfiada no bolso do vestido amarelo de verão. Estava meio suja de poeira, os olhos um pouco cansados, e sua entrada provocou um silêncio na conversa; então, quando a segunda tosse veio, estávamos todos já olhando para ela, que pôs um dedo na orelha.

– Olá – eu disse. – Quem é você?

– Sabe-se lá Deus – Nada respondeu, e se levantou para limpar os pratos.

– É *deles*, aqueles lá no vinhedo. – Eu não notara, até então, que eles estavam ali também. Nada perguntou para a garotinha: – Cadê sua mãe? – inclinando-se para a frente, a voz bem alta. Quando a criança não respondeu, Nada disse: – Entre, venha comer um biscoito.

Barba Ivan inclinou-se para trás em sua cadeira e buscou no armário atrás. Apareceu com uma lata de biscoitinhos, levantou a tampa e estendeu a lata para a criança, que não se moveu. Nada voltou da pia e tentou atraí-la com um copo de limonada, mas ela não entrava; uma bolsinha violeta tinha sido presa a seu pescoço com um laço puído e ela a estava balançando com a mão livre de um ombro para outro, ocasionalmente se acertando no queixo e chupando os filetes verdes de meleca que lhe saíam do nariz. Lá fora podíamos ouvir o pessoal que voltava do vinhedo, com vozes roucas da poeira, as pás e picaretas batendo no chão, os pés ressoando no pátio abaixo. Estavam se preparando para jantar lá fora, numa mesa sob uma grande oliveira. Nada disse: – Melhor terminarmos aqui – e começou a pegar os utensílios. Zóra quis se levantar para ajudar, mas Nada a encostou de volta ao assento.

A comoção lá fora atraíra o interesse de Bis, o cão, que avançou com seu andar cômico, balançou as orelhas, cheirou a criança na porta com leve interesse e depois foi distraído por algo no jardim.

Barba Ivan ainda estava segurando a lata de biscoitos quando uma jovem magrela apareceu na porta e pegou a criança nos braços. Nada foi à porta e olhou para fora. Quando se virou, disse: – Eles não deviam estar aqui.

– Doces não fazem bem para as crianças – disse Barba Ivan para Zóra confidencialmente. – Maus hábitos antes do jantar estragam os dentes e tudo o mais. Mas, o que podemos fazer? Não podemos comer tudo isso sozinhos.

– Foi ridículo deixá-los ficar – Nada reclamou, empilhando os pratos sujos no canto da mesa.

Barba Ivan estendeu a lata de biscoitos para mim. – Houve um tempo em que eu podia comer um bolo de nozes inteiro, sozinho, sentado numa tarde. Mas meu médico disse "cuidado!". Disse que estou ficando velho, que preciso tomar cuidado.

– Eu disse que isso ia acontecer, não disse? – observou Nada, raspando os restos melados de batata e acelga num prato e abaixando-o ao chão. – Dois ou três dias... Já faz uma semana. Vagando por aí a noite toda, tossindo nos meus lençóis.

– Eles têm todo tipo de regras agora – Barba Ivan voltou a falar. – Não coma manteiga, não beba cerveja. Esse tanto de fruta por dia. – Afastou as mãos indicando uma pequena quantidade: – Coma seus vegetais.

– Cada um mais doente do que o outro – Nada falou com voz alterada, inclinada na porta. – Essas crianças deviam estar na escola, ou no hospital, ou com gente que pode pagar para elas ficarem na escola ou no hospital.

– Eu lhe digo: escute, eu como meus vegetais. Não me fale de vegetais. Você compra no mercado, eu planto na minha casa.

Barba Ivan abriu as mãos e contou tomates, pimentões, alface, cebolinha, alho-poró. "Sou um homem que conhece vegetais, mas também comi pão todos os dias da minha vida. Meu pai também comeu, e tinha vinho tinto em todas as refeições. Sabe o que meu médico diz?"

Balancei a cabeça segurando um sorriso.

Nada voltou a falar: – Eu te disse, e disse a Antun, não quero eles aqui. E agora, as doutoras vieram, e eles ainda estão aqui, fazendo sabe-se Deus o que lá, revirando todo o maldito vinhedo. É indecente.

– Ele diz que vai me ajudar a viver mais. Olha, Deus... Por que eu ia querer isso?

– Me diga que não é perigoso – Nada pediu, tocando o ombro de Zóra. – Me diga, doutora. Dez deles em dois quartos, cinco em cada cama, e todos doentes como o cão, cada um deles.

– Por que eu iria querer viver mais se tenho de comer arroz e isso... como eles chamam? Ameixa seca.

– Não que eu esteja sugerindo que todo mundo lá do seu lado durma assim, durma cinco numa cama, não estou dizendo isso não, doutora.

– Para o inferno com as ameixas.

– Vocês já ouviram tal coisa? – perguntou-nos Nada limpando a mão no avental. – Ouviram?

– Não – Zóra respondeu gentilmente.

– Não é certo – ela disse de novo. – E com essas bolsinhas empesteando até os céus. Quem já ouviu falar de tal coisa... Nós, católicos, não temos isso; os muçulmanos não têm isso.

– Mas ainda assim essa gente tem, e não é da nossa conta – disse Barba Ivan, de repente sério, virando a cadeira para olhar para ela. – Eles estão aqui, não é da minha conta.

– É a minha casa – disse Nada. – Meu vinhedo.

– A verdadeira dificuldade é com as crianças – me disse Barba Ivan, agora sério. – Estão muito doentes. E piorando – fechou a lata de biscoitos e a colocou de volta na prateleira. – Ouvi dizer que elas não foram ao médico. Eu não sei, claro – fez uma careta, bateu com o punho no pescoço. – As bolsas certamente não estão ajudando, e são imundas.

– Imundas – Nada repetiu.

Eles poderiam ter continuado assim se um dos escavadores, um garoto de cabelo marrom queimado de sol, de cerca de treze anos, não viesse pedir leite. Ele estava sem graça de pedir, e sua presença tirou todo o ar de indignação de Nada; então, ela não voltou a falar sobre aquilo depois que ele partiu.

Acabado o jantar, Barba Ivan pegou seu acordeão e tocou para nós velhas músicas que aprendera com o avô. Nós o interrompemos entre as músicas perguntando quando havia feito o último exame e oferecendo-lhe um, com ausculta, medição de temperatura e pressão sanguínea, antes que fosse dormir.

Depois, no segundo andar, houve problemas mais urgentes: a descarga não descia, e a água na pia estava fria. O aquecedor não funcionava. Por não ser dessas que abrem mão de uma ducha, Zóra tentou tomar banho mesmo assim. Parada na janela enquanto Zóra gritava com a água jorrando, eu não conseguia mais ver o vinhedo, mas podia ouvir o som das pás começando novamente, o barulho alto de vozes que soavam como de crianças. As cigarras estavam cantando na alameda de oleandros embaixo da janela, e as andorinhas balançavam em arcos altos pouco além do alcance das luzes da casa. Uma mariposa cinza pintada se escondeu num canto de fora da rede de mosquitos. Zóra saiu do banheiro e anunciou, com certo triunfo, que a razão de haver um alicate enferrujado na banheira era para levantar o pino que ligava o chuveiro. Ela prendeu o cabelo molhado num rabo e parou ao lado da janela.

– Eles vão ficar cavando a noite toda? – perguntou.

Eu não tinha ideia. – Devem ser trabalhadores – respondi. – Barba deve mantê-los aqui além da estação por algum tipo de caridade.

O procurador do Estado mandara duas mensagens a Zóra enquanto ela estava no banho.

– Você devia ligar de volta – eu disse.

Ela estava no cigarro da noite, segurando um cinzeiro na mão livre e batendo as cinzas com a ponta acesa.

– Até onde sei, não tenho nada a dizer até falar com seu avô – Zóra respondeu. Sorriu para mim, soprou cuidadosamente a fumaça para fora da janela, abanou-a para longe do meu rosto com a mão.

Ela estava prestes a me perguntar o que havia de errado, então eu disse: – Vamos fazê-los ir à clínica amanhã – e me deitei na cama. Zóra terminou o cigarro, mas continuou de pé, espiando pela janela. Então, checou a porta do banheiro.

– Acha que eles trancam lá embaixo?

– Provavelmente, não – eu disse. – As portas provavelmente estão escancaradas a um exército de estupradores.

Ela apagou a luz relutantemente e por um longo tempo houve silêncio. Ficou acordada olhando para mim, e esperei que saísse, assim eu não precisaria pensar em algo para dizer.

Lá embaixo, abafado pelo pano cobrindo sua gaiola, o papagaio disse: – Limpe os ossos, traga o corpo, deixe o coração para trás.

2
A GUERRA

Tudo o que é necessário para entender meu avô está entre duas histórias: a da noiva do tigre e a do homem sem morte. Elas correm como rios secretos através de todas as outras histórias da minha vida – dos dias do meu avô no exército; seu grande amor por minha avó; os anos que passou como cirurgião e tirano da Universidade. Uma, que aprendi depois de sua morte, é a história de como meu avô se tornou um homem; a outra, que ele me contou, é de como ele se tornou criança novamente.

A guerra começou silenciosamente, um começo suavizado pela década que passamos no precipício, esperando que ela viesse. As crianças na escola diziam "qualquer dia desses" sem saber do que falavam, repetindo o que ouviam havia anos em casa. Primeiro, vieram as eleições, e daí as revoltas, o assassinato de um ministro, o massacre no delta, e então veio Sarobor. E depois de Sarobor foi como se algo tivesse se soltado.

Antes da guerra, a cada semana desde que eu tinha três anos, meu avô e eu íamos à fortaleza ver os tigres. Sempre, só nós dois. Começávamos embaixo e subíamos por trás do Monte Strmina, caminhando pela velha trilha de carruagem através do vale de sombras do parque no lado oeste da cidade, cruzando dúzias de pequenos córregos claros que corriam pela vegetação em que eu, quando garotinha, passara incontáveis horas, com um graveto nas mãos, puxando as folhas secas de outono para fora das rochas cobertas de musgo na minha busca inútil por girinos. Meu avô, os ombros caídos, os braços girando, *remando*, segundo vovó ao chamar da varanda quando nos via partir, "está remando de novo, doutor?", avançava em longos passos, nas mãos o saco com produtos da nossa barraquinha de fazenda. Usava camiseta e calça, a camisa colorida com mangas compridas brancas, sapatos polidos do hospital, mesmo para caminhadas no morro durante o verão. Correndo atrás dele com tênis gastos, meio metro mais baixa que ele, meu trabalho era apenas acompanhá-lo. Quarenta e cinco minutos de caminhada e depois de cruzarmos a rodovia e passarmos pelo lugar onde, aos sete anos, eu havia caído da bicicleta e berrado na meia hora de tratamento com um pano encharcado de *rakija* para o joelho esfolado, a trilha passava a uma subida íngreme. Ao me ver ficando para trás, ele parava, enxugava a testa e dizia: "Que é isso, que é isso? Eu sou um velho, venha, seu coração é uma esponja ou um punho?".

Assim, eu acelerava e ofegava pelo caminho todo do morro enquanto ele reclamava, com um louco contentamento, de como eu soava rouca, de como não me traria mais se eu insistisse em soar como uma doninha num saco de batatas, estragando seus agradáveis momentos ao ar livre. Do topo de Strmina, a trilha descia por uma longa campina repleta de flores através da qual se podia ver a oeste, sobre o muro romano partido, com pedras espalhadas por tiros de canhão havia muito silenciados, e sobre as alamedas de paralelepípedo da Cidade Velha, as janelas empoeiradas lambuzadas de sol, os telhados laranja-pálido, a fumaça de grelhas emanando de toldos claros de cafés e as lojas de lembranças. Pombos arrulhando em quantidade suficiente para ser avistados do morro movimentavam-se como mulheres tímidas pela rua que virava nas docas onde os rios se encontravam todo dia e toda noite na cabeça da península. Então, a vista terminava quando chegávamos ao pátio da fortaleza e pagávamos a entrada do zoológico – sempre as únicas pessoas na fila num dia de semana, enquanto toda a cidade se deixava estar em seu intervalo de almoço –, sempre passando pelos camelos de boca verde e o cercado dos hipopótamos com as garças e seguindo direto para onde os tigres patrulhavam incansavelmente pelas velhas grades.

Quando eu já tinha treze anos, o ritual dos tigres se tornou uma chateação. Nossa volta do zoológico para casa era marcada continuamente por encontros com pessoas que eu conhecia: amigos, gente da minha idade, que há muito haviam deixado a companhia de seus avós. Eu os via sentados em cafés, fumando na esquina, na entrada do Parlamento.

E eles me viam e se lembravam de me ter visto, o bastante para vir com risadinhas na escola.

A zombaria deles não era maldade, apenas tola; mas me lembrava de que eu era prisioneira de um ritual que não sentia mais ser necessário. Eu não sabia na época que o ritual não era apenas para o meu benefício.

Quase imediatamente depois que a guerra começou, a Administração fechou o zoológico. Isso, ostensivamente, para evitar qualquer coisa que pudesse se assemelhar ao incidente Zobov: um colega estudante na capital da nossa futura vizinhança sulista bombardeara um terreno do zoológico, matando seis pessoas. Era parte do plano de segurança da Administração, uma defesa preventiva da cidade e de seus cidadãos – uma defesa que se baseava fortemente no cultivo do pânico e na superestimação dos recursos inimigos.

Eles fecharam o zoológico, o sistema de ônibus, a recém-nomeada Biblioteca Nacional.

Além de interromper um ritual de infância que eu estava mais do que pronta a deixar de lado, o fechamento do zoológico ficou longe de ser causa de alarde. Bem no fundo, todos nós sabíamos, como a Administração sabia, que a guerra estava sendo combatida a quase mil quilômetros de distância, e que o cerco da cidade era quase impossível – já havíamos pegado o inimigo de guarda baixa. Sabíamos que um ataque aéreo nunca aconteceria porque nossos próprios paramilitares tinham tomado a fábrica de aviões e a pista de decolagem em Marhan há quase seis meses, mas a Administração ainda implementou um toque de recolher e um apagar de luzes às dez da noite, só por precaução. Eles emitiam boletins de alerta avisando que todo mundo em todo canto podia ser informante do inimigo, que era importante considerar o nome de seus amigos e vizinhos antes de encontrá-los novamente no café de sempre, e que, caso houvesse uma traição, você mesmo seria responsável pelo que não denunciou.

Por um lado, a vida continuou. Seis ou sete alunos da minha classe desapareceram quase imediatamente – sem aviso, sem despedidas, da forma como refugiados tendem a fazer –, mas eu ainda me arrastava para a escola todos os dias com o almoço. Enquanto tanques que se encaminhavam para a fronteira passavam pelo Boulevard, eu me sentava à janela e praticava cálculo. Porque a guerra era nova e distante, porque se baseava em algo com que minha família não queria que eu me preocupasse e eu mesma não me importava particularmente, ainda havia aulas de arte e idas a cafés com a Zóra, festas de aniversário e passeios de compras. Meu avô ainda dava seus seminários, trabalhava no hospital e ia ao mercado local toda manhã, e lavava maçãs com água e sabão antes de descascá-las. Ele também ficou na fila do pão por seis horas uma vez, mas eu só soube disso bem depois. Minha mãe ainda carregava seu projetor de slides para ensinar história da arte na Universidade, minha avó ainda assistia à hora de filmes clássicos para ver Clark Gable sorrir afetadamente para Vivien Leigh.

A distância da luta criou uma ilusão de normalidade, mas as novas regras resultaram numa mudança de atitude que não se encaixava nos planos da Administração. Eles buscavam estrutura, controle, um pânico que garantisse submissão – e o que conseguiram foi desarranjo social e alienação. Para fugir do toque de recolher, os adolescentes estacionavam no Boulevard, às vezes em dez carros, e sentavam-se bebendo dentro do carro a noite toda. As pessoas fechavam as lojas na hora do almoço, iam para os *pubs* e não voltavam senão uns três dias depois. Quem fosse ao dentista e visse gente sentada na varanda de alguém em sua camisa de baixo, com a garrafa de vinho na mão, juntava-se a ela ou voltava para casa. Era suficientemente inocente no início – antes de começar a pilhagem anos depois, antes de os paramilitares buscarem o poder – o tipo de celebração que acontece quando as pessoas, sem notar, ficam juntas à beira do desastre.

As crianças da minha geração ainda estavam alguns anos distantes de encarar a inflação que nos mandaria para a padaria com o dinheiro de nossos pais empilhado em carrinhos de mão ou nos forçaria a trocar camisas no corredor da escola. Aqueles primeiros dezesseis meses de guerra quase não faziam parte da realidade, e isso os tornava incríveis, irresistíveis, pelo fato de que algo terrível estava acontecendo em outro lugar e ao mesmo tempo nos dava espaço para escapar com anarquia. Longe dali, a 500 quilômetros de distância, meninas sentadas em abrigos antibomba menstruavam aos sete anos de idade. Na cidade, não apenas não éramos afetados pela guerra; tínhamos direito a nossa presunção. Quando nossos pais diziam "vá agora para a escola", era correto dizer "tem uma guerra acontecendo" e ir para as margens do rio. Quando eles nos pegavam entrando escondidos em casa às três da manhã, com o cabelo cheirando a cigarro, o fato de que havia uma guerra evitava que nos arrebentassem a cabeça. Quando ouviam dos vizinhos que seus amigos tinham sido vistos correndo à toda no Boulevard com alguém nem um pouco discreto para fora do teto solar, eles não podiam alegar que "há uma guerra acontecendo, vamos todos morrer mesmo". Eles se sentiam responsáveis, e nós nos aproveitávamos da sua culpa porque não tínhamos consciência.

Apesar de todos os seus esforços de continuar como antes, o sistema de ensino não podia evitar que a guerra, por mais distante que fosse, deslizasse para a sala de aula; notávamos isso pela ausência de livros, ausência de fetos de porco (que Zóra e eu, já naquela época, estávamos ansiosas para examinar). Deveríamos estar gerando reações químicas e realizando dissecações básicas, mas não tínhamos produtos químicos, e nossos fetos de porco eram mantidos reféns num laboratório em algum lugar na fronteira eternamente deslocável.

Em vez disso, fizemos circuitos infinitos com fios e lâmpadas em miniatura. Deixávamos moedas antigas na chuva para enferrujar e fervíamos água, sal e soda cáustica para limpá-las. Tínhamos alguns diafragmas de sapos dissecados que éramos forçadas a desenhar de memória. Inexplicavelmente também tínhamos um corte transversal da pata de um cavalo preservada em formol num vaso retangular, que desenhamos e redesenhamos até supor que qualquer uma de nós poderia fazer uma cirurgia improvisada num cavalo com problemas de casco. Principalmente, das oito da manhã às quatro da tarde, líamos o livro didático em voz alta.

Para piorar as coisas, o conflito requereu uma mudança bem discutível das classes superiores aos andares superiores; em outras palavras, quanto mais velho se fosse, mais longe se ficava do abrigo de bombas no porão da escola. Então, no ano em que fizemos catorze, Zóra e eu fomos parar numa sala de aula no telhado de concreto que dava para o rio, uma torre quadrada com enormes janelas que normalmente abrigava o jardim da infância. Tudo naquele rearranjo particular de espaço indicava que havia sido feito às pressas: as paredes da classe estavam forradas de aquarelas de princesas, e o peitoril da janela lotado de copinhos de isopor cheios de terra, nos quais, disseram, brotos de feijão acabariam nascendo. Alguns até nasceram. Havia também desenhos de árvores genealógicas, mas alguém teve o bom-senso de tirá-las e deixou um pedaço nu na parede sob a lousa. Ficamos sentadas lá, desenhando aquela pata de cavalo, dizendo coisas como – há uma guerra, pelo menos se eles nos bombardearem nós morreremos antes dos pequenos – de forma bem despreocupada.

A janela daquela torre nos permitia uma visão de 360 graus da cidade, do grande morro no norte para a fortaleza do outro lado do rio, atrás da qual os bosques se erguiam e despencavam numa linha verde. Viam-se chaminés ao longe, arrotando colunas de fumaça grossas como piche, e o contorno de tijolos de antigos bairros. Podia-se ver o domo da basílica no Morro da Universidade, a cruz da praça, brilhante e enorme no topo. E ver as pontes de ferro – ainda de pé na nossa cidade, subindo e descendo os dois rios, pedras e água. E ver jangadas nas margens, abandonadas e enferrujadas, e, então, no alto do rio, na confluência, Carton City, onde os ciganos viviam, com suas paredes de papel molhado, a fumaça preta das suas fogueiras de estrume.

Nossa professora naquele ano era uma mulher baixinha chamada M. Dobravka. Tinha mãos nervosas e óculos que escorregavam com tamanha frequência do rosto, que fizeram-na desenvolver um hábito de puxá-los para cima mexendo o nariz. Mais tarde descobriríamos que M. Dobravka havia sido outrora uma artista política e que, depois que nos formamos, se mudara para outro lugar, para evitar perseguições. Alguns anos depois, ela encorajou um grupo de alunos da escola na produção de um pôster contra a Administração, que os colocou na cadeia e a fez desaparecer numa noite no percurso de seu apartamento para a banca de jornais na esquina da rua em que morava. Na época, completamente alheios à sua determinação, não familiarizados com a frustração que ela sentia por não ter as ferramentas para nos ensinar sua matéria, e mais ainda uma em que não era familiarizada, achávamos que ela era – hilária.

Então ela nos trouxe um presente. Era um mês de março terrivelmente quente, quente como verão, e tínhamos vindo para a escola e tirado sapatos, meias e suéteres. A torre era como uma estufa. Havíamos deixado a porta aberta, mas ainda estávamos úmidos de suor e de um tenro tipo de frenesi que vem com um tempo inesperado. M. Dobravka chegou atrasada e sem fôlego. Tinha um grande embrulho enrolado em papel-alumínio debaixo do braço, que abriu para revelar dois enormes pares de pulmões de cor rosa, úmidos, macios como cetim. Uma violação da ração de carne. Contrabando. Não perguntamos onde ela os conseguira.

– Abram uns jornais nas mesas lá fora – ela disse, e seus óculos caíram imediatamente. Assim, minutos depois, com o rosto pingando de suor, ficamos de pé ao seu redor enquanto ela tentava abrir um par de pulmões com uma faca de cozinha que havia trazido. O pulmão esticava-se contra a faca, escapando de cada lado da lâmina como uma bola de borracha. A carne já começava a cheirar, e estávamos espantando as moscas.

– Talvez devêssemos refrigerá-los – alguém disse.

Mas M. Dobravka era uma mulher possuída. Estava determinada a tirar proveito do risco que correra para nos mostrar como os pulmões funcionavam, para abri-los como um pano e apontar os alvéolos, as cavidades de ar desmoronadas, a cartilagem branca grossa dos tubos bronquiais. Ela serrou o canto de um pulmão e, conforme avançava, seus gestos ficavam maiores e maiores, até que todos nós fomos para trás e a vimos rasgando a lateral do pulmão, seus óculos subindo e descendo, subindo e descendo conforme ela pressionava com um braço e bombeava com o outro como se estivesse trabalhando numa cisterna.

Então, o pulmão escorregou de suas mãos, deslizou pelo papel-alumínio e caiu do canto da mesa no chão. Ficou lá, pesado e definido. M. Dobravka olhou para ele por alguns momentos, enquanto as moscas imediatamente o encontravam e começavam a andar cautelosamente pela abertura traqueal. Ela se sentou, pegou-o e o jogou de volta num jornal.

– Você – ela disse para mim, porque eu estava, por acaso, ao seu lado. – Tire um canudo do armário da copa e volte aqui para inflar este pulmão. Vamos, depressa.

Depois disso, M. Dobravka foi uma figura de reverência, especialmente para mim. Aqueles pulmões – a forma como ela os contrabandeou para nós, como ficou sobre nós enquanto nos revezávamos soprando-os, um por um – sedimentaram meu interesse em me tornar médica.

M. Dobrovka também tocou no nosso relacionamento com contrabando, uma obsessão que já estava começando a tomar a cidade toda. Para ela, eram materiais escolares. Para nós, era o mesmo princípio, mas um interesse por objetos diferentes. De repente, porque não podíamos ter, porque eram caras e difíceis de obter, queríamos coisas que nunca havíamos pensado em querer, coisas que nos dariam o direito de nos vangloriar: mochilas falsas de marca, joias chinesas, cigarros americanos, perfumes italianos. Zóra começou a usar o batom da mãe e, depois, a buscar formas de ela mesma comprar um. Com seis meses de guerra, ela pegou gosto por cigarros franceses e se recusava a fumar qualquer outra coisa. Aos quinze anos, sentava-se à mesa no nosso café na Praça da Revolução e erguia a sobrancelha para meninos que provavelmente tinham ido bem longe para impressioná-la com variedades locais. Numa festa a que não me lembro de ter ido, ela se engraçou com Branko, que tinha vinte e um anos e reputação de ser contrabandista de armas. Eu não aprovava, mas havia uma guerra acontecendo. Além do mais, ele depois se tornou um marginal cujo maior delito era roubar rádios.

Na maioria dos finais de semana, Zóra e eu íamos para o fundo da Cidade Velha e estacionávamos nas docas. Esse era o ponto de encontro da Universidade, o epicentro da atividade de contrabando, e os meninos, magrelos e de ombros estreitos, sentavam-se na cerca com suas mesas e caixas alinhadas, oferecendo vídeos, óculos escuros e camisetas. Zóra, vestindo sua saia mais curta, seguida de assobios, ia até onde Branko montava sua barraca e sentava-se de pernas cruzadas enquanto ele tocava acordeão, bebia cerveja e, com a noite avançando, tirava intervalos do seu serviço para se amassar com ela atrás de uma caçamba. Enquanto isso, eu ficava no carro com as janelas abertas, pernas cruzadas na janela do passageiro, o solo de baixo de "I'm on Fire" de Bruce Springsteen zumbindo nas minhas costas.

Foi como Ori me encontrou – Ori, que vendia etiquetas falsas de grifes que jurava poder prender discretamente nas nossas roupas, mochilas e miudezas. Ele tinha dezessete anos, sorriso tímido e era mais um carinha cuja reputação dos tempos de guerra o tornava consideravelmente mais atraente do que teria sido de outra forma, mas tinha a audácia de enfiar a cabeça no carro e perguntar sobre minha seleção musical: – Gosta disso? Quer mais?

Ori havia percebido meu único vício, que eu mal conseguia manter sob controle. A Administração fechara quase todas as estações de rádio, com exceção de duas, e insistia em tocar repetidamente músicas folk que estavam ultrapassadas até para os padrões da minha avó. No segundo ano da guerra, eu estava cansada de músicas de amor que usavam árvores e armas como metáforas. Sem saber que sentia saudade deles, eu queria Bob Dylan, Paul Simon e Johnny Cash. Da primeira vez que Ori me pegou fora do carro, me levou pelas docas para onde seu vira-lata de três pernas estava de guarda num caixote virado e me mostrou seu acervo, em ordem alfabética, com as letras traduzidas errado e escritas à mão em papel almaço que foi cuidadosamente dobrado e enfiado nas caixas das fitas. Por algum milagre, ele tinha um *walkman*, o que quase fazia valer a pena namorá-lo por isso, e nos sentávamos no chão atrás da sua mesa com um fone em cada orelha, e ele me levava por sua coleção e colocava a mão na minha coxa.

Quando tentei comprar *Graceland*, após algumas semanas de economia, ele disse: – Há uma guerra acontecendo, seu dinheiro não vale aqui – e me beijou. Lembro-me de ficar surpresa com sua boca, na diferença da parte externa seca com a parte interna molhada, e de ter pensado nisso enquanto ele me beijava, e depois também.

Nós nos beijamos por mais três meses, no correr dos quais meu repertório musical deve ter triplicado; então, Ori, como muitos garotos daquela idade, desapareceu. Eu tinha pegado seu *walkman* emprestado, e apareci três noites seguidas no nosso café para devolvê-lo – até que alguém acabou me dizendo que ele partira e não sabiam se tinha sido convocado, alistado ou fugido da convocação. Fiquei com o *walkman*; dormia com ele, o que deve ter sido alguma expressão de saudade. Mas a realidade de Ori ter partido não me atingiria até outras coisas desaparecerem.

Os anos que passei imergindo na leve ilegalidade da guerra foram também os que meu avô passou acreditando que ela acabaria logo, fingindo que nada havia mudado. Sei que a perda dos tigres foi um golpe considerável para ele, mas eu me perguntava se seu otimismo não tinha muito a ver com seu comportamento, com sua recusa de aceitar que, por um tempo ao menos, ele havia me perdido. Nós nos víamos muito pouco e, conquanto não tenhamos falado desses anos posteriormente, sei que seus outros rituais seguiram sem interrupção, inalterados. Café da manhã com o jornal, seguido de café turco passado por minha avó; correspondência pessoal, sempre em ordem alfabética, como no seu livro de endereços. Uma caminhada no mercado de peixes para comprar frutas frescas – ou, conforme a guerra continuava, o que quer que ele pudesse conseguir, contanto que voltasse para casa com alguma coisa. Nas segundas e terças, uma leitura à tarde na Universidade. Almoço, seguido de um cochilo à tarde. Algum exercício leve; um lanche na mesa da cozinha, quase sempre sementes de girassol. Então, algumas horas na sala com minha mãe e avó, algumas vezes conversando, outras só sentados juntos. Jantar, uma hora de leitura. Cama.

Nós interagíamos, mas sempre condoendo-nos, sempre sem reconhecer que as coisas estavam diferentes. Como na vez em que me forçou a ficar em casa para a festa de Natal da família e eu bebi conhaque a noite toda porque sabia que não seria repreendida na frente dos convidados. Ou no dia em que voltei para casa às quatro horas – com delineador borrado nos olhos e o cabelo numa "zona" depois de um encontro prolongado com Ori atrás de uma máquina quebrada de venda de comida – e encontrei meu avô na rua do lado de fora do nosso prédio, de volta de uma chamada de emergência, educadamente tentando se esquivar dos avanços de uma loira de pernas longas que logo percebi ser uma prostituta.

– Vê só, aí está a minha neta – eu o ouvi dizer quando me aproximei, com sua voz como a de um homem se afogando. O alívio se pronunciou na pele ao redor de suas têmporas, uma reação que eu nunca teria esperado, considerando as circunstâncias da minha volta. Fui para a calçada ao seu lado e ele agarrou meu o braço. – Aqui está ela – ele disse animadamente. – Vê só, aqui está.

– Cai fora – eu disse para a prostituta, bem consciente do fato de que meu sutiã não estava tão firme, preso apenas por um fecho solitário, que podia ceder a qualquer momento e deixar a situação toda ainda mais desconfortável.

Meu avô deu à prostituta cinquenta dinares, e eu fiquei atrás dele enquanto destrancava a porta debaixo, observando-a ir pela rua com aquelas pernas finas como bengalas, um calcanhar levemente mais baixo do que o outro.

– Por que lhe deu dinheiro? – perguntei quando subimos.

– Não se deve ser rude com ninguém – ele respondeu. – Nós não criamos você assim. – E sem parar para me olhar quando chegamos à porta: – Que vergonha.

Essa foi a situação geral por anos. Meu avô e eu, sem reconhecer isso, estávamos num impasse. Seus cortes de despesas haviam diminuído minha mesada a quase nada, e comecei a trancar a porta e fumar cigarro no meu quarto, debaixo das cobertas.

Certo dia, eu estava ocupada numa tarde de primavera quando a campainha tocou. Alguns momentos depois, tocou de novo, e de novo; provavelmente gritei para alguém abrir a porta e, quando ninguém abriu, apaguei o cigarro no peitoril externo da janela do meu quarto e fui abri-la eu mesma.

Lembro-me da forma de um chapéu de abas estreitas que tapava quase todo o olho-mágico e me impedia de ver o rosto do homem, mas estava ansiosa para voltar ao quarto e irritada por ninguém mais na casa ter atendido.

Quando abri a porta, o homem disse que estava ali para ver o doutor. Tinha voz fina e um rosto pastoso que parecia forçadamente enfiado no chapéu, motivo pelo qual não o tirou ao me cumprimentar. Pensei já tê-lo visto antes, que fosse um oficial do hospital, talvez, e lhe disse para entrar e o deixei no corredor. Minha mãe estava no *campus*, preparando-se para a aula; meus avós faziam um almoço tardio na cozinha. Meu avô comia com uma mão e com a outra segurava o pulso da minha avó sobre a mesa. Ela estava sorrindo por alguma coisa, e no momento em que entrei ela apontou para uma travessa de pimentões recheados no forno.

– Coma – ela disse.

– Depois – respondi. – Há um homem na porta para você – disse para meu avô.

– Quem diabos é? – meu avô quis saber.

– Não sei – respondi.

Mais algumas colheradas de pimentão recheado enquanto meu avô pensava naquilo. – Bem, quem ele pensa que é? Diga para esperar. Estou comendo com minha esposa. – Minha avó lhe passou o pão.

Mostrei a sala ao homem do chapéu e ele ficou sentado ali uns vinte minutos, olhando ao redor. Para que ninguém pudesse me acusar de não ser hospitaleira, fui buscar um copo de água para ele, mas, quando voltei, vi que tinha tirado um caderno de sua pasta e estava olhando as pinturas na nossa parede e escrevendo algum tipo de inventário. Seu olho passou pelas fotos de casamento dos meus avós, pela velha mesa de café da minha avó, pelas garrafas antigas atrás da porta de vidro do gabinete de bebidas.

Ele escrevia sem parar, e percebi o grave erro que cometi ao deixá-lo entrar na casa. Estava aterrorizada e, quando ele deu dois goles e espiou no copo para ver se estava limpo, todo o meu medo se tornou ódio. Fui para o meu quarto, coloquei a fita do Paul Simon no *walkman* e voltei à sala com os fones, fingindo tirar pó. O *walkman* estava preso no meu bolso para que ele pudesse ver, com as bobinas raivosas do meu contrabando girando pela janela de plástico, e ele ficou sentado lá, piscando para mim, enquanto eu passava uma toalha úmida na televisão, na mesinha de centro e nas fotos do casamento dos meus avós. Achei que de alguma forma o estava afrontando, mas ele não se abalou, e continuou a escrever no caderno até meu avô sair da cozinha.

– Posso ajudá-lo? – ele disse, e o homem do chapéu se levantou e o cumprimentou.

Disse boa tarde e que estava lá em nome do escritório de alistamento. Mostrou ao meu avô seu cartão. Abaixei o volume da música e comecei a tirar o pó dos livros um a um.

– Bem? – disse meu avô. Não pediu ao homem do chapéu que se sentasse de novo.

– Estou aqui para confirmar sua data de nascimento e seu registro no serviço no exército – disse o homem do chapéu. – Em nome do escritório de alistamento.

Meu avô ficou parado do outro lado da mesinha com os braços cruzados, olhando para o chapéu de cima a baixo. – Este é um procedimento padrão, doutor.

– Então, prossiga.

O do chapéu colocou os óculos e abriu o livro na página em que estava escrevendo. Correu um longo dedo branco pela página e, sem levantar o olhar, perguntou ao meu avô:

– É verdade que nasceu em 1932?

Meu avô assentiu.

– Onde?

– Em Galina.

– E onde fica isso? – (Eu mesma não sabia.)

– Uns seiscentos quilômetros a noroeste daqui, creio eu.

– Tem irmãos ou irmãs?

– Nenhum.

– Serviu o Exército Nacional de 47 a 56?

– Correto.

– E por que o deixou?

– Para trabalhar na Universidade.

O do chapéu fez uma anotação, olhou para meu avô e sorriu. Meu avô não retornou a expressão, e o sorriso do seu "chapéu" desmontou.

– Filhos?

– Uma filha.

– Onde ela mora?

– Aqui.

– Netos?

– Uma neta.

– Tem algum jovem com idade entre dezoito e quarenta e cinco anos vivendo na casa ou que possa ter citado a casa como residência?

– Nenhum.

– Onde está seu genro?

A boca do meu avô se moveu enquanto ele corria a língua sobre um dente. – Não há outro homem vivo aqui.

– E... Desculpe-me, doutor, procedimento padrão. Sua esposa?

– O que tem ela?

– Ela nasceu em Galina, também?

– Por que, está querendo convocá-la?

O do chapéu não respondeu. Parecia estar descendo a página, contando alguma coisa.

– Seu nome inteiro, por favor, doutor?

– Senhor doutor – meu avô retrucou. E falou de uma forma que fez o seu chapéu levantar o olhar do caderno.

– Como eu disse, doutor, este é um procedimento padrão do escritório de alistamento.

– Não acredito em você, e não gosto das suas perguntas. Você está caçando alguma coisa, e pode muito bem me perguntar diretamente para chegarmos ao ponto.

– Onde a sua esposa nasceu?

– Em Sarobor.

– Entendo – disse o chapéu. Parei de espanar e fiquei ali com o pano úmido nas mãos, olhando do meu avô para o chapéu. Podia imaginar minha avó sentada do outro lado da porta, na cozinha, ouvindo tudo isso. Tínhamos ouvido falar desse tipo de coisa acontecendo; eu o deixara entrar na casa.

– E a família da sua esposa mora em...?

– A família da minha esposa mora nesta casa.

– Sua esposa tem contato com alguém em Sarobor?

– Claro que não – disse meu avô. Só mais tarde eu entenderia o que significou para ele acrescentar: – Mesmo que ela quisesse, acho que seria difícil conseguir isso, considerando que foi totalmente devastada.

– É meu trabalho perguntar – disse o chapéu com um sorriso gracioso. Estava claramente tentando recuar agora, tentando agradar, e acenou com uma mão pela sala. – Você é um homem de posses consideráveis, e sua esposa tem irmãos e irmãs ainda em Sarobor...

– Saia – meu avô disse. O chapéu olhava para ele piscando de forma idiota.

Meu pescoço ficou duro, e gotas de água fria da toalha corriam pela parte de fora da minha perna.

– Doutor... – o chapéu começou, mas meu avô cortou-lhe a fala.

– Caia fora daqui.

Meu avô pôs as mãos atrás das costas e agora se balançava para a frente nos calcanhares. Seus ombros caíram, para baixo e para a frente, o rosto todo afundou numa careta.

– Fora da minha casa – ele disse. – Fora.

O chapéu fechou o caderno e o guardou na sua pasta. Pegou a pasta e a colocou no canto da mesa de centro.

– Não há motivo para desentendimentos.

– Você me ouviu? – meu avô perguntou. Então, sem aviso, inclinou-se para a frente num movimento, pegou a alça da pasta e a puxou. O chapéu não a soltou e cambaleou para a frente, ainda a segurando; a mesinha virou, e o vaso e todos os jornais e revistas sobre ela foram ao chão junto com o conteúdo da pasta, que se abriu. O chapéu se ajoelhou, de rosto vermelho. – Diabos, olha só isso, não há necessidade disso, meu senhor – tentando enfiar os seus papéis de volta na bolsa. De repente, meu avô, como alguém tirado de um desenho animado, estava chutando os jornais caídos, cartas, revistas e cupons, a pilha toda, levantando nuvens de papel. Estava ridículo, de pernas longas e desajeitado em seu terno, balançando os braços insanamente e dizendo, sem erguer a voz: – Saia, saia, saia daqui, diabos. – Quando o chapéu acabou de enfiar suas coisas na pasta, meu avô já estava segurando a porta aberta.

Três meses depois, a Administração caiu em cima dos médicos de forma especialmente dura. Meu avô não foi o único acusado de estar preso ao velho sistema, às províncias, às famílias de lá. Médicos com mais de cinquenta anos de idade, suspeitos de ter sentimentos de lealdade ao Estado unificado, foram suspensos da prática da medicina e informados, por escrito, de que seus seminários na Universidade seriam monitorados de perto.

Apesar do instinto insistente de nos proteger, meu avô ainda sofria das características nacionais do nosso povo, que, frequentemente tomadas de modo errôneo por idiotice, são mais como uma indignação fanática. Ele chamou um serralheiro, de quem certa vez tratara de cálculo biliar, e o fez instalar o mais complexo sistema de trancas na porta da frente que eu já tinha visto. Fazia a parte interna da porta parecer uma peça de relógio, e eram necessárias três chaves diferentes para entrar por ela. O som das engrenagens se movimentando acordaria os mortos. Embora não impossibilitado de ensinar na Universidade pelo tempo de trabalho, meu avô ofereceu seu afastamento.

Depois, telefonou para os pacientes que tinha sido proibido de ver – doentes de asma e vítimas de artrite reumatoide, insones, professores que haviam recém-parado de fumar, operários cujas costas estavam em recuperação, paraplégicos e hipocondríacos, um criador de cavalos tuberculoso, um celebrado ator de tragédias que também era um alcoólatra em recuperação – e marcou uma agenda de visitas domiciliares que pareciam infinitas, ao menos para mim.

Revirando os olhos, sentei-me na poltrona ao lado da sua mesa enquanto ele dava os telefonemas. Eu não conseguia entender se sua decisão resultava de dedicação aos pacientes ou de algum remoto vislumbre da mesma teimosia adolescente que reconhecia em mim mesma, em Zóra, nos moleques das docas. A possibilidade de que fosse o segundo caso me aterrorizava, mas eu não tinha coragem de confrontá-lo, perguntar-lhe se era possível que fosse arriscar tudo por algo que parecia um desafio imenso à Administração, mas que para ele se resumia a uma estupidez imperdoável. Em vez disso – no que deve ter sido o máximo que lhe disse em meses –, apresentei-lhe um cenário desastroso atrás de outro, e todos o deixaram inabalável. E se um de seus pacientes for indiscreto? E se alguém o seguir numa chamada? E se o farmacêutico lhe perguntar se está preenchendo as receitas para doenças que você claramente não tem? E se alguém de quem está cuidando morrer, tiver um derrame, hemorragia, sofrer um aneurisma? Se você for culpado da morte porque seu paciente não foi ao hospital? E se você acabar na prisão, acusado de assassinato? O que vai acontecer com a gente?

– Por que eu é que tenho de ser a adulta? – eu perguntava a Zóra quando sentávamos na nossa mesa costumeira, esperando que Branko começasse a latir no microfone. – Por que eu tenho de apontar quando ele comete uma loucura?

– Eu sei – respondia Zóra batendo os lábios na caixa de pó compacto. – Sério.

Meu avô deve ter notado que estava cada vez me vendo mais do que havia visto nos últimos dois anos. Deve ter notado que eu, e não minha avó, estava fazendo café de manhã; que nossos debates no café sobre as últimas notícias não terminavam com minha mão balançando e eu murmurando – o que você espera?, há uma guerra acontecendo –, mas comigo descendo a escada e indo à rua para fazer por ele o marketing; que protestei quando minha avó tentava arrumar a cama ou cortar vegetais muito duros; ou que eu assistia a televisão em vez de cochilar. Deve ter percebido que eu estava fazendo meu trabalho de casa na cozinha, toda noite, quando ele saía para atender as chamadas domiciliares, e que eu fazia palavras cruzadas quando ele voltava. Deve ter notado tudo isso, mas nunca disse nada sobre os meus novos rituais, e nunca me convidou para nenhum dos seus. Isso talvez fosse um tipo de punição, e na época pensei que era por ele me deixar cometer deslizes, ou por eu ter deixado o Seu Chapéu entrar no apartamento. Agora percebo que foi uma punição por eu ter desistido tão fácil dos tigres.

No final, acho que recebi algo de volta, porque ele me contou sobre o homem sem morte.

Foi no verão em que completei dezesseis anos. Algum paciente – não sei qual – estava enfrentando uma pneumonia, e as visitas que meu avô lhe fazia haviam aumentado de uma para três por semana. Eu caíra no sono lutando com as palavras cruzadas, pretendendo esperá-lo até o fim, e algumas horas depois encontrei meu avô junto à porta, acendendo e apagando a luz da mesa. Quando me viu sentada, ele parou de fazer aquilo, e por alguns momentos fiquei na escuridão.

– Natalia – eu o ouvi dizer, e percebi que acenava para eu ir ao sofá. Podia vê-lo agora. Ainda usava chapéu e a capa de chuva, e uma exaustão seguiu-se ao meu alívio em vê-lo impaciente.

– Que foi? – eu disse toda curvada e grogue. – Que foi?

Ele me levou à porta e disse: – Silêncio. Venha. – Tinha a capa de chuva no braço, e meus tênis na mão direita. Evidentemente, não havia tempo de eu me trocar. – O que está havendo? – eu disse, forçando meu pé nos tênis já amarrados. – Qual é o problema?

– Você vai ver – ele disse, segurando o casaco para mim. – Corra, vamos.

Pensei: – Pronto, finalmente aconteceu. Ele matou alguém.

O elevador teria feito muito barulho, então pegamos a escada. Lá fora a chuva tinha parado, mas ainda corria água nas sarjetas, descendo a rua do mercado e carregando com ela o cheiro de repolho e flores mortas. O café do outro lado da rua fechara mais cedo, o pátio estava fechado com corrente, havia cadeiras molhadas empilhadas sobre as mesas. Um gato branco enorme sentara-se na farmácia, bocejando, piscando para nós com desprazer quando passamos sob o poste de luz no final da rua. Nesse momento, eu desistira de fechar os botões do casaco.

– Aonde estamos indo? – perguntei. – O que aconteceu?

Mas meu avô não respondia. Continuava a andar pela rua, tão rápido que o seguia quase correndo. Pensei: – se eu começar a chorar, ele vai me fazer voltar – e fiquei nos seus calcanhares. Passamos pela padaria, o banco, a loja de brinquedos fechada onde eu havia comprado figurinhas para meu álbum dos Ewoks, nunca completado; passamos pela barraca que vendia bolinhos fritos, seu cheiro açucarado pairando permanentemente no ar; passamos pela loja de ferramentas, pela banca de revistas na próxima esquina. Três quarteirões abaixo percebi quão silencioso ele estava. Passamos por dois cafés, ambos fechados, e uma churrascaria que ficava aberta até mais tarde, geralmente lotada, mas nessa noite só com um garçom girando moedas sobre uma mesa de oito pessoas.

– Que diabos está acontecendo? – perguntei ao meu avô.

Perguntava-me também o que minha mãe ia fazer se acordasse e não nos encontrasse. Estávamos chegando perto do fim da nossa rua, no local em que ela se abria para o Boulevard, e supus que o silêncio da nossa caminhada seria quebrado pelo tumulto na passagem de bonde. Mas, quando chegamos lá, nada, nem mesmo um carro passando. De um lado a outro do Boulevard, todas as janelas estavam escuras, e uma lua amarela enevoada erguia-se na curva da velha basílica no morro. Conforme a lua subia, parecia reunir o silêncio ao redor de si como uma rede. Som nenhum, nenhuma sirene policial, nenhum rato nos latões de lixo no canto da rua. Nem mesmo o som dos sapatos do meu avô quando ele parava. Olhei de cima a baixo a rua e virei à esquerda para seguir pelo Boulevard leste até o outro lado da praça de Konjanik.

– Não está longe agora – meu avô disse, e cheguei perto dele o suficiente para ver-lhe o rosto de lado. Estava sorrindo.

– Longe do quê? – eu disse sem fôlego, brava. – Onde está me levando? – Parei. – Não vou mais a lugar nenhum se não me disser que diabos é isso.

Ele se voltou para me olhar, indignado. – Abaixe a voz, sua tola, antes que atraia a atenção de alguém – chiou. – Não consegue sentir?

De repente, ele ergueu os braços sobre a cabeça num largo arco. – Não é adorável? Ninguém acordado no mundo além de nós – e se mexeu de novo.

Fiquei parada por uns instantes, vendo-o partir, uma sombra alta, magra, sem ruído. Então, uma descoberta se apoderou de mim: ele não precisava que eu fosse com ele, ele *queria*. Sem perceber, eu tinha sido convidada de volta.

Passamos por vitrines vazias de lojas que não mais funcionavam; por prédios sem luz que abrigavam pombos empoleirados nas saídas de incêndio; por um mendigo dormindo tão profundamente, que eu poderia julgá-lo morto se não percebesse ter o momento se fechado ao redor de nós, acalmando tudo.

Quando finalmente alcancei meu avô, ele disse: – Olhe, não sei o que estamos fazendo, mas eu gostaria de continuar nisso.

Então, de repente, ele parou na escuridão à minha frente e meu queixo bateu no seu ombro. A força da colisão me empurrou para trás, mas ele me buscou e segurou-me o ombro enquanto eu me reequilibrava. Minha mandíbula estalou quando toquei nela com a mão.

Meu avô ficou parado na sarjeta, apontando a vastidão da rua vazia. – Ali, olhe – ele disse. Sua mão tremia de empolgação.

– Não vejo nada – respondi.

– Vê, sim – ele disse. – Vê, sim, Natalia. Olhe.

Espiei pela rua, onde as longas lâminas dos trilhos se estendiam lisas e brilhantes. Havia uma árvore na outra sarjeta, um poste de luz com lâmpada morta, um latão de lixo caído de lado na estrada. Eu estava abrindo a boca para perguntar "o quê?", e então vi.

A meio quarteirão de onde estávamos, uma sombra enorme se movia pela rua, subindo bem lentamente o Boulevard da Revolução. Inicialmente achei ser um ônibus, mas sua forma era orgânica demais, gorda demais, e ia lento demais para isso, quase sem fazer barulho. Estava balançando também, balançando pela rua com um ritmo constante, um movimento alastrado que o afastava de nós como uma maré e, cada vez que balançava para a frente, algo lá fazia um barulho suave de arranhado nos trilhos. Enquanto olhávamos, a coisa aspirou o ar e soltou um grunhido profundo.

– Meu Deus – eu disse. – É um elefante.

Meu avô não disse nada, mas, quando levantei o olhar para ele, estava sorrindo. Seus óculos haviam se nublado na caminhada, mas ele não os estava tirando para limpar.

– Venha – ele disse, e pegou minha mão. Movemo-nos rapidamente pela calçada até ficarmos paralelos ao elefante, depois passamos por ele, parando alguns metros à frente para vê-lo vindo em nossa direção.

De lá, o elefante – seu som, seu cheiro, suas orelhas dobradas para trás na cabeça redonda e rochosa com os olhos de grandes cílios; a curvatura arqueada da espinha caindo para as costelas; dobras secas de pele balançando nos ombros e joelhos ao oscilar do peso – parecia tomar a rua toda. Arrastava no chão, como um punho, seu peso arredondado.

Vários metros à frente, segurando um saco de algo que devia ser incrivelmente tentador, um jovem baixinho caminhava vagaroso, de costas, trazendo o bicho à frente com cochichos.

– Eu os vi na estação de trem quando voltava para casa – disse meu avô. – Deve estar sendo levado para o zoológico.

O jovem nos viu e, enquanto avançava devagar pelo trilho, assentiu e sorriu, tirando seu boné. Vez ou outra tirava algo do saco e mostrava para o elefante, e este levantava a tromba do chão, pegava o presente e o colocava entre os sabres amarelos de seus marfins.

Mais tarde, meu avô leria sobre como alguns soldados haviam encontrado o elefante quase morto no lugar de um circo abandonado, e como, apesar de tudo, do fechamento e da falência, o diretor do zoológico disse para trazê-lo, "traga-o, e quem sabe as crianças virão para vê-lo". Por meses os jornais colocariam sua foto, com as costelas rígidas à mostra no novo cercado do zoológico, um comercial dos tempos por vir, uma promessa do futuro do zoológico, um fim inegável da guerra.

Meu avô e eu paramos na estação de ônibus e o elefante passou, lento, gracioso, encantado pela comida na mão do jovem. A lua jogou um emaranhado de luz nos longos e suaves pelos que saíam da tromba e de sob o queixo. A boca estava aberta, e a língua lá dentro, como um braço molhado.

– Ninguém nunca vai acreditar nisso – eu disse.

Meu avô perguntou: – O quê?

– Nenhum dos meus amigos vai acreditar nisso.

Meu avô olhou para mim como se nunca tivesse me visto antes. Como se não pudesse acreditar que eu era sua neta. Mesmo no nosso estranhamento, ele nunca me olhara daquela forma, e depois disso nunca mais olhou assim.

– Você deve estar brincando – ele disse. – Olhe ao redor. Pense por um momento. Estamos no meio da noite, não há alma alguma por nenhum canto. Nesta cidade, neste tempo. Não há um cachorro na sarjeta. Vazio. Exceto por esse elefante – e você vai contar isso aos idiotas dos seus amigos? Por quê? Acha que eles vão entender? Acha que eles vão se importar com isso?

Ele me deixou para trás e seguiu em frente, atrás do elefante. Fiquei com as mãos nos bolsos. Sentia que minha voz despencara dentro de mim, e que eu não conseguia trazê-la de volta para lhe dizer, ou a mim mesma, alguma coisa. O elefante se movia à frente pelo Boulevard. Eu o segui. Um quarteirão além, meu avô havia parado ao lado de um banco quebrado, esperando o elefante. Cheguei primeiro, e ficamos lado a lado, em silêncio, meu rosto queimando, minha respiração mal se escutando. O jovem não olhou mais para nós.

Finalmente, meu avô disse: – Você deve entender, este é um daqueles momentos.

– Que momentos?

– Um daqueles momentos que se guardam para si mesmo – ele respondeu.

– O que quer dizer? Por quê?

– Estamos em guerra. A história dessa guerra, datas, nomes, quem começou, pertence a todos. Não apenas às pessoas envolvidas nela, mas às que escrevem os jornais, políticos a milhares de quilômetros, gente que nunca esteve aqui ou ouviu isso antes. Mas algo assim? Isto é nosso. Pertence a você. E a mim. Apenas a nós.

Ele colocou as mãos nas costas e deu passos lentos, chutando as pontas polidas dos sapatos conforme andávamos, exagerando em seu movimento para que o desacelerasse. Nem pensar em se virar, em voltar para casa. Desceríamos o Boulevard enquanto o elefante e seu garoto nos tolerassem.

Meu avô me alertou: – Você tem de pensar cuidadosamente sobre onde contar isso e para quem. Quem merece ouvir? Sua avó? Zóra? Certamente não aquele palhaço com quem você se encontra nas docas.

Aquilo doeu. – Ele se foi – eu disse baixinho.

– Eu gostaria de poder dizer sinto muito – meu avô rebateu.

– Bem, eu sinto – continuei. – Ele foi convocado – disse isso para fazê-lo se sentir culpado; mas não tinha certeza.

Por um tempo nenhum de nós disse nada. A respiração do elefante caiu ao nosso redor. Era como estar dentro de uma sala de máquinas. De poucos em poucos minutos, ele soltava um assobio alto, oco, insistente, um leve toque de impaciência, e, quando fazia isso, o jovem tirava a comida mais rapidamente.

Então, perguntei ao meu avô: – Você tem histórias como esta?

– Tenho agora.

– Não, quero dizer, de antes.

Eu o vi pensando sobre aquilo. Pensou por um longo tempo enquanto andávamos com o elefante. Talvez, em circunstâncias levemente diferentes, ele poderia ter me contado sobre a noiva do tigre. Mas me contou sobre o homem sem morte.

Com as mãos nas costas, andando na sombra do nosso elefante, meu avô disse:

– É final do verão, 54, não, 55, porque é o ano em que conheci sua avó. Sou o primeiro assistente de triagem para o batalhão, e meu aprendiz, Deus o tenha, ou estagiário como você chamaria, Dominic Lazlo, era um brilhante sujeitinho húngaro que pagou uma grana alta para estudar na nossa Universidade e que não falava uma palavra da nossa língua. Só Deus sabe por que ele não foi para Paris ou Londres, era hábil com um bisturi. Não o era em muito mais. De todo modo... Vem uma ligação da vila, onde há uma doença. Uma pessoa morreu, e os ainda vivos estão com medo, há uma tosse terrível e sangue nos travesseiros pela manhã. Isso é tão misterioso para mim quanto um pires vazio de leite e um gato gordo na sala; o gato com um círculo de leite nos bigodes e todo mundo se perguntando para onde foi o leite.

"Então, pegamos um trem até essa vila. A pessoa que nos recebe se chama Marek. É filho de um homem importante na cidade, e esteve na Universidade. Foi ele quem nos mandou o recado pedindo que viéssemos. É baixinho e troncudo, e nos guia pela vila até a casa de seu pai. A irmã de Marek é uma mulher gorda e simpática, bem o que se esperaria. Ela nos oferece café e pão com queijo, uma boa mudança de todo o mingau que andávamos comendo no quartel.

"Então Marek diz: 'Cavalheiros, há algo novo por aqui.'

"Eu espero que ele diga: 'a epidemia piorou, mais mortes, histeria em massa'. Em parte estou certo, especialmente sobre a histeria.

"Aparentemente, o caso é o seguinte: um homem morreu, e houve um velório. No velório, o homem, que chamam Gavo, se levanta, senta no caixão e pede água. É uma surpresa imensa. Três da tarde, a procissão está seguindo o caixão até o morro da igreja no campo. Inicialmente, há o barulho do corpo que desliza no caixão e, quando a porta se abre, lá está ele, esse Gavo, pálido e roxo como no dia em que o encontraram, flutuando de barriga para cima num lago perto da cidade. Gavo se senta em seu terno, chapéu nas mãos, guardanapo roxo dobrado no bolso. Uma imensa surpresa. De pé, sobre o caixão como um homem num barco, ele olha ao redor para a procissão com olhos vermelhos e diz: 'Água'. Só isso. Quando os carregadores do caixão percebem o que aconteceu, depois de jogá-lo no chão e fugirem como loucos para dentro da igreja, aquele homem, Gavo, já caiu de volta dentro do caixão.

"Isso é o que Marek nos conta sobre esse novo acontecimento. De onde estamos sentados na casa de Marek posso ver a porta aberta, e pela rua até o campo e o pátio da igreja. Acabei de notar que a cidade está muito vazia e que, na porta da igrejinha, há um homem com uma pistola – o coveiro,

Marek me conta. Aran Darić, que não dorme há seis dias. Já estou pensando que seria muito mais produtivo ajudar esse Aran Darić. Marek ainda está contando a história, e nela, o tal Gavo não se ergue do caixão novamente. Contribuiu para isso o fato de que algum membro desconhecido da procissão do funeral disparou duas balas de uma pistola do exército na nuca de Gavo enquanto ele estava sentado no caixão, logo depois de os carregadores o terem derrubado. Deixemos de lado por que alguém estaria tão preparado com uma arma para disparar num funeral. Marek apenas conta essa parte da história depois de ter tomado dois ou três copos de conhaque de ameixa.

"Eu faço anotações o tempo todo, e me pergunto sobre como esse Gavo se conecta com a doença que estou aqui para tratar. Quando Marek menciona as duas balas, abaixo o lápis e digo:

"'Então, o homem não estava morto?'

"'Não, não', diz Marek. 'Certamente Gavo estava morto.'

"'Antes das duas balas disparadas?', pergunto-lhe, porque, para mim, parece que essa coisa toda está tomando uma rota diferente, e agora estão só inventando desculpas para acobertar um assassinato.

"Marek dá de ombros e diz: 'É uma surpresa, eu sei.'

"Continuo a escrever, mas o que escrevo não faz muito sentido, e Marek, olhando com interesse pela mesa, lê o que estou escrevendo de cabeça para baixo. Dominic, que suspeito não ter entendido nada disso, está olhando fixamente para mim, buscando algum tipo de explicação.

"Eu digo: 'Vamos ter de ver o corpo.'

"As mãos de Marek estão na mesa, e posso ver que é um homem que rói as unhas quando está nervoso. Andou roendo bastante recentemente. Ele me diz: 'Tem certeza de que é necessário?'

"'Vamos ter de vê-lo.'

"'Não sei quanto a isso, doutor.'

"Estava fazendo uma lista de todo mundo com quem eu queria falar, qualquer um que estivesse doente, todos os membros da família desse sujeito ressuscitado, Gavo, e especialmente o padre e o coveiro, que provavelmente deviam saber quão doente esse homem estava antes de levar o tiro. Digo a Marek: 'Sr. Marek, muitas pessoas estão em risco. Se esse homem estava doente...'.

"'Ele não estava doente.'

"'Não estava?'

"'Estava perfeitamente saudável.'

"Dominic está olhando, numa confusão desgraçada, de Marek para mim. Ele me conhece há tempo suficiente para ver que a expressão no meu rosto provavelmente não é de alegria, e está intrigado com o que acontece. O próprio Marek não parece bem. Eu digo: 'Muito bem, Sr. Marek, vou lhe dizer como vejo a coisa. Em relação à vila, incluindo o próprio Sr. Gavo, estou confiante de que minhas descobertas podem chegar a um diagnóstico de consunção, tuberculose. Coincide com o padrão que me descreveu, a tosse com sangue, e por aí vai. Eu gostaria de ter todo mundo que está doente reunido no hospital da sua cidade o mais rápido possível e de colocar esta cidade sob quarentena até podermos determinar a extensão da epidemia.'

"E aqui ele me pega de guarda baixa, porque me diz asperamente: 'O que quer dizer com tuberculose?'. Ele parece bem confuso. E eu esperava que ficasse confuso com tuberculose, mas com um tipo diferente de alarde. Da forma como me olha, parece que meu diagnóstico não se encaixa para ele, como se fosse inadequado, não severo o bastante.

"Marek diz: 'Não poderia ser outra coisa?'

"Digo-lhe que não, não com esses sintomas, não com gente morrendo uma atrás da outra e deixando travesseiros ensanguentados para trás. Digo-lhe que vai ficar tudo bem, que vou trazer remédio, enfermeiras e outro médico da cidade para me ajudar.

"Ele diz: 'Sim, mas e se isso não ajudar?'

"'Vai ajudar.'

"'Se for tuberculose', ele diz. 'Se você estiver certo.'

"'Não estou certo de onde você quer chegar.'

"'E se você estiver errado, se for outra coisa?', diz Marek. Agora ele está agitado, e diz: 'Acho que não entende, senhor. Eu realmente duvido que entenda'.

"'Então me explique', eu peço.

"'Bem', Marek diz. 'Há sangue nos nossos travesseiros. E... havia sangue na lapela do paletó de Gavo.'

"'Porque vocês atiraram nele.'

"Marek quase caiu da cadeira. 'Eu não atirei nele, doutor, ele já estava morto!'

"Estou anotando novamente, mais para parecer oficial. Dominic está suando de tanta frustração. Eu digo: 'Vou ter de falar com a família dele'.

"'Ele não tem família. Não é daqui.'

"'Então por que foi enterrado aqui?'

"'Ele era um tipo de vendedor ambulante de bem longe, não sabíamos nada sobre ele. Queríamos fazer o certo.'

"Para mim isso está se tornando mais e mais frustrante, mas penso: *talvez seja por esse motivo que de repente estão todos caindo de tuberculose; ele podia estar infectado e trouxe a doença, mesmo que parecesse perfeitamente saudável para eles*. Mas, até aí, ele só estava lá por um tempo curto, certamente não o suficiente para deixar a vila toda doente, mas obviamente sim para atirarem na sua nuca. 'Quem vai me dar permissão de desenterrar o corpo?'

"'Não precisa', diz Marek torcendo as mãos. 'Prendemos o caixão com pregos e o colocamos na igreja. Ainda está lá.'

"Olho através da porta novamente e, com certeza, lá está Aran Darić de pé, na porta da igreja, com pistola na mão. Só por precaução. 'Entendo.'

"'Não', Marek rebate. Está quase chorando, e revira furiosamente o chapéu nas mãos. Dominic basicamente desistiu. Marek diz: 'Não, você não entende. As pessoas com sangue em suas roupas estão se sentando em caixões, e então há sangue nos nossos travesseiros de manhã. Creio que você não entende nada.'

"Então, lá estamos nós, Dominic e eu, parados numa pequena igreja de pedra em Bistrina, e o caixão do homem chamado Gavo está lá, num ângulo da porta, como se tivesse sido colocado ali rapidamente. É um caixão de madeira empoeirado. A igreja é de pedra, silenciosa. Tem cheiro de sândalo e cera, e há um ícone da Virgem sobre a porta. As janelas são de vidro azul. É uma igreja bonita, mas é óbvio que há um bom tempo não entra ninguém aqui; as velas estão apagadas, e o caixão do tal Gavo está coberto com alguns respingos brancos derrubados pelas pombas que moram no campanário. É uma coisa triste de se ver, porque, até onde sei, esse tal de Gavo não fez nada para merecer levar um tiro pelas costas em seu próprio funeral. Duas vezes.

"Depois que entramos, Aran Darić fecha a porta atrás de nós rapidamente e, de repente, por um longo tempo, tudo fica em silêncio na igrejinha. Viemos com nossas sacolas, e também trouxemos um pé de cabra para abrir o caixão, e começamos a perceber que talvez devêssemos ter trazido mais do que isso, um carro de bois, por exemplo, porque o caixão não foi apenas fechado com pregos, foi vedado também com tábuas na tampa e com correntes por toda a volta, que pareciam ter vindo de uma bicicleta. Alguém provavelmente teve a ideia de última hora de jogar uma guirlanda de alho no caixão, e as cabeças estão lá, em suas cascas.

"Dominic consegue dizer para mim: 'Que vergonha, que terrível'. Então cospe e continua: 'Caipiras'.

"Nesse momento eu escuto algo incrível, algo que não se consegue nem começar a apreciar, porque, sem ouvir a forma como soava na quietude da igreja, não se acreditaria que começou. É o som de um farfalhar e, então, de repente, uma voz vinda do caixão, uma voz fraca, educada, levemente abafada, que diz: 'Água'.

"Estamos, claro, completamente paralisados. Dominic Lazlo fica ao meu lado, agarrando o pé de cabra num punho apertado. Sua respiração é lenta e superficial, e seu bigode começa a suar. Ele xinga baixinho em húngaro, sem parar.

"Estou prestes a dizer algo quando a voz, no mesmo tom, bem passivo, apenas pedindo, diz: 'Com licença, água, por favor'.

"E, então, 'rápido, rápido, ele está vivo, abra o caixão!'. Dominic Lazlo está enfiando o canto do pé de cabra debaixo da tampa, e eu estou de joelhos, tentando arrancar a corrente de bicicleta. Estamos martelando o caixão, como se tentássemos arrancar a coisa toda em pedaços, e Dominic pôs seu pé numa lateral e está alavancando com o pé de cabra como um louco. Eu também não ajudo, só digo: 'Empurre, empurre, empurre'. Enfim, a tampa, estalando como um osso, sai, e lá está ele, o homem Gavo, deitado de costas no acolchoado com seu guardanapo roxo dobrado, parecendo um pouco empoeirado, mas sem ferimentos.

"Nós o pegamos pelos braços e o fazemos ficar sentado, o que, em retrospecto, não é recomendável que se faça com alguém que levou um tiro na nuca; sabe-se lá o que o manteve vivo. Mas, penso, que extraordinário! Eu esperava que esse homem fosse mais velho, cabelo branco, talvez um bigode. Mas Gavo é jovem, tem no máximo trinta anos, e um belo cabelo preto e uma expressão alegre no rosto. É difícil de acreditar que esse homem, que acabou de ser tirado de um caixão no qual passou vários dias, pode parecer tão exuberante; mas, isto é o extraordinário, ele parece bem contente sentado lá com as mãos no colo.

"'Sabe o seu nome?', pergunto-lhe. Ainda há urgência em mim, então lhe abro os olhos com os dedos e espio dentro. Ele me olha com interesse.

"'Oh, sim', ele diz. 'Gavo'. Senta-se lá, pacientemente, enquanto examino sua testa e tiro seu pulso. Ele diz: 'Desculpe, mas eu gostaria mesmo de um pouco de água.'

"Meio minuto depois, Dominic dispara correndo pela via até o poço e, supostamente, passa por Marek, que grita: 'Te disse, não disse?'. Enquanto isso, abro minha sacola de médico e tiro minhas coisas, escutando o coração de Gavo, que bate firmemente sob os ossos finos da costela. Ele me pergunta quem sou, respondo-lhe que sou o Dr. Leandro de tal batalhão, e que não se preocupe.

"Dominic volta com água e, quando Gavo pega o balde para beber, noto gotas de sangue no travesseiro do caixão. Dominic e eu olhamos ao redor da cabeça de Gavo. Com certeza ali estão duas balas, como olhos de metal no ninho do seu cabelo. Agora há a seguinte pergunta: devo me arriscar a movê-las ou fazer uma incisão bem aqui? E me pergunto até se devemos fazer a incisão; e se tirarmos as balas e o cérebro vier escorrendo como uma gema malcozida? Neste caso, teremos um funeral, afinal, e culparemos a vila toda por assassinato; de outra forma seremos implicados de algum modo, e a coisa vai terminar num desastre para todos.

"Então lhe pergunto: 'Como se sente, Gavo?'

"Ele terminou o balde, e o coloca sobre os joelhos. De repente, parece renovado e diz: 'Bem melhor, obrigado'. Olha para Dominic, agradece-lhe em húngaro e o elogia por sua destreza ao manejar o pé de cabra.

"Tenho cuidado com o que dizer em seguida: 'Você levou dois tiros na cabeça, preciso levá-lo ao hospital para decidir a melhor maneira de tratá-lo'.

"Mas Gavo está alegre. 'Não, obrigado', ele diz. 'Já está muito tarde, devo seguir meu caminho.' Segura as laterais do caixão e se coloca para fora, fácil assim. Uma pequena nuvem de poeira se ergue dele e vai ao chão, e ele fica lá na igrejinha, olhando para os vitrais e para a luz que entra como se passasse pela água.

"Eu me levanto e o empurro de volta, dizendo-lhe: 'Por favor, não faça isso de novo, você está numa condição muito grave, muito séria'.

"'Não é grave', ele diz sorrindo. Procura e toca as balas atrás da cabeça, o tempo todo sorrindo para mim, um sorriso bovino. Posso imaginar seus dedos se movendo entre as balas, e durante todo o tempo em que as toca eu busco suas mãos para detê-lo, e posso imaginar seus olhos se movendo para dentro e para fora da cabeça enquanto as balas empurram seu cérebro. Claro que isso não está acontecendo. Mas dá para visualizar mesmo assim. Então ele diz: 'Sei que isso provavelmente é muito assustador para você, doutor, mas não é a primeira vez que acontece'.

"'Perdão?', eu indago.

"Ele me conta: 'Uma vez levei um tiro no olho em Plovotje, durante uma batalha'.

"'Ano passado?', questiono, porque há um conflito político em Plovotje e várias pessoas morreram, mas acredito que ele se enganou, porque tem os dois olhos.

"'Não, não, não', ele diz: 'Na guerra.'

"Essa outra batalha de Plovotje, na guerra, aconteceu há uns quinze anos, então isso não é possível. Mas, até aí, ainda há a questão de ele ter os dois olhos, e decidi agora que nada resta a fazer além de ignorá-lo. Digo a mim mesmo que, sim, é verdade, as balas fizeram picadinho do seu cérebro. Digo-lhe que está passando por uma dor muito grande, e que essas coisas são difíceis de aceitar. Mas ele sorri de forma tão persistente que paro e o encaro, duro. Talvez seja o dano no cérebro, talvez seja o choque, talvez tenha perdido sangue demais. Basta dizer que ele nos olha com uma profunda calma, e que Dominic lhe cochicha uma pergunta em húngaro; até eu sei que pergunta àquele homem se é um vampiro. Gavo apenas ri, prazeroso, educado como sempre, e Dominic parece prestes a chorar.

"'Você entendeu errado', Gavo volta a falar. 'Não é uma questão sobrenatural. Eu não posso morrer.'

"Estou confuso. 'O que quer dizer?'

"'Não tenho permissão', ele responde.

"'Perdão?'

"'Não tenho permissão', diz novamente, como se estivesse dizendo: *por causa da minha saúde, não posso dançar o* kolo *ou casar com uma mulher gorda*.

"Algo me faz perguntar: 'Então, como se afogou?'

"'Não me afoguei. Como o senhor pode ver.'

"'O povo na vila jura que você estava morto quando o tiraram da água e o colocaram no caixão.'

"'São pessoas muito gentis. Conheceu Marek? A irmã dele é adorável', fez um gesto de agrado com os braços.

"'Como vinte pessoas se enganaram quanto à sua morte se, como você diz, você não se afogou?'

"'Eu estava conversando com um certo cavalheiro, e ele não ficou muito feliz com o que eu tinha a dizer, então me segurou debaixo da água', Gavo começou a explicar. 'Posso ter desmaiado; às vezes, sob pressão, me canso fácil. Essas coisas acontecem.'

"'Um homem o segurou debaixo da água?', pergunto, e ele faz que sim. 'Que homem?'

"'Um aldeão, ninguém de muita importância.'

"Isso estava ficando cada vez mais complicado, ou possivelmente prestes a ficar bem simples, então digo: 'É o mesmo homem que atirou em você?'.

"Gavo responde: 'Não sei mesmo, levei o tiro pelas costas'. Vê a forma como olho para ele e continua: 'Sinto que você e eu, doutor, não estamos nos entendendo como deveríamos. Veja, não é que não aceito a morte ou que finjo que ela não aconteceu, por isso fico vivo. Estou simplesmente dizendo que, tão certo quanto você está sentado aqui nesta igreja, na frente de Deus e de seu colega húngaro, que não solta esse pé de cabra porque ainda pensa que sou um vampiro, eu não posso morrer'.

"'Por que não?'

"'Meu tio proibiu.'

"'Seu tio? Quem é seu tio?'

"'Não tenho permissão para dizer. Especialmente porque sinto que você vai rir de mim. Agora... (tirando a poeira novamente) está ficando tarde, e sem dúvida alguns dos aldeões devem estar lá fora para ver que progresso fizeram. Por favor, me ajudem a ficar de pé e vou seguir caminho.'

"'Não se levante.'

"'Por favor, solte meu paletó.'

"'Eu proíbo. Seu cérebro, neste momento, está preso à cabeça por duas balas, e, se uma delas se soltar, tudo aí vai vazar como um pudim. Eu seria insano se o deixasse se levantar.'

"'Insano seria eu se ficasse aqui', ele me diz numa voz exasperada. 'A qualquer minuto agora seu húngaro vai sair e chamar os outros, e então haverá todo esse troço de alho, estacas e tudo o mais. E, mesmo que eu não possa morrer, posso dizer que não gosto de ter uma estaca de madeira enfiada na costela. Já aconteceu antes, e não quero que aconteça de novo.'

"'Se eu prometer que os aldeões não vão se envolver, se eu lhe prometer médicos reais e uma cama limpa de hospital, sem estacas, sem gritos, você fica parado e me deixa fazer meu trabalho?'

"Ele ri de mim, e eu digo que quero levá-lo ao hospital de campo, a uns doze quilômetros, para me certificar de que tenha o devido tratamento. Digo que vou mandar Dominic a pé para trazer gente com um carro e que vamos carregá-lo no caixão e deixá-lo confortável na viagem. Até o divirto, dizendo-lhe que, se não vai morrer, ele pode ao menos sair dessa igreja de um jeito aceitável, um jeito que lhe garanta que não vá levar outro tiro. Digo isso porque penso, de certa forma, que está com medo do homem que atirou nele, e o tempo todo ele me olha com muita simpatia, como se tudo isso fosse divertido. Ele está muito comovido pelo meu gesto, pelo fato de que me importo tanto com seu cérebro plugado. Ele diz que tudo bem, vai ficar até que os médicos venham, e dou instruções a Dominic, digo-lhe que volte ao hospital de campo e traga o carro com uma maca e um dos cirurgiões de lá. Dominic está muito nervoso com a ideia de eu ficar na igreja com um vampiro, e posso ver que não está nada animado com a perspectiva de andar doze quilômetros no escuro, especialmente depois do que viu, mas concorda em fazê-lo. Ele vai sair imediatamente e, em seu caminho, dar ao vigia mais próximo ordens de pôr em quarentena a ponte ali perto para que as pessoas doentes na vila não possam partir e para que ninguém viajando naquela direção possa entrar.

"Gavo aperta a mão de Dominic, e Dominic lhe dá um sorriso fraco, partindo em seguida.

"Agora estou sozinho com Gavo, e acendo alguns lampiões da igreja; os pombos nas vigas estão arrulhando e voando para lá e para cá sobre nós no escuro. Tiro o paletó e o coloco como um travesseiro no caixão, pego minhas ataduras e começo a enfaixar a cabeça de Gavo para que as balas não caiam. Ele fica sentado bem paciente, me dá aquele olhar bovino, e pela primeira vez me pergunto se de alguma forma ele vai fazer que me sinta seguro e calmo o suficiente para adormecer, e então vou me encontrar acordando, com ele sobre mim, grunhindo como um animal, seus olhos esbugalhados como os de um cão raivoso. Você sabe, não acredito nessas coisas, Natalia, mas naquele momento me vi sentindo pena de Dominic, que acreditava.

"Pergunto a Gavo sobre o seu afogamento.

"'Quem foi o homem que o segurou debaixo da água?'

"'Não importa. Não importa mesmo.'

"'Acho que pode importar', rebato. 'Acho que pode ter sido o homem que atirou em você.'

"'Isso importa?', Gavo retruca. 'Ele não me matou.'

"'Ainda não', eu o corrijo.

"Ele olha para mim impacientemente. Passo a atadura sobre seus olhos e agora ele parece uma múmia de um desses filmes. 'Nem um pouco', ele diz.

"Não quero voltar ao assunto da imortalidade, e lhe digo: 'Por que tentou te afogar?'

"E, como um tiro, ele responde: 'Porque eu disse que *ele* iria morrer.'

"Agora penso: 'Meu Deus, estou enfaixando um assassino', ele veio aqui para matar alguém, e tentaram afogá-lo e atiraram na sua cabeça por legítima defesa, e isso é tudo. Dominic partiu há apenas meia hora, e tenho a noite toda sozinho com este homem. Quem sabe o que pode acontecer? Digo a mim mesmo: 'E se ele avançar sobre mim? Vou acertá-lo na nuca, virar seu caixão e correr como o diabo'.

"'Você veio matá-lo?', pergunto.

"'Claro que não', Gavo responde. 'Ele estava morrendo de tuberculose', você ouviu o que estão dizendo pela vila, tenho certeza. Só vim para ajudá-lo, para estar aqui quando acontecesse. Vamos, doutor... Sangue no travesseiro, uma tosse terrível. 'Qual era seu diagnóstico mesmo antes de vir aqui?'.

"Fico bem surpreso com isso. 'Você é médico?'

"'Já fui, sim.'

"'E agora? É um padre?'

"'Não exatamente um padre, não', ele diz. 'Mas é meu trabalho estar disponível para os moribundos e mortos.'

"'Seu trabalho?'.

"'Para meu tio', ele se corrige. 'Em retribuição ao meu tio.'

"'Seu tio é um padre?', quero saber.

"Gavo ri e diz: 'Não, mas trabalha bastante para padres'.

"Acabo de enfaixá-lo, e ele ainda não me diz quem é seu tio. Estou começando a suspeitar de que pode ser algum político radical, um desses homens que estavam instigando os conflitos do norte. Se isso for verdade, prefiro não saber quem é seu tio.

"'Talvez você queira identificar o homem que tentou matá-lo', digo. 'Ele poderia matar outros.'

"'Duvido muito. Duvido que outra pessoa fosse lhe dizer que ele está prestes a morrer.'

"'Bem, então eu gostaria de saber quem ele é, posso medicá-lo.'

"'Ele está além da medicina', Gavo rebate. 'É bem compreensível que ele esteja bravo. Não o culpo por tentar me afogar.' Ele me vê guardando as coisas e fechando meu saco médico, e continua: 'As pessoas ficam muito chateadas quando descobrem que vão morrer. Você precisa saber disso, doutor, deve ver isso o tempo todo.'

"'Creio que sim.'

"'Eles se comportam muito estranhamente. De repente, estão cheios de vida. Logo em seguida, querem lutar por coisas, fazer perguntas. Querem jogar água quente no teu rosto, ou te bater com um guarda-chuva, ou te acertar na cabeça com uma pedra. De repente eles se lembram de coisas que têm de fazer, de pessoas de quem esqueceram. Toda essa recusa e resistência. Tamanha luxúria.'

"Meço sua temperatura e está normal, mas para mim ele soa como se estivesse ficando mais agitado.

"'Por que não se deita novamente?', digo.

"Mas ele responde: 'Gostaria de um pouco mais de água, por favor'. E do nada, provavelmente de dentro do caixão ou de dentro do bolso do seu paletó, ele tira uma xicarazinha com borda dourada e a passa para mim.

"Digo-lhe que não vou sair para o poço da vila e deixá-lo ali sozinho, e ele aponta para o vestíbulo e diz que serve água benta. Você me conhece,

Natalia, sabe que não acredito nessas coisas, mas também que eu faço o sinal da cruz quando entro na igreja, em respeito às pessoas que fazem isso. Não tenho problema em dar água benta a um homem que está morrendo numa igreja. Então, encho o copo e ele bebe, depois dou outro, e lhe pergunto há quanto tempo está sem urinar, e ele me diz que não se lembra ao certo, mas com certeza não sente vontade agora. Meço sua pressão sanguínea. Checo seu pulso. Dou mais água, e ele concorda em se deitar novamente, e sento-me num dos bancos da igreja, desamarro meus sapatos e penso no pobre Dominic. Não tenho vontade de cochilar, mas penso profundamente; penso nesse povo e em sua epidemia, e na ponte sobre o rio mais próximo, nas lanternas de quarentena acesas. Penso sobre por que nos colocamos a nós mesmos em quarentena. Quem viria por esse caminho no meio da noite, para essa vila pequena e afastada? Uma hora, talvez uma hora e meia se passa assim, e Gavo não faz barulho no caixão, então inclino-me sobre ele para olhar lá dentro. Há algo muito perturbador em alguém que olha para você de dentro de um caixão. Ele tem olhos grandes, redondos, e estão bem abertos. Ele sorri para mim e diz:

"'Não se preocupe, doutor, ainda não posso morrer.'

"Volto a me sentar no banco, e de onde estou vejo que seus braços se levantam e ele os alonga um pouco, depois voltam para dentro do caixão.

"'Quem é seu tio?', pergunto novamente.

"'Acho que você não vai querer de fato saber', ele responde.

"'Bem, estou perguntando.'

"'Não faz sentido te dizer. Confio em você como um homem da medicina, mas posso ver que não acredita em mim, e que essa conversa não vai a lugar algum se uma das partes não for levada de boa-fé.'

"Sou sincero, e lhe falo: 'Estou interessado em quem é seu tio porque você crê que isso explica por que não pode morrer'.

"'Explica.'

"'Então?'

"'Se não crê que não posso morrer, mesmo que um homem tenha me mantido debaixo da água por dez minutos e depois eu tenha levado dois tiros na nuca, não creio que você acredite em quem é meu tio. Não creio.'

"Posso vê-lo se mexendo no caixão, seus ombros se movendo, suas botas no fundo do caixão.

"'Por favor, fique parado', peço-lhe.

"'Eu gostaria de um café', ele diz.

"Rio na cara dele e pergunto se está louco. Não vou lhe dar café nas condições em que ele está.

"'Se tomarmos café, posso te provar que não posso morrer', ele rebate.

"'Como?'.

"'Você vai ver', ele afirma, 'se fizer café.'

"Eu o faço sentar-se, ele se inclina para fora do caixão, olha dentro da minha sacola e tira a cafeteira e o queimador de parafina. Digo-lhe para se deitar, pelo amor de Deus, mas ele só repete: 'Vamos, faça café para nós, doutor, e vou te mostrar'.

"Não tenho mais nada a fazer, então preparo café. Faço-o com água benta, com o cheiro de parafina queimando dentro da igreja. Ele me vê fazendo isso enquanto se senta de pernas cruzadas no acolchoado de veludo de seu caixão, e eu desisto de insistir para que se deite. Mexo o café com um palito de língua e a borra marrom se espalha pela água numa nuvem espessa, e ele observa, ainda sorrindo.

"Quando o café fica pronto, ele insiste que nós dois bebamos da xicarazinha branca de borda dourada. Diz que assim vai provar o que quer dizer sobre não poder morrer. E agora estou intrigado, deixo que se estique para fora do caixão e me sirva uma xícara. Ele me diz para segurar a xícara nas mãos e não soprar, e que espere até que esteja frio o suficiente para beber numa virada. Enquanto seguro a xícara, digo a mim mesmo que estou louco. 'Estou sentado', digo a mim mesmo, 'numa igreja, bebendo café com um homem que tem duas balas presas na cabeça.'

"'Agora, beba', ele diz. E eu bebo. Ainda está muito quente e queima a minha língua, e tusso quando termino. Mas ele já está tirando a xícara das minhas mãos e espiando dentro. Ele a vira na minha direção para que eu possa ver. O fundo está manchado com a borra.

"Então percebo o que acontece.

"'Está lendo a borra do meu café?', pergunto, estupefato.

"É o que ciganos fazem, ou mágicos no circo.

"'Não, não', ele responde. 'Com certeza a borra está envolvida. Nela posso ver sua morte.'

"'Deve estar brincando', retruco.

"'Não, posso ver. Está aqui. O fato de que você tem borra, em si, é uma coisa certa.'

"'Claro que é certo. É café. Todo mundo tem borra. Borra é algo certo.

"'O mesmo com a morte', ele diz. Então levanta a mão e se serve de uma xícara. Segura-a nas mãos, e fico bravo demais para falar, bravo por ter permitido que me persuadisse a fazer café só para ser zombado assim. Depois de alguns minutos, ele bebe seu café e um filete escorre por seu pescoço; fico pensando nas balas tremendo em seu crânio, rezando para que elas não se desloquem; ou talvez, agora, rezando para que sim.

"Gavo estende a xícara para mim, e ela está vazia. Posso ver o fundo branco, e dentro está seco como se ele o tivesse enxugado com um pano.

"'Satisfeito?', ele pergunta, olhando para mim como se tivesse feito algo incrível.

"'Perdão?'

"'Não tenho borra', ele ressalta.

"'Isso é uma piada', digo.

"'Certamente que não', ele diz, e corre um dedo pelo fundo da xícara.

"'Você não ter borra prova que não tem morte?'

"'Certamente deveria', ele afirma, como se acabasse de resolver uma equação matemática, como se eu estivesse implicando com algo que é um fato.

"'É um truque de salão.'

"'Não. Não é um truque. A xícara é especial, isto é verdade, mas não é uma xícara com um truque, eu a ganhei do meu tio.'

"'Ao inferno com seu tio', eu grito. 'Fique deitado e cale essa boca até os médicos chegarem.'

"'Não vou ao hospital, doutor', ele diz secamente. 'Meu nome é Gavran Gailé, e sou um homem sem morte.'

"Balanço a cabeça, apago o queimador de parafina e guardo a cafeteira. Quero pegar a xícara dele, mas não quero provocá-lo. Ele nunca para de sorrir.

"'Como posso lhe provar que estou dizendo a verdade?'

"Penso ouvir resignação em sua voz e percebo que ele está cansado, está cansado de mim.

"'Não pode.'

"'O que o satisfaria?'

"'Sua cooperação. Por favor.'

"'Isso está ficando ridículo.'

"Fico tão espantado com sua audácia em dizer aquilo que não tenho mais nada a lhe dizer. Ele parece uma ovelha, sentado lá, no caixão, com grandes olhos de ovelha.

"'Deixe-me levantar e prometo provar a você que não posso morrer.'

"'Não há tal coisa como um corpo sem morte. Isso vai terminar num desastre completo. Você vai morrer, seu teimoso idiota, e eu vou para a prisão por sua causa.'

"'Qualquer coisa que você queira', ele diz. 'Atire em mim, esfaqueie-me, se quiser. Ateie fogo em mim. Até te dou dinheiro para isso. Podemos fazer uma aposta nos moldes antigos, posso dizer minhas exigências depois que eu ganhar.'

"Digo-lhe que não vou apostar.

"'Não é um homem de apostas?', ele pergunta.

"'Pelo contrário. Não perco meu tempo com apostas que tenho certeza de ganhar.'

"'Agora vejo que está bravo, doutor. Não gostaria de me acertar na cabeça com uma dessas tábuas?'

"'Deite-se', dou uma ordem.

"'Violento demais', Gavran Gailé reflete. 'Tudo bem, outra coisa.' Ele agora se senta no caixão, olhando ao redor no cômodo.

"'E quanto ao lago?', ele finalmente diz. 'Por que não me joga no lago com pesos nos pés?'

"Natalia, você sabe que fico nervoso por pouco. Sabe que não tenho paciência com tolos. E fiquei tão bravo com o truque barato da xícara com o café, por ter sido levado a fazer café, e justo o das minhas rações de campo, que não me importo, estou prestes a deixá-lo fazer o que quiser, que se enforque. Está escuro, tarde, eu estive na estrada por horas. Estou sozinho com esse homem que me diz para acertá-lo com tábuas, e agora me sugere jogá-lo no lago. Não concordei, mas não protestei, e talvez haja algo alucinante aí, não sei. Ele vê que não estou lhe dizendo para se deitar. De repente, ele sai do caixão e me diz: 'Excelente, você ficará satisfeito depois'. Digo que não tenho dúvidas disso.

"Há um lago ao lado da igreja, e buscamos algo pesado o bastante. Encontro dois blocos de concreto embaixo do altar e o faço carregá-los escada abaixo. Secretamente, espero que ele desmaie, mas isso não acontece. Ele rearranja as faixas em sua cabeça enquanto eu tiro a corrente de bicicleta do caixão onde os aldeões a colocaram. Ele me ajuda a juntar meus pertences, sorrindo.

"Saio primeiro, e vejo que Aran Darić se foi há tempos, provavelmente instruído por Dominic. É muito tarde, e a vila está completamente às escuras. Estou certo de que nos espiam pelas janelas, mas não me importo. Digo para ele sair e caminhamos pela lama e musgo para dentro do pequeno dique que fica sobre o laguinho, onde as crianças provavelmente pescam. Gavo parece empolgado com tudo aquilo. Eu o faço enfiar os pés nos buracos dos blocos de concreto e então prendo as correntes em seus tornozelos e nos blocos, de forma firme e elaborada, até que não dá nem para ver que ele tem pés no final das pernas.

"Começo a me sentir culpado com isso, e com medo. Não tinha pensado em mim como médico, mas como um homem da ciência simplesmente provando que um idiota é um idiota. 'Ainda assim', digo a mim mesmo, 'não quero o sangue desse idiota em minhas mãos.'

"'Aqui', eu digo quando termino. Ele levanta os pés, de leve, primeiro um, depois outro, como uma criança de patins.

"'Muito bem, doutor.'

"'Devemos nos precaver', eu intervenho. Gavo parece perturbado.

"'Seria irresponsável da minha parte deixá-lo entrar no lago sem precauções.' Então, passo a buscar alguma forma de mantê-lo à margem, e há uma corda amarrada a um poste no dique; pego a corda e amarro sua ponta livre na cintura dele. Ele me olha fazendo isso com grande interesse.

"'Quero a sua palavra de que puxará a corda quando começar a se afogar.'

"'Não vou me afogar, doutor', ele insiste. 'Mas, porque foi tão gentil comigo, dou minha palavra. Vou apostar algo nisso.'

"Por alguns instantes, ele pensa, puxando a corda na cintura para se certificar de que o nó está firme. Então diz: 'Aposto a minha xícara que não vou morrer nesta noite, doutor'. Tira a xícara do bolso do peito e a estende para mim como um ovo entre os dedos.

"'Não quero a sua maldita xícara.'

"'Mesmo assim, eu aposto. Qual é a sua aposta, doutor?'

"'Por que eu deveria apostar? Não vou entrar no lago.'

"'Mesmo assim, eu gostaria que apostasse algo. Gostaria que colocasse algo contra a minha morte, para que, quando nos encontrarmos de volta, não precisemos passar por isso de novo.'

"É ridículo, mas busco alguma coisa para apostar. Ele vai puxar a corda, digo a mim mesmo, e logo. Pergunto se posso apostar o queimador de parafina, ele ri de mim, e diz: 'Você zomba de mim apostando isso. Vamos, doutor. Precisa apostar algo de valor para você'.

"Pego meu velho *O livro da selva*, você sabe, aquele que guardo no bolso, e lhe mostro. 'Vou apostar isto.' Ele olha com grande interesse, e então se inclina sobre os blocos de concreto aos seus pés e o cheira.

"'Creio que isto é algo que você não quer perder. Acertei?'

"Ocorre-me que é melhor ser claro, já que ambos estamos apostando coisas que significam muito para nós, então respondo: 'Aposto isto que você começará a se afogar'.

"'Não aposta que eu vou morrer?'

"'Não, porque você jurou puxar a corda antes de isso acontecer', digo-lhe. 'Esta é a sua chance de mudar de ideia. Os médicos provavelmente estão vindo.' Isso é mentira. Dominic provavelmente está apenas na metade do caminho para o hospital. Mas eu tento. Gavran Gailé não deixa de sorrir. Estende a mão e, quando vou cumprimentá-lo, ele coloca algo frio e metálico na minha palma. As balas, percebo. Enquanto eu planejava esse passeio ao lago, ele as tirou. Estou olhando para elas, brilhando, com sangue, presas em tufos de cabelo, e de repente Gavo começa a andar pela beirada do dique e diz para mim: 'Bem, doutor, te vejo em breve'. Então, inclina-se e cai no lago. Não consigo me lembrar do barulho dele ao bater na água.

"Consigo ouvir a voz de Dominic me dizendo: *Meu Deus, chefe. Você mandou um homem com duas balas na cabeça para dentro de um lago com pedras presas aos pés*. Não faço nada, não enquanto há bolhas, e também quando não há mais bolhas. A corda se estica um pouco, mas fica parada.

"Inicialmente, digo a mim mesmo que deveria ter prendido as mãos de Gavo em seus tornozelos. Talvez, com as mãos livres, ele tenha uma forma de se soltar e quebrar um bambu oco ou pegar uma vitória-régia e dar um jeito de esconder de mim um mecanismo de respiração, como algo tirado de um filme de Robin Hood. Então, ocorre-me que não pensei nisso da forma correta, porque, se ele morrer naquele lago, não vai voltar facilmente com os tijolos amarrados nos pés. Lembro-me de que ele foi enterrado originalmente por ter se afogado, e digo a mim mesmo que esse é um homem que sabe segurar o fôlego, um homem que prega peças em gente honesta com truques de circo para que os outros se considerem culpados da sua morte, e para que ele possa sair com algum sentimento doentio de triunfo, algum sentimento de ter feito os outros de tolos.

"'Não vou a lugar nenhum', digo a mim mesmo, 'até que ele suba ou flutue à superfície'. Sento-me à margem e seguro a corda. Tiro o cachimbo e começo a fumar. Posso visualizar os aldeões sentados em suas janelas escuras, olhando para mim, horrorizados – eu, o médico, que deixou um sobrevivente milagroso se afogar. Finalmente, cinco minutos se passam, depois sete. Depois, dez minutos, vinte; com quinze, eu estou fumando bem, e a corda está dura como um pau. Ele não volta, e não há bolhas. Acho que posso ter julgado mal a profundidade do lago, que a corda se prendeu em sua cintura e ele quebrou as costelas. Começo a puxar a corda agora, suavemente, minuto a minuto, para que, se por algum milagre de Deus ele estiver vivo, eu não o machuque, mas que ele se lembre de puxar de volta. Ele não faz isso, e estou absolutamente convencido de que morreu, de que fui levado a cometer um grande erro. Seu corpo flutua solto sobre seus pés como um balão. Digo a mim mesmo que ele foi enforcado. Um homem não é um boto, é o que penso. Um homem não pode sobreviver a uma coisa dessas. Um homem não desacelera o próprio coração a seu bel-prazer.

"Depois de uma hora, chorei um pouco, principalmente por mim mesmo, e estou sem tabaco. Parei de puxar. Já posso ver meu pelotão de fuzilamento. Ou talvez, penso, uma pequena caverna em algum lugar da Grécia. Estou pensando em mudar meu nome... Para o quê? A noite passa, até que finalmente chega aquela hora antes do amanhecer na qual os pássaros começam a acordar. É aí que o extraordinário acontece. Ouço um barulho na água e levanto o olhar. A corda está se movendo pela água, erguendo-se, molhada. A luz começa lentamente no leste, e posso ver a margem oposta do lago, onde o bosque vem até os juncos. E lá está ele, Gavran Gailé, o homem sem morte, subindo lentamente, úmido, para fora do lago no lado oposto, seu paletó completamente encharcado, vegetação nos ombros. Ele tem os blocos de concreto nos pés e a corda na cintura, e se passaram horas. Fico de pé, em silêncio. O chapéu de Gavran Gailé pinga sobre as orelhas, e ele o tira e sacode a água. Então, se abaixa e solta as correntes dos pés. Faz isso como se tirasse os sapatos; desfaz o nó da corda na cintura e a deixa cair de volta na água. Ele se vira, e é ele mesmo, realmente seu rosto, sorridente e educado como nunca, e diz pra mim: 'Lembre-se da aposta, doutor... Para a próxima vez'. Acena para mim, vira-se e desaparece no bosque."

3

OS ESCAVADORES

Primeira noite na casa de Barba Ivan e Nada. Dormi por três horas, e depois meus sonhos ficaram repletos de música das cigarras; acordo sufocada pelo calor. Minha cama dá de frente para a janela, e por ela posso ver uma meia-lua laranja caindo pelo morro. Zóra, de rosto para baixo e prostrada, chutou para fora as cobertas, com as pernas penduradas no canto da cama; sua respiração é solta num assobio em algum canto entre seus braços e cabelo e o travesseiro. No andar de baixo, a garotinha está tossindo novamente, uma tosse grudenta e interrompida, mas tenta dormir assim mesmo. Em algum lugar entre camadas de ruído está o mar, puxando a espuma da praia do outro lado da casa.

Meses depois de terem se passado os quarenta dias, quando eu já começava a juntar as coisas, ainda ia dormir esperando que ele encontrasse um caminho entre meus sonhos e me dissesse algo importante. Sempre me decepciono, claro, porque, mesmo quando sonho de fato com ele, inevitavelmente está sentado numa poltrona que não tinha, num cômodo que não reconheço, e diz coisas como: “Me traga o jornal, estou com fome”, e sei, mesmo no meu sono, que isso não significa porra nenhuma. Mas naquela noite ainda não tinha aprendido a pensar nele como morto, não processara a notícia que parecia tão distante para me pertencer, nem quando tentei trazê-la mais próximo pensando na sua ausência em nossa casa.

Penso na nossa despensa. Era um armário enorme construído na parede da cozinha, de frente para a pia, com uma porta fina do chão ao teto, sacos plásticos da padaria Zlatan balançando da maçaneta das portas quando se abriam. Eu podia ver a grande lata de farinha da minha avó, branca e azul, com um padeiro alegre num chapéu de cozinheiro sorrindo nela. A prateleira de baixo com seus sacos plásticos e cereais, a lata de sal, tigelas de mistura, os sacos de café marrom e laranja da loja no fim da rua. E então, mais acima, na prateleira do meio, quatro tigelas de vidro numa linha organizada bem no centro do armário. Amêndoas, sementes de girassol, nozes e quadrados de chocolate amargo para cozinhar. O lanche do meu avô, sempre pronto. Lá, para mais trinta e cinco dias.

Os escavadores estavam de volta às vinhas; eu não podia vê-los na escuridão, mas estavam lá, longas sombras movendo-se no fraco facho de uma única lanterna que parecia se mexer constantemente, só parando alguns minutos aqui e ali, quando quem quer que a tivesse abaixado continuasse a cavar, e a luz brilhava nas vinhas, até que eles se afastaram e a luz sumia. Com frequência um dos escavadores tossia e, enquanto eu observava as vinhas, a garotinha continuava a tossir também.

Próximo das quatro horas da manhã, vesti-me e desci a escada. Bis não estava em nenhum lugar por perto, mas seus retratos, seu rosto levemente torcido por uma mão instável, me espiava de um desenho sobre um porta-guarda-chuva na porta dos fundos. Havia um telefone antigo na mesa da sala, um disco de rotação com um receptor pesado de metal e osso, os números do disco gastos e desaparecidos. Peguei a receita amarrotada com o número da clínica de Zdrevkov e disquei. Inicialmente, tive só um sinal ocupado, e aumentaram as minhas esperanças; eu podia visualizar a recepcionista do turno da noite, com sombra azul marcando as rugas ao redor dos olhos e cabelo loiro desgrenhado, mantendo-se acordada com uma ligação proibida tentadora para um namorado além-mar. Mas, quando liguei novamente, apenas tocou e tocou, dessa vez sem nem mesmo ficar morto até eu colocar no gancho.

Depois, sentei-me no sofá enquanto a luz cinza rastejava pelos espaços entre as venezianas. Quando a tosse começou novamente, soava úmida e próxima. Ocorreu-me que a garotinha vagara para fora do seu quarto, mas não estava na cozinha ou na área de serviço, nem em nenhum dos cômodos no piso principal, cômodos com cheiro de tinta fresca e cheios de mobília destruída. Segurei-me no corrimão para não tropeçar no escuro na caminhada, sentindo o trajeto pelas paredes. Lá embaixo o ar estava frio. Duas portas no corredor estreito, ambas abertas dando para cômodos que estavam vazios, exceto por camas e uma pilha de objetos: cobertores no chão, potes de ferro num canto, infinitas bitucas de cigarro em cinzeiros. Havia garrafas ao lado da cama, *rakija* e garrafas de cerveja; outras de algum licor de erva, algumas de pescoço longo cheias de líquidos claros cheios de maços amarrados de grama morta. Os homens haviam partido, assim como os meninos com quem Nada falara. Mas a jovem e a garotinha estavam sentadas numa poltrona perto da janela no segundo cômodo. A mulher dormia, a cabeça virada na almofada. Tinha uma bolsinha de lavanda também e segurava a garotinha no peito, enrolada num lençol fino que se prendia como papel molhado nos ombros e joelhos da menina. A criança estava acordada, olhando.

Olhava para mim, sem medo ou deferência, e me vi entrando no quarto, dando passos nas pontas dos pés. A essa distância eu podia sentir o cheiro de álcool, o leve cheiro cáustico de *rakija* de nozes. O lençol estava impregnado disso; tentavam baixar a febre dela esfriando-a rapidamente. Era um método ultrapassado, uma aposta precipitada, e vimos isso várias vezes na clínica de cuidados urgentes; mães novas que não conseguiam se afastar dos remédios de suas próprias mães.

Fui até a mulher e coloquei as costas da mão na testa da menininha. Ela estava quente, mas era o calor úmido de uma febre que já partira. Não dava para dizer quando nem se ia voltar, ou quão alta tinha sido, mas a tensão em seus olhos tinha desatado, e ela não levantou a cabeça do pescoço da mãe que dormia, apenas olhava para mim sem foco ou interesse enquanto eu me afastava do quarto.

Esperei pelos escavadores, mas uma hora se passou e não voltaram. Não havia movimento, nenhum sinal de ninguém na casa. A garotinha finalmente adormecera, e o papagaio, que descera temporariamente ao fundo da gaiola e ali tinha tagarelado ao redor por um tempo, estava em silêncio. Naquele silêncio distinguia-se apenas o zumbido incessante da linha da clínica Zdrevkov. Cansei, peguei meu avental branco do mancebo e fui em busca da estrada para o vinhedo.

Não havia jeito de subir o morro atrás da casa de Barba Ivan e Nada, então andei para o norte na direção da praça principal em que a torre silenciosa do mosteiro se erguia acima dos telhados. Era começo da manhã, com os restaurantes e lojas ainda fechados, as grelhas frias, deixando espaço para o cheiro pesado do mar. Por cerca de meio quilômetro havia apenas casas; casas de praia de pedras pintadas de branco com cercas de ferro e janelas abertas, sinais de neon zumbindo que diziam *Pensão* em três ou quatro línguas diferentes. Passei pela arcada, uma tempestade de amarelo, vermelho e azul sob um toldo cheio de pinhas. O *camping* de Brejevina era iluminado pela lua, cheio de grama seca, cercado de arame farpado.

Um canal esverdeado corria pelo campo, e essa foi a rota que peguei. Persianas verdes, floreiras nas janelas, aqui e ali uma garagem com um carro coberto de lona e talvez algumas galinhas no capô. Havia carrinhos de mão cheios de tijolos quebrados ou cimento ou adubo; uma das duas casas tinha lugares para limpar os peixes das pescarias e varais pendurados de casa em casa, pesados de lençóis e camisas sem cabeça, com fileiras de meias presas. Um burro preto amordaçado respirava suavemente, amarrado a uma árvore no quintal de alguém.

No final do canal encontrei o portão do vinhedo. Não estava marcado, enferrujado com o sal do ar, e abria para um declive de ciprestes e cordilheiras de pedra calcária. O sol estava levantando, embranquecendo o céu sobre a montanha. Eu podia ver escavadores que se moviam entre as vinhas, homens que se alongavam aqui e ali bocejando e acendendo cigarros. Havia sete ou oito, com pás espalhadas pelo morro, e estavam cavando num padrão irregular, que parecia um completo desarranjo sob ciprestes e entre as fileiras, altas como o topo das vinhas onde o plano virara cerrado, caindo sobre a terra umedecida pelo orvalho. O estalo de suas pás, que ia até o final do morro na noite passada, de alguma forma não estava tão alto aqui. Lá na frente, um dos homens cantava.

Eu me sentia instável na terra fofa do morro, e havia montes e buracos rasos por todo canto. Meus olhos ajustaram-se à meia-luz, e eu andava entre as fileiras até o homem mais próximo, pesado e de chapéu, sentado no chão a alguns metros de distância. Ele se afastara de mim, apoiando-se em sua pá e tirando a rolha do que parecia ser uma garrafinha; abri a boca para cumprimentá-lo no instante mesmo em que minha perna tropeçou num dos buracos e afundei.

Quando me avistou tentando sair do buraco, ele perdeu a respiração e cambaleou para trás; seus olhos ficaram selvagens, os lábios azuis, o queixo tremia. – Nossa Senhora! – gritou, e percebi que fazia o sinal da cruz; por um momento achei que me daria um golpe com a pá. Fiquei com as mãos para cima, gritando que eu era médica, era médica: – Não!

Ele levou um minuto para se recompor, ainda respirando profundamente. – Filha da puta – ele resmungou, ainda fazendo o sinal da cruz. A comoção do nosso encontro atraíra outros homens, que agora corriam na nossa direção, enquanto emergiam das vinhas cabeças e pás, um braço aqui outro ali, os rostos indistintos. Alguns deram um passo à frente com lanternas, e o facho de luz acertou-me os olhos.

– Você a vê? – perguntou minha vítima gorda a um dos homens. – Duré, você a vê? – ele disse isso para um homem baixinho que se materializara de uma fileira do canto morro abaixo. – Acho que você achou algo – o homem disse. Era um varapau de tão magro. Suas orelhas eram notáveis – projetadas da silhueta como alças de um bule –, e o suor em seu rosto irrompia da fina camada de poeira branca que se solidificara nas rugas ao redor dos olhos e da boca.

– Mas, Duré, você a *vê*?

– Está tudo bem – Duré respondeu, batendo no ombro do gordo. – Está tudo bem. – E para mim ele disse: – Que diabos está fazendo?

Eu não tinha resposta.

– Não sabe que não deve vir aqui sorrateiramente no meio da noite? Qual é o seu problema?

– Sou médica – respondi, sentindo-me uma idiota.

Ele comprimiu os olhos ao ver meu avental branco – manchado de poeira e de algo que eu esperava fosse lama – e sacudiu a cabeça.

– Jesus.

– Sinto muito – desculpei-me para o homem pesadão, e ele soltou um impropério regional incompreensível para mim, quase certamente não uma aceitação das minhas desculpas. Então, pegou a sua garrafa e se meteu nas fileiras, murmurando para si mesmo e tossindo aquela mesma tosse que eu ouvira na casa. Os homens que estavam ao seu redor começaram a se dispersar, voltando para o lugar entre as vinhas. Duré limpou as mãos no avental cinza que usava e acendeu um cigarro. Não parecia particularmente interessado na razão pela qual eu estava ali ou por que eu não ia embora, e acabou se virando e voltando a descer pelo morro. Segui-o entre as fileiras até ele encontrar sua pá, e fiquei atrás dele enquanto a balançou na terra dura sob as vinhas.

Minhas mãos haviam aparado a queda, e percebi que estavam arranhadas, grudentas de sangue, com terra sob a pele.

– Tem água? – perguntei para Duré.

Ele não tinha, mas tinha *rakija*. Viu-me jogar uma dose na palma das mãos. – É feita em casa – ele disse. Tinha cheiro de damasco e ardia.

– Sou médica – repeti.

– Você fica falando isso – disse Duré e pegou de volta sua garrafa. – Sou mecânico. Dubi lá é soldador. Meu tio carrega estrume para viver – abriu a tampa e virou a garrafa de novo.

– Estou hospedada com Barba Ivan. Quero falar com vocês sobre a garotinha.

– O que tem ela?

– É sua filha?

– É o que minha esposa diz – ele deu uma última tragada no cigarro que se enchia de cinzas entre os lábios e jogou-o no monte de terra que estava lentamente se empilhando mais alto do que seu tênis.

– Qual é o nome dela?

– O que isso tem a ver com você? – Ele enfiou a garrafinha de *rakija* de volta no bolso de seu macacão cinza e tirou a pá dos ombros, colocando-a no chão.

– Aquela garotinha está muito doente – eu disse.

– Sério? – Duré retrucou. – Acha que é preciso me dizer isso? Por que pensa que estou aqui, para me exercitar?

Pus as mãos nos bolsos e vi o sol deslizando do topo dos morros ao longe. Nada estava certa sobre as outras crianças, dois garotinhos que não deviam ter mais de nove anos, escavando com o resto dos homens, seus rostos brancos, as pupilas escuras e dilatadas. Passavam um cigarro de um para outro. Pensei comigo mesma: “meu avô torceria as orelhas deles”, e no momento seguinte, quando percebi que não iria lhe contar isso, fiquei lá com a terra seca levada pelo vento e as cigarras tocando sua melodia melancólica na ladeira de ciprestes.

Perguntei a Duré: – Quantos anos têm aqueles meninos lá?

– São meus filhos – ele respondeu, sem pestanejar.

– Estão fumando – observei. Um dos meninos tinha um longo e espesso filete de meleca verde saindo de uma narina e, enquanto escavava, ocasionalmente o lambia. – Estão doentes também? – perguntei.

Duré afundou a pá na terra e se endireitou para me olhar: – Não é da sua conta.

– Isso não é um resfriado comum. Parece sério, a garotinha pode ter coqueluche, bronquite. Pode virar pneumonia.

– Não vai.

– Ela já foi a um médico?

– Ela não precisa.

– E quanto aos meninos? Também não precisam?

– Vão ficar bem – Duré retrucou.

– Ouvi dizer que você os traz aqui à tarde, no calor. Sabe o que isso pode provocar se alguém tem febre?

– Ouviu dizer, não foi? – ele rebateu. Balançava a cabeça, sua risada escondida pela forma como se inclinava para a frente. – Fazemos o que temos de fazer, doutora – ele disse. – Não se meta nisso.

– Tenho certeza de que você necessita de todas as mãos que puder arrumar para a temporada de trabalho – eu disse, tentando soar compreensiva. – Mas precisa ser capaz de poupar os meninos.

– Trabalho não tem nada a ver com isso.

– Mande-os para nos ver – pedi, pressionando, ignorando-o. – Somos da Universidade, temos remédios para o novo orfanato de Sveti Paškal. Haverá uma clínica gratuita.

– Meus filhos não são órfãos.

– Tudo bem – respondi. – Mas é remédio gratuito.

– *Tudo bem*, ela diz. Qual é o seu problema? – ele perguntou novamente. – Acha que quero meus filhos perto de órfãos?

– Bem, você os faz trabalhar quando estão doentes – eu disse bem alto. Alguém no vinhedo soltou um assobio baixo e foi seguido de uma explosão de risadas dos homens.

Duré não se abalou. O tempo todo não parou de cavar. Eu podia ver a silhueta delgada de seus ombros subindo e descendo e caindo com o macacão cinza. Agora, essa mesma conversa com meu avô provavelmente desandaria em bofetadas.

– Tomo conta direitinho deles – insisti.

– Isso é assunto de família – Duré respondeu. – Estou cuidando deles.

De repente fiquei incrivelmente brava. Lutei com a compulsão de perguntar a Duré como ele se sentiria com a visita do meu amigo, o sargento, lá do quartel-general das Clínicas Unidas. Como se sentiria com uma conversinha com um homem que pesava cento e cinquenta quilos e que passara seis semanas supervisionando a demolição de um hospital de terceira classe que não tinha água encanada? Mas, então, pensei que podia ser contraproducente, daí fiquei parada enquanto Duré acendia outro cigarro e continuava a cavar.

De tempos em tempos, ele se inclinava para examinar a terra cuidadosamente, corria os dedos nela e endireitava-se. Não o cigarro, nem a *rakija*, é o esforço que faz sua tosse sair finalmente.

Então, volto a falar: – Até onde você acha que vai com essa atadura de *rakija* e qualquer outra cura insana que está tentando, enrolando-os em cobertores e colocando cascas de batata em sua meias?

Ele tinha parado de escutar.

– Eles precisam de medicamentos. Assim como a sua esposa. E eu não me surpreenderia se você também.

Houve um grito do outro lado do vinhedo. Um dos homens encontrara algo, e começou uma comoção para chegar lá o mais rápido possível. Duré seguiu o caminho, provavelmente achando que ao me deixar para trás provocaria minha partida imediata, mas não provocou. Eu o segui pelas fileiras até um canto, onde um jovem esguio estava ajoelhado sobre um buraco fundo no chão. Os homens arrulhavam ao redor. Um pouco atrás deles, fiquei na ponta dos pés para ver.

Duré se inclinou e peneirou a terra com sua mão livre. A vinha estava tomada por uma luz pálida, e a terra, branca e úmida. Ele se endireitou com alguma coisa na palma da mão – uma lasca do tamanho de um dedo de algo afiado e amarelo. Osso, percebi. Ele o revirou no punho e olhou para a terra novamente.

– O que você diz, doutora? – Duré dirigiu-se a mim, virando-se e me passando a lasca. Não entendi o que perguntava, e fiquei olhando feito boba para aquilo.

– Achei que não – ele disse e o jogou na terra. – Algum animal – disse para o escavador que o encontrara.

Um dos meninos estava de pé na altura do meu cotovelo, apoiando-se na alça da pá. Era um moleque mirrado, de cabelo cor de areia, com um rosto largo, e fazia aquele ruído úmido envernizado de dor de garganta entre bocejos, sugando a língua para raspá-la na superfície seca de sua garganta. Só ouvir isso já fazia meus olhos lacrimejarem. Quando ele se virou para partir, pus a mão na sua testa.

– Está com febre – eu disse para Duré, que ia descendo de volta para a sua pequena área no fim do vinhedo.

Mas já amanhecera, e a luz amarelada cruzara o pico do Monte Brejevina, descendo do outro lado na nossa direção, na da nossa casa, da nossa janela no segundo andar atrás dos oleandros e do mar, à vista, plano e brilhante, além dos telhados. Eu me sentia como se estivesse acordada havia alguns dias. Não podia acompanhar Duré naquele solo irregular; devia gritar para ele?

– O menino está doente, e é muito novo, você está quebrando a lei.

– Estou no meu país.

Era uma mentira veemente. Ele tinha um sotaque do leste da cidade. – Não está, não – rebati.

– Nem você está, doutora.

– Ainda assim, mesmo aqui há organizações que não pensariam duas vezes em...

Mas Duré já ouvira o bastante. Voltou na minha direção tão rápido que quase colidimos, com seu pescoço marcado de tendões. Eu estava num nível mais alto, mas ele tinha a pá, e seus olhos estavam vermelhos de sangue.

– Acha que é a primeira doutora a me dizer algo assim? – Agora ele falava muito baixo. Eu podia sentir seu bafo de damasco. – Acha que não ouvi isso antes, sobre trazer alguém para interferir, para levar meus moleques? Vá em frente, veja quanto tempo vai levar.

– Ele está aqui a noite toda. Mande-o para casa.

O moleque em questão ouvia o tempo todo, parado no chão de pedras sobre nós, com os ombros finos caídos para a frente. Duré descansou sua pá na coxa, e tirou um par de luvas de trabalho do bolso, colocou-as nos dedos cheios de calos e com unhas pretas. – Marko – Duré disse alto. – A doutora recomenda que você vá para casa – mas não olhou para o menino. – A escolha é sua.

O menino hesitou um momento, olhando de cima para baixo o vinhedo. Então, voltou a escavar sem dizer uma palavra. Duré o observou com um sorriso que eu não poderia categorizar. Depois se virou para mim.

– Não tenho mais tempo para perder com você. Tenho um corpo em algum lugar aqui que precisa aparecer para que meus filhos melhorem. – Ele se virou, arrastando a pá. – Isso soa aceitável, doutora, meus filhos melhorarem?

Observei as linhas finas de seu cabelo, penteado para trás sobre as partes calvas da cabeça, enquanto ele descia tentando manter o passo sobre o cascalho. – Não entendo – respondi.

– Temos um primo nesta vinha, doutora, enterrado há doze anos, durante a guerra – ele abriu os braços apontando para as vinhas, de um lado do terreno para o outro; estava bem sério. – Ele não gosta daqui, e está nos deixando doentes. Quando o encontrarmos, estaremos no nosso caminho.

Mas eu me sentia muito cansada, e me vi começando a rir. Ele não tinha mais nada a dizer, e recorrera a isso para se livrar de mim. A escavação era superficial, sem padrão; eles não estavam plantando nada, percebi. Não estavam arrancando ervas também, ou esmagando ratos do campo. Tentei fazer graça e disse: – Checou as fundações das pontes?

Duré olhou para mim por um momento, sério, sem piscar, e respondeu: – Claro, foi o primeiro lugar em que olhamos.

4

O TIGRE

Tendo filtrado tudo o que conheço agora sobre a noiva do tigre, posso lhe contar este fato: em 1941, no final da primavera, sem uma declaração ou aviso, bombas alemãs começaram a cair na cidade, e não pararam por três dias. O tigre não sabia que eram bombas. Não conhecia nada além do chiado e dos guinchos dos lutadores passando acima, dos mísseis caindo, do som de ursos gritando em outras partes da fortaleza, do silêncio repentino dos pássaros. Havia fumaça e um calor terrível, um sol cinza erguendo-se e caindo no que parecia ser uma questão de minutos, e o tigre, agitado, de língua seca, correu para lá e para cá ao longo de barras enferrujadas, rugindo como um touro. Estava sozinho e com fome, e essa fome, aliada ao ruído tempestuoso do bombardeio, havia incrustado nele um tipo de consciência de sua própria morte, um conhecimento iminente e inato de que não podia ignorar nem sucumbir àquilo. Ele não sabia o que fazer. Sua água secara, e ele rolava e rolava na cama de pedras de seu canal, nos ossos não devorados no canto da jaula, fazendo aquele longo e triste som que os tigres fazem.

Após dois dias de um lado para outro, suas patas cederam, e ele foi reduzido a uma contração de membros caídos em sua própria ruína. Perdera a habilidade de se mover, de produzir som, de reagir de qualquer forma. Quando uma bomba perdida acertou o muro sul do forte – levantando uma nuvem sufocante de fumaça e cinzas e arremessando pedaços de entulho na sua cabeça e no flanco, pedaços que moeriam sua pele por semanas até ele se acostumar com a dor granulosa quando rolava de lado e se coçava nas árvores –, seu coração poderia ter parado. O ar iridescente e a sensação de que sua pelagem se descascava como papel no calor foram seguidos pelas longas horas nas quais ele se encolhia nos fundos da toca vendo a lateral rompida do muro do forte. Todas essas coisas deveriam tê-lo matado. Mas algo, alguma agitação em seu sangue, o forçou a ficar de pé e a passar pela fenda no muro, à força de um empurrão. (Ele não foi o único. Anos depois escreveriam sobre lobos correndo pela rua, um urso-polar no rio, revoadas de papagaios vistas por semanas na cidade, e sobre um famoso engenheiro e sua família que viveram um mês inteiro da carcaça de uma zebra.)

A rota do tigre pela cidade naquela noite o levou ao norte, para a água, atrás do forte, onde os restos do porto de mercadores e o bairro judeu se espalhavam em pilhas afundadas de tijolos na margem até as águas do Danúbio. O rio estava iluminado por incêndios, e os que haviam entrado nele estavam se banhando de costas para a margem onde havia um tigre. O tigre considerou nadar atravessando o rio, e em circunstâncias melhores podia ter tentado isso, mas o cheiro que se levantava dos corpos o fez dar meia-volta e o mandou de novo para o morro do forte e para dentro da cidade em ruínas.

As pessoas devem tê-lo visto, só que no meio do bombardeio ele era tudo, menos um tigre para elas, uma piada, uma insanidade, uma alucinação religiosa. Ele vagava, enorme e silencioso, pelos becos da Cidade Velha, passando por portas destruídas de cafés e padarias, por automóveis arremessados em vitrines. Passou pela linha do bonde, por todos os bondes caídos, por baixo de fios elétricos da cidade que agora se penduravam quebrados e pretos como cipós.

Quando o tigre chegou ao Knez Petrova, saqueadores já tomavam o Boulevard. Homens passavam por ele, ao lado dele, homens com casacos de pele e sacos de farinha, com pacotes de açúcar e materiais de construção, com torneiras, mesas, pernas de cadeira, tapeçaria arrancada das paredes de antigas casas turcas que haviam sucumbido ao bombardeio. Ele ignorava tudo.

Algumas horas antes do nascer do sol, o tigre se encontrou no mercado abandonado de Kalinia, dois quarteirões acima de onde meu avô e minha avó comprariam seu primeiro apartamento, quinze anos depois. Ali, o cheiro da morte pendurava-se no vento vindo do norte separado por poças de um cheiro rico que escorria entre as pedras da praça do mercado. Ele andava com a cabeça abaixada, saboreando o espectro de aromas irreconhecíveis – tomate esmagado e espinafre que se grudava às ranhuras da rua, ovos quebrados, pedaços de peixe, os restos gordurosos nas laterais das barracas do açougue, o perfume expresso que lambuzava as bordas do balcão de queijo. Com uma sede insana, ele lambeu as poças do chafariz em que as mulheres das flores enchiam seus baldes, e então enfiou o focinho no rosto de uma criança que havia sido deixada dormindo, enrolada em cobertores, sob a barraca de panquecas.

Finalmente, passando pelas vizinhanças sem sono da cidade baixa, com o barulho do segundo rio nas suas orelhas, o tigre começou a subir a trilha para a floresta do rei. Gosto de pensar que seguiu pela nossa longa trilha de caminhada. Gosto de imaginar sua pata de gato grande deixando marcas no cascalho, sua caminhada exausta, de ombros quadrados, pelos caminhos da minha infância, anos antes de eu ter nascido. Mas, na realidade, o caminho pela vegetação era mais rápido, o musgo mais fácil para as patas que ele machucara nos destroços da cidade. Experimentou a sensação refrescante das árvores se abaixando para ele enquanto subia o morro, até que finalmente chegasse ao topo, com a cidade queimada bem atrás.

O tigre passou o resto da noite no cemitério e deixou a cidade de manhã. Não passou sem ser observado. Foi visto primeiro pelo escavador de túmulos, um homem quase cego, que não confiou em seus olhos para dizer que havia um tigre, apoiado nas pernas traseiras, revirando o monte de lixo do pátio da igreja, mordendo cardo no sol do começo da manhã. Ele foi visto em seguida por uma garotinha que estava nos fundos da charrete da família e o notara entre as árvores, mas achou que era um sonho. Foi notado também pelo comandante do tanque da cidade, que acabaria dando um tiro em si mesmo três dias depois e que mencionou o tigre em sua última carta para a noiva. "Nunca vi uma coisa tão estranha como um tigre num campo de trigo", ele escreveu, "mesmo que hoje eu tenha tirado os seios negros de uma mulher e um estômago do lago do Convento de Santa Maria". A última pessoa a ver o tigre foi um fazendeiro num pequeno espaço de terra a duas milhas do sul da cidade, que estava enterrando seu filho no jardim e jogou pedras quando o animal chegou perto demais.

O tigre não tinha destino, apenas o impulso constante da autopreservação no fundo de seu estômago, algum sentido vago e nato do que estava procurando que o carregava à frente. Por dias, depois semanas, havia longos campos áridos e extensões de pântanos carregados de mortos. Corpos se empilhavam ao lado da estrada e se penduravam como pássaros, abertos e secos, dos galhos das árvores. O tigre os esperava cair, e então os revirava até tirar tudo o que podia; perdeu dois dentes e seguiu em frente. Foi pelo rio correnteza acima, por um declive inundado de morros inchados das chuvas de abril, dormindo em canoas vazias enquanto o sol, pálido na neblina azul do rio, ficava mais fraco. Passava ao lado de habitações humanas, de pequenas fazendas em que a presença do gado o tirava dos arbustos, mas o céu aberto e a perspectiva de ruído humano o aterrorizavam, e ele não ficava muito tempo.

Numa margem do rio, chegou a uma igreja abandonada, a uma torre de sino rodeada de vinhas, tomada pelo farfalhar abafado de pombos. Abrigou-se ali da chuva por algumas semanas, mas não havia comida, com todos os corpos no pátio da igreja decompostos fazia muito tempo, nada para ele além dos ovos de pássaros aquáticos e de um eventual peixe-gato que chegava à praia, e então acabou se mudando. No começo do outono, passara quatro meses nos pântanos, mordiscando carcaças apodrecidas que encontrava, agarrando sapos e salamandras no leito do córrego. Havia se tornado hospedeiro de sanguessugas, e dúzias delas prendiam-se como olhos na pele de suas pernas e de seu flanco.

Uma manhã, em meio a uma nevasca antecipada, encontrou um porco selvagem. Marrom e inchado, o bicho distraía-se com sementes e, pela primeira vez em sua vida, o tigre iniciou uma caçada. Foi estrondoso e mal calculado. Veio com a cabeça erguida e a respiração alta como uma buzina, e o porco, mesmo sem se virar para ver seu perseguidor, desapareceu na vegetação outonal.

O tigre não teve sucesso, mas já era alguma coisa. Nascera numa caixa de feno num circo de ciganos e passara a vida alimentando-se de colunas gordurosas de espinha na jaula da fortaleza. Pela primeira vez, o impulso que o fazia flexionar as garras ao sol e a compulsão que o levava a arrastar sua carne para o canto da jaula que ocupava sozinho estavam articulados em algo além da frustração. A necessidade o levava lentamente para longe de sua falta de jeito domesticada. Ela reforçava e fortalecia os blocos que constituíam sua natureza, alongava seus lânguidos reflexos felinos; e o instinto siberiano há muito perdido o puxava para o norte, para o frio.

A vila de Galina, onde meu avô cresceu, não aparece no mapa. Meu avô nunca me levou lá, raramente a mencionou, nunca expressou saudade, curiosidade ou desejo de voltar. Minha mãe não poderia me contar nada da vila; minha avó nunca esteve lá. Quando finalmente a procurei, depois da vacinação em Brejevina, muito depois do enterro do meu avô, fui sozinha, sem contar a ninguém aonde estava indo.

Para chegar a Galina você precisa deixar a cidade no raiar do dia e viajar para noroeste pela rodovia que corta os subúrbios onde empreendedores estão construindo casas de veraneio – casas altas de tijolos, sem quintal, que nunca serão terminadas. Atrás de seus portões, as portas e janelas bocejam vazias, e gatos de patas finas se alongam em carrinhos de mão cheios de terra. Aqui e ali há sinais de um país se recuperando: placas de lojas de tinta, folhetos de lojas de jardinagem presos às árvores, cartazes de lojas de azulejo, *banners* de oficinas de carpintaria, armazéns de móveis, oficinas de eletricistas. Uma pedreira, na face do penhasco nua, escavadoras amarelas sem tripulante, esperando o dia começar; um enorme cartaz anunciando a melhor churrascaria do mundo com a foto de um carneiro girando no espeto quente.

O caminho não é nem um pouco parecido com o que Zóra e eu fizemos para Brejevina, apesar de que aqui também existem vinhas, resplandecendo em verde e amarelo ao leste. Velhos cruzam a rua na sua frente a pé, atrás de rebanhos de ovelhas recém-tosadas, sem pressa, parando e acenando para elas se moverem, ou tirando os sapatos para sacudir pedrinhas que os incomodam há horas. O fato de outros terem pressa não é do interesse deles; na sua opinião, se a viagem for feita com pressa, nada se aproveita.

A rodovia se estreita numa via única e começa a subir, uma subida leve inicialmente, com pastos emoldurados pela floresta, extensões de verde vivo que se abrem de repente quando se chega às curvas. Os carros que descem a montanha na sua direção são pequenos, cheios de famílias, deslizando para a sua via. Seu rádio já começa a captar noticiários do outro lado da fronteira, mas o sinal é leve, e as vozes se confundem em estática por vários minutos.

Você perde a luz do sol e, de repente, está dirigindo por uma margem de nuvens baixas que se desdobram pela estrada à frente ancoradas por pinheiros e pelas rochas acima, pelos pastos esparramados que se abrem abaixo, pontilhados de casas desorganizadas com pousadas sem porta, córregos distantes sem nome. Você vai perceber que não vê um carro há quilômetros. Você tem um mapa, mas é inútil. A igreja pela qual você passa é cinza e silenciosa, seu estacionamento está vazio. No posto de gasolina, ninguém pode lhe dizer para onde ir em seguida, os postos não recebem gasolina há semanas.

Naquela extensão vazia de rodovia há uma única placa apontando a direção correta. É fácil perdê-la, uma placa de madeira com as palavras *Sveti Danilo* rabiscadas em giz branco e uma seta torta indicando a direção para a estrada de cascalho que desce o vale. A placa não vai lhe dizer que, tendo virado naquele caminho, você acabou de se comprometer a passar a noite por ali, seu carro provavelmente não conseguirá voltar de uma vez só. Você vai passar oito horas com os joelhos no queixo, as costas na porta, a lanterna sem função e sem uso no porta-malas, porque, para pegá-la, você teria de sair do carro, e isso nunca vai acontecer.

O caminho corta uma descida por campos de trigo cercados de pontos de amora, aos quais a floresta voltou e jogou um borrifo de flores brancas na grama. Com frequência você passa por um enorme porco abandonado, fuçando no canal ao lado da trilha. O porco olha para você e não parece impressionado.

Com vinte minutos na estrada, ela faz um zigue-zague, e você, uma curva, tomada pela claridade que vem além do vale, onde o bosque de pinheiros se ergue denso e silencioso; aquela luz é o sol brilhando na última janela sobrevivente do mosteiro de Sveti Danilo, o único sinal de que ainda está lá, e é considerada um milagre, porque você sempre a verá do mesmo lugar, a qualquer hora do dia, desde que haja sol.

Pouco depois, casas começam a aparecer; primeiro, uma casa de fazenda com telhado de latão cuja janela do sótão se abre para a estrada. Ninguém vive aqui, e uma vinha preta cresceu no jardim e engoliu a parte superior do pomar. A próxima o surpreende quando você chega à esquina. Há um homem de cabelo branco sentado na varanda e, no momento em que ele vê seu carro, levanta-se e se move para dentro com uma velocidade impressionante; saiba que ele estava ouvindo seus pneus no cascalho nos últimos cinco minutos e quer que você o veja batendo a porta. Seu nome é Marko Parović – você saberá mais sobre ele depois.

Passando a cadeia de pequenas cachoeiras, chega-se ao centro da vila, dez ou doze casas cinzentas e vermelhas amontoadas ao redor da estátua de bronze de um braço só de Sveti Danilo e ao seu poço. Todo mundo estará na vila, sentado nos bancos abertos das varandas; todos o verão, mas ninguém olhará para você.

Meu avô cresceu numa casa de pedra tomada por vinhas e flores de um roxo vivo. A casa não existe mais; por vinte anos ficou vazia e, então, tijolo por tijolo, os aldeões a desmontaram para remendar os muros dos estábulos, tapar buracos no sótão, reforçar as portas.

A mãe do meu avô morreu ao dar à luz, e seu pai morreu antes de ele formar uma lembrança sua. Em vez disso, meu avô viveu com sua avó, a parteira da cidade, uma mulher que já havia criado seis crianças, a metade das quais eram filhos de amigos e vizinhos da vila. A cidade toda a chamava afetuosamente de Mãe Vera. Apenas uma foto dela sobreviveu. Nela, Mãe Vera é uma mulher austera de meia-idade, em pé no que parece ser o canto de uma casa de pedra, atrás da qual um pomar carregado de árvores estende-se para baixo e para longe. Suas mãos, cruzadas na frente, são as de uma trabalhadora; sua expressão parece indicar que o fotógrafo lhe deve dinheiro.

Naqueles tempos, a casa tinha apenas três quartos. Meu avô dormia num colchão de palha num pequeno berço de madeira ao lado da lareira. Havia uma cozinha limpa com panelas e frigideiras de latão, guirlandas de alho suspensas das vigas, uma despensa arrumadinha repleta de jarras de picles, *ajvar* e cebolas e geleia de rosa e garrafas de *rakija* caseira de noz. No inverno, Mãe Vera acendia uma lareira que queimava o dia todo e a noite toda sem se apagar, e no verão um casal de cegonhas brancas se aninhava no topo da pedra tostada da chaminé, batendo o bico por horas a fio. A visão do jardim estendia-se para montanhas verdes sobre a cidade e para o vale, no qual um rio claro e largo se abre e depois se contrai ao redor de uma curva com a igreja de torre vermelha. Uma estrada de terra ao lado da casa leva da alameda de tílias ao pomar de ameixas perto da água. No jardim, Mãe Vera plantava batatas, alface, cenoura e uma pequena roseira, que podava com um cuidado célebre.

Dizem que, em tempos medievais, a cidade se espalhava ao redor do mosteiro de Sveti Danilo, projeto de um arquiteto cujo talento para mapeamento e *design* artístico foi vencido por sua falta de habilidade em considerar que o isolamento dos monges seria regularmente interrompido pelos movimentos de exércitos nas montanhas do leste e no vale do rio. O resultado foi a invasão gradual das terras do mosteiro por um bando crescente de fazendeiros, pecuaristas e gente das montanhas que, achando-se capaz de suportar longas batalhas com ursos, a neve, ancestrais mortos e Baba Roga, chegaram a pensar que o isolamento dos morros do leste não era preferível à habilidade de fugir para os muros do mosteiro ao primeiro sinal da horda turca. Eles acabaram desenvolvendo uma pequena economia própria, equilibrada sobre as variadas profissões de cerca de vinte famílias residentes, cujos terrenos em vida haviam passado de geração em geração, e cuja solidão, mesmo depois de o mosteiro despencar na Primeira Guerra Mundial, era ferozmente protegida de todos os forasteiros, com exceção do ocasional caixeiro-viajante no verão ou de uma filha do outro lado das montanhas que entrava na vila como uma nova esposa.

O povo da Mãe Vera sempre foi de pastores e, sendo sozinha, ela investiu muito de sua própria vida na profissão que parecia um caminho natural ao qual dirigir meu avô. Então, ele cresceu com ovelhas, com seus balidos e grunhidos, seu cheiro forte e olhos úmidos, sua nudez estupefata de primavera. Foi criado também com a morte das ovelhas, a matança da primavera, o modo como eram retalhadas e vendidas. A forma articulada de Mãe Vera ao manejar a faca, direta, precisa, como tudo o que ela fazia, da maneira de cozinhar à de tricotar suéteres para ele. Os ritmos ritualísticos de sua vida eram construídos na natureza da Mãe Vera, uma qualidade que ela também esperava legar ao meu avô: o processo lógico e direto de se mover de estação para estação, do nascimento à morte, sem sentimentos desnecessários.

Como todas as disciplinadoras matriarcais, Mãe Vera estava certa da eventual aceitação de ordem do meu avô, e, portanto, confiava nas habilidades dele: excessiva confiança, talvez, porque, quando ele tinha seis anos, ela lhe passou um pequeno cajado de pastor feito sob medida e o mandou aos campos com um grupo de ovelhas velhas que, achava, não iam lhe dar muito trabalho. Era um exercício, e meu avô ficou animado com a nova responsabilidade.

Mas ele era tão novo que depois só conseguiria se lembrar de fragmentos do que aconteceu em seguida; a calma dos campos de manhã, os flancos flexíveis de algodão das ovelhas, a surpresa ao cair num buraco fundo no qual ele passaria a noite, sozinho, olhando, acima, para as ovelhas intrigadas e, horas depois, o rosto pensativo da Mãe Vera iluminado pela manhã aparecendo na boca do buraco.

Essa foi uma das poucas histórias que meu avô contou sobre sua infância. Outra, caracteristicamente, foi uma anedota médica.

Ao crescer, ele tinha uma amiga chamada Mirica, que morava algumas casas à frente e, quando estavam ambos grandes o suficiente para não ficarem puxando o cabelo e xingando um ao outro, brincavam de casinha, que era a coisa civilizada a se fazer.

Uma tarde, meu avô fazia-se passar pelo marido lenhador e descia a rua, conversando consigo mesmo e carregando um machadinho de brinquedo; Mirica, enquanto isso, doutrinada como ela só com o princípio do que uma esposa dedicada deveria estar fazendo, preparou para ele uma refeição de sopa de água do poço com folhas de oleandro, que lhe foi servida no toco de uma árvore. O problema não era a essência da brincadeira, mas a prática: meu avô tomou dedicadamente a sopa de folhas de oleandro e instantaneamente teve um acesso de convulsões e vômito.

O farmacêutico da cidade chegou uma hora depois para induzir mais vômitos e esvaziar o estômago do meu avô, o que é um procedimento bárbaro hoje em dia e considerado ainda mais bárbaro naquela época. O farmacêutico me foi descrito por outros que o conheceram: mãos enormes, olhos grandes e imponentes, e sobre eles uma lâmpada presa à cabeça, e eu imagino que meu avô foi, naquela tenra idade, seduzido numa reverência espantada pela profissão médica.

Com os anos, o farmacêutico o visitou com mais frequência. Estava lá para administrar ipecacuanha e cuidar de ossos quebrados, para extrair um molar partido quando meu avô comprou secretamente quebra-queixo de um cigano com quem fora proibido de interagir. Quando, no correr de um jogo intenso de nós-contra-otomanos, meu avô virou seu machadinho improvisado um pouco empolgado demais e enfiou a latinha afiada como uma gilete, que fazia as vezes de lâmina, na testa de um garoto vizinho, o farmacêutico foi lá para costurar o corte que chegava até o osso e se abria pouco abaixo do cabelo de Dušan.

Meu avô, é claro, nunca mencionou o inverno de sua própria grande doença, uma febre que irrompeu pela vila. Apesar de todos os esforços do farmacêutico, meu avô foi a única criança com menos de doze anos a sobreviver; seis foram enterradas na neve; toda a sua geração, até Mirica, a das folhas de oleandro.

Acho que alguma coisa naquelas memórias de infância deve ter se tornado não perecível. Por toda sua vida meu avô se lembraria da sensação de ficar no calor da loja do farmacêutico olhando para a jaula vermelha da íbis, quieto e sério. A loja representava o tipo mais magnífico de ordem, a simetria prazerosa que não se conseguia trazer para casa vindo com o número certo de ovelhas. Parado debaixo do balcão, com uma meia mais baixa do que a outra, meu avô olhava para as prateleiras, as garrafas de fundo grosso de remédios e deleitava-se com a calma delas, com as promessas controladas de bem-estar. Os pequenos termômetros dourados, os pós, ervas e temperos, o cheiro convidativo da loja do farmacêutico, em que todas as coisas significavam outro plano de realidade. E o farmacêutico – extrator de dentes, intérprete de sonhos, medidor de medicamentos, guardião de um magnífico íbis escarlate – era um mágico confiável, o único tipo de mágico que meu avô poderia admirar. Motivo pelo qual, de certa forma, esta história começa e termina com ele.

Ser pastor, talvez de maneira surpreendente, o conduziu aos estudos, e fez meu avô avançar bem na escola. Ele ficava sozinho e sem perturbações por longos períodos. Os campos sobre Galina são verdes e silenciosos, lar de gafanhotos e borboletas, pasto de cervos. Sessenta ovelhas para um menino, e toda a sombra de árvore que ele poderia desejar. Naquele primeiro verão que passou nos campos, ele se autoensinou a ler.

Lia o livro do alfabeto, a pedra fundamental de aprendizado da infância, a primeira filosofia à qual estava exposto – a simplicidade da língua, a articulação de uma carta que soava exatamente como parecia. Então, ele leu *O livro da selva*, um presente do farmacêutico. Por semanas, meu avô sentou-se na grama alta e se debruçou sobre o volume marrom com suas páginas macias. Ele lia sobre a pantera Baguera, o urso Balu, o velho lobo

Akela. No verso da capa havia o desenho de um garoto magro e ereto enfiando um graveto com fogo no rosto de um enorme gato de cabeça quadrada.

Ouvi dizer que o tigre foi avistado primeiramente na colina de Galina, sobre a cidade, durante uma tempestade de neve no final de dezembro. Não se sabe por quanto tempo ele tinha estado lá, escondido nos troncos de árvores caídas; mas, naquele dia em particular, o vaqueiro Vladiša perdeu um novilho na nevasca e subiu a montanha para resgatá-lo. Em meio a arbustos, ele se deparou com o tigre, de olhos amarelos brilhantes como uma lua, com o bezerro já morto pendurado em suas mandíbulas. Um tigre. O que isso significava para um homem como Vladiša? Conheço um *tigre* porque meu avô me levava para a Fortaleza toda semana e apontava para mim, o *tigre*; porque as placas no museu de taxidermia onde às vezes passávamos tardes silenciosas diziam *tigre*, porque um *tigre* rastejava, em intricadas estampas chinesas, sobre a tampa da lata de creme para os joelhos da minha avó. *Tigre* era a Índia e tardes amarelas preguiçosas; o bambolear, com grandes olhos, pescoço quebrado, infiltrando-se nos mangues enquanto os arbustos de Kipling se dobravam para marcar as costas do assassino. Mas na vila de meu avô, naqueles tempos, um tigre, o que significava? Um urso, um lobo, sim. Mas, tigre? Como vinha o medo?

As pessoas não acreditaram no pobre Vladiša nem quando o viram descendo o morro correndo, branco como um fantasma, com os braços para cima, sem seu bezerro. Não acreditaram nele quando caiu na praça da vila, sem ar, aterrorizado e exausto, e conseguiu apenas gaguejar que eles estavam acabados, que o diabo tinha vindo para Galina e que deviam chamar o padre logo. Não acreditaram nele porque não sabiam no que acreditar; o que era aquela coisa laranja, de ombro e costas marcados de fogo? Estavam mais preparados para reagir se lhes tivesse dito que encontrara Baba Roga e que, naquele mesmo instante, seus ossos sobre uma perninha fina tinham descido o morro atrás dele.

Meu avô e a Mãe Vera estavam entre aqueles que foram atraídos para a praça pelo som dos gritos de Vladiša. A noiva do tigre devia estar lá também, mas eles não sabiam na época. Meu avô correu para fora da casa sem vestir seu casaco, e Mãe Vera, vindo atrás dele com o casaco nas mãos, deu-lhe um tabefe na orelha forçando-o para dentro das mangas. Então ficaram lá, os dois, enquanto o ferreiro, o peixeiro e o homem que vendia botões levantavam Vladiša da neve e lhe davam água.

Vladiša dizia: "O diabo, estou dizendo! O diabo veio buscar todos!".

Para meu avô, o diabo era muitas coisas; era Leši, o duende, que se encontrava no pasto e que pedia moedas; se lhe fossem negadas, ele virava e revirava a floresta, e o que negou ficaria perdido lá para sempre; era Cronobog, o deus de chifres, que trazia a escuridão. Você era mandado para o diabo por seus avós se se comportasse mal; você podia mandar outras pessoas para o diabo, mas só se você fosse muito, muito mais velho. O diabo era a Noite, segunda filha de Baba Roga, que andava sobre um cavalo preto pelos bosques. Às vezes, o diabo era a Morte, a pé, esperando por você na encruzilhada ou atrás de alguma porta que lhe disseram repetidamente para não abrir. Mas, enquanto meu avô escutava Vladiša, que soluçava sobre uma pelagem laranja com listras, tornava-se cada vez mais claro para ele que essa coisa em particular nos bosques não era o diabo, nem um diabo, mas talvez outra coisa, algo de que ele sabia um pouco, e seus olhos devem ter se iluminado quando ele disse: "Mas esse é Shere Khan".

Meu avô era uma criança magrela, com cabelo loiro e olhos grandes; vi fotos suas, em preto e branco com cantos recortados, nas quais ele olha sério para a câmera com suas meias de menino puxadas até em cima e as mãos no bolso. Deve ter sido estranho aquilo, sua calma, sua voz equilibrada, e o peixeiro, o ferreiro e várias outras pessoas que vieram correndo da vila e olharam para ele, intrigadas.

Entretanto, o farmacêutico também estava lá. "Talvez você esteja certo", ele disse. "Onde está o livro que eu te dei?". Meu avô correu para pegá-lo e, quando voltou, folheava-o freneticamente para que, quando chegasse à figura esparramada de Vladiša, já tivesse chegado à página com sua ilustração favorita, a de Mogli com Shere Khan.

Mostrou-a ao vaqueiro aterrorizado. Vladiša deu uma olhada e desmaiou, e foi assim que a vila soube do tigre.

Se fosse um tipo diferente de tigre, um caçador desde o início, provavelmente teria descido à vila mais cedo. Sua longa jornada desde a cidade o havia trazido à cadeia de montanhas, e mesmo ele não podia ter certeza de por que decidiu permanecer lá. Eu podia discutir agora que o vento e a neve profunda não lhe eram obstáculos, que ele poderia ter avançado o verão todo e chegado a uma outra vila, com uma outra igreja, talvez algum lugar com gente menos supersticiosa, onde algum fazendeiro objetivo poderia ter-lhe dado um tiro e o pendurado na lareira, vazio como um saco. Mas a montanha, com suas árvores arqueadas e armadilhas mortais aos pés, o flanco íngreme pontilhado de cavernas, o jogo selvagem e imprudente com a fome de inverno, o prendeu entre seus novos sentidos que se ampliavam e o cheiro vagamente familiar da vila abaixo.

O dia todo ele andou para cima e para baixo pela extensão da montanha, deixando os cheiros lhe chegarem, intrigado pela sensação de que não eram totalmente novos. Ele não se esquecera de sua época na fortaleza, mas sua lembrança estava pesadamente velada pelos últimos dias lá, e também seguintes, pela sua caminhada árdua. Agora ele só tinha um sentimento indistinto, em outra camada da sua mente, de que, havia muito, muito tempo, alguém lhe jogara carne fresca duas vezes ao dia e o borrifara com água quando o calor ficava insuportável. Os odores vindos lá de baixo significavam algo relacionado com isso, e o deixavam agitado e sem sono enquanto vagava pelos bosques, correndo instintivamente atrás de cada coelho e esquilo que via. Os odores eram prazerosos e distintos, totalmente separados uns dos outros: o cheiro denso, lanoso de ovelhas e cabras; o de fogo, piche, cera; o odor interessante dos banheiros externos; papel, ferro, os cheiros individuais de gente; os aromas apetitosos de guisado e *goulash*, o óleo de tortas assadas. Os cheiros também o deixavam cada vez mais consciente de sua fome, de sua falta de sucesso como caçador, de todo o tempo que passara desde sua última refeição, do bezerro que encontrara naquela tarde amarga quando viu um homem se virar e correr. O gosto do bezerro era familiar; a figura de um homem era familiar.

Naquela noite, ele desceu até a metade da montanha. Parou num precipício, em que a linha das árvores se curvava pelo fundo de uma cachoeira congelada, e olhou sem parar as janelas iluminadas e os telhados cheios de neve abaixo dele no vale.

Algumas noites depois, houve um novo cheiro. Ele o sentira aqui e ali no passado, o aroma momentâneo de sal e fumaça de lenha, repleto de sangue. O cheiro ardia em seu estômago, fazia-o ansiar pelo bezerro, levava-o a rolar de costas, com a cabeça pressionada na neve, chamando por aquilo até que os pássaros voassem tremendo para longe de seus ninhos. O cheiro lhe vinha quase toda noite, na escuridão, e ele ficava lá na neve recém-caída, com as árvores arqueando baixas ao seu redor, inspirando e expirando.

Uma noite, a quase um quilômetro de sua clareira, ele viu um veado solitário – cuja morte iminente o tigre estava esperando, sentindo-a dias antes de acontecer – tombar sob o peso da fome, da velhice e do frio amargo. Viu-o se ajoelhando e tombando, viu o que restava do seu chifre partir. Mais tarde, quando abria a barriga do veado, nem mesmo o calor que emanava das entranhas conseguia vencer o perfume da vila.

Uma noite, ele foi ao vale e ficou parado na cerca do pasto. Do outro lado do campo, estavam as casas silenciosas, celeiros e o chiqueiro vazio, a casa com sua varanda cheia de neve e a casa de defumação. Ali estava o cheiro, quase próximo o bastante. O tigre esfregou o queixo nas estacas da cerca. Não voltou por dois dias, mas, quando retornou, encontrou a carne. Alguém estivera ali na sua ausência. Uma das placas da cerca tinha sido arrancada e a carne estava embaixo dela, seca e dura, mas cheia do odor que o enlouquecia. Ele a escavou e carregou de volta para o bosque, onde a mordiscou por um longo tempo.

Duas noites depois, ele teve de se aventurar mais próximo para encontrar o próximo pedaço; esperava por ele sob um barril quebrado que havia sido deixado no campo, a poucos metros da porta da casa de defumação. Retornou cuidadoso, algumas noites depois, ao mesmo lugar e encontrou uma peça maior.

Depois duas, três, e finalmente um lombo inteiro em frente à casa de defumação.

Na noite seguinte, o tigre chegou à rampa da defumadora e pôs os ombros na porta, pela primeira vez bem aberta. Podia ouvir as ovelhas balindo no estábulo, a alguns metros, aterrorizadas com a sua presença, e os cachorros na cerca, latindo furiosamente. Farejou o ar, havia cheiro de carne, mas também o cheiro espesso, opressor da pessoa lá dentro, cujo odor ele encontrara ao redor da carne anteriormente, e que agora podia ver, sentada nos fundos da casa de defumação, com um pedaço de carne nas mãos.

Enquanto isso, Galina ficava nervosa com suas ocupações. O final do ano foi marcado por pesadas tempestades de neve, montes na altura do joelho que se moviam como areia para dentro e para fora das portas das casas. Havia um sentimento silencioso, coagulado no ar: a eletricidade do medo. A neve enterrara as trilhas das montanhas e, com elas, toda notícia da guerra.

Em algum local próximo, bem acima deles, na densa floresta de pinheiros do penhasco de Galina, algo grande, vermelho e desconhecido estava espiando e esperando a sua vez. Eles tinham encontrado evidência disso certa vez; o lenhador, relutantemente desbravando a vegetação aos pés da montanha, achara a cabeça de um veado, com a pele desbotada e os olhos brancos, a coluna vertebral cinzenta como uma trança de ossos deixada no solo. Isso, somado ao encontro de Vladiša, tinha sido suficiente para persuadi-los a não sair da vila.

Era inverno, e seu gado já estava morto ou guardado no estábulo até a primavera. A estação lhes dera uma desculpa para ficarem trancados em casa em segurança, o que já sabiam como fazer, e o tigre, eles esperavam, não duraria o inverno todo. Por outro lado, havia a possibilidade de que o tigre – como ele chegara ali, eles se perguntavam, se seu lugar era tão longe, na selva, em campos de elefantes? – percebesse que não ia durar e descesse à vila para caçá-los mesmo assim. Então, acenderam as lareiras nas casas esperando desencorajá-lo a deixar o penhasco. O solo estava duro pelo gelo, todos os funerais já tinham sido adiados até o degelo – apenas três pessoas tinham morrido naquele inverno, então, estavam com sorte, muita sorte –, e por isso encheram o porão do coveiro de blocos de gelo e tiveram a precaução adicional de forrar as janelas com pano por dentro, para evitar que o cheiro dos corpos escapasse.

Por um tempo, não houve sinal do tigre. Eles quase conseguiram se convencer de que tudo tinha sido uma piada, de que Vladiša tinha visto algum fantasma particular ou talvez sofrido um tipo de ataque nas montanhas; que a cabeça de veado fora desmembrada por um urso ou lobo. Mas os cães da vila – cães pastores e caçadores, cachorros grandes com olhos amarelos que pertenciam a todos e a ninguém ao mesmo tempo – tinham certeza de que havia algo ali e fizeram a vila se lembrar também. Os cães podiam sentir o cheiro dele, o fedor de gato grande, e isso os enlouquecia. Estavam incansáveis, ladravam para ele, puxavam suas correntes. Preenchiam a noite com um som oco, e os aldeões, em seus camisolões e meias de lã, tremiam na cama e dormiam agitados.

Mas meu avô ainda caminhava para o poço da vila toda manhã e armava armadilhas para as codornas todas as noites. Era sua a responsabilidade de se assegurar que ele e Mãe Vera teriam algo para comer – e, além disso, esperava, esperava o tempo todo, poder ver o tigre. Ele carregava seu volume marrom com a figura de Shere Khan para todo lugar, embora não tenha saído muito naquele inverno; deve ter sido tangível a empolgação de um garoto de nove anos, porque atraiu a atenção da garota surda-muda.

Era uma menina de cerca de dezesseis anos, que vivia no limite da cidade na casa do açougueiro e ajudava com a loja. Meu avô, mesmo não sendo o garoto mais observador, a vira ocasionalmente em dias de mercado e de festival, mas nunca se detivera nela com um interesse particular, até que naquele inverno, alguns dias antes da comemoração do Natal, ela timidamente bloqueou seu caminho quando ele se dirigia à padaria no começo da manhã e tirou seu livro do bolso da camisa, onde ele o mantinha desde a vinda do tigre.

Meu avô se lembraria da menina a vida toda, dos seus olhos negros e grandes, interessados, expressivos, e da rachadura em seu queixo quando ela sorriu ao abrir o livro na página marcada com Shere Khan. Ele trazia seu gorrinho de lã tapando as orelhas e, no silêncio abafado da sua cabeça, se ouviu dizendo: “É essa a aparência do tigre”. Apontou para a montanha sobre a chaminé que soltava fumaça na vila.

A garota não disse nada, mas estudou a foto cuidadosamente. Tinha apenas uma luva, e o frio deixara os dedos de sua mão nua num estranho tom de roxo. Seu nariz estava escorrendo um pouco, e isso fazia meu avô limpar o próprio nariz com o verso da manga de seu casaco da forma mais discreta possível. A garota ainda nada tinha dito, e lhe ocorreu que ela podia estar envergonhada porque não sabia ler. Então, lançou-se numa explicação de Shere Khan e sua relação complicada com Mogli, e de como ele mesmo tinha achado estranho que, num capítulo, Mogli esfola o tigre e pendura sua pele na Rocha do Conselho, mas depois Shere Khan aparece inteiro novamente. Ele falava bem depressa, engolindo lufadas de ar frio, e a garota, que ainda não tinha dito coisa nenhuma, o olhava pacientemente; então, depois de alguns minutos, ela lhe passou o livro de volta e seguiu seu caminho.

Em particular, meu avô se lembrava de seu próprio embaraço quando, depois de falar com a menina sobre tigres e fazer perguntas que ela não respondeu, voltou para casa confuso e perguntou à Mãe Vera sobre ela. Lembrou-se de ter sentido ardentes as orelhas quando Mãe Vera lhe deu um tabefe e disse: "Não a incomode, é a esposa do Luka. Aquela menina é surda-muda e, além de tudo, muçulmana. Fique longe dela".

Luka era o açougueiro da cidade, dono do pasto e da casa de defumação no limite da cidade. Era um homem alto com cabelo castanho encaracolado e mãos vermelhas grossas. Usava um avental perpetuamente encharcado de sangue. Algo naquele avental trazia desconforto para o povo da cidade. Eles todos eram carniceiros, de um jeito ou de outro, e não entendiam por que, se ele tinha de ganhar dinheiro cortando carne e vendendo em Gorchevo, ao menos não se trocava para conduzir seus negócios, não se esforçava para ter um cheiro melhor do que o interior azedo das vacas e ovelhas. Nos seus nove anos de idade na época, meu avô encontrara Luka apenas uma vez, mas o encontro estava bem vivo em sua memória. Dois anos antes, durante uma breve mas fria tempestade de inverno, Mãe Vera mandou meu avô para o açougue comprar uma perna de ovelha, porque o frio endurecera suas mãos de dor. A parte da frente da casa do açougueiro estava tomada pelo cheiro de carne, e meu avô ficou lá, olhando ao redor, os presuntos defumados e salsichas penduradas nas vigas, ossos para sopa e pedaços quadrados de bacon na vitrine fria, o carneiro vermelho sem pele com seus dentinhos afiados caídos na tábua do açougue enquanto Luka, com os óculos no pescoço, cortava o osso da perna com o cutelo. Meu avô se inclinava para olhar os jarros cheios de alguma coisa salgada, branca e grumosa atrás do balcão quando o açougueiro sorriu para ele e disse: "Pés de porco. Deliciosos. São bem parecidos com pés de criança, na verdade".

Ele não conseguia se lembrar se tinha visto a garota quando foi ao açougue; talvez ela não fosse casada com Luka na época. E não a veria novamente até um dia antes da véspera do Natal, quando a dor nas mãos da Mãe Vera era tal que ela grunhia no sono e, oprimido por sua própria incapacidade de ajudá-la, ele foi buscar água para seu banho.

Meu avô usava seu casaco de lã e chapéu, e carregou o balde vazio até o poço. Como grande parte da vila, o poço fora erguido no tempo dos otomanos. Ficava de pé, resistente e imperativo, no centro da cidade, e era coberto, no inverno, por uma grande pedra salgada para evitar que a água embaixo congelasse.

O poço ainda está lá hoje em dia, mas vazio há várias décadas. Naquela noite, seu telhado pontudo estava coberto de neve, e rajadas de vento com neve serpenteavam por todo lado, enquanto meu avô caminhava pela praça da vila. Ele estava bem ciente do frio sem lua, das lareiras tênues nas janelas pelas quais passava, do som desolado de seus próprios pés se arrastando.

Tinha acabado de descer o balde e agarrava a corda para puxar a pedra de sal da tampa quando levantou o olhar e viu uma fina linha no canto do pasto. Ficou com a corda congelada nas mãos, e se esforçou para ver através da escuridão.

Podia ver a casa do açougueiro com a lareira se apagando lá dentro, o que significava que Luka provavelmente estava dormindo, mas a luz não era isso; nem era o celeiro onde o açougueiro mantinha o seu gado. Era a cabana de defumação: a porta estava aberta, e havia luz lá dentro.

Meu avô não foi lá procurar encrenca; apenas lhe ocorreu que algum viajante ou cigano poderia ter encontrado abrigo à noite, e que Luka podia ficar bravo, ou que podiam se deparar com o tigre. Foi o segundo pensamento que o levou a pegar seu balde e seguir até a casa de defumação, em parte porque ele queria avisar o intruso sobre o tigre, e em parte porque estava tomado de uma inveja frenética e inexplicável com a ideia de algum passante ver o tigre primeiro. Cuidadosamente, ele cruzou o curral vazio e seguiu pelo pasto.

Saía fumaça da chaminé, e o cheiro de carne queimada subia no ar. Ele pensou por um momento se poderia pedir que Luka defumasse a codorna de Natal que esperava ter amanhã. Então, subiu a rampa, colocou as mãos nela e se apoiou. Pegou o balde. Ficou na porta e espiou.

Havia muito menos luz do que supusera inicialmente. Mal podia ver lá dentro, onde os porcos estripados e o gado estavam pendurados em fileiras. Olhou para o quartinho ao lado, onde ficava o canto do açougueiro. O cheiro era maravilhoso, e de repente meu avô sentiu fome, mas havia um odor diferente que não notara antes, espesso, de almíscar negro, e, quando percebeu isso, as luzes se apagaram. Na escuridão repentina, ouviu um som grave, pesado, como o de uma respiração por toda sua volta, e um único rugido profundo repuxou suas veias e estremeceu em seus pulmões. O som se espalhou em seu crânio por um momento, dando espaço para si mesmo.

Ele mergulhou no quartinho de abate e rastejou para debaixo da lona no canto, tremendo, com o balde ainda nas mãos.

Parecia ao meu avô que o som permanecia no ar, tão certo e constante quanto as loucas batidas de seu coração, que podiam afogar tudo, exceto o som. O cheiro estava lá também, por todo lado – de coisas selvagens, raposa ou texugo, mas maior, mais denso, nada que pudesse localizar, mas que identificava em tantas outras coisas. Ele pensava na ilustração de seu livro, na cama, em casa, que parecia infinitamente distante agora, não apenas a vinte segundos de uma boa corrida passando por casas de pessoas que conhecia.

Algo se moveu na escuridão, e os ganchos do açougueiro, pendurados nas vigas, bateram uns nos outros; meu avô sabia que era o tigre. O tigre estava andando. Ele não podia distinguir os passos individuais, as grandes patas de veludo pousando uma na frente da outra; apenas o som geral delas, uma suave pancada viajando por ali. Ele tentou aquietar sua própria respiração, mas percebeu que não podia. Estava ofegando sob a lona, que continuava raspando nele, farfalhando insanamente, denunciando-o. Ele podia sentir o tigre bem ali, do outro lado das placas de madeira, o grande coração vermelho apertando-se e se distendendo sob as costelas, o peso de seu grunhido através do chão. O peito do meu avô balançava, e ele já podia visualizar o tigre a saltar-lhe em cima, mas pensou no *Livro da selva* – a forma como Mogli provocara Shere Khan na Rocha do Conselho, com a tocha nas mãos, agarrando o tigre manco sob o queixo para dominá-lo – e, ao estender a mão na lona, tocou os pelos grossos que passavam por ele.

E, de um momento para outro, o tigre se foi. Meu avô sentiu o coração grande e quente raspar nele e depois desaparecer. Ele irrompeu em suores, sentando-se ali com o balde entre os joelhos. Ouviu o som de pegadas e, segundos depois, a menina surda-muda estava ajoelhada ao seu lado no quartinho com a mesa do açougueiro, arrancando-o da lona, tirando o cabelo de sua testa com preocupação nos olhos. As mãos dela, esfregando-lhe o rosto, carregavam o cheiro pesado do tigre, de neve, pinheiros e sangue.

Então a voz da Mãe Vera gritou ao longe: – Meu menino! O diabo pegou meu filho!

Meu avô ficou sabendo que Mãe Vera, ao sentir que ele se ausentara por tempo demais, saíra e, das escadinhas de sua casa, vira o tigre deixando a casa de defumação e cruzando o campo. Ela ainda gritava quando as portas das casas ao redor da praça se abriram uma a uma e os homens saíram para a rua iniciando uma caçada pelo pasto. Vozes altas e a luz de homens na sua porta. Até Luka, o açougueiro, saiu na busca em fúria com seu camisolão e chinelos, um cutelo nas mãos. A garota surda-muda ajudou meu avô a ficar em pé e o guiou para a porta. Da rampa da casa de defumação ele podia ver o campo escuro e vazio nadando em sombras, os aldeões, a nevasca, as cercas, mas não o tigre. O tigre já havia partido.

– Ele está aqui, ele está aqui – meu avô ouviu alguém gritar. E de repente Mãe Vera o agarrou com mãos frias, sem ar, gaguejando.

Lá fora, na neve, havia pegadas. Pegadas grandes, redondas, flexíveis; as pegadas em saltos regulares de um gato. Meu avô observava o dono do mercado, Jovo, que uma vez matara um texugo com as próprias mãos, ajoelhar-se na neve e enfiar a mão numa das pegadas. Os passos eram do tamanho de pratos de jantar e corriam – objetivos e sem pausa –, descendo o bosque e cruzando o campo, até a casa de defumação e de volta.

– Ouvi alguma coisa na casa de defumação – meu avô dizia a todos. – Achei que um dos animais tinha escapado, mas era o tigre.

Ao lado, Luka olhava pela porta da casa de defumação, segurando o braço da garota surda-muda, cuja pele ficara branca ao redor de seu aperto. Ela estava olhando para meu avô e sorrindo.

Ele recorreu à surda-muda: – Você veio porque o ouviu também, não foi?

– A puta é surda, ela não ouviu nada – disse-lhe Luka antes de levá-la pelo campo para dentro da casa e fechar a porta.

Só havia uma arma na vila e, por muitos anos, tinha sido mantida na casa do ferreiro. Era um velho mosquete otomano com cano longo e fino como uma lança e um tambor coberto de prata com uma miniatura entalhada da cavalaria turca cavalgando. Uma franja desbotada de lã pendurava-se de um fio bordado na traseira do mosquete, que era de um mogno escuro e oleoso, áspero do lado, no qual se rabiscara o nome do turco que o carregara pela primeira vez.

O mosquete percorrera a vila mediante uma série de trocas que aconteciam quase toda vez que alguém contava a história e remontavam a quase dois séculos atrás. Supostamente, foi visto pela primeira vez na batalha em Lástica, antes de desaparecer no bando de mulas de um janízaro derrotado que era guarda-costas pessoal do sultão; um soldado que se tornou vendedor ambulante e o carregou por várias décadas enquanto vagava pelas montanhas, vendendo seda, panelas para cozinhar e óleos exóticos. O mosquete tinha sido roubado do vendedor janízaro por um magiar ladrão de estradas e depois arrancado do seu corpo pela brigada montada, que atirou nele na porta da casa de sua amante. A blusa da mulher, molhada do sangue do assaltante, ainda estava desabotoada quando ela implorou aos brigadeiros que lhe deixassem a arma quando levassem o corpo do amado. Ela colocou a arma sobre o balcão de sua taverna. Ficou vestida em luto e criou o hábito de limpar a arma como se continuasse em uso. Vários anos depois, tornada uma velha de sessenta anos, entregou-a ao menino que lhe trazia leite no andar de cima, para que o protegesse quando fosse ao forte numa revolta contra o Bei, rapidamente derrotada. A cabeça do menino acabou numa lança no muro do forte, e a arma caiu na posse do Bei, que a pendurou numa pequena sala de troféus de seu palácio de inverno, entre as cabeças de dois leopardos com olhos tortos. Ficou lá por quase sessenta anos, atravessou o reinado de três Beis, pendurada de frente para um lince empalhado. Depois, com a passagem do tempo, esteve no último uniforme de batalha de um sultão, na carruagem de uma rainha russa, num jogo de chá de prata honrando certa aliança e, finalmente, na carruagem oficial de um turco abastado que, pouco depois de sua execução, teve todas as posses confiscadas pelo forte.

Quando o forte despencou, após a virada do século, a arma foi levada por um ladrão de Kovač, que a carregava quando ia de cidade a cidade vendendo café. No final, trocando de mãos em algum conflito de camponeses com a milícia turca, o mosquete foi para a casa com um dos sobreviventes, um jovem da vila, o avô do ferreiro. Isso foi em1901. Desde então, a arma pendurou-se na parede sobre a lareira do ferreiro. Havia sido disparada uma só vez, na direção de um estuprador de ovelhas, e nunca pelo próprio ferreiro. Agora, meu avô tinha ouvido, a velha arma seria usada para matar o tigre.

O ferreiro era alegadamente muito corajoso com toda a história da arma e não revelava, apesar de talvez dever, que não sabia como usá-la. Tinha uma vaga ideia do que deveria fazer com a pólvora, as balas, o papel oleoso da bucha, a vareta. Sentia ter um dever de gratidão com a vila e com a memória de seu avô, que nunca conhecera, mas que certa vez pregara as ferraduras do cavalo do sultão. Na véspera da caçada, o ferreiro sentou-se ao lado do fogo e observou sua esposa pegar a arma e limpar o tambor em esfregões leves e regulares, lentos, com uma paciência amorosa. Ela poliu a superfície, tirou a poeira da franja e esfregou por dentro.

Meu avô assistiu à preparação deles para a caçada na manhã seguinte, nas horas cinzentas antes do amanhecer. Ele não sabia o que achar do encontro na casa de defumação, mas sua garganta ficou apertada quando o ferreiro emergiu da casa com a arma sob o braço. Com o ferreiro havia dois outros homens, Luka e Jovo. Tinham cães com eles também, um, pequeno e gordo, com orelhas caídas; outro, um velho pastor vermelho que perdera um olho sob uma roda de charrete.

Era véspera de Natal, e a vila toda tinha vindo ver os caçadores partirem. As pessoas faziam longas filas ao lado da estrada, com suas mãos esticadas para tocar a arma e dar sorte enquanto ela passava nos braços do ferreiro. Meu avô ficou parado, com culpa, ao lado da Mãe Vera, trazendo as mangas puxadas sobre as mãos, e, quando chegou a sua vez, ele tocou o tambor com a ponta de um dedo coberto, bem rápido.

Naquela tarde, enquanto esperava os caçadores voltarem, meu avô desenhou na poeira da lareira com o mesmo dedo e odiou os homens na montanha. Já odiava Luka, pelos pés de porcos e a forma como chamava sua esposa de "puta", mas agora odiava os outros homens e os cachorros também, porque acreditava, de coração, que o tigre o teria poupado ainda se ele tivesse entrado um momento antes ou depois, mesmo se tivesse dado com os olhos do tigre queimando nele do outro lado do celeiro. Ele já podia ver os homens voltando com o tigre pendurado de cabeça para baixo num pau; ou, pior, trazendo só a cabeça do tigre num dos sacos, e os odiava por isso.

Provavelmente não os teria odiado se soubesse o que era fácil de imaginar: que o ferreiro estava aterrorizado. Subindo por Galina, com neve até os joelhos, a arma, todo o passado honrado da arma, um peso morto nas suas costelas, o ferreiro estava convencido de que aquele era o seu fim. Como todo mundo na vila, ele tinha fé nos rituais de superstição. Deu dinheiro a mendigos antes de viajar, colocou moedas no templo da Virgem na encruzilhada, cuspiu em seus filhos quando nasceram. Mas, diferente de seus companheiros viajantes, ele era renomado por ter uma deficiência.

Nascera num ano de vacas magras, sem um ducado sob o travesseiro. Para piorar as coisas, uma tia distante, certa vez supostamente o levantara do berço e agradecera aos céus por ele ser um bebê tão bonito, lindo, gorduchinho, abençoado e rosado, selando para sempre o seu destino de ser pobre, aleijado e levado pelo diabo em algum momento inesperado, de alguma forma aterrorizante.

Claro, não tinha acontecido ainda. Mas ele não podia imaginar nada mais aterrorizante do que um tigre. E lá estava ele, trinta e nove anos de idade, com um casamento feliz e cinco filhos, a caminho de encontrar o diabo. Todos os seus esforços, todas as suas precauções e rezas, as incontáveis moedas que jogou para os ciganos, o povo do circo e os soldados sem perna, todas as vezes que fizera o sinal da cruz enquanto viajava numa estrada solitária de noite haviam sido anulados pelos simples fato de que a arma, como o seu infortúnio, era o seu direito de nascença e, por isso, independente de qualificações, era ele quem deveria carregá-la contra o tigre.

Como seus companheiros, o ferreiro não sabia o que esperar. Ele ficaria surpreso se descobrisse que o tigre era um gato pequeno, mas esperto, com pés bem grandes, já que teria de encontrar Satanás – chifrudo e com casco nas patas ou vestido de preto – montando nele ao redor de um caldeirão enorme fervendo na floresta. Ele esperava, é claro, que não encontrassem o tigre. Esperava ir para casa naquela noite, comer guisado de cabra e se preparar para fazer amor com sua esposa.

O dia todo ficou cinza e claro. Pelos penhascos, onde as montanhas subiam e desciam de vales cheios de pinheiros, eles podiam ouvir o eco da briga dos cervos vermelhos machos em disputa pelas fêmeas. Uma chuva congelante caíra à noite, e as árvores, dobrando-se ao peso de seus galhos carregados de gelo, haviam transformado a floresta num emaranhado de cristais. Os cães avançavam lentamente, correndo de um lado para outro, farejando as árvores e mijando onde quer que quisessem, aparentemente alheios a seus propósitos na viagem. Luka forçava a marcha para cima da montanha, usando seu tridente como cajado e falando, alto demais para o gosto do ferreiro, dos seus planos de subir o preço da carne quando os alemães chegassem na primavera. Jovo comia queijo, jogando fatias para os cachorros e chamando Luka de colaborador sujo.

No penhasco, na metade da montanha, os cães ficaram agitados. Estavam farejando sem parar pela neve, choramingando. Havia marcas amarelas afundadas na neve, ocasionais pedaços de fezes aqui e ali e, mais importante, um pedaço de pele amarronzada preso a um arbusto ao lado do córrego congelado. Jovo garantiu ao ferreiro que o tigre tinha passado por lá. Eles continuaram.

Cruzaram a camada de gelo e subiram o morro, seguindo os densos pinheiros por uma passagem de rochas onde o sol derretera a neve, e então chegaram a uma pequena cratera pela qual tiveram de ajudar os cães a cruzar, lamentando-se, amarrados às sacolas. O ferreiro pensou em sugerir que voltassem. Não podia entender a calma de Jovo ou a determinação obstinada de Luka.

Era final da tarde quando chegaram ao tigre, numa clareira ao lado do lago congelado, vivo e real, iluminado pelo sol. Os cães o viram primeiro, sentiram-no, talvez, porque ele se deitava parcialmente escondido nas sombras de uma árvore, e o ferreiro sentiu, quando se levantou para encontrar os cães com as orelhas para trás e os dentes à mostra, que podia ter passado pelo tigre. Sentiu também as entranhas se comprimindo quando o primeiro dos cães, o pastor meio cego corajosamente idiota, foi até o tigre e encontrou seu fim, ao ser golpeado pelo gatão e logo amassado por seu enorme peso.

Jovo agarrou o outro cão e o segurou nos braços. Do outro lado do lago, eles viram o tigre esmagar o cão vermelho que se debatia. Já havia sangue na neve, de algo que o tigre andara comendo, parecendo costela de porco, algo que Luka estava observando atentamente enquanto apertava mais forte seu tridente.

Mais tarde, na vila, Luka e Jovo elogiariam o ferreiro por sua força e determinação. Falariam de quão bravamente ele levou a arma ao ombro. Repetidamente, Luka e Jovo contariam aos aldeões como o ferreiro disparou, como a bala acertou o tigre entre os olhos, provocando um tremendo jorro de sangue ferruginoso. O barulho que o tigre fez, um ruído como o de uma árvore quebrando. A invencibilidade do tigre, como eles o observaram enquanto ficava de pé e vencia o lago num único salto, trazendo o ferreiro abaixo numa nuvem vermelha infernal. Um estalo, como um trovão – e então, nada, apenas a arma do ferreiro caída na neve e os cachorros mortos do outro lado do lago.

Na verdade, naquele momento, o ferreiro ficara paralisado como uma pedra, olhando para a coisa amarela entre as plantas. A coisa amarela olhou de volta com olhos amarelos. Vendo-o lá, abaixado na margem do lago com o corpo do cachorro vermelho debaixo de si, o ferreiro percebeu de repente que toda a clareira se havia iluminado, que a claridade se espalhava lentamente na direção do lago. Luka gritou ao ferreiro para se apressar e atirar, chamando-o de idiota, e Jovo, de boca aberta, tirara o chapéu e com ele batia no rosto, enquanto o último cachorro, tremendo como vara verde ao vento, se enroscava nas suas pernas.

Depois de rezar, o ferreiro de fato levantou a arma ao ombro, engatilhou, apontou e apertou o gatilho, e a arma disparou, com uma explosão que sacudiu a clareira e provocou espasmos nos seus joelhos. Mas, quando a fumaça clareou e o ruído morreu em suas costelas, o ferreiro levantou o olhar para descobrir que o tigre estava de pé, movendo-se rapidamente para o centro congelado do lago, sem se deixar intimidar pelo gelo, pelos homens e o som da arma. Com o canto do olho ele viu Luka largar seu tridente e procurar abrigo. O ferreiro caiu de joelhos, com as mãos vasculhando panos, fios, botões e migalhas que recheavam seu bolso, em busca de uma bala. Quando a encontrou, enfiou-a no cano com mãos trêmulas que pareciam mover-se para todo lado com a própria força do terror e tateou em busca da vareta. O tigre estava quase no fim do lago, saltando em músculos como molas. O ferreiro ouviu Jovo, que murmurava "puta merda", perdido, e o som dos seus passos se afastando.

Tirou a vareta e a enfiou no cano, apertando-a furiosamente, o dedo já no gatilho, e estava pronto para disparar, estranhamente calmo, com o tigre lá, quase nele, seus bigodes tão próximos, surpreendentemente claros e rígidos. Finalmente foi feito. Ele jogou a vareta de lado e espiou no tambor, só para ter certeza, e estourou a cabeça com um disparo.

Ninguém nunca imaginaria que a arma falharia. Ninguém sonharia que Luka e Jovo, dos galhos da árvore em que haviam subido, veriam o tigre recuar surpreso e olhar ao redor, intrigado. Ninguém imaginaria, nem depois que os ossos vestidos do ferreiro foram encontrados em desarranjo, muitos anos passados, que os dois esperaram na árvore até o tigre arrancar-lhe as pernas e puxá-las para longe. Eles esperaram até a noite para descer da árvore, pegar a arma em meio ao que sobrara do ferreiro. Ninguém imaginaria que eles não enterraram o ferreiro azarado cujo cérebro foi comido por corvos, e que o tigre voltou à carcaça seguidamente, até ter aprendido algo sobre o gosto do homem, sobre a frescura da carne humana, que era diferente agora, na neve, do que era no calor do verão.

5
O ORFANATO

Bis roncava com asma, na escada às portas do pátio superior, acordou com o som dos meus passos e uivou como um alce até eu chegar perto. Abri caminho com o joelho passando por ele e segui para a varanda superior, e sentei-me no topo da escadaria sobre a rua principal. Bis ficou por perto por um momento ou dois, enfiando o rosto úmido embaixo do meu braço, espirrando de empolgação com a ideia de dividir as primeiras horas da manhã com alguém, e decidiu que eu não me empolgava e era inútil; correu pela estrada e desceu, passando pelas palmeiras da praia. Momentos depois, eu o podia ouvir espirrando água. Não era manhã ainda, e havia um brilho rosado no ar, translúcido como peixe.

As luzes de Zvočana ainda estavam brilhantes da água que cruzava a baía. As sombras saíam da água, reunindo-se aos pés da estrada, quando Barba Ivan desceu da escada lentamente, colocando os dois pés em cada degrau. Lançou um olhar para mim – tinha as pernas da calça puídas, o casaco sujo de terra e as palmas das mãos em sangue – e disse: "Imagino que tenha ido para o vinhedo".

Eu ter feito aquele esforço sozinha parecia tê-lo incitado a confiar em mim. Perguntou se eu queria pescar, respondi-lhe que não, mas me levantei e o segui para o barco mesmo assim. Era um pequeno esquife azul, com tinta descascando na lateral, cirrípedes verdes e amarelos pendurando-se no fundo como algo conquistado. Com galochas nos pés, dois grandes caixotes e um balde vazio nos braços, Barba me disse que tinha algumas jaulas de lagostas perto da praia, uma pequena rede para cação um pouco à frente e outra grande no meio da baía, que frade Antun ajudava a puxar quando não estava supervisionando o orfanato. Estendeu o braço para explicar-me isso, cortando o horizonte em retângulos de distâncias regulares com a mão espalmada.

Então me contou sobre os escavadores. Eles tinham aparecido em sua porta na semana passada, em dois carros lotados, com todas as suas panelas e frigideiras e, nas palavras dele, bricabraque para vender; inicialmente, ele achou que eram ciganos. Não sabia quão doentes estavam naquela hora; apenas Duré entrou, ficou parado na cozinha de Barba Ivan e lhe disse que havia um corpo nas vinhas, um corpo que ele mesmo colocara lá, de um primo distante que tinha carregado pelas montanhas durante a guerra e que afinal deixara para trás. O primo tinha sido enfiado no solo em algum lugar naquele terreno, nos meses em que a casa ficara abandonada. Agora, a família toda estava doente e ninguém podia ajudar, até que uma bruxa da vila lhes contou que era o corpo que os deixava doentes, o corpo pedindo os últimos rituais, um devido lugar de descanso. Eles iam encontrá-lo a todo custo; no começo do ano tinham perdido uma tia por causa da doença, e pagariam para escavar.

– Ninguém se importa com isso – ele me disse, desamarrando o barco. – Mas então, é claro, o que acaba acontecendo é que eles têm crianças. E nós, queremos ou não um corpo no nosso vinhedo?

Ele os estava observando na última semana e ficando cada vez mais desconfortável. – Você viu as bolsinhas – disse, apontando para o seu pescoço. – Eles guardam, sei lá, grama e coisas mortas para mantê-los longe das doenças.

Haviam trazido tantas garrafas que Barba Ivan suspeitava terem um comércio paralelo; tipos raros de *rakija*, talvez alguma mistura de família. Mas a jovem mulher lhe contara das garrafas cheias de água de uma fonte sagrada, "lá do meu lado da fronteira e do lado de Duré", e de ervas e capim para a saúde.

– Mas ainda não encontraram? – perguntei.

– Oh, ele já se foi há muito – disse Barba Ivan com um sorriso largo. – Eu lhe digo, já se foi há muito. É duro, terra rasa. Ele não está onde deveria estar, inundações o desencavaram, cachorros o arrastaram. Quem sabe?

Barba pôs seus caixotes no barco e o ajudei a empurrá-lo, mesmo que ele acenasse para que eu não o fizesse. Bis já estava no barco, abanando o rabo tão fortemente que suas costelas e toda sua parte traseira balançavam de um lado para outro loucamente. Então Barba Ivan subiu no barco e, com oitenta anos de idade, remou para o outro barco que mantinha ancorado no quebra-mar; mudou para este, levantou Bis do esquife para o barco, com o cachorro ficando na proa molhada como uma carranca, e os dois saíram da costa rasgando a água parada da manhã. A cada centena de metros, mais ou menos, Bis olhava para trás do barco, com seu papo batendo numa risada louca de prazer canino, e desaparecia nas ondas; Barba Ivan desligava o motor e se deixava levar até o cachorro acompanhá-lo ou virava o barco e ia pegá-lo.

Zóra começara sua manhã com a ligação da assistente do procurador, que ela chamou de "vaca" nos dois primeiros minutos da conversa. Tentei animá-la, falando dos escavadores a caminho do mosteiro, da doença e do primo morto, cujos ossos talvez estivessem em algum lugar do vinhedo, e lhe disse que os escavadores, segundo o que eu achava, iam informar a respeito assim que fossem descobertos.

Zóra me lançou um olhar por trás de seus óculos escuros e não disse nada. Estava buscando um dos carrinhos de mão que Nada emprestara para nos facilitar em nosso esforço de entregar as vacinas ao orfanato do mosteiro. Ficamos na porta da cabana do jardim enquanto Nada empurrou caixas e engradados para tentar encontrá-los, dois carrinhos enferrujados com rodas quase caindo dos eixos, encostados na parede dos fundos atrás de uma máquina de lavar quebrada e de algumas telas enroladas em papel que acreditamos ser mais retratos de cachorros.

Eu e Zóra andamos pela cidade lentamente, puxando os carrinhos atrás de nós, passando por lojinhas de lembranças que estavam abrindo, por uma barraca de fazenda onde um homem magrelo moreno de sol colocava etiquetas com preços escritos à mão em melões, tomates, pimentões bem verdes e limões. Homens sem camisa já estavam derrubando um muro de pedra no fim de um campo inclinado deserto, cheio de grama amarelada morta e arbustos escuros que cresciam aqui e ali, jogando sombras morro abaixo e na estrada. No píer da balsa, encontramos uma pequena procissão de crianças, presumidamente do orfanato, seguindo na nossa direção, agarradas a uma corda vermelha puída presa em cada ponta na cintura de duas supervisoras que falavam ao mesmo tempo, ordenando às crianças que ficassem fora das ruas e não empurrassem umas às outras.

Quando chegamos ao mosteiro, forçamos os carrinhos de rodas tortas pelas escadas até o portão, através de um gramado de vinhas que se prendiam como aranhas nas grades de madeira acima. Ouvimos da jovem que trabalhava no balcão de turismo no pátio que frade Antun estava no jardim. Deixamos os carrinhos com ela e fomos encontrá-lo.

O jardim ficava depois de um túnel baixo de pedra que dava para o mar, ladeado por um muro circundado por ciprestes e lavanda. Havia um laguinho de peixes dourados com bambus bocejantes que saíam da água, sombreando uma pedra com musgo que alguém coroara pondo-lhe um cinzeiro representado por uma tartaruga sorridente. Evidências da presença de crianças estavam por todos os lados: baldes abandonados, caminhõezinhos de areia azul e verde, trens de plástico ao longo do caminho, uma boneca sem cabeça com apenas um sapato, uma rede de borboletas. Nos fundos do jardim havia um espaço vazio em que ervas, vinhas de tomate e cabeças de alface cresciam em fileiras justas que germinavam, e lá encontramos frade Antun.

Estava vestido numa batina, cortando ervas com um par de tesouras, e, quando se endireitou, mostrou-se de óculos e rabo de cavalo com dois dentes da frente encavalados; sorriu-nos de maneira confortável, perguntando se já havíamos encontrado Tamsin, a tartaruga. Riu, e rimos com ele.

Quando se abaixou para reunir suas coisas, Zóra balbuciou um assobio sem som e fez o sinal da cruz.

Ele nos ajudou a levar os carrinhos para o pátio interno do mosteiro, passando pelas portas da capela agora fechada e pela escadaria que levava ao campanário onde o grande sino de metal balançava forte, enviando explosões de som montanha acima. As crianças estavam alojadas longe do claustro, no que frade Antun chamava de "o museu". Era um longo corredor branco com janelinhas que corriam em paralelo com os aposentos internos da igreja. Sacos de dormir vazios tinham sido enrolados arrumadinhos ao longo dos dois lados do corredor. Frade Antun explicou que, quando o novo orfanato fosse construído e as crianças se mudassem para lá, o corredor abrigaria *displays* de histórias da velha biblioteca e peças de artistas regionais.

– Arte local – ele disse, com um piscar de olhos orgulhoso, e nos mostrou uma área da parede em que mais retratos de Bis estavam alinhados.

Esses desenhos eram em giz de cera, e o cachorro tinha patas de pauzinho, três olhos, duas patas, parecia um sapo, e estava deformado de todas as maneiras possíveis, em guardanapos e pedaços de jornal e papel higiênico que foram arranjados de forma adorável por alguém consideravelmente mais alto do que os artistas responsáveis pelo trabalho em si. No final do corredor havia uma bola de canhão incrustada na parede, com a argamassa e a tinta espalhando-se ao seu redor.

– É uma bola de canhão – disse Zóra, sem sentimento.

– Sim – concordou frade Antun. – De um navio veneziano – e apontou para o mar.

As crianças estavam trabalhando num cômodo sem janelas que parecia uma cozinha antiga. Havia uma enorme lareira vazia e negra e uma roca num canto, uma prateleira com objetos de ferro da virada do século que lembravam instrumentos para surrar pessoas até a morte. Tigelas de pedra estavam alinhadas em pequenas pilhas sobre uma cornija. A dobra de uma velha rede de pesca pendurava-se sobre a porta, tendo preso nela um peixe de pelúcia azul encardido. As crianças de frade Antun sentavam-se em bancos de madeira no meio da sala. Havia copos com lápis e giz de cera distribuídos nas mesas, e a cor surgia numa bagunça resplandecente nas páginas nas quais as crianças escreviam, se sentavam, espirravam, dobravam, transformando-as em aviõezinhos ou pássaros. O mais estranho nisso tudo era o silêncio. Ficamos na porta e podíamos ouvir o som encorpado do sino lá fora no pátio, mas na cozinha havia apenas gente que fungava, o farfalhar de papel e o ritmo ocasional de alguém coçando a cabeça. Eram pessoas com rosto branco e pequeno, robustas, apesar da sua magreza. Estavam trabalhando com outro monge, um homem chamado frade Parso. Tinha barba e tonsura, era italiano. Não sorriu para nós.

Pretendíamos guardar as balas para depois das injeções, para conquistar a cooperação e paciência das crianças, confortar os chorões e seduzir os que prendiam a respiração, reviver os que desmaiavam e subornar os que ficassem moles e escorregadios caídos no chão. Mas o silêncio naquela sala, com as cabecinhas abaixadas sobre os papéis, provocou algo em Zóra, e ela tirou a caixa do topo da pilha e a colocou à vista, anunciando: "Temos bala". Depois disso as crianças a rodearam, ainda em silêncio, mas apertando-se, olhando dentro do *cooler*, saindo com saquinhos de bombons Kiki, que provavelmente não viam desde a guerra, e outros que provavelmente nunca tinham visto. Zóra sentou-se na escadaria que dava para a sala com as mesas e passou as balas; fiquei atrás, até que veio um garotinho de olhos serenos com cabelo castanho espesso, pegou minha mão e me deixou olhar seu desenho. Estava um pouco pálido, mas parecia meticulosamente bem cuidado, e sua cabeça, que colocou perto da minha ao apontar para o desenho, tinha cheirinho de limpa. Não fiquei surpresa ao descobrir que ele também desenhara o Bis; só que dera ao cachorro tetas verde-maçã.

– Belo cachorro – eu lhe disse. Pelo canto dos olhos podia ver Zóra inspecionando as balas que sobravam no *cooler* e estimando quantas crianças andavam ao seu redor com a boca cheia e o papel de bala nas mãos, à espera de que lhes desse mais.

– É o cachorro de Arlo – disse o garotinho sem olhar para mim.

– Quem é Arlo? – perguntei.

O garoto deu de ombros e foi pegar mais bala.

Passei o dia com saudades do meu avô, mas sem me deixar pensar nisso. Sentada naquele cômodo quente e úmido, com os cachorros em várias formas e cores espalhados à minha frente, lembrei-me de que por vários anos durante a guerra ele havia coletado minhas coisas velhas – bonecas, roupas de bebê, livros – para levar ao orfanato no centro da cidade. Pegava o bonde para lá e sempre voltava a pé. E quando chegava em casa, eu sabia que não devia perturbá-lo. Eles mesmos, meus avós, tinham perdido filhos: um filho e uma filha, ambos recém-nascidos, com um ano entre eles. Era outra coisa de que nunca falavam, um fato que sei de alguma forma, sem saber de onde ouvi, enterrado há tanto tempo, em absoluto silêncio, que eu podia passar anos sem pensar nisso. Quando pensava, sempre ficava espantada com o fato de que eles sobreviveram com essa coisa que era só deles, escondida dos outros, e apesar da qual conseguiram ficar juntos e criar minha mãe, e viajar, e rir, e me criar.

Comecei a arrumar as coisas e, um pouquinho depois, com a energia gasta na distribuição de balas, Zóra se juntou a mim. Com a disciplina da aula da manhã interrompida, as crianças pararam na porta e nos viram arrumando as coisas numa sala vazia no final do corredor. Frade Antun e alguns outros monges carregaram mesas de plástico do sótão, nós arrumamos as pernas delas e colocamos uma toalha, empilhamos nossas caixas de injeções e frascos de sangue esterilizados no canto que não recebia sol, montamos a balança, tiramos toalhas, tubos e caixas de gel da estação de piolhos, e então Zóra discutiu com frade Parso sobre os anticoncepcionais que trouxemos para dar às meninas mais velhas. Quando tudo terminou, demos aos monges as doses extras que havíamos trazido por via das dúvidas, os termômetros e garrafas de água quente, uma caixa de antibióticos e iodo, xarope para tosse e aspirina. As crianças queriam mais bala, e Zóra ficava cada vez mais agitada pelo que agora via como falta de preparo. Não havia fichas, ela percebeu – os monges não tinham o histórico médico das crianças –, então precisaríamos fazer o registro à mão conforme avançássemos.

O garotinho que desenhara o cachorro com tetas verdes ficou parado na balança, sem dizer uma palavra, e abriu a boca obedientemente para o compressor de língua, torceu a cabeça para o termômetro de ouvido, respirou fundo quando pedimos que o fizesse. Ele não queria saber como funcionava o estetoscópio. Zóra, sempre ótima com crianças, apesar de insistir que ela mesma nunca teria filhos, não conseguiu impressioná-lo com sua analogia de piolhos como guerreiros, fortificados e equipados para um cerco, enquanto passava a mão no cabelo do garoto com mãos enluvadas, sem encontrar nada. Ele observou com leve interesse quando quebrei a ponta de uma ampola, enchi a seringa e limpei seu braço com álcool. Quando coloquei a agulha ele viu a pequena depressão em sua pele se aprofundar sem fechar a cara, e quando fiz isso no outro braço ele não olhou, apenas ficou sentado em sua cadeira de plástico verde com as mãos no colo olhando para mim. Tínhamos *band-aids* infantis pedidos especialmente para essa situação, com desenhos de golfinhos e um homem-aranha falsificado num uniforme amarelo, e quando lhe perguntei qual daqueles queria, ele fez que não se importava; dei-lhe dois para cada braço, e teria dado mais. Eu tinha a sensação terrível de que todas as crianças ali seriam assim, alheias à dor, desmotivadas da prática de coisas que as crianças de onde vim rejeitavam por princípio. Quando o próximo moleque me chutou na canela, fiquei aliviada.

Os gritos de crianças sofrendo são monstruosamente contagiosos; no momento em que uma começa, seis outras a seguem; a acústica dos corredores do mosteiro amplificava o fenômeno, até que o lugar inteiro estivesse zumbindo com uivos de medo e indignação antes mesmo de colocarmos as mãos na segunda criança. Havíamos previsto que elas eram capazes de fazer birra, entrar numa luta de vida e morte, ter ânsia de morder. Os monges ficaram parados ali, aterrorizados na primeira meia hora, mas acabaram vindo nos ajudar, segurando braços e pernas, ameaçando com punição, prometendo doces. Seduzidas pela ideia de mais bala, algumas crianças vieram sem discutir. Mas, ao distribuir balas no começo, cometemos um sério erro tático: nosso único objeto de negociação eram as balas, e as vimos desaparecer uma a uma, barra a barra, com desespero crescente, percebendo que a cada minuto ficaríamos apenas com uma ou duas.

Às duas da tarde, a jovem da casa de Bara Ivan apareceu. Levantei o olhar e ali estava ela, parada, na porta; não sei por quanto tempo assim ficou. Ela cobrira os ombros e a cabeça com um xale para ir à igreja, e a garotinha estava no seu colo, dormindo no seu ombro.

Quando lhe fiz sinal para entrar, ela se virou e voltou para o pátio. Quando fiz a próxima criança se afastar e fui segui-la, frade Antun a afastara da porta. Eu não podia ver-lhe o rosto, mas podia ouvir o que estava dizendo. Eles tinham encontrado o corpo.

Ela estava estendendo um envelope para frade Antun, e ele estava com as mãos levantadas, recusando-se a tocá-lo.

– Depois –, ele disse. – Depois.

Esperei que me notasse na porta, e então apontei para a criança nos braços da jovem. Ele sorriu e virou a jovem para me ver, pegou o cotovelo dela e lhe fez um gesto para segui-lo até lá dentro. Mas ela balançava a cabeça, afastando-se dele para ir embora, e nós dois ficamos ali vendo-a ir com os ombros listrados pelas sombras do toldo de vinhas que levava à rua.

Zóra apareceu atrás de mim com uma caixa vazia.

– Não podemos continuar sem doces – disse, estendendo-me a caixa.

Era hora do almoço. Aproveitamos a oportunidade para nos reagrupar e inventar uma nova estratégica capaz de manter a ordem. Zóra desligara seu *pager* e viu, ao religá-lo, que o procurador tentara seis vezes comunicar-se com ela naquela manhã; então, foi ao escritório do mosteiro para retornar as chamadas, enquanto eu ficava atrás para arrumar a papelada. Desocupados sonolentos tomavam o pátio no calor da tarde; tentei tirá-los do sol e, quando voltei à sala de exames, frade Antun já estava lá, arrumando os papéis das crianças em ordem alfabética. Olhava para a bomba de pressão sanguínea, eu ri e lhe disse que com certeza a dele era alta, considerando que trabalhava com sessenta crianças. Ele enrolou a manga da batina e deu tapinhas na parte interna do braço. Dei de ombros e apontei para a cadeira. Ele se sentou e enrolei o instrumento no seu pulso. Tinha um rosto magro, de aparência jovem. Mais tarde fiquei sabendo, por Nada, que ele tinha sido o tipo de menino que guardava abelhas em potes e depois as prendia cuidadosamente com fitas cassete; então, era comum vê-lo andando pela rua principal com dúzias delas em voo ao seu redor como insanos balõezinhos, enquanto o filme brilhava loucamente no sol.

– Ouvi dizer que você causou um tumulto no vinhedo nesta manhã – ele disse.

Eu estava prestes a admitir ter sido combativa demais na minha conversa com Duré; em minha defesa, tinha ouvido a garotinha tossindo a noite toda. Mas frade Antun estava falando da minha entrada. – Você deu um susto dos infernos neles – disse. Eu estava pulsando o medidor no seu antebraço e não sabia o que pensar dele por dizer *inferno*. Ele sorria: – Imagine, você está cavando à procura de um corpo. Esteve cavando o dia e a noite toda. Nas horas antes de amanhecer, perto de encontrar o que procurava, você se surpreende com a aparição de uma mulher usando o que parecia ser uma mortalha branca.

– Caí num buraco – eu disse, colocando o estetoscópio no seu ouvido e no seu peito.

– É o que se diz pela cidade – ele disse. – No lugar deles, o que você pensaria?

– Eu pensaria: *por que estou fazendo meus filhos cavarem atrás de um corpo que eu mesmo coloquei aqui?*

Ele olhou para mim como se não conseguisse decidir se podia ou não confiar no que estava para me dizer. Eu estava de pé diante dele, inflando o instrumento, e ele, sentado com a sua batina dobrada entre os joelhos. Soltei a válvula de ar, vi o medidor e escutei o fluxo de seu sangue.

– Temos uma aqui, sabe?

Eu não sabia.

– Uma assombração – ele disse. – Eles chamam de *mora*. Um espírito.

– Vamos ter de fazer isso de novo – eu disse em seguida.

– Todo mundo está chocado com a coisa do corpo, mas eles se esquecem de que já temos a *mora* há centenas de anos. Colocamos moedas e presentes nos túmulos dos mortos porque a *mora* os leva. O que se diz pela cidade é que a velha bruxa dos escavadores sabe sobre a nossa *mora*, e é por isso que ela os faz santificar o corpo aqui.

– Como ela saberia?

– É só o que estão dizendo – disse frade Antun. – Não finjo que isso faz sentido para mim.

Não fazia sentido para mim também. Duré e sua família eram de perto da cidade, e nós tínhamos nossos próprios espíritos e *moras*, raramente avistados, que uivavam por aí, exigindo oferendas ao lado do caixão que inevitavelmente terminavam nas mãos de coveiros ou ciganos ao passarem por lá.

– Então, o que acontecerá hoje à noite?

– Não tenho certeza – ele respondeu. – Duré conta que a mulher da vila lhe disse para "lavar os ossos, trazer o corpo, deixar o coração para trás".

Esse processo, que Duré repetira em confiança para Barba Ivan, havia mesmo assim se espalhado pela cidade; então, uma semana depois, tornou-se um cântico sinistro regurgitado por garotos no fliperama, cochichado por mulheres na loja de comida, invocado por bêbados que passavam pelo vinhedo a caminho de casa.

– Até seu papagaio conhece – eu disse. – Você percebe, claro, que nenhum corpo enterrado por doze anos terá de fato um coração.

– Não é da minha conta – frade Antun respondeu com um sorriso derrotado. – Eles pediram para supervisionar, então o farei, mas, a não ser que o próprio diabo salte do vinhedo hoje à noite, o que acontece com o corpo não é problema meu.

– Fico surpresa que você tolere isso – observei. – Não me parece um procedimento católico.

– Não é, e também não é realmente ortodoxo, mas tenho certeza de que você sabe disso. – Ele sorria. – Eles têm de recorrer a mim caso algo dê errado. Os outros monges nem considerariam isso.

– E sua mãe? Ela sabe que você vai celebrar isso?

– Sabe – seu sorriso foi marcado de culpa –, uma das vantagens de ser um monge é não ter de pedir permissão à sua mãe para fazer trabalho sagrado.

– Ouvi dizer que ela não está feliz com a história no vinhedo.

– Não, é difícil para ela. Primeiro, há um corpo no vinhedo e, agora, gente do seu lado... desculpe-me, doutora, mas eles *são* do seu lado... escavando todo o lugar. – Ele empurrou seus óculos nariz acima e olhou para mim. – Ela prefere que eu não fique pelo vinhedo quando eles estão escavando. Não é só questão do corpo, ou as vinhas sendo perturbadas, todos os tipos de acidente acontecem lá nos campos.

Eu desisto da pressão sanguínea e o escuto.

– Minas – ele diz –, ainda há minas terrestres, mesmo por lá, na montanha, onde a antiga vila costumava estar. A maioria foi retirada, mas as que não foram são encontradas quando alguém pisa nelas. Um pastor ou fazendeiro, o filho de alguém, entra numa área não pavimentada. Daí há um corre-corre para manter em silêncio. – Ele me viu enrolando o equipamento.

– Na semana passada mesmo, aqueles meninos em Zdrevkov...

Não ouvi direito a princípio, ou não registrei o nome, porque ele o estava pronunciando de forma diferente do que minha avó dizia. Talvez eu não tenha feito a conexão porque era a última coisa que esperava que ele dissesse, o último lugar que esperava que ele nomeasse, e a coincidência da morte do meu avô e frade Antun sentado naquele quartinho com o sol passando na laranjeira lá atrás foi repentina e sem sentido, até eu tomar conhecimento.

Frade Antun já havia seguido em frente, falando das minas sobre a antiga vila, sobre a mina não detonada no terreno do vizinho, quando eu disse: – Onde?

– Ao lado – ele respondeu, apontando pela janela.

– Não, o lugar – eu disse. – Você disse algo sobre os meninos lá?

– Zdrevkov – ele disse. Tirou os óculos e os esfregou na frente da batina. – É até mais afastado do que aqui, mas há uma clínica lá – me disse piscando, os olhos não focados. – Eles abafam esse tipo de coisa há anos. Aconteceu na semana passada. Dois adolescentes voltavam tarde para casa vindo de Rajkovac. A mina os pegou quando passavam por suas próprias alfaces. – Ele pensou que meu silêncio era surpresa, ou medo, ou hesitação em perguntar sobre o estado dos meninos. – Doze anos desde a guerra, estava no meio das alfaces da família deles o tempo todo. – Ele se levantou e espanou poeira da batina. – Por isso é que escavar é má ideia.

– Isso fica perto?

– Zdrevkov? É na península. Talvez uma hora de carro.

Eu disse que ia pegar mais doces e Zóra acreditou em mim, acreditou também quando lhe disse que voltaria em uma hora ou menos. Ela queria vir junto, mas a convenci de que não pareceríamos confiáveis se fôssemos juntas, insisti em ir sozinha, insisti que seria mais rápido assim, ignorei-a quando ela perguntou por que eu precisava do carro, por que eu apenas não andava até a loja de conveniência da cidade.

Ao norte de Brejevina a estrada estava bem pavimentada, bem acabada e nova, porque a vegetação não havia crescido de novo, os penhascos se erguiam brancos e marcados com árvores torcidas. Uma nuvem escura achatada pelo vento ficava longe do mar, com seu interior cinza estendendo-se como uma bigorna brilhante. Passei pelas vilas de Kolac e Glog, onde a ladeira que levava ao mar estava tomada por novos hotéis de cor rosa com colunas, janelas bem abertas e roupas ainda penduradas em varais nas varandas. Então, vieram sinais da saída da península, doze quilômetros, depois sete, e a península em si cortando a baía como a proa de um barco entre a praia e as ilhas, os penhascos banhados pelas ondas e pinheiros. Frade Antun havia previsto que eu não demoraria mais de uma hora para chegar à vila, mas a proximidade dela me espantou.

Meu avô parecia ter ido me ver, afinal; mas, enquanto Zóra e eu havíamos percorrido um longo caminho, com desvios por termos de passar no quartel das Clínicas Unidas antes de cruzar a fronteira, ele viera direto de ônibus, e em algum lugar perto de Zdrevkov não conseguira avançar mais.

Ou tinha ouvido, de alguma forma, sobre os meninos, e parado para ajudar.

Nesse tempo todo estive desconectada da realidade de sua morte pela distância, por minha falta de habilidade de entender; não havia me permitido visualizar a clínica em que ele morrera ou a pessoa viva que poderia ter seus pertences, mas estava tudo se juntando ao meu redor agora.

Os últimos seis quilômetros para Zdrevkov não estavam marcados, uma estrada de terra que serpenteava à esquerda por uma dispersão de alfarrobeiras e subia com os ciprestes que despencavam repentinamente em lugares onde os morros caíam nas águas. Na lagoa em que a península encontrava a terra, o sol desbotara a água de um verde-garrafa. O ar-condicionado estava falhando, e os fachos de luz entre as árvores me deixavam tonta. A crista do próximo morro me trouxe à floresta e para uma estrada em descida, onde os pomares de amendoeiras abandonados estavam tomados por arbustos de lantanídeos. Eu podia ver morros levemente lavrados ao longe e, bem à frente, os telhados achatados da vila.

Mesmo ao longe via por que Zdrevkov era tão obscura. Era uma cidade de cabanas, um conjunto de barracos de compensado e metal que se estendiam por uma única rua. Alguns dos barracos não tinham janela ou eram erguidos com fornos de tijolos improvisados. Lixo doméstico espalhava-se pelas portas até a grama amarelada, camas de ferro, colchões manchados, um balde enferrujado, uma máquina de salgadinhos caída de lado. Havia uma barraca de frutas sem ninguém com uma pirâmide de melões e, algumas portas à frente, um homem de meia-idade dormia numa cadeira de balanço do lado de fora de sua casa de telhado de lata. Estava com as pernas sobre um monte de tijolos, e quando passei de carro percebi que ele não tinha a perna direita, apenas um toco roxo pouco abaixo do joelho.

A clínica era uma casa cinza de dois andares no canto da cidade, fácil de achar porque era o único prédio de tijolo à vista. Anos atrás, provavelmente, havia sido uma estrutura rígida com paredes limpas, um pátio pavimentado marcado com enormes vasos de flores que agora estavam vazios. Desde então, a chuva nas calhas manchou rios marrom-avermelhados nas paredes.

O terreno estava vazio, e as cortinas da clínica abertas. Saí do carro. A escadaria de pedra estava suja com folhas e bitucas de cigarro e me levou a uma porta no segundo andar, na qual uma cruz verde quadrada havia sido pintada sobre uma placa que dizia: "Centro de Veteranos".

Bati com o nó dos dedos, depois com o punho. Ninguém respondeu, e, mesmo com a orelha na porta, não ouvi nada lá dentro. Tentei a maçaneta, mas não virava, então segui pela passarela e espiei no canto da clínica. A janela que dava para o vale estava fechada.

A rua abaixo terminava numa área de grama pálida, com traves de gol sem redes em cada canto. Um escorregador e alguns balanços de pneu tinham sido montados no canto de um campo de trigo que recebia a luz da tarde com um brilho tremulante. Além daí ficava o cemitério, com cruzes brancas viradas para o mar. O vento suavizara, e a rua estava deserta, com exceção de uma cabra malhada amarrada a uma cerca do que parecia ser uma enorme caixa de metal à frente da clínica. Se o sinal de "Cerveja" preso num toldo de latão de óleo pudesse ser levado a sério, este era o bar.

Cruzei a rua e olhei lá dentro. O teto estava bem baixo, o local iluminado apenas pela porta aberta e um enorme *jukebox* cujo som era afogado pelo zumbido de uma geladeira amarela que parecia resgatada de um lixo radioativo. Homens estavam em bancos altos ao redor de um único barril num canto bebendo cerveja. Eram apenas quatro, mas faziam a sala parecer lotada. Um se endireitou quando entrei, era alto e de rosto pálido, com textura de couro e cabelo branco rareando. Não perguntou se podia me ajudar nem me convidou para sentar, mas não fui embora, e ele não voltou a se sentar.

– A clínica está fechada? – eu disse, finalmente.

Isso o forçou a dar a volta pelo barril até mim, com um braço mecânico pendurado sem peso de seu cotovelo em juntas de metal.

– Você é uma repórter? – ele quis saber.

– Médica.

– Se está aqui por causa daqueles meninos, eles morreram.

– Sinto muito – eu disse.

O *barman* olhou para os outros, surpreso. – Não faz diferença para mim, eles sempre morrem quando são pegos em armadilhas por aqui.

– Não estou interessada nisso. – Esperei por mais explicações, mas nenhuma veio. Então falei novamente: – Tem alguém trabalhando?

Eu havia dito o bastante para que percebesse que não era dali, o que ele confirmou com um olhar para os outros. Um deles, um cara enorme e grisalho, trazia um tapa-olho e rosto marcado de queimaduras; os outros dois pareciam inteiros, mas o loiro tinha um olho divergente. A forma como estavam olhando para mim me fez pensar quão rápido eu poderia chegar ao carro e quanta força poderia colocar no motor se alguém lá decidisse que eu não iria embora.

– Não há ninguém lá há dois dias – o *barman* disse, colocando a mão boa no bolso.

– Alguém poderia me deixar entrar?

Ele pegou a garrafa de cerveja e virou o que sobrara, depois a colocou sobre o barril. – Do que precisa?

– Alguém da clínica.

O *jukebox* fez silêncio, trocando de faixas, e a geladeira tremia num zumbido furioso.

– Vim dirigindo de Brejevina – disse-lhe. Então, para me apresentar da melhor forma possível: – Do orfanato.

O *barman* tirou um telefone do bolso e ligou. Tinha um celular, mesmo aqui. Eu não tinha; apenas um *pager* e talvez duas ou três notas do dinheiro local. Fiquei parada escutando enquanto ele dava sua mensagem que apenas dizia: "Temos alguém aqui para você", e desligou.

– Eles vão nos ligar de volta –, disse-me. – Sente-se.

Subi num banquinho nos fundos do bar, pedi uma coca, o que impressionou o salão com um chiado quando o *barman* a abriu. Paguei. Ele pegou mais quatro cervejas e voltou ao barril onde os outros estavam esperando. Bebi minha coca, desabotoei o avental branco tentando esconder minha relutância em colocar a boca no gargalo da garrafa e não pensar no telefone, que poderia ser para uma enfermeira, mas que também poderia ser para qualquer um, ou para ninguém. "Temos alguém aqui para você"; de um jeito ou de outro, eles chamaram reforços.

Ninguém sabia onde eu estava. Frade Antun apontara o lugar no mapa, mas eu não lhe dissera que viria, especialmente não assim, no meio do dia em que deveria vacinar as suas crianças.

– Você é do outro lado? – o homem com tapa-olho me perguntou.

– Sou apenas uma médica – respondi rapidamente, colocando as mãos nos joelhos.

– Eu não disse que você não era, disse? O que mais você deveria ser?

– Cale a boca – o *barman* ordenou.

– Eu não disse que ela não era – reforçou o tapa-olho. Ele empurrou o banquinho para longe e se levantou, abaixando a camisa com uma mão. Caminhou até o *jukebox*, com o som dos seus sapatos no chão preenchendo o ar. Enquanto apertava os botões da máquina, os álbuns passavam com um som travado que parecia indicar que algo lá estava quebrado.

– Você gosta de Extra Veka? – perguntou-me. – Conhece?

O bom-senso dizia *não responda*, mas eu não podia fingir que ele não estava lá, não com os três sentados no barril. – Não conheço – respondi.

Ele equilibrou seu peso de um pé para o outro e pigarreou. – Gosta de Bob Dylan?

– Gosto mais de Springsteen – eu disse, e me espantei com minha idiotice.

Ele apertou mais botões. – Não tem aqui.

O *jukebox* zumbiu ressuscitando, com uma velha música agitada de Dylan que eu não reconhecia. O tapa-olho se afastou do *jukebox* lentamente, em direção ao meio do bar, balançando um pouco de um lado para o outro junto com a música. Enquanto ele ficava na ponta dos pés, vi que as marcas de queimado iam até seu couro cabeludo, deixando um pedaço nu de pele que brilhava atrás de sua orelha direita. Os outros o estavam observando. O *barman* estava meio sentado atrás do bar, com uma perna apoiada no degrau de seu banquinho e a outra no chão.

O loiro sorria.

O tapa-olho se virou lentamente, uma volta completa, batendo um pé e um braço. Então, parou e esticou as mãos para mim.

– Não, obrigada – eu disse com um sorriso, balançando a cabeça e apontando para a minha coca.

– Vamos, doutora – ele insistiu.

Dei outro gole na minha coca, balancei a cabeça.

– Vamos, vamos – ele repetiu, sorrindo, gesticulando para que me levantasse, abanando com as mãos. – Não me faça dançar sozinho – disse. Bateu as mãos e depois as estendeu de novo. Não me mexi. – É verdade, sabe – ele mostrou o tapa-olho. – Não é só pra impressionar. – Pegou um canto da venda e virou, com a pele embaixo úmida pelo calor, enrugada e branco-avermelhada onde havia sido costurada fechada.

– Sente-se, seu idiota – o *barman* disse.

– Eu só estava mostrando a ela.

– Sente-se – ele repetiu, e ficou de pé para pegar o cotovelo do homem e afastá-lo de mim.

– Só tenho um.

– Tenho certeza de que ela já viu piores – disse o *barman* e o empurrou de volta à sua cadeira. Depois, trouxe-me outra coca.

Meu *pager* estava sem serviço, e Zóra provavelmente já tinha começado a ligar, perguntando-se, sem dúvida, onde diabos eu tinha ido parar, por que não voltava. Eu podia visualizar o corredor do mosteiro, as crianças já se reunindo, as camisas manchadas de sopa, sonolentas, com olhos de depois do almoço. Zóra, lívida, fazendo uma lista mental de coisas que deveria dizer para mim em particular, exclamações da vez. Peguei trânsito, eu diria.

Um acidente na estrada. Me perdi. A loja estava fechada e tive de esperar eles voltarem para o turno da tarde.

O telefone do *barman* tocou, ele o levou à orelha e chamou a pessoa do outro lado de "anjo". Então acenou para mim e passou-me o telefone.

– O doutor só vem na próxima semana – a jovem na linha disse imediatamente. – É uma emergência?

– Não preciso do doutor – respondi. Contei-lhe que estava interessada nos registros de liberação para um paciente que morrera alguns dias atrás, cujo corpo havia retornado à cidade. Os quatro homens no barril ficaram em silêncio.

– Ah, sim – ela disse, seca, mas não falou o que eu achei que deveria, nada sobre meu avô ser um bom homem, nada sobre que pena ele ter falecido.

– Estou aqui para pegar as suas roupas e objetos pessoais.

– Geralmente são enviados com o corpo – ela respondeu sem interesse.

– Não chegaram – rebati. Havia o zumbido de um ruído distante atrás da enfermeira, música tocando, sons de uma máquina de *pinball*. Ela soava como se estivesse resfriada, e de tempos em tempos fungava de leve no telefone. A forma como fazia isso me levava a pensar que era o tipo de garota que se sentiria em casa sentada num bar não muito diferente deste.

– Eu realmente não sei nada disso – ela disse. – Eu não estava trabalhando no dia. Quer falar com Dejana? – Ouvi-a acender um cigarro e tragar. Sua boca soava seca. – Mas Dejana está na Turquia agora.

– Turquia?

– De férias.

Então, menti: – A família precisa das coisas dele para o enterro.

– Não vou voltar até domingo.

– O funeral é no sábado. Dirigi desde a cidade.

Ela não pareceu impressionada. – Não tenho ninguém para me levar aí até domingo. E não posso te entregar as notas do legista sem o doutor.

Disse-lhe que não precisava das notas, eu sabia o que elas diziam. Eu precisava do seu relógio e da sua aliança de casamento, dos óculos que ele usou pela minha vida toda. Os quatro homens ao redor do barril olhavam para mim, mas eu não me importava agora. – Não sei se você está familiarizada com a situação, mas esse homem estava morrendo havia muito tempo, então deixou sua família para fazê-lo longe de casa. Estão arrasados. Querem as suas coisas de volta.

– Gente prestes a morrer faz coisas estranhas. Tenho certeza de que você disse isso à família. Você sabe como às vezes eles partem, como animais, quando estão prestes a morrer.

– Preciso das coisas dele – repeti.

Ela estava bebendo alguma coisa; ouvi o gelo em seu copo estalar nos dentes.

– Me passe para Bojan – ela disse.

O *barman* a chamou de "anjo" novamente. Ela ainda estava falando quando ele foi à geladeira, abriu e procurou algo, ainda estava falando quando saiu. Fiquei na porta e o vi cruzando a rua e subindo a escada da clínica.

– Bem... – ele disse do topo da escada, com o telefone ainda na orelha. Quando cruzei a rua, a porta estava aberta, as luzes ainda apagadas. Dentro, o ar estava abafado e denso, o chão coberto de uma poeira pálida que ficava também sobre as cadeiras da sala de espera e o topo do balcão da recepção. Havia trilhas na poeira onde pessoas tinham passado e desapareciam sob uma cortina verde que fora puxada pela sala.

– Aqui – o *barman* disse. Ele puxou as cortinas, caminhando lentamente de um canto do quarto para o outro, puxando-as atrás de si conforme seguia. A cortina se abriu para uma enfermaria pintada de branco, com camas de ferro de tinta descascada encostadas nas paredes, lençóis vazios lisos, puxados bem esticados sobre colchões. O quarto não estava terminado, faltava a parede dos fundos, e em seu lugar, do teto ao chão, uma enorme lona opaca que a luz da tarde tingia com um resplendor de amarelo desbotado. Lá fora, o vento aumentava e a ponta da lona se levantou, farfalhando.

– Espere aqui – ele disse. Destrancou a segunda porta no final do outro corredor, e eu o ouvi descendo a escada até não poder ouvi-lo mais.

O ventilador sobre mim não estava funcionando, e uma mosca morta estava suspensa na ponta de uma das lâminas. Cruzei a sala para levantar a lona, meus sapatos ecoando no piso mesmo quando tentava preservar o silêncio arrastando os pés. Já parecia que o *barman* sumira há muito tempo, e eu tentava lembrar o que estava fazendo no dia em que meu avô morreu e como viera parar aqui, na sala onde ele morreu, que não parecia nada com o que eu imaginara, nada com os quartos amarelados na ala de oncologia lá na nossa terra. Tentava me lembrar de como soava quando falei com ele pela última vez, de suas mãos passando minha pasta para mim. Tinha uma lembrança do que provavelmente não foi nosso último adeus, mas de algum antes desse, de algo que meu cérebro colocou no lugar da coisa real.

Havia um toque familiar no quarto e na vila, um sentimento pesado de tristeza que apertava meu estômago, mas não era a primeira vez, como uma nota de música que eu pudesse reconhecer, mas não dizer o nome. Não sei quanto tempo fiquei parada lá antes de pensar no homem sem morte. Quando fiz isso, soube imediatamente que era ele, e não eu, quem meu avô procurava. E me perguntei em que medida nós escondemos sua doença para que meu avô tivesse o sigilo de que precisava para procurar pelo homem sem morte. O calor me oprimia, e me sentei no canto de uma das macas.

O *barman* reapareceu com um saco plástico fosco sob o braço direito. Eu o vi trancar a porta da escada e vir até mim. Seu braço estava pálido e arrepiado.

– É isso? – ele me perguntou. A sacola estava dobrada, grampeada.

– Não sei. – Fiquei de pé.

Ele me passou o saco e olhei para a etiqueta. – Stefanović?

Peguei o saco, mas estava tão frio que me caiu das mãos.

Com seu braço ruim pendurado, o *barman* inclinou-se para pegá-lo e, quando ia passar para mim, abri minha mochila e ele o colocou dentro.

Viu-me fechando a mochila. – Só sei que ele caiu duro – disse o *barman* finalmente.

– Onde?

– Do lado de fora do bar. Algumas noites depois de trazerem aqueles meninos. Antes de eles morrerem.

– As enfermeiras estavam aqui? Demorou muito para ele ter ajuda?

O *barman* balançou a cabeça. – Não demorou. Acharam no início que talvez ele estivesse bêbado. Mas eu disse que não. Disse que ele só pedia água.

– Água? Ele estava sozinho?

O *barman* esfregou o suor que congelara em suas têmporas numa película granulosa. – Não sei. Acho que sim.

– Um homem alto – eu disse. – Com óculos, chapéu e casaco. Não se lembra dele se sentando com alguém?

– Não.

– Com um jovem, talvez?

Ele balançou a cabeça.

– Eles estariam discutindo – insisti.

– Esta é uma favela de veteranos, o que acha que o povo faz o dia todo?

No *freezer* abaixo de nós algo se mexeu com um tinido.

– Olhe – disse o *barman*. – O lugar estava cheio de gente que eu não conhecia – enfermeiras, assistentes, dois médicos, gente que trouxe esses moleques dos campos. Eu não via isso aqui tão cheio desde que a guerra terminou. Fiquei com a vila toda no bar naquela tarde. Só sei que o velho caiu duro. Mal me lembro dele, quanto mais de quem estava com ele. – Continuou: – E eu não iria de porta em porta por aqui, doutora. Apostando na chance de que alguém possa tê-lo visto. Não com esse sotaque.

Levei a mochila ao ombro.

– Melhor você assinar por isso – ele acrescentou, procurando um papel. Não havia formulários, então pegou uma receita de solução salina e me passou uma caneta; viu-me assinando, *Natalia Stefanović*, o que fiz lentamente, esperando que ele fizesse a conexão. Mas seus olhos me disseram que já havia feito isso antes.

6
O INCÊNDIO – GAVRAN GAILÉ

Toda tarde de domingo, mesmo quando a guerra estava na sua pior fase, os maiores médicos da cidade se reuniam no pátio do restaurante Banević's na Cidade Velha para fumar, beber e relembrar, trocar histórias de pacientes impressionantes e casos possíveis, para elogiar os diagnósticos uns dos outros e sabedorias sobre uma reserva de almoço de três horas que se manteve firme por sessenta anos.

Os médicos eram professores, nefrologistas, cardiologistas e diretores da Universidade, oncologistas e cirurgiões ortopédicos, um desfile rotativo de aposentados cujas conquistas ainda carregavam um peso considerável na comunidade médica, apesar de às vezes terem décadas de distância. Eles conheciam as histórias uns dos outros de cor, mas com *rakija* de noz e pão quentinho, pimentões vermelhos com alho e pratos de carne grelhada, lembravam uns aos outros de épocas difíceis, prazerosas de revisitar agora que seus legados estavam seguros numa linha do tempo que, pela graça da palavra, apenas se tornava mais e mais incrível.

Meu avô sempre estava entre eles. Eram homens ao lado dos quais lutara em degraus tortuosos da Escola de Medicina de sua juventude e, apesar de ser sempre humilde em seu trabalho, acho que ele também precisava se lembrar de quem era e de quem já havia sido. Ele não fundara uma clínica contra o câncer ou recebera um prêmio nacional por pesquisa; mas, sendo um grande médico por seu próprio mérito, era conhecido por ter feito diagnósticos e cirurgias sem falhas em seu tempo na Universidade, por defender os direitos de saúde dos aldeões pobres e, acima de tudo, pelo privilégio de ter salvado a vida do Marechal, o que, bem ou mal, era uma honra que ele só dividia com certos cirurgiões em Zurique.

Por meu avô sentir-se muito mais confortável ao enaltecer minhas conquistas do que as suas próprias, meu conhecimento do incidente ficou vago até eu chegar à escola médica. Eu sabia da carta de agradecimento escrita à mão pelo Marechal, guardada na gaveta do topo da mesa do meu avô; sabia também da garrafa da melhor *rakija* de marmelo do Marechal, feita de frutas cultivadas no seu pomar, guardada sem ser aberta nos fundos do gabinete de bebidas do meu avô desde que me lembro. Mas a pessoa que finalmente me forneceu os detalhes foi um assistente deslumbrado na patologia do primeiro semestre, que relatou tudo em sexta, ou sétima, ou oitava mão. Aparentemente, num verão, há mais de trinta anos, meus avós estavam dando uma festa de casamento para o diretor do departamento de oncologia da Academia Militar de Medicina na casa do lago da nossa família em Borovo.

– Verimovo – eu o corrigi.

– Certo – o assistente assentiu.

Ainda assim, havia um casamento. Era noite, a festa estava à toda, quando o dono de uma pousada de uma vila próxima veio, desesperado, correndo pela rua. É uma cena estranha de visualizar: médicos e suas esposas dançando ao som esforçado dos trompetistas da vila afetados pelo álcool; internos e assistentes de laboratório bêbados se beijando nos bosques atrás da casa; dermatologistas inebriados pendurados nas cercas da casa; todo o departamento médico da Universidade ao redor da nossa casa do lago e no jardim; e meu avô, um irritado sentinela de cara fechada, tirando o chefe de reumatologia de onde ele caíra nos arbustos de rosas. O dono da pousada vindo pela rua, abanando os braços, gritando: "Precisamos de um médico, onde está o médico? Em nome de Deus, nos traga o doutor, o homem está morrendo!". Meu avô, milagrosamente o único médico sóbrio disponível, dando de ombros em seu casaco e se encaminhando para a vila para encontrar o herborista local estupefato, que, por ser a única pessoa qualificada na cidade, havia diagnosticado errado a condição como intoxicação alimentar e administrado folhas puras de hortelã como remédio.

O paciente, é claro, era o próprio Marechal. Ele caíra doente a caminho de uma conferência em Vrgovac, depois de exagerar nos mariscos e caldo de alho. Surpreendido sem seu médico pessoal, ele foi mandado às pressas para o estabelecimento de saúde mais próximo – um barraco de dois quartos – com um séquito de trinta homens, todos armados até os dentes. O dono da pousada estava aterrorizado; os mariscos tinham sido preparados no seu estabelecimento. Quando meu avô chegou à clínica, o paciente já estava quase parecendo um defunto, e ele instintivamente soube que não era nem intoxicação alimentar nem nada parecido.

Meu avô deu uma olhada no paciente, cujo rosto verde estava ostensivamente irreconhecível. "Seu filho da puta idiota", ele disse para ninguém em particular (apesar de todo mundo presente afirmar ter se mijado nas calças). "Por que não me deu logo um tiro na cabeça, teria liberado a cama mais rápido." Quinze minutos depois, o paciente estava deitado semiconsciente numa mesa de operação, com o tronco aberto, enquanto meu avô puxava um metro de intestino infectado para fora do corpo do Marechal, em grandes laços vermelhos sobre o seu ombro, e vários espectadores, o dono da pousada, seguranças pessoais, provavelmente uma enfermeira ou duas, todos convocados a ser competentes pela ira de meu avô, numa fila com casacos e óculos manchados de sangue, puxando as entranhas do homem, tentando limpar o pus do apêndice.

Lembro-me do assistente que olhava para mim em expectativa quando terminou a história, esperando que eu retornasse o favor, lhe dissesse algo sobre meu avô que pudesse superar o que ele havia acabado de me contar.

Depois que as listas de admissão da Universidade foram postas e Zóra e eu confirmamos, várias vezes, que nós duas havíamos conseguido passar entre quinhentos, meu avô me perguntou por que eu decidira ser médica. Ele já contara vantagem sobre isso no almoço dos doutores e também a alguns pacientes; eu não sabia o que ele queria que eu dissesse, então respondi:
– Porque é a coisa certa a se fazer.

Isso era verdade. Eu fora inspirada muito pela culpa que se manifestava entre membros da minha geração como um desejo de ajudar gente sobre a qual ouvíamos nos jornais, gente cujo sofrimento usamos para explicar nossas lutas, moldar nossos debates e justificar nossas pequenas rebeliões.

Por anos nós lutamos para mostrar indiferença em face da guerra, e agora que ela havia acabado repentinamente, terminado sem nos ter tocado na cidade, a indignação estava vindo à tona. Tudo era uma causa, um trabalho dignificante. Lutamos por meio da biologia e da química orgânica e patologia clínica; lutamos para adotar os rituais da Universidade, das farras pré-exames para mulheres ciganas que se aproveitavam de examinadores supersticiosos no pátio, ameaçando-os com má sorte se não lhes dessem dinheiro. Lutamos, acima de tudo, para mostrar que merecíamos estar lá, para derrotar projeções emergentes do jornal que declararam que a geração pós-guerra da cidade estava destinada ao fracasso. Tínhamos dezessete anos, ficávamos furiosos com tudo porque não sabíamos mais o que fazer com o fato de que a guerra acabara. Anos de luta e, antes disso, uma vida à beira disso. Um conflito que não entendíamos necessariamente, que havíamos discutido, regurgitando opiniões, contestando as razões pelas quais não podíamos ir a lugar nenhum, nada fazer, não sendo ninguém. E fomos o centro de tudo. Haviam-nos forçado a fazer escolhas baseadas nas circunstâncias que agora não eram mais parte da nossa vida cotidiana, mas mantivemos isso próximo, um direito de nascença pesado que quisemos conservar.

Por um tempo, achei que queria ajudar mulheres – vítimas de estupro, mulheres que davam à luz em porões enquanto seus maridos caminhavam sobre campos minados, mulheres que apanharam, foram desfiguradas, mutiladas na guerra, geralmente por homens de seu próprio lado. Era impossível aceitar, no entanto, que essas mulheres em particular não mais precisariam da minha ajuda quando eu estivesse pronta para isso. Aos dezessete anos, coisas como essas nos tornam orgulhosos. Não se sabe nada dos abalos secundários da guerra. Um pouco mais novos, tínhamos sido incapazes de racionar nosso entusiasmo por viver sob o peso da guerra; agora, não podíamos regular nossa inabilidade de deixar isso de lado. Grandes decisões inclinavam-se a supor que a guerra e seus efeitos imediatos sempre estariam por perto. Aspirar a fazer cirurgia ortopédica era considerado uma conquista pequena; o que se queria mais era ser cirurgião ortopédico especializado na recuperação de amputados. Cirurgia plástica era impensável, a não ser que você quisesse lidar com reconstrução facial.

No final de certa tarde, uma semana antes das provas da metade do semestre, meu avô perguntou se eu tinha pensado na minha especialização, já que esta estava por vir. Eu tinha uma resposta para ele:

– Cirurgia pediátrica.

Sentava-me de pernas cruzadas na sala de jantar, meu livro de biologia celular de segunda mão sobre um pano de prato para poupar a toalha de mesa de renda branca. Meu avô diariamente comia sementes de girassol de uma pequena tigelinha de lata na qual geralmente as torrava. Como todos os rituais, esse era um processo. Ele removia a latinha do forno e a colocava em dois descansos de cortiça, valendo-se de um guardanapo para jogar fora as cascas. Inspecionava as sementes antes de começar a comê-las; ninguém, nem mesmo minha avó, sabia por que ele fazia isso, o que ele procurava. Enquanto as revirava, ele enrugava o nariz para levantar os óculos, que eram enormes e quadrados, a uma posição na qual pudesse focar confortavelmente. Dava-lhe a aparência de um especialista em diamantes, e também o fazia parecer levemente suspeito.

– Você vai deixar Deus fora disso, então – ele disse.

– O que quer dizer? – respondi. Não conseguia me lembrar de quando ele mencionara Deus pela última vez.

Mas ele voltava a se ocupar remexendo as sementes. Com frequência pegava uma e a mastigava, principalmente com os dentes da frente; e invariavelmente terminava comendo todas, tornando o exercício de inspeção sem sentido. Demorou um bom tempo, mas me perguntou novamente: – Tem andado muito com crianças?

Ele não estava olhando para mim, e não me viu dando de ombros. Depois de um tempo, dei de ombros novamente, bati no meu livro com um lápis e acabei perguntando: – Por quê?

Ele se sentou, empurrou a cadeira para longe da mesa e esfregou os joelhos. – Quando elas morrem, morrem com medo – ele respondeu. – Pegam tudo o que precisam de você, e, como médica, seu trabalho é entregar, confortá-las, segurar sua mão. Mas crianças morrem como viveram, com esperança. Não sabem o que está acontecendo, não esperam nada, não pedem para você lhes segurar a mão, mas você as acaba segurando para segurar as suas. Com crianças, você está sozinha. Entendeu?

De tudo pelo que brigamos naquele ano, brigamos mais duro por notoriedade, pela reputação boca a boca necessária para se conquistar respeito, reconhecimento e, acima de tudo, os favores de um assistente técnico obeso chamado Mića, o Açougueiro, o homem que preparava cadáveres e que, como um marido arranjado ou como um passaporte para a Prefeitura, era figura a aparecer em nossos planos muito antes de colocarmos de fato os olhos nele. Era um esforço crítico e assombroso. A atenção de Mića tinha de ser atraída bem antes. Sua admiração grosseira era o pagamento por se ter alguma história impressionante, algum feito respeitável ligado ao seu nome. Conquistar essa atenção antes da anatomia do segundo ano era crucial. A ideia consistia em atrair alguma fagulha de atenção na voz rouca do homem no decorrer da primeira lista de chamada no porão do laboratório, para que, então, quando ele lesse seu nome, erguesse uma sobrancelha e dissesse: *Bogdanovic... Não era você que fumava maconha no quarto durante o toque de recolher de Kobilac, que depois colocou uma toalha na cabeça quando os bombeiros vieram e tentou dizer que o vapor da sua ducha tinha acionado o alarme?* Você assentia e, pela graça de Deus, Mića, o Açougueiro sorriria e você teria garantido um corpo toda semana, mesmo em semanas de falta que estavam acontecendo agora que a guerra acabara.

Sem um cadáver semanal, um corpo para praticar, você estava previsivelmente perdido pelo resto de sua carreira na escola de medicina. Era um privilégio especial estar naquelas salas bem limpas com os cadáveres preparados que pareciam carne úmida. Você queria começar bem antes dos seus colegas entrando no espaço mental em que se acostumava com um corpo morto, em que podia olhar para um deles sem estremecer ou vomitar ou desmaiar. Para conseguir, precisava ir além da ideia de respeito por uma vítima da autópsia, resistir ao desejo de desmaiar se o assistente se referisse ao corpo por seu nome quando vivo. Você tinha de ser o tipo de gente que podia se erguer acima do mecanismo de suportar o ato de pintar os círculos do corpo com maquiagem verde. Para isso, você precisava de um corpo por semana. Precisava do reconhecimento de Mića, o Açougueiro. Tudo para que pudesse dar o primeiro passo em direção à indiferença diante da morte.

– Por que diabos você tem de se preocupar? – Zóra me perguntou quando alguns colegas homens mais velhos, num esforço para ganhar nossas graças, revelaram que dedicaríamos nosso primeiro ano a esse esforço. – Você não herdou a história das tripas do Marechal?

Aprendemos rapidamente que nepotismo era uma das várias formas pelas quais você não deveria querer que o Açougueiro Mića a conhecesse. Você não queria ser a causadora de algum desastre médico, de algum espetáculo autodepreciador ou língua frouxa que a fizesse parecer uma idiota, ao invés de uma pessoa respeitável para quem um fluxo constante de cadáveres seria o caminho para milagres. Você não queria ser conhecida pelo tipo de insolência a seus antecessores que Zóra carregara no nosso primeiro semestre. Numa concorrência cavalar para assegurar futuras conexões, Zóra vencera oitocentos candidatos para um enaltecido estágio no Departamento de Genética. Dizer que a posição era humilde seria pouco; suas tarefas incluíam esfregar o chão. Em sua quinta manhã no trabalho, carregando uma caixa de documentos do almoxarifado, ela se deparou com um velho raquítico arrastando-se pelo corredor em sua direção; ele parou para lhe sugerir que colocasse sua linda cinturinha numa saia, porque calças indicavam que ela era muito moderninha. Zóra, erguendo-se sobre o velho com uma caixa de documentos que provavelmente cogitava jogar na sua cabeça, respondeu: "Não seja provinciano, porra". Claro que o velho era o diretor de Genética, e ela passou o resto do semestre preenchendo papelada no porão, enquanto a notícia epidêmica de sua insolência se espalhava pela Universidade, com a cooperação de um assistente do quinto ano que se pôs a produzir camisetas com a proclamação: NÃO SEJA PROVINCIANO, PORRA, que arrasaram na angariação de fundos de outubro.

Minha própria notoriedade era igualmente insatisfatória, até onde o Açougueiro Mića sabia. Eu ganhava um pouco de dinheiro ajudando, duas vezes por semana, no laboratório de biologia. Após três semanas, me pediram para ajudar um assistente de laboratório a preparar amostras de cérebro para um estudo. Infelizmente, os cérebros pertenciam a um saco de filhotes de ratinho. Convencida de que minha solidariedade aos animais não se estendia a pequenos mamíferos, e levando em consideração os olhos penetrantes do assistente de laboratório, perguntei-lhe como daríamos cabo dos ratos. O assistente explicou que havia duas formas: selá-los numa caixa e esperar que sufocassem, ou cortar-lhes a cabecinha com alicates de unha. O segundo método ele demonstrou, em vez de explicar. Zóra não testemunhou o incidente, mas já tinha ouvido várias descrições em detalhe deste procedimento, que teve o prazer de me contar enquanto, no consultório do dentista, esperávamos que me retirassem o dente quebrado quando desmaiei e despenquei no chão.

Terminamos o semestre em dezembro, envergonhadas de nossos fracassos, esperando que influenciassem nosso encontro inevitável com Mića no outono. Mas, então, vieram as preparações para a anatomia de primavera, e a muito aguardada busca por réplicas de crânio.

Dá para pensar que, depois da guerra, eles teriam o suficiente em termos de crânios reais; mas os disponíveis eram perfurados por balas ou precisavam ser enterrados e esperar embaixo da terra para ser escavados, limpos e enterrados novamente pelos entes queridos. Era quase impossível encontrá-los. Os embargos ao comércio não tinham sido suavizados, e os canais pelos quais a Universidade adquiria suprimentos médicos – questionáveis, para começar – eram consideravelmente mais difíceis de acessar agora. As pessoas de anos anteriores estavam vendendo crânios furtados de quinta mão a preços absurdos, anunciando-os no boca a boca. Ficamos desesperados. No final, o amigo de um amigo nos contou sobre um homem chamado Avgustin, especializado em produzir réplicas em plástico de partes humanas, que vendia para dentistas, ortopedistas e cirurgiões plásticos, no mercado negro, claro.

Mentimos aos nossos pais, dirigimos por quatro horas numa rodovia coberta de neve, passando por caminhões do exército grudados uns nos outros na via oposta, sorrimos por duas alfândegas e seis oficiais relutantes, até encontrar Avgustin, em seu escritório numa cidade romena de fronteira que tinha janelas com vista para as docas e as águas cobertas de gelo do rio Grava. Era um homem baixinho, careca, com bochechas quadradas, que nos ofereceu almoço, mas recusamos. Ficamos juntas enquanto ele nos contava sobre os crânios que tinha para nós. Eram aparentemente réplicas da mesma cabeça de um mágico dos anos 1940, um homem chamado "o Magnífico Fedrizzi". Um espécime, ele dizia, que adquirira com muita dificuldade. Provavelmente era essa uma versão da verdade, apesar de ele não mencionar a parte sobre a barganha obrigatória com o coveiro, que talvez tenha subornado para escavar o Magnífico Fedrizzi depois do tempo suficiente para não restarem senão ossos. Em vida, esse Magnífico Fedrizzi aparentemente realizou façanhas brilhantes de mágica em palcos venezianos, até que, em 1942, quando o membro de uma plateia alemã cuja esposa estava sendo dividida com o Magnífico Fedrizzi fazia algum tempo, pôs fim a isso de maneira abrupta.

– O crânio de Don Juan – disse Avgustin piscando para Zóra. Não sabíamos por que dizia aquilo, até que ele finalmente trouxe as réplicas enroladas em plástico bolha. Os crânios pareciam no máximo primos, e ficou imediatamente aparente que o alemão que matara o Magnífico Fedrizzi gostava de resolver suas brigas da maneira antiga, com uma garrafada ou um cassetete, ou talvez uma coronhada de rifle.

– Você não podia ao menos ter coberto as fraturas? – Zóra perguntou, apontando para a lateral esquerda levemente partida do crânio, a explosão de fendas no plástico.

Apesar das fraturas, os crânios eram brancos, objetivos e clínicos, e a mandíbula abria e fechava sem ranger, o que era, afinal, tudo o que pedíamos. Conseguimos que Avgustin nos desse um desconto de dez por cento e, quando partimos, ele nos alertou repetidamente sobre tirar os crânios das embalagens e caixas – etiquetadas como "sapatos". Mas, na fila da alfândega para casa, mais tarde, pensamos melhor a respeito; estavam inspecionando os porta-malas das pessoas, e tínhamos duas caixas suspeitas com produtos contrabandeados ali. Coloquei a caixa do Magnífico Fedrizzi na minha mochila, e Zóra escondeu a sua no compartimento de primeiros-socorros debaixo do banco traseiro. Não terminou bem, mas pelo menos terminou na nossa alfândega, não na romena; os oficiais vasculharam o carro e apontaram a arma para nós, confiscaram minha mochila e levaram meu Magnífico Fedrizzi.

Depois, ainda ali, tiraríamos sarro sobre como ele provavelmente ficaria muito mais feliz no Vale do Rio Grava, trabalhando com os oficiais da alfândega. Mas ligar para casa, com medo do que eu contaria ao meu avô – esperando convencê-lo a pegar o trem e nos resgatar –, não foi nada engraçado.

– Bako – eu disse quando minha avó atendeu. – Ponha o vovô na linha.

– Qual é o problema? – ela perguntou apressadamente.

– Nada. Só passe pra ele.

– Ele não está. O que aconteceu?

– Quando ele volta?

Zóra e eu ficamos sentadas na sala de interrogatório, no escritório da imigração, por seis horas até ele vir resolver a confusão, e o tempo inteiro, por algum motivo, eu não conseguia tirar da cabeça a imagem do meu avô sentado sozinho no zoológico. Podia vê-lo, um homem careca com óculos enormes, sentado num banco verde na frente do fosso do tigre com *O livro da selva* fechado sobre um joelho. Inclinado para a frente em seu casaco, os pés no asfalto, as mãos juntas. Sorrindo para pais de crianças que passavam. No seu bolso, a sacola plástica amassada com a qual dera comida ao pônei e aos hipopótamos. Sentia-me envergonhada por pensar nele. Não me ocorrera que o zoológico já tinha sido reaberto, ou que meu avô podia ter voltado a frequentá-lo, apesar de eu não ter mais tempo para lhe fazer companhia. Disse a mim mesma que precisava lhe perguntar sobre isso, mas, afinal, nunca encontrei o momento certo. Ou eu estava envergonhada demais para fazer qualquer coisa que fosse percebida como questionamento dos rituais de conforto de um velho.

Meu avô era uma figura diferente quando entrou, tempestuoso, no escritório da imigração com seu distintivo de emérito da Universidade pendurado no pescoço, avental branco, chapéu nas mãos, e exigiu a volta de sua neta e da amiga dela, "aquela que fuma".

– O crânio é uma necessidade médica – disse meu avô ao oficial que nos mantinha prisioneiras. – Mas isso nunca mais vai acontecer.

– As restrições de importação estão do outro lado da fronteira, doutor, eu não daria a mínima se elas trouxessem seis corpos mortos num armário de bebidas – disse o oficial. – Mas meu filho tem um aniversário vindo aí.

Meu avô pagou-lhe, aconselhou-o a investir o dinheiro na criação moral do filho, acenou para que o seguíssemos, indicando o banco traseiro do carro de Zóra, e nos levou para casa em silêncio. Esse silêncio, que era a única coisa pior do que sua ira, sua decepção, sua preocupação, pretendia dar-me tempo para me recompor, preparar-me para o que me diria quando chegássemos em casa. Eu estava velha demais para receber castigo. O que eu sabia que vinha era um discurso cuidadoso para me fazer sentir o mais envergonhada possível por minha incompetência, idiotice e falta de respeito por coisas que estavam acima de mim. Mas eu não conseguia ir além do zoológico; ele estivera no zoológico, sozinho, e algo nisso me devastava.

Com uma hora de estrada, Zóra se inclinou para a frente, tirou a caveira que sobrava do compartimento de primeiros-socorros e a colocou no assento entre nós com um sorriso que pretendia me confortar. Meu avô olhava pelo espelho retrovisor.

– Que diabos é isso?

– O Magnífico Fedrizzi – Zóra respondeu sem delongas. Depois, dividimos o crânio e a história e, finalmente, o sorriso de Mića.

A guerra tinha alterado tudo. Uma vez separadas, as peças que formavam nosso velho país não carregavam mais as características que representavam as antigas partes respectivas do todo. Coisas previamente repartidas – cenários, escritores, cientistas, histórias – tinham de ser distribuídas de acordo com seus novos donos. O Prêmio Nobel não era mais nosso, mas deles; tiramos o nome do nosso aeroporto de seu inventor louco, que não era mais uma figura popular. E o tempo todo dizíamos a nós mesmos que tudo acabaria voltando ao normal.

Na vida do meu avô, os rituais que se seguiram à guerra eram de renegociação. Em toda sua vida ele fora parte de um todo – não apenas parte, mas feito disso. Ele nascera aqui e aqui fora educado. Seu nome falava de um lugar; seu sotaque, de outro. Nada disso importava antes da guerra; mas, conforme o tempo passava e a Academia Militar não o convidava oficialmente para voltar a praticar medicina, ficou claro que um retorno à normalidade profissional não seria possível, e que ele teria de se manter com seus pacientes debaixo do pano até que resolvesse se aposentar.

Com esse conhecimento, veio um desejo opressor de revisitar lugares perdidos e restabelecer seus rituais puros. O zoológico era um deles.

Outro era a casa no lago em Verimovo, agora, do lado de lá da fronteira, onde ele passara todos os verões até os onze anos de idade. Era uma bela casa de pedra nos limites de um dos grandes lagos do vale, saindo da rodovia principal que ligava Sarobor e Kormilo. Alguns passos abaixo do caminho de paralelepípedos e se estaria na água, nas águas claras, azul-esverdeadas do Lago Verimovo, alimentadas pelo Amovarka. Nenhum de nós estivera na casa em quase sete anos, mas havia um reconhecimento silencioso na família de que ela provavelmente não continuava de pé, ou que tinha sido saqueada, ou que, no segundo em que você passasse pela porta, seria arremessado por uma mina que algum soldado descuidado, provavelmente do seu próprio lado, teria deixado para trás. Mas havia também a consciência de que a casa tinha de ser vista, os danos avaliados, uma decisão tomada. Minha mãe e minha avó queriam ver se nosso vizinho Slavko nos deixara, se desistira da casa, renegando sua promessa de mantê-la a salvo até depois da guerra.

Para meu avô, no entanto, a urgência vinha da necessidade de ressuscitar um prazer passado do seu dia a dia, como se nada tivesse acontecido.

– Não seria como se as vinhas ainda subissem pela varanda da garagem? – ele disse catorze meses depois do cessar-fogo, três dias após a grande reabertura da ferrovia do sul. Estava fazendo as malas para ir de trem a Verimovo; sua pequena sacola azul, com cadeado de combinação embutido, estava aberta na cama e ele dobrava vários pares de bermudas de algodão cinza e camisetas brancas. Sentada aos pés da cama, eu tinha vindo para lhe dizer que não fosse ridículo, que simplesmente vendesse a casa. Mas ele estava sorrindo da mesma forma como quando costumávamos ver os tigres, e de repente me senti oprimida por minha própria falta de otimismo. Quem era eu para lhe dizer o que era apropriado e o que não era? Quem era eu para segurá-lo quando ele queria tanto que as coisas fossem do seu jeito? Então, em vez disso, ofereci-me para ir com ele. Para minha surpresa, ele aceitou. Quando penso nisso agora, percebo sua determinação naquele dia; levando-me junto, tinha certeza de que era seguro.

Como em tudo que fizemos juntos, havia um plano. Trataríamos de avaliar os danos. Supondo que a casa estivesse de pé, íamos reabri-la, ventilar os quartos, ver que mobília fora roubada ou quebrada, reabastecer a despensa. Poríamos abaixo verões e mais verões de ninhos de andorinhas que se haviam depositado nas paredes da varanda, podaríamos as vinhas verdes que tinham se infiltrado no toldo sobre a garagem, pegaríamos os figos e laranjas que estivessem maduros, tudo em preparação para a chegada da minha avó, que concordara em se juntar a nós na semana seguinte. Dependendo do que encontrássemos, também faríamos nosso novo cachorro se acostumar com uma vida ao lado do lago.

Era um cachorro branco pequeno e gordo que minha avó, ludibriada, terminara por comprar no mercado de domingo na Cidade. Ela havia sido vítima das circunstâncias, porque era o último filhotinho deixado na caixa, e o fazendeiro, agachado no calor de verão desde o amanhecer com uma caixa de cachorrinhos de fazenda rastejantes e fedidos, todos vomitando e mijando uns nos outros, de repente, visivelmente desesperado, levantou o cachorro e disse: "Acho que vou ter de comer você" bem quando minha avó passava. Ela pagou dinheiro demais ao homem e veio para casa com o cachorro metido no chapéu. E o fazendeiro provavelmente comprou um pernil e nunca mais pensou nisso.

O cachorro continuou sem nome por bastante tempo. Gostava de colo, e ficou comigo enrolado numa toalha rosa enquanto o trem passava rápido pelo interior, seguindo o rio além de campos de trigo e vilas em palafitas à beira da água. Até chegarmos mais perto dos lagos, atravessando montanhas que ascendiam ao azul, emaranhadas de arbustos e moitas de lavanda.

Tínhamos a cabine de seis pessoas toda para nós, porque meu avô quis evitar qualquer outro passageiro avistando nossos passaportes no controle de fronteiras. As janelas estavam abaixadas, e o cheiro dos pinheirais vinha forte e incisivo.

Meu avô sentava-se ao meu lado, indo e voltando da sua sonolência. Com frequência acordava num sobressalto, tirava a mão direita da barriga e fazia carinho no cachorro, que não conseguia dormir e espiava ansiosamente pela janela. Depois do carinho, com uma voz que soava como fantoche de programa infantil, dizia: "Você é um cãozinho! Você é um cãozinho! Cadê você? Você é um cãozinho!". A língua do cachorro caía para fora da boca, e ele começava a choramingar.

Depois de algumas horas disso, eu disse: "Jesus, vô, já entendi, ele é um cãozinho", sem saber que, apenas alguns anos depois, iria me lembrar a cada cachorro que visse na rua que aquele era um cãozinho, e me perguntar onde estava meu avô.

A casa ficava a cinco minutos a pé da estação de trem, e fizemos essa caminhada lentamente, nós dois, com os membros duros e em silêncio. A tarde estava seca, e minha camisa já se prendia à pele antes de chegarmos à entrada. Então, estava lá, a entrada, a casa, a garagem afundada em vinhas. Havia ferrugem na cerca, e me lembrei de quão facilmente as coisas enferrujavam na casa do lago e de como, fazia muitos anos, meu avô repintava a cerca todo ano, paciente, meticuloso, em pé, com um tipo de graça prazerosa nos seus tamancos, calçando meias, os joelhos ossudos bem brancos por causa do protetor solar.

Nosso vizinho Slavko estava parado na varanda e, quando nos viu, ficou de pé e começou a esfregar as mãos nas calças. Eu não me lembrava realmente desse vizinho na minha infância no lago, mas minha mãe falava dele com frequência, tinham crescido mais ou menos juntos. Em algum momento da vida, minha mãe começara a usar jeans e a ouvir Johnny Cash; isso, de acordo com Slavko e outros garotos locais, a distinguia como parte dos "rebeldes" e a fazia alvo de espiadas pré-adolescentes pela janela. Eu podia ver aquele menino no olhar culpado que ele agora nos dirigia. Seu rosto estava muito bem barbeado, a pele irritada, e ele tinha um penacho de cachos grisalhos caídos sobre a testa. Isso, combinado com seus grandes pés e ombros curvados sobre um peito côncavo e uma pequena barriga, o faziam parecer irritantemente um pinguim gigante.

Slavko nos trouxe algumas tortas para o jantar e estava esfregando as mãos nas calças nervosamente, sem parar. Pensei por um minuto que meu avô ia se superar e abraçá-lo, mas eles só se cumprimentaram dando as mãos. Slavko me chamou de "Pequena Nadia" e tocou meu ombro cuidadosamente; dei-lhe um sorriso seco. Ele nos mostrou a casa. Soldados tinham vindo, quase imediatamente depois que a guerra começou, e levado alguns bens valiosos: a porcelana da minha bisavó, o retrato de uma tia distante, parte da prataria turca, a máquina de lavar. Mas era evidente, não houve manutenção. Algumas portas foram retiradas, os balcões estavam cobertos de madeira e gesso que haviam caído do teto; saía pó do forro amarelado da mobília da sala da minha avó, que logo descobriríamos abrigar traças, o que também não ajudava. No banheiro, a privada fora levada, e os poucos azulejos azuis que forravam o chão estavam reduzidos a um mosaico destruído.

– Cabras – disse Slavko.

– Não entendo – meu avô retrucou.

– Eles precisaram destruir o piso para que as cabras não escorregassem nos azulejos.

Conforme seguíamos Slavko pela casa, segurei o cachorro e continuei buscando no rosto do meu avô sinais de decepção, desencorajamento, o menor toque de desistência. Mas ele sorria, e para minha própria frustração, comecei a sentir aquela sensação de vergonha me perturbando novamente, uma consciência aguda de falta de habilidade em compartilhar do seu otimismo. Meu avô comentou com Slavko que esperava não ter sido uma inconveniência terrível para ele manter a casa segura. Slavko riu nervosamente e disse que não, não, claro que não, não para o meu avô, não para um grande médico como ele, todo mundo na cidade se lembrava dele.

Quando Slavko saiu, meu avô lhe disse: "É muito melhor do que eu esperava". Desfizemos a mala e demos uma caminhada pelo pomar. O jardim de roseira da minha avó estava morto, mas as laranjas e figos engordavam nas árvores, e meu avô andou por lá, chutando o solo aqui e ali, examinando tudo. Com frequência ele chegava a um artefato que não pertencia à terra:

parafusos, balas, pedaços quebrados de metal que poderiam ser pés de cabra ou molduras. Nos fundos da propriedade encontramos o vaso sanitário, certamente abandonado ali por alguém incapaz de carregá-lo no morro íngreme, e também os ossos de um animal morto. Havia ossos pequenos, quebrados, afiados como vidro; meu avô pegou o crânio e examinou. Tinha chifres – provavelmente uma cabra –, mas ele só se virou lentamente e disse: "Não é o Magnífico Fedrizzi".

Enquanto meu avô carregava o vaso sanitário para dentro, subi a escada para a garagem com uma vassoura debaixo do braço e varri vinhas mortas da pedra rachada. Havia garrafas de cerveja e bitucas de cigarro, provavelmente muito mais recentes do que a guerra, e encontrei camisinhas usadas que espetei com a ponta da vassoura e levantei furtivamente sobre o muro do pátio do vizinho. No final da tarde, meu avô e eu comemos nosso jantar sobre caixas na varanda da garagem, com a torta fria engordurando-nos as mãos. O lago estava parado e amarelo, pontilhado de gaivotas que tinham vindo da costa. De tempos em tempos ouvíamos uma lancha, e eventualmente passava um casal em pedalinho.

Estamos sentados ali – meu avô falando dos reparos que tinham de ser feitos, de coisas que precisavam ser compradas na cidade, como um ar-condicionado para minha avó e um televisor pequeno, novas persianas, claro, e talvez novas janelas, uma porta mais segura, algum remédio de carrapato para o cachorro, sementes para reviver o jardim de rosas – quando começou o incêndio no morro. Não era o primeiro incêndio de Verimovo, de forma alguma, e posteriormente saberíamos que começou como todos os outros: com um bêbado e um cigarro. Podíamos ver fumaça preta subindo em ondas sobre o pico em que as velhas minas ficavam, e, então, uma hora ou mais depois, uma serpente brilhante de chamas desceu pelo morro, jogando-se abaixo pelo caminho de grama seca e de pinhas, seguindo o vento pela montanha. Slavko veio olhar da garagem conosco.

– Se soprar para o leste, vamos tirar porcelanas das cinzas amanhã de manhã – ele nos alertou. – Melhor ficarmos de olho.

Por um tempo, meu avô estava certo de que o vento do lago manteria o incêndio contido nas partes mais altas, sobre o cerrado perigoso que se acenderia como uma árvore de Natal. Ele estava tão inflexível na sua crença – e eu, com o tempo, fiquei convencida de que era ingenuidade – que me mandou para a cama e ficou acordado sozinho, varrendo as escadas e remexendo a despensa, o tempo todo indo para fora olhar.

Por volta da meia-noite, quando o fogo chegou à cadeia abaixo da linha de árvores, meu avô saiu da cama – onde o cachorro e eu lutávamos por espaço, seguindo aquele progresso pela janela –, e fiquei no corredor, vendo-o calçar os sapatos. Ele me disse para pegar nossos passaportes e sair da casa. Iria ajudar os homens da vila com o incêndio. Isso exigia caminhar pelos campos onde o fogo descera das árvores, enfrentar as chamas baixas com casacos e pás para que não invadissem jardins e gramado e fileiras de ameixeiras e limoeiros que as pessoas cultivavam para o mercado – mas lembro-me de que ele, mesmo sabendo que passaria a noite nas cinzas e na terra, engraxou os sapatos. Recordo-me das suas mãos e da forma como seguravam o trapo com que ele engraxava, da forma como o passava indo e vindo sobre o sapato como se tocasse um violino. O cachorro caminhava ao seu redor, e meu avô tocou seu nariz com o trapo. Então me levou para fora, para os fundos da casa, onde o muro traseiro da varanda, que encontrava o morro do pomar no jardim de rosas mortas e as laranjeiras e figueiras, já estava vermelho com a luz do morro.

– Pegue isso – ele disse, pondo a mangueira do jardim na minha mão e abrindo a torneira. – Comece a molhar. Mantenha a água na casa. Mantenha as paredes e janelas molhadas e, o que quer que faça, não deixe a porta aberta. Se ficar feio, Natalia, se saltar o muro e começar a pegar na casa, corra para o lago. – Então, ele bateu na frigideira da minha avó, havia muito perdida – a antiga, de cor vermelho-maçã, vinda da Itália, que reapareceu naquela noite pela primeira vez em dez anos durante a inspeção da despensa, que ele talvez considerasse capaz de dar algum tipo de proteção especial –, colocou-a na minha cabeça e partiu. Lembro-me do som de seus sapatos no cascalho, do portão se abrindo, do fato de que era a única vez que deixara o portão aberto.

Minha mãe sempre diz que medo e dor são imediatos e, quando se vão, deixam apenas a ideia, mas não uma lembrança verdadeira – por que outro motivo, ela argumentava, alguém teria filhos mais de uma vez? Acho que entendi o que ela queria dizer quando pensei na noite do fogo. Parte de mim sabia que havia uma dor tremenda, o calor das chamas que desceram pela antiga vila no morro, pela fazenda de Slavko e o nosso laranjal e atravessou pelos figos e amendoeiras, as pinhas estalando como brasas pelo que pareceu ser uma eternidade antes de explodirem; era insuportável. Dizer que era difícil respirar é pouco; os pelos nos meus braços nus já estavam chamuscados quando o fogo caiu dos pinheiros e correu pelo muro de cimento. Sei que fiquei lá com um lado para o fogo e a água apontada para os muros, portas e janelas fechadas, impressionada com a rapidez de evaporação do seu fluxo, que às vezes nem tocava a casa. Mas, do que me lembro mesmo, é de uma imagem projetada de mim mesma, parecendo ridícula, lá no meu chinelinho vermelho e no meu top não oficial de "Born to run" com barra de franjas, a melhor frigideira da minha avó na cabeça, a mão na cintura, e aquele cachorro gordo histérico debaixo do braço, seu coração batendo como um grilo no meu pulso e o fluxo de água da mangueira chiando nos fundos da casa para manter longe o fogo.

No entanto, lembro-me da vizinha com clareza absoluta. Num certo momento da noite, virei-me para encontrá-la me observando molhar o fogo da porta da sua casa. Ela usava um vestido abotoado florido, e seu cabelo branco se soltara do coque, caindo, suado, com suor ao redor do rosto com a luz do fogo. Eu não tinha ideia de quanto tempo ela ficou parada lá, mas pensei que talvez a reconhecesse, tinha certeza de que iria me oferecer ajuda, e devo ter sorrido para ela, porque de repente ela gritou:

– Do que está rindo, sua porca?

Voltei para a mangueira.

Como sempre, chega uma hora em que as pessoas encontram jeito de encontrar humor até de uma noite daquelas. Muitos riram abertamente daquilo, fizeram piadas sobre o churrasco na casa de Slavko – os porcos, galinhas e cabras queimando nos currais à noite –, e ninguém mencionou que eles tiveram cinco ou seis horas, o fogo se aproximando, para tirar os animais e parar os gritos, que acabavam se erguendo acima do ruído ensurdecedor do fogo. Ninguém nunca mencionou isso; na época, eles estavam tão certos de haver mais guerra, que lhes era mais fácil deixar os animais queimarem do que salvá-los apenas para depois os soldados os levarem de novo.

De manhã o fogo havia cessado ou se espalhado para outro canto, mas, com o sol nascendo, não havia para onde fugir do calor. Dentro, a mobília estava branca de cinzas; liguei os ventiladores e fechei as janelas contra a quietude da manhã que se depositava no barranco negro sobre a casa.

Meu avô voltou pouco depois do amanhecer, respirando com dificuldade. Passou pelo portão, fechou-o atrás de si e entrou. Não me abraçou, apenas pousou a mão na minha cabeça por um longo tempo. Cinzas haviam penetrado nas linhas do seu rosto, nos pés de galinha ao redor dos seus olhos, nos contornos da boca. Lavou-se e se sentou na mesinha da cozinha, tirando fuligem debaixo das unhas, embalando o cachorro nos joelhos, com *O livro da selva* aberto num guardanapo em frente enquanto eu fazia ovos e torradas e cortava fatias de melancia para o café da manhã.

Então me contou novamente sobre o homem sem morte.

*

Batendo nos cantos cinza do Livro da selva *com o lenço, meu avô disse:*

– Em 71, houve esse milagre numa vila perto daqui, no mar. Algumas crianças estavam brincando perto de uma cachoeira, uma pequena queda d'água branca que alimentava um buraco profundo encravado no meio de alguns abismos, e um dia, enquanto estavam ali, viram a Virgem na água. Ela estava parada lá, os braços abertos, e as crianças correram para casa para dizer a seus pais, e de repente todos passaram a chamar a água de milagrosa. As crianças iam à cachoeira todo dia ver a Virgem, e, pouco tempo depois renomearam a igreja local, chamando-a Igreja da Virgem das Águas; e as pessoas passaram a vir de todos os lugares. Vinham da Espanha, da Itália e da Áustria para ver aquele buraco de água, sentar-se na igreja e olhar para as crianças que ficavam o dia todo olhando a água, e diziam: "Sim, nós a vimos, ela ainda está lá".

"Logo, um cardeal veio abençoá-la, e, então, havia ônibus vindo do nada, viagens de hospitais e sanatórios para que as pessoas vissem a cachoeira e nadassem na água e se curassem. Estou falando de gente bem doente, de gente com paralisia cerebral e problemas do coração, com câncer. Muitas delas vinham de clínicas de tuberculose. E havia as que não podiam nem andar, dando os últimos suspiros e carregadas em macas. Gente que estava doente fazia anos sem que alguém pudesse dizer o que havia de errado com ela. E essa Igreja da Virgem das Águas distribuía cobertores, e estavam todos sentados lá, os doentes, nos jardins e no pátio, na calçada, só esperando. Os doentes, naquele calor, com as moscas ao redor, com seus pés na água, o rosto na água, engarrafando a água para levá-la.

"Você me conhece, Natalia, nada para mim tem o mesmo efeito de um homem sem pernas arrastando-se por uma ladeira de pedras por penitência, para que possa se jogar num poço e dizer a si mesmo que vai melhorar.

"Então, a Universidade me pede que forme uma equipe e a leve lá imediatamente. Há o risco, eles pensam, de que toda aquela gente, já morrendo, esteja sob tensão e esforço constantes. Querem que eu monte um centro de cuidados, talvez oferecendo remédios gratuitos. Vou lá com cerca de doze enfermeiras, e percebemos que essas águas estão a milhares de quilômetros de qualquer lugar, e que o único prédio daquele lado da montanha é a igreja, e que tudo lá acontece dentro ou ao redor da igreja. Não há hospital, hotel, e não haverá em vinte anos. O milagre é recente demais, ninguém teve tempo de lucrar com ele. A igreja serve de abrigo para os moribundos, mas o único lugar para colocá-los é na cripta. Há uma porta debaixo do altar, pela qual se desce até o porão de pedra da cripta, onde os mortos são colocados como tijolos nas paredes, e lá você os vê no chão, enrolados em cobertores, e o fedor é suficiente para querer se matar, porque, além das doenças, esses moribundos comem o que a igreja fornece: maçãs e azeitonas, e pão, que os fazendeiros locais trazem do outro lado da ilha, e o local todo tem um cheiro amargo que entra na roupa e no cabelo e não há como se livrar disso.

"Para piorar as coisas, além dos moribundos que estão lá para rezar, as pessoas pegam a balsa do continente e vão farrear, festejar e beber em nome da Virgem. À noite, os padres sempre encontram seis ou sete bêbados no chão da igreja, e os recolhem num pequeno anexo na cripta, para que curem a bebedeira. Não têm outro lugar para enfiar os bêbados; eles os trancam para que não fiquem vagando por lá, mas pode-se imaginar o que acontece quando acordam no meio da noite e se encontram num quarto de pedra sem luz. Eles fazem barulho o tempo todo. Pela noite toda pode-se escutá-los gritando e soluçando lá, e os moribundos, que são depositados ao redor das colunas e dormem na fonte batismal, podem ouvi-los através das paredes das criptas. Para eles deve soar como se os mortos os chamassem.

"Algum dia desses você vai ver como é estar num quarto cheio de moribundos. Eles ficam sempre esperando, e no sono esperam ainda mais.

Quando se está ao redor deles, espera-se também, medindo sua respiração, seus suspiros.

"A noite a que me refiro tudo estava mais silencioso do que o comum na pequena cela dos bêbados ao lado. Dei folga às enfermeiras para que jantassem sozinhas no continente e não esperava que voltassem senão de manhã. Era impossível dormir, mas não tão ruim ficar sozinho. Ninguém estava de vigília comigo, lembrando-me dos mortos. Tenho uma pequena lâmpada e com frequência ando de um lado para outro das fileiras dos que dormem, inclinando-me sobre eles, olhando seus rostos. Às vezes uma pessoa fica com febre ou começa a vomitar, e dou-lhe remédio, fico ao seu lado com a luz. Eles acham a luz mais reconfortante que o remédio. Há um homem lá que tosse bastante, e não estou otimista a seu respeito, não sei por quanto tempo poderei ajudar quando chegar a hora; mas, sempre que a luz está próxima, ele tosse um pouco menos.

"Estou caminhando assim, indo e vindo, quando escuto alguém dizer: 'Água'.

"Está bem escuro, não posso ver de onde vem a voz, então respondo baixinho: 'Quem está falando? Quem quer água?'.

"Por um longo tempo não há resposta, então escuto de novo alguém dizer bem baixinho: 'Água, por favor'.

"Levanto a lamparina e vejo que por todo lado estão as costas e os rostos de pessoas dormindo sob cobertores. Ninguém levanta a mão para me chamar, nenhum olho aberto se volta para mim pedindo água.

"'Olá?', eu chamo.

"'Sim, aqui', diz a voz. 'Peço desculpas, mas... água.'

"A voz é muito fraca, é quase como se estivesse suspensa no ar sobre a minha cabeça, e por isso ninguém mais pode ouvir. Ergo a lâmpada e me viro, buscando o dono da voz, e então a voz com muita paciência me diz: 'Doutor, aqui. Água, por favor'. Entendo que a voz vem da pequena cela em que os bêbados são mantidos. Inicialmente penso: *algum bêbado acordou e saiu de algum jeito, agora vai me dar trabalho*. Mas a porta está bem fechada, eu a puxo, mas não abre. A voz diz: 'Estou aqui doutor, bem aqui', procuro na parede com a mão e encontro um espaço entre as pedras perto do chão, um lugar em que elas estão lascadas, uma abertura bem pequena, e coloco a luz, mas do outro lado só consigo ver escuridão. Aproximo o rosto do buraco e digo: 'Está aí?'.

"A voz responde: 'Sim, doutor'. O dono da voz está sentado perto do buraco e fala comigo, pedindo água. Não sei como lhe dar água pela pequena abertura, mas tento. Antes de lhe dizer isso, entretanto, a voz se manifesta: 'Que surpresa maravilhosa, doutor'.

"'Perdão?', eu digo.

"'Que bom vê-lo de novo', diz a voz agradavelmente, e espera. Estou confuso, e tento associar um rosto à voz. Digo a mim mesmo: *quem eu conheço na minha cidade que viria a esta ilha no meio do nada só para terminar num poço de bêbados?* Penso que talvez seja algum namorado idiota da sua mãe, e se for vou deixá-lo ali sem água. Mas há algo nessa coisa de pedir água, o jeito de pedir, que me faz pensar que a voz pertence a alguém de muito tempo atrás. A voz fica paciente com o meu silêncio por um tempo, e depois volta: 'Deve se lembrar de mim', mas ainda não me lembro. 'Já faz quinze anos, doutor, mas deve se lembrar dos grãos de café. O peso nos tornozelos e o lago.' Então percebo que é ele – o homem sem morte –, e meu silêncio continua, porque não sei o que dizer. Ele deve achar que não estou dizendo nada porque não me lembro, então continua lembrando:

"'Deve se lembrar, doutor, de dentro do caixão.'

"'Claro', respondo, porque já estou espantado, não quero que ele diga mais nada sobre pesos e lago. É um sonho desprezível para mim, um risco impensável de algum outro médico, algum tolo idiota, há muito tempo, e não consigo pensar nisso tão facilmente. 'É Gavran Gailé.'

"'Ah, fico feliz', ele diz. 'Feliz que se lembre de mim, doutor.'

"'Bem', replico, 'isso é notável'. Foi a coisa mais estranha dar de cara com esse homem, Gavran Gailé, no escuro, sem ser capaz de ver se ele é real. Você deve perceber... Saber que um homem não morreu depois de entrar num lago pela maior parte da noite... Você não consegue explicar isso para si mesmo, porque sabe que nunca se deparará com esse tipo de coisa de novo, nunca vai encontrar outro homem com pulmão de peixe. Não explica para si mesmo e, como eu disse, certamente também não para as outras pessoas, e então se torna o tipo de coisa que se esvai de sua compreensão da verdade, até que você quase se esquece disso.

"Mas o homem sem morte quer água, e nenhuma das garrafas ou conchas passaria pelo buraco, e ficamos sentados lá, o homem sem morte e eu, em silêncio, e ele tem muita sede, você sabe, mas nunca se irrita, não reclama. Pergunta o que estou fazendo lá, e lhe digo que estou lá pelos moribundos, e ele responde: que coincidência, eu também.

"Penso em deixar isso de lado, não dar atenção, mas ele continua: 'Ele já morreu?'.

"'Quem?'

"'O homem com a tosse, o que vai morrer.'

"'Ninguém morreu esta noite, obrigado, e tenho confiança de que ninguém morrerá.'

"'Está errado, doutor', ele rebate com entusiasmo. 'Três morrerão esta noite. O homem com a tosse, aquele com câncer de fígado e o que parece ter indigestão.'

"'Não seja ridículo', devolvo, mas algo naquilo me deixa ressabiado, então me levanto e olho em volta, com a lâmpada levantada, procurando os homens que dormem, e entre eles não vejo nada de estranho. Volto e digo para o homem sem morte:

"'Já chega, não tenho nada a dizer para você nesta noite. Não tenho interesse em ouvir palpites médicos de um bêbado.'

"'Ah, não, doutor', ele responde, e soa profundamente apologético. 'Não estou bêbado. Não bebo há quarenta anos. Eles me colocaram aqui porque eu estava incontrolável nesta manhã, e não ia embora.'

"Não lhe pergunto o que estava fazendo para ser considerado incontrolável, mas fico parado, não saio dali. Então ele me diz: 'Eu estava vendendo café, e hoje disse para o homem com a tosse que ele ia morrer.'

"De repente, percebo que o vi – vi-o sem saber, porque nos últimos três ou quatro dias houve um vendedor de café nas Águas, vestido num estilo turco tradicional, vendendo seu produto para as massas na cachoeira. Eu nunca o tinha visto de perto, e agora me parece que, sim, é possível que seu rosto seja o do homem sem morte, mas então sua aparência deve ter mudado com o passar dos anos e já não sei. *Não posso acreditar*, digo para mim mesmo, *não posso acreditar que alguém se fantasie de vendedor de café para fazer uma pegadinha de mau gosto.*

"'Não devia fazer isso', repreendo-o. 'As pessoas que vêm aqui estão muito doentes. Não se deve assustá-las assim, estão aqui para rezar.'

"'E ainda assim aqui está você, e parece não acreditar inteiramente no fato de que vão ter aquilo pelo qual rezam.'

"'Mas mesmo assim eu as deixo rezando', estou bastante bravo. 'Não deve fazer isso de novo. Estão muito doentes, precisam de paz.'

"'Mas é o que eu faço', diz o homem sem morte. 'É meu trabalho, dar paz.'

"'Quem é você de fato?', quero saber. 'O que está fazendo aqui?'

"' Estou aqui por minha penitência.'

"'Veio pela Virgem?'

"'Não, por parte do meu tio.'

"'Seu tio. Tem sempre algo a ver com ele. Já não pagou penitência demais para o desgraçado do seu tio?'

"'Devo-lhe há quase quarenta anos.'

"*De novo isso*, penso. E lhe digo: 'Deve ser uma dívida incrível que está pagando'.

"O homem sem morte fica bem quieto e, depois de alguns instantes, fala: 'Isso me lembra, doutor, que você também tem uma dívida.

Da forma como ele fala, o lugar todo fica em silêncio. Eu o levei direto à lembrança da nossa aposta na ponte, há tantos anos, mas também senti que me enganou, que talvez seja ele quem esteja me levando àquilo. Estou certo de que sabe que não me esqueci. Só por precaução, ele me ajuda: 'O livro, doutor, você apostou o livro'.

"'Sei o que apostei.'

"'Claro', ele rebate, e posso acreditar que não duvidou de mim.

"'Mas não concordo que tenha vencido a aposta', digo, bravo por direito, bravo comigo mesmo. Abro meu casaco e procuro o livro, que ainda está lá.

"'Eu venci sim, doutor.'

"'A aposta foi por uma prova, Gavran, e você não provou nada' retruco. 'Tudo o que você fez pode ter sido um truque.'

"'Sabe que não é verdade, doutor. Você disse que é um homem de apostas. Os termos foram justos.'

"'Era tarde da noite', justifico, 'mal me lembro. Pode ter havido milhares de formas de você ficar embaixo da água por tanto tempo.'

"'Isso também não é verdade', ele responde, soando, pela primeira vez, desconcertado. 'Você sempre pode me dar um tiro. Mas estou aqui confinado.'

"*E é melhor que fique assim, seu lunático*, penso, achando que deveríamos ter alguém do asilo por perto antes de colocá-lo no poço dos bêbados naquela manhã. Deveríamos ter alguém aqui para ajudá-lo, então ele não sairia por aí assustando gente até a morte. Eles vão terminar chamando-o de diabo, vão dizer que o diabo veio para as águas, e haverá pânico. Vejo-me querendo envergonhá-lo, pedindo para que coloquem sua cabeça junto ao muro para que eu sinta os buracos de bala, como da última vez em que nos encontramos, mas não faço isso. Alguma parte de mim tem vergonha também, porque não me esqueci da aposta, e a confiança com a qual se oferece para me deixar atirar nele – e não é a primeira vez – me faz duvidar de mim mesmo. Além disso, está tarde, e não há nada para fazer além de conversar com ele.

"'Tudo bem', volto a falar.

"'Tudo bem o quê?', o homem sem morte quis saber.

"'Vamos dizer que esteja dizendo a verdade.'

"'Sim, vamos.'

"'Explique-me como é possível. Se não pode provar, pelo menos explique. Vamos dizer que você não possa mesmo morrer. Como aconteceu isso? Você nasceu assim? Você nasceu e o padre disse: *bem, aqui está um homem sem morte*. Como aconteceu?'

"'Não é um dom com o qual nasci, é uma punição.'

"'Duvido que a maioria das pessoas diria isso.'

"'Você ficaria surpreso.'

"'Nenhuma das pessoas nesta sala diria isso.'

"'Diria, na condição em que estão. Não ter morte não significa nunca ficar doente.'

"'Então, como acontece?'

"'Bem', ele começa lentamente. 'Vamos começar com meu tio.'

"'Deus do céu! O tio! Me fale do seu tio.'

"'Vamos supor que meu tio seja a Morte.' Ele diz aquilo como se dissesse: *meu tio é Zeljko, meu tio é o Vladimir.* Deixa isso suspenso por um tempo, então, quando não me ouve falando nada, diz: 'Vamos supor?'.

"'Tudo bem', acabo por concordar. 'Tudo bem. Vamos supor que seu tio seja a Morte. Como isso é possível?'

"'Ele é irmão do meu pai', a resposta vem naturalmente. 'Caim é irmão de Abel, Rômulo é irmão de Remo, Sono é irmão de Morte, Morte é irmão do meu pai.'

"'Mas, como?'

"'Isso não importa. O importante é o que estamos supondo.'

"'Estamos, então vamos continuar. Sendo o sobrinho da Morte, creio que você nasceu imortal.'

"'De jeito nenhum.'

"'Não faz muito sentido para mim.'

"'Mesmo assim, é desse modo que funciona. Estou longe de ser o único sobrinho da Morte, e aqueles antes de mim não foram imortais.'

"'Tudo bem.'

"'Agora, vamos supor que esse tio me dê alguns direitos. Digamos que, quando fiz dezesseis anos, meu tio me disse: *Agora você é um homem, e vou te dar um grande presente*.'

"'Achei que era uma punição.'

"'E é. O presente de que ele falava não era a imortalidade. Isso veio depois. Ele reforça: *O que você quiser*. Eu penso bem. Por três dias e três noites, então vou a meu tio e digo: *Eu gostaria de ser um grande médico*.'

"Não me parece plausível pedir à Morte para torná-lo médico, e lhe digo: 'Seu negócio iria deixá-lo sem trabalho'.

"'Isso não importa para meu tio', o homem sem morte respondeu. 'Porque, no final, mesmo que eu cure todo homem que passar pelo meu caminho, a última palavra no mundo é a dele. Ele, então, me respondeu: *Muito bem, vou te dar esse presente. Você será um grande médico, e será capaz de dizer imediatamente a um homem se ele vai morrer ou não*'.

"'Isso faria de você o primeiro', ressaltei. 'O primeiro médico que pode prever razoavelmente se vai perder ou não um paciente. E depois de você não haverá outros', acreditei ter sido convincente ao dizer aquilo.

"'Não vamos chegar a lugar nenhum com você me interrompendo para fazer colocações engraçadinhas', o homem sem morte replicou. 'Você pediu para eu falar sobre mim, e agora está tirando sarro.'

"'Desculpe', tentei me retratar, porque é raro ouvi-lo tão impaciente. 'Por favor, continue.'

"Escuto um farfalhar. Ele sem dúvida está ficando numa posição mais confortável para contar sua história. 'Meu tio me deu uma xícara e disse: *Nesta xícara as vidas dos homens vêm e vão. Dê a um homem café desta xícara e, quando ele tiver bebido, você verá a jornada da sua vida e para onde ele está indo ou vindo. Se estiver doente, mas não morrendo, os caminhos do café ficarão parados e constantes. Então você precisa fazê-lo quebrar a xícara e mandá-lo seguir seu caminho. Mas, se estiver vindo para mim, o caminho vai apontar para longe dele, e então a xícara deve permanecer intacta até ele cruzar o meu caminho*'.

"'Mas estamos todos morrendo o tempo todo', observo.

"'Eu não', ele ri. 'Mas, até aí, sou o único para quem a xícara não mostra nada.'

"'Mas, falando sério, os caminhos em direção ao seu tio Morte não aparecem na xícara de todo homem? Todo homem vivo não é um ser caminhando para a morte também?'

"'Você está determinado a me fazer parecer inútil, doutor', ele reclama. 'Os caminhos aparecem na xícara de homens cuja morte esteja se aproximando rápido. É como se, tendo entrado num quarto, estes não pudessem mais ver a porta pela qual entraram, e não possam mais sair. Sua doença é absoluta, seu caminho já definido.'

"'Mas como você ainda tem a xícara? Não deveria quebrá-la se o paciente estivesse bem?'

"'Ah, que bom que perguntou. Sempre que um paciente quebra uma xícara, uma nova aparece no bolso do meu casaco.'

"'É conveniente', respondo de maneira meio amarga, 'você estar me dizendo isso por trás de uma parede, sem poder mostrar sua xícara regeneradora infinita.'

"'Uma demonstração não lhe provaria nada, doutor. Só o faria dizer que sou um mágico, outro truque. Posso nos ver agora jogando xícaras no chão; eu lhe passando as novas do bolso do meu casaco até você não conseguir pensar num nome ruim o bastante para me chamar. Louça quebrada por todo lado. Além disso...', Gavran Gailé disse essa última parte de bom humor, '... o que o faz tão certo de que terá a sorte de quebrar a sua xícara nesta noite?'.

"E, apesar de não acreditar nele, Natalia, senti um arrepio por todo o corpo. Então, houve silêncio, e depois de um tempo ele volta: 'Deus do

Céu, eu gostaria mesmo de água'. Digo-lhe que não há nada que eu possa fazer, ao que ele responde: 'Tudo bem, tudo bem. Então, fui, com minha xícara, um grande médico, capaz de diferenciar um homem prestes a morrer de outro vivo, o que, devo dizer, era um feito notável há uns tempos. Primeiro, as pessoas que vieram a mim eram aldeões, gente com pequenas doenças e medos terríveis, porque tudo o que não entendem as assusta. E alguns morriam, outros viviam; mas que surpresa para elas quando, algumas vezes, certos mágicos lhes anunciavam que iriam morrer com certeza, eu lhes dizia que, contra as perspectivas, viveriam. E elas faziam um estardalhaço com medo, dizendo: *como posso viver quando me sinto tão mal?* Mas acabavam melhorando e me agradeciam. Eu nunca me engano, claro, sobre esse tipo de coisa, e logo aqueles que melhoram não têm mais dúvida; isto, em si, é um tipo de remédio para elas'.

"'A certeza', concluo.

"'Isto, a certeza', Gavran Gailé confirma. 'E, então, com o tempo passando, mesmo aqueles cujos destinos estavam selados me chamaram de milagroso, afirmando: *você salvou a vida da minha irmã, salvou meu pai; se não pode me ajudar, então sei que devo ir.* E, mesmo sendo um homem jovem, fiquei bem conhecido, e de repente artesãos vieram a mim, artistas – pintores, escritores, músicos –, depois mercadores, e depois magistrados, até que, certa vez, o rei em pessoa. *Se não puder me ajudar*, ele disse, *então sei que devo ir*, e o enterraram seis dias depois, e ele foi para o túmulo sorrindo. Eu percebi, mesmo que não soubesse disso antes, que quando se trata do meu tio todos os medos são o mesmo e todos são terríveis.

"Um dos pacientes que dormia começou a tossir, depois, ficou em silêncio novamente, respirando lentamente pela boca.

"'Mas o maior medo é a incerteza', Gavran Gailé continuou. 'Eles ficam incertos sobre encontrar meu tio, claro. Mas, acima de tudo, sobre sua própria inércia; e se tivessem feito o bastante, descoberto a doença cedo o bastante, consultado o melhor médico, tomado o remédio, feito as rezas certas?'

"Àquilo, respondi: 'É por isso que vêm para este lugar'.

"Mas o homem sem morte não está prestando atenção: 'Mesmo assim, pelo medo, torno-me um homem respeitado, conhecido no reino todo como curandeiro, e um médico honrado, que não aceita dinheiro se a situação não tiver cura'.

"'Eu nunca ouvi falar de você.'

"'Isso foi há muitos anos', ele rebate, inabalável. É incrível.

"'E como essa profissão perfeita deu errado?'

"'Cometi um erro, claro.'

"'Por acaso envolveu uma mulher?'

"'Envolveu... Como sabe?'

"'Acho que já ouvi esse tipo de história antes.'

"'Não assim, não ouviu', ele afirma animado. 'Desta vez é verdade. Eu estou contando. Sim, foi uma jovem, filha de um rico mercador de seda que adoeceu, e os médicos diziam que ela estava com o pé na cova. Ela ficara doente de uma hora para outra, diziam, e sem esperança. Uma febre terrível, uma dor terrível no pescoço e na nuca.'

"'O que havia de errado com ela?', quis saber.

"'Naquela época havia menos nomes para as doenças', Gavran Gailé começou. 'Às vezes, quando não se podia nomear, você simplesmente morria de Morte. A jovem era bem querida por todos e estava prestes a se casar. Seu pai me levara lá para que pudesse se conformar, dizendo-me que tinha feito tudo o que pudera. A jovem estava muito doente e muito assustada. Mas não desistia. Apesar de todos ao redor me dizerem que estava tudo bem, que já tinham desistido, ela não desistia, e não queria nada de mim além de que entendesse que não estava pronta para partir.'

"Eu não falava nada.

"O homem sem morte continuou: 'Dei-lhe café, olhei dentro da xícara. E lá estava: a viagem começando. Todos os sedimentos apontavam para isso, fazendo um pequeno caminho para longe dela, que estava muito doente, muito fraca. Mas ainda não desistira, mesmo quando lhe dei a notícia, quando lhe afirmei que nunca me engano. Ela não me bateu ou me mandou embora; em vez disso, por três noites prendeu-se à sua recusa, enquanto eu tentava deixá-la confortável'. Ele ficou em silêncio por um tempo, e voltou às suas palavras: 'Não se passaram três dias e me apaixonei por ela. Apenas um, e no terceiro eu ainda estava lá, enquanto sua raiva a mantinha viva e me enchia cada vez mais de desespero e de amor. Ela estava tão fraca que, quando lhe disse para quebrar a xícara, tive de segurar-lhe o pulso, e ela bateu a xícara três vezes na lateral da cama antes de quebrar; e mesmo assim não quebrou direito'.

"Por um tempo ele não falou nada, só ficou lá sentado, atrás da parede. Então, eu disse: 'Seu tio, creio eu, ficou furioso por isso.'

"'Furioso, sim', o homem sem morte respondeu. 'Mas não tão furioso quanto ficaria depois. Ele me alertou, sabe? Disse: *O que você fez é desprezível, e você me traiu. Mas é um jovem, e muito apaixonado, vou fingir que não vi desta vez.*'

"'Parece generoso.'

"'Mais do que generoso. Mas, claro, no final minha amada não apenas estava doente. Ela *era* doente. E depois que fugimos, depois que começamos a construir uma vida, aconteceu de novo a mesma coisa. Ela ficou acamada. Dei-lhe o café. Vi o que havia lá, e estava tão claro como uma passagem ou um contrato. Mas ainda assim a fiz quebrar a xícara. O que havia para mim sem ela? Então meu tio veio: *Você é um tolo, e não é o filho de meu irmão. Eu o desculpei uma vez, mas não vou fazer de novo. Deste dia em diante não preciso, e não quero nada com você. Nunca chegará a sua vez, você buscará todos os dias da sua vida, e nunca encontrará.*' Então, o homem sem morte riu, e minha cabeça ficou com um terrível tipo de silêncio.

"'Viu, doutor?', ele retomou. 'Naquele momento, meu tio levou a mulher de qualquer modo, e então tenho seguido na vida, por anos acreditando que é verdade o que ele afirmou, que nunca vou encontrá-la novamente, ou mesmo alguém como ela. Mas só depois que seis ou sete anos se passaram percebi que meu rosto, minhas mãos, meu cabelo não mudaram. Então comecei a suspeitar do que aconteceu. Então, pude confirmar.'

"'Como?', falei lentamente. 'Como confirmou?'

"'Me joguei de um penhasco em Nápoles', ele respondeu, sem emoção. 'No fundo dele não havia morte alguma.'

"'Qual era a altura do penhasco?', quis saber, mas ele não respondeu.

"'Ainda tenho a xícara, e continuo com meu trabalho, convencido de que meu tio vai me perdoar com o tempo. Anos e anos se passaram, e percebo que não estou mais dando minha xícara para os que espero que vivam, mas para os que acredito têm uma morte certa.'

"'Por que isso?'

"'Eu me encontro buscando a companhia dos moribundos, porque, entre eles, acho que vou encontrar meu tio. Só que ele nunca me deixa vê-lo. Os recém-mortos, entretanto, vejo-os por dias. Levei um longo tempo para perceber o que eles são, porque, claro, como médico não posso vê-los, não posso ver os mortos. Mas meu tio, acho, faz isso de propósito, e começo a vê-los sozinhos em campos, perto de cemitérios e encruzilhadas, esperando que seus quarenta dias passem.'

"'Por que encruzilhadas?'

"Ele parece um pouco surpreso com minha ignorância. 'Encruzilhadas são onde os caminhos da vida se cruzam, onde a vida muda. No caso deles, muda para a morte. É onde meu tio os encontra depois que os quarenta dias passaram.'

"'E cemitérios?'

"'Às vezes eles ficam confusos, incertos sobre para onde estão indo. Vagam naturalmente para perto de seus próprios corpos. E, quando vão para lá, começo a juntá-los.'

"'Juntá-los como?'

"'Alguns por vez', ele diz, e repete. 'Alguns por vez, em lugares em que muitos aparecem. Hospitais, igrejas. Minas, quando despencam. Eu os reúno e fico com eles por quarenta dias, e então os levo para a encruzilhada e os deixo para meu tio.'

"'Tem algum com você agora?'.

"'Isto é sério, doutor', sua voz denota decepção.

"Fico um pouco envergonhado de fazer pouco-caso dos mortos. Então digo: 'Por que você os reúne se vão até ele de qualquer modo?'.

"'Porque isso deixa as coisas mais fáceis para eles, sabendo que estão em segurança', responde o homem sem morte. 'Sabendo que estão indo. Às vezes, quando vagam, não encontram o caminho de casa de novo e ficam perdidos depois dos quarenta dias. Então, é difícil encontrá-los, e eles começam a se encher de medo e malícia, e isso se estende aos vivos, aos seus entes queridos.' Ele soa triste ao dizer aquilo, como se estivesse falando de crianças perdidas. 'Então, os vivos levam o assunto para si mesmos. Desenterram os corpos para abençoá-los; e enterram os pertences do morto. E lhes dão dinheiro. Isso às vezes ajuda. Às vezes traz o espírito de volta, e ele vem comigo para a encruzilhada, mesmo anos e anos após sua morte. E confesso, também, que estou esperando o tempo todo que meu tio me perdoe.'

"Eu penso que, se isso é verdade – mas não é –, ele encontrou uma boa forma de contar a história, para que pareça generoso e útil também, quando na verdade está pensando em ajudar a si mesmo. Mas não digo isso, claro, apenas: 'Por que você lhes diz que vão morrer?'.

"'Para que possam se preparar', ele responde imediatamente. 'Isso também torna as coisas mais fáceis. Veja, há sempre uma luta. Mas, se eles soubessem, se pensassem nisso, a luta por vezes poderia ser menor.'

"'Ainda assim', intervenho, 'não parece justo assustar os moribundos, mostrar-lhes sua punição.'

"'Mas a morte não é uma punição.'

"'Só para você', eu o corrijo, e de repente fico com raiva. 'Só porque você teve isso negado.'

"'Nós não estamos nos entendendo', ele rebate. Havia dito isso antes, e é sempre de forma paciente. 'Os mortos são celebrados. São amados. Eles dão algo para os vivos. Quando você coloca um coisa no chão, doutor, sempre sabe onde encontrar.'

"Quero lhe dizer: *os vivos também são celebrados e amados*. Mas isso já foi longe demais, e ele parece concordar.

"'Agora, doutor', diz o homem sem morte, com a voz de alguém que está levantando depois de uma refeição, 'devo pedir-lhe para me deixar sair'.

"'Não posso.'

"'Precisa. Eu preciso de água.'

"'É impossível', reafirmo. 'Se eu tivesse as chaves para deixá-lo sair, acha que já não lhe teria dado água?'. Mas eu mesmo me pergunto se o deixaria sair se tivesse as chaves. Não digo o que realmente estou pensando, que estou feliz porque não pode sair, feliz porque não pode tirar o livro de mim, mesmo que ainda não acredite que tenha perdido a aposta. Mesmo que ainda admita que ele o tomaria injustamente se conseguisse levá-lo. Então digo: 'Pergunto-me, supondo que eu acredite em você, e não acredito, como eu poderia ser responsável por deixar sair o homem que está aqui para reunir meus pacientes para o túmulo?'.

"O homem sem morte ri disso. 'Estando eu aqui ou não, eles vão morrer. Não dirijo a passagem, só a facilito. Lembre-se, doutor: o homem com a tosse, o que tem câncer de fígado e o que parece ter indigestão.'

"É como se estivéssemos jogando batalha naval com os mortos, digo-lhe, esperando que ria um pouco, mas tudo o que ele responde é: 'Lembre-se da próxima vez, doutor, que você ainda me deve a aposta'.

"Fico sentado por um longo tempo ao lado da porta, então me convenço de que ele adormeceu. Levanto e continuo a caminhar, mas, Natalia, digo isso honestamente, naquela noite eles se foram, um a um: o homem com a tosse, o com câncer de fígado e o que parecia ter indigestão. Foram nessa ordem também, mas, quando perdemos o último, os monges voltaram e me ajudaram, fazendo os rituais, fechando os olhos e cruzando os braços, e os moribundos ao redor ficam perturbados, com medo, apalpando-se e perguntando: *ainda não é minha vez, é, doutor?*

"Mas, quando volto para ver o homem sem morte, os monges já abriram a cela e deixam sair os bêbados, e ele se fora há muito tempo."

7

O AÇOUGUEIRO

Quando Luka e Jovo voltaram da montanha carregando a arma do ferreiro caído – cujo destino falsearam por meio dos dentes e cujos momentos finais interpretaram com tamanha dimensão, que histórias do talento do ferreiro e de sua bravura se espalharam pelas cidades vizinhas muito depois de terminada a guerra –, meu avô ficou aliviado por descobrir que a guerra não havia sido bem-sucedida. Naquela longa tarde e noite, enquanto os caçadores estavam distantes, ele refletira sobre o seu encontro com o tigre na casa de defumação. Por que a menina havia estado lá? Estivera lá o tempo todo? O que ela estava fazendo?

Ele sabia, com certeza, que seu propósito não havia sido ferir o tigre, que ela tinha sorrido consciente para ele quando ficou óbvio que escapara. Meu avô pensava no que dizer para a menina quando a visse novamente, como lhe perguntaria, sabendo que não podia responder, sobre o que vira, como era o tigre. Eles compartilhavam o tigre agora.

Meu avô tinha certeza de que a veria no velório em honra do ferreiro. Na tarde de domingo, ele ficou no fundo asfixiante da igreja, com suas tapeçarias brancas penduradas, e dali examinava os rostos avermelhados da congregação, mas não a via. Não a viu lá fora também, ou mais tarde, naquela semana, no mercado de quarta-feira.

O que meu avô não sabia era que, além da arma, Luka trouxera outra coisa da montanha: o pedaço de porco que o tigre estava comendo quando os caçadores o encontraram na clareira. Meu avô não sabia que, tendo entrado em sua casa silenciosa do pasto na tarde da sua volta e lentamente posto a arma do ferreiro ao lado da porta, Luka batera aquele pedaço de porco no rosto da menina muda, que já estava ajoelhada num canto com os braços na barriga. Não sabia também que Luka, depois de deslocar o ombro da surda-muda, a arrastara para a cozinha pelo cabelo e lhe pressionara as mãos no forno.

Meu avô não tinha conhecimento nenhum dessas coisas, mas os outros aldeões sabiam que Luka batia nela, mesmo sem precisarem falar disso. As pessoas reparavam bem quando ela sumia por dias, quando novos hematomas apareciam em seu nariz, quando a mancha de sangue pisado inchava em seu olho e não sumia; imaginavam então o que acontecia na casa de Luka.

Seria fácil para mim simplificar a situação e afirmar: "Luka abusava dela, e teve o que mereceu", mas, por estar tentando entender agora o que meu avô não sabia na época, é muito mais importante poder dizer: "Luka abusava dela, este foi o motivo".

Luka, como quase todo mundo na vila, nascera em Galina, na casa de sua família, que ocupou até sua morte. Do começo ao fim de seus dias, ele conheceu o machado, a tábua de açougue, o cheiro úmido da matança de outono. Mesmo na década feliz que passou longe de casa, o som dos sinos das ovelhas no mercado da praça produzia-lhe uma sensação paralisadora complicada demais para ser mera nostalgia.

Luka era o sexto de sete filhos, quase nascendo abençoado, e essa sua quase sorte ficou em seus ombros a vida toda. Seu pai, Korčul, era um homem barbudo enorme com dentes grandes, a única pessoa na casa que ria, ao que parecia, e nunca da coisa certa. Em sua juventude, passara uns quinze anos no "Exército". Quando questionado sobre isso, sempre dizia "o Exército" porque não queria divulgar que, na verdade, se voluntariara com vários outros, e não tinha sido particularmente eletivo quanto à aliança ou ao alvo do lado em que lutaria, desde que pudesse ver estandartes turcos voando sobre a linha distante que avançava. Com o passar dos anos, havia conquistado uma impressionante coleção de artefatos otomanos, e nas manhãs de domingo encontrava-se na taverna no alto do morro da vila, com café numa mão, *rakija* na outra, trocando casos com outros veteranos, sempre ávido por exibir alguma bala, ou ponta de flecha, ou fragmento de adaga e contar a história de como o adquirira na batalha.

Muito antes de Luka nascer, espalhou-se a notícia de que na coleção de Korčul havia itens bem mais antigos do que qualquer um poderia se lembrar – elmos, pontas de flecha, ligas de malha de ferro –, e que o açougueiro passava o tempo livre expandindo sua coleção por meio do roubo de túmulos e da escavação em velhos campos de batalha em busca de roupas e armas de homens mortos há séculos. Isso, segundo todos os padrões, era imperdoável, um pecado que trazia maldições. Por isso eles diriam posteriormente que nenhum dos filhos de Korčul sobreviveu a ponto de ter filhos.

É o motivo também pelo qual os aldeões – avaliando de longe as idas e vindas da casa do açougueiro – não conseguiam aceitar o casamento de Korčul com a mãe de Luka, Lidia. Ela era uma mulher gorducha com olhos pacientes e jeito calado, educado, uma citadina padrão de Sarobor, filha de um mercador, reduzida nos luxos nômades de sua juventude pelo fracasso dos negócios de seu pai. Seu amor por crianças não tinha limites, mas era maior pelo filho mais novo – uma posição que Luka ocupou apenas por três anos, da qual foi demovido com o nascimento da primeira e única filha do casal. Houve cinco meninos antes dele, o mais velho nascido dez anos antes, e, enquanto os via entrar, um por um, nos rituais da masculinidade prescritos pela própria criação de Korčul, Luka encontrou-se preso às fundações da vida de sua mãe, às histórias das suas viagens nos tempos de menina, à sua insistência numa boa educação, na importância da história, na santidade do mundo escrito.

Então, Luka cresceu com a sensação de um mundo que era maior do que aquele que conhecia. Quando se tornou mais consciente de si mesmo, começou a ocorrer-lhe que seu pai – homem temido, respeitado, mas iletrado – não sabia nada do mundo maior e que não fizera nada em relação ao futuro dos filhos nesse contexto. Durante o tempo que passava com o pai, aprendendo com os irmãos a vida de açougueiro, entendeu que o conhecimento de seu pai se restringia a cortes de carne e a tipos de lâmina, aos sinais de alerta de um animal doente, ao cheiro ruim de carne, à técnica certa de tirar a pele. Por causa de toda sua prosperidade, Luka achava terrível a ignorância de Korčul, seu desinteresse por uma vida maior, além de troféus de batalha profanos, e passou a abominar a tendência de seu pai a deixar de limpar seu avental ou comer pão com as unhas sujas de sangue.

Enquanto seus irmãos brincavam de bater na cabeça uns nos outros com porretes improvisados, Luka ocupava-se com história e literatura.

Apesar de toda sua resistência, entretanto, Luka não podia evitar os rituais que vieram com a família. Aos dez anos de idade, estava matando ovelhas, e quando fez catorze seu pai, seguindo uma tradição de muitas gerações, deu-lhe uma faca para cortar pão e o trancou no celeiro com um jovem touro cujo nariz estava cheio de pimenta. Como os irmãos antes dele, Luka deveria domar o touro e matá-lo com um único golpe na cabeça. Ele passara a maior parte da vida com medo do ritual – a violência, a falta de sentido disso –, mas se deparou esperando que, apesar da sua infeliz constituição franzina e das mãos finas, pudesse ter algum sucesso inesperado, alguma explosão repentina de força que o capacitaria a superar aquilo. Mas o touro veio correndo dos fundos do estábulo e o jogou na terra, na frente do açougueiro e de seus outros filhos, mais vinte ou trinta aldeões que vieram assistir ao show.

Alguém que havia testemunhado o evento me disse que era como um tanque derrubando um poste de luz. (Desde então, supus que essa rica analogia só poderia ter surgido uma década depois do acontecimento, quando as testemunhas tiveram a ocasião de ver o primeiro tanque.) Luka ficou com o touro sobre o topo da sua cabeça, as axilas agarradas na saliência dos chifres. O animal, talvez sentindo que a vitória era iminente, caiu de joelhos sobre o torso de Luka, pressionou-o no chão e revirou a terra com ele, batendo em caixas, tinas e pacotes de feno, até que um médico, vindo de Gochevo, entrou no estábulo e enfiou um machado nas costas do touro. Luka teve uma concussão e três costelas quebradas. Alguns dias depois, seu pai quebrou-lhe o braço esquerdo num acesso de raiva.

Depois disso, Luka comprou uma velha gusla de um cigano e foi para os campos trabalhar de pastor para algumas famílias locais que precisavam de ajuda. Muito disso provavelmente foi veneno criado em retrospecto, mas as pessoas dizem que ele era muito frouxo. Sua voz era muito suave, sua mente amaciada demais por tardes silenciosas tocando a gusla. Ele adorava ficar pelado e tomar banho com outros meninos no lago da montanha sobre o pasto – apesar de ninguém nunca acusar os outros meninos da sua geração de gostarem de tomar banho com ele. Isso pode ser porque os jovens da geração de Luka se tornaram pais dos homens contando essas histórias.

Deixando isso de lado, Luka ficou conhecido por se sentar debaixo das árvores no verão e compor músicas de amor. Ouvi, de mais de uma fonte, que Luka era estranhamente bom nisso, mesmo que nunca parecesse apaixonado de fato, e mesmo que seu talento musical nunca tenha seguido sua aptidão como letrista, apesar de haver aqueles que dizem que qualquer homem ao ouvir Luka tocar gusla, mesmo com melodias sem letra, ficava imediatamente comovido a ponto de chorar.

Uma primavera – e isso, como muito do que é dito sobre alguém que se admira, talvez seja mentira –, um lobo veio caçar no pasto, e Luka, em vez de jogar pedras ou chamar o cachorro do seu pai, o dominou com a música.

Quando penso no Luka da juventude, às vezes vejo um garotinho pálido e magro com olhos grandes e lábios vermelhos, o tipo de menino que se pode ver sentado com os pés descalços abraçado a uma ovelha numa pintura pastoral. É fácil vê-lo assim quando se pensa nos aldeões falando das suas músicas, na seriedade e maturidade delas. Nessa imagem, ele é o amado filho de Galina. Talvez seja mais fácil lembrar dele assim, como o garoto tranquilo, em vez do jovem raivoso que deve ter sido, o adolescente consumido pela pequenez da sua vida, e então, mais tarde, o homem de avental vermelho que batia na esposa surda-muda.

O certo é que Luka tinha raiva o bastante, era determinado o suficiente e bom o bastante para deixar Galina aos dezesseis anos e seguir para o porto do rio de Sarobor na esperança de se tornar um trovador.

Na época, os trovadores locais eram um grupo de jovens de todas as províncias vizinhas que se haviam encontrado por algum milagre e se juntavam de noite às margens do Grava para cantar músicas *folk*. Sua mãe lhe falara dos trovadores, descrevendo-os como artistas, filósofos, amantes da música, e por anos ele se convenceu de que se juntaria aos jovens. Sem nenhuma objeção do pai – que mal lhe dirigia a palavra desde o incidente com o touro –, Luka cruzou quinhentos quilômetros a pé para chegar lá. Ele tinha uma visão de homens de rosto sério sentados ao redor de um píer com os pés na água clara abaixo, cantando o amor, a fome e a morte triste e antiga dos pais de seus pais, que sabiam muito, mas não o suficiente para enganá-la, essa vilã de coração negro que trata todos os homens de forma igual. Era, como Luka acreditava, a única forma de vida para ele, a vida que certamente o levaria mais longe, talvez até à Cidade.

Em sua primeira semana em Sarobor, enquanto tinha um quarto de teto baixo sobre um prostíbulo na zona leste da cidade, Luka aprendeu que havia uma hierarquia estritamente observada para todos os procedimentos do rio Grava. Os músicos não se reuniam, como ele cogitara, numa atmosfera de convívio para dividir e trocar músicas; nem eram exatamente tocadores de gusla. Em vez de homens solitários tocando o instrumento de uma corda que ele aprendera a amar, encontrou duas facções numa disputa considerável – uma que favorecia o som de metais vindo do oeste, e a outra que apostava nos arranjos de corda que traziam de volta os tempos otomanos. Cada grupo, em geral de vinte pessoas, se reunia toda noite em lados opostos do rio e tocava; então, conforme a noite avançava e foliões, bêbados com o perfume do calor úmido do rio, começavam a lotar as ruas, cada grupo ocupava um trecho da ponte. Lentamente, música por música, dança por dança, os artistas avançavam pelo grande arco de paralelepípedos, com o progresso de cada grupo dependendo apenas do tamanho da plateia, da graça daqueles que tinham sido motivados a dançar, do entusiasmo de passantes que paravam e se uniam ao coro.

As músicas não eram como Luka esperava. Não eram reflexões sérias sobre a natureza fugidia do amor e as dificuldades da vida sob o domínio do sultão, mas de bebedeira, de frivolidade indulgente; músicas como "Lá vai nossa última criança" e "Agora que a tempestade passou (devemos reconstruir a vila?)".

Quanto aos músicos em si, eram mais complicados do que Luka esperara inicialmente, um pouco mais ralé, desorganizados, mais desgrenhados e beberrões do que imaginara. Eram seres errantes, a maioria, e tinham uma rotatividade alta, porque a cada seis meses, mais ou menos, alguém se apaixonava e se casava, alguém morria de sífilis ou tuberculose, e pelo menos um seria preso por um pequeno delito e enforcado na praça como exemplo para os demais.

Quando Luka os conheceu melhor – juntando-se à plateia na sessão de cordas, noite após noite, a gusla em silêncio em suas mãos, exceto por duas ou três vezes em que dedilhou alguns versos e alguma música –, passou a conhecer o público frequente, os homens que tinham permanecido na ponte por anos. Havia um sujeito que tocava derbuka, um turco com o cabelo cheio de pomada conhecido por ser uma sensação com jovens ricas. Havia também um garoto de cabelo cor de palha cujo nome ninguém conseguia acertar, e cuja língua fora cortada como resultado de uma transgressão misteriosa, mas que fazia bonito com um tamborim.

No acordeão, Grickalica Brkić, cujos dentes começavam a bater descontroladamente sempre que uma mulher de seios grandes parava para ouvi-lo tocar, o que fazia um acompanhamento interessante. O violinista era um homem conhecido como "o Monge". Alguém disse que assim era porque havia deixado a ordem dos beneditinos por um chamado de Deus para ele na música, não no silêncio. Na verdade, seu nome derivava do corte de cabelo incomum: tinha trinta anos, mas era careca da testa às orelhas, incluindo as sobrancelhas – o resultado de uma noite desastrosa de bêbado, quando ele sugeriu que, não se mantendo o fogo aceso na lareira, alguém deveria subir e derramar óleo na chaminé enquanto ele acendia a lenha embaixo.

Nenhum deles sabia muito sobre história da arte. Nenhum tinha muita ambição por fazer coisas melhores. Ninguém se importava com a gusla tradicional ou com seu uso no poema épico; mas todos achavam que trazia um som interessante para o grupo de amadores. Luka tocou com eles por meses, sempre atrás do Monge, até que entenderam que não iria a lugar nenhum até que fosse um participante constante, bem-vindo e inequívoco entre aqueles músicos do centro um companheiro de bebedeiras, um confiável e reconhecido autor. As pessoas recitavam suas músicas em casa, cantarolavam no mercado e jogavam moedas em seu chapéu para ouvir de novo.

E o tempo todo, continuando assim, Luka não desistiu da sua devoção pela gusla ou do seu desejo de conquistar uma posição que lhe desse notoriedade. Depois de um certo tempo, foi forçado a admitir para si mesmo que as pessoas de Sarobor estavam começando a se cansar das músicas tristes que eram a sua paixão, mas não abandonou a crença de que a demanda por essas músicas existiria em algum outro lugar. Nas tardes preguiçosas, quando os outros músicos dormiam nos porões das tavernas, à sombra de varandas ou nos braços pálidos de mulheres cujos nomes eles não sabiam, Luka idealizava um projeto de buscar verdadeiros tocadores de gusla. Eram homens de ossos finos que há muito tinham parado de tocar, e o mandavam embora de sua porta seguidamente. Mas ele insistia, e eles acabaram cedendo. Depois de alguns copos de *rakija*, voltavam no tempo com o som do rio e o suspiro dos navios de mercadores chegando na curva verde da margem, e os velhos pegavam a gusla de Luka e começavam a tocar.

Ele mergulhava no movimento daquelas mãos, a batida suave de seus pés, o uivo pulsante de suas vozes serpenteando por meio de contos lembrados ou inventados. Quanto mais tempo passava na companhia deles, mais certo ficava de que era assim que queria viver e morrer; mais eles elogiavam o seu talento crescente, mais ele era capaz de se destacar, tolerar o que via como uma verdadeira desventura de suas raízes, aceitar as disparidades entre o amor que verbalizava em suas músicas e a falta de desejo que sentia pelas mulheres, pelas meninas em véus que lhe sorriam na ponte, pelas prostitutas que tentavam se jogar no seu colo quando ele sentava na taverna na companhia de outros músicos.

Nunca havia dinheiro suficiente para se mudar; então, ele ficou em Sarobor. Primeiro por um ano, depois por dois, por três, tocando em casamentos, compondo serenatas, lutando por espaço na ponte.

Com cerca de dez anos como trovador, ele conheceu a mulher que destruiria sua vida. Era a filha do próspero mercador de seda turco Hassan Effendi, uma menina tempestuosa, inteligente e encantadora, chamada Amana, que de certa forma já se tornara uma lenda na cidade, tendo feito um voto, aos dez anos de idade, de permanecer virgem para sempre e passar a vida estudando música e poesia e pintando telas (que, supostamente, não eram boas, mas mesmo assim possuíam o valor do princípio). Sabia-se muito sobre a vida dela, principalmente porque Hassan Effendi era um resmungão notório, e nas suas visitas diárias à casa de chá acabava divulgando – talvez aumentando – os detalhes de toda nova obstinação adotada por Amana. Como resultado, ela era frequentemente assunto das maiores fofocas, reconhecida por sua arrogância, esperteza e charme, bem como por muitas das delicadezas às quais se inclinava; pela determinação e inventividade com as quais ameaçava se suicidar semana sim, semana não, sempre que seu pai lhe sugeria um novo pretendente; e por sair escondida, sem véu, da casa do pai para se juntar à farra na ponte, numa rotina óbvia para todos, menos para Hassan Effendi.

Luka a vira aqui e ali, de longe; reconheceu-a como a menina de olhos brilhantes, de trança e sorriso que desarmavam, mas nunca trocara uma palavra sequer, porque ela não tinha curiosidade por seu instrumento. Uma noite, depois que a banda finalizou uma versão animada de “Esse é seu sangue?”, Luka levantou o olhar de sua gusla para vê-la parada em frente, com uma mão na cintura e a outra segurando uma moeda de ouro sobre o chapéu velho aos pés dele.

– Do que chama isso, garoto? – ela disse alto, apesar de já saber, e tocou seu instrumento com a ponta do pé protegido por sandálias.

– É uma gusla – ele respondeu, e se percebeu sorrindo.

– Pobre instrumentinho – Amana retrucou, numa voz que fazia as pessoas que passavam parar para dar dinheiro e ficar observando atrás dela. – Só tem uma corda.

Luka respondeu: – Talvez me deem um instrumento maior amanhã, mas ainda assim eu não desistiria da minha corda solitária.

– Por quê? O que ela pode fazer?

Por um momento Luka sentiu o rosto queimar. Então falou: – Cinquenta cordas tocam uma música, mas esta única corda conhece milhares de histórias.

Amana jogou a moeda no chapéu e, sem se mover, ordenou: – Bem, me toque uma, trovador.

Luka pegou seu instrumento e fez como lhe foi pedido, e por dez minutos que tocou sozinho o silêncio caiu sobre a ponte. Ouvi dizer que tocou "A filha do enforcado", mas ele mesmo jamais poderia se lembrar do que tocou; por anos ele se lembraria apenas da forma como a corda mandou uma pulsação rangendo em seu peito, do estranho som da sua voz, do perfil da mão de Amana sem se mover da cintura.

As pessoas começaram a comentar sobre Luka e Amana sentados na ponte juntos no nascer do dia, Luka e Amana na taverna com as cabeças abaixadas juntas sobre um pedaço de papel. Que eles se amavam com toda certeza. A natureza desse amor, entretanto, não era tão simples quanto as pessoas supunham. Luka encontrara alguém que admirava a sua música e que queria ouvir cada uma que ele pudesse tocar; alguém que sabia da poesia e da arte da conversa, das coisas refinadas que ele desistira de falar com os outros músicos. Amana achava atraente o peso intelectual por trás das aspirações de Luka, a ideia da viagem que ele já havia fizera – e a que queria fazer. O problema, entretanto, era que ela há muito decidira não querer nada com os homens, e ele não fazia esforço para convencê-la do contrário, porque, havia muito também, percebera que não queria nada com as mulheres.

Amana estava determinada a morrer virgem; Luka já aceitara o que significava ficar atiçado pela visão dos jovens da vila mergulhando no rio nos dias de verão. Dar o último passo significaria condenar-se ao fracasso num mundo que já tinha jogado muito contra ele; é de se apreciar, contudo, que, apesar do que aconteceria posteriormente com a noiva do tigre, Luka encontrara alguma felicidade nos dias e noites dos quais nunca falava.

Por anos, sua amizade com Amana cresceu em músicas e debates filosóficos, em histórias e discussões inúteis sobre poesia. Em noites aprazíveis eles ficavam juntos na ponte, longe das bandas antigas, Luka cantando com o instrumento na barriga e, sentada atrás dele numa cadeira de encosto quebrado, Amana, o queixo no seu ombro, dando voz às músicas, aprofundando-as. Sozinhos, nenhum dos dois era um cantor espetacular; juntas, suas vozes se mesclavam numa tristeza grave e surpreendente, numa vibração que levava até o mais otimista para longe da farra das tradicionais bandas da ponte.

Luka, com a ajuda de Amana, estava quase chegando à vida que imaginara para si mesmo por tantos anos. Começou a fazer músicas próprias, às vezes até espontaneamente, lá mesmo, na ponte, e começou a conquistar fãs entre os jovens trovadores. Entretanto, ainda lhe faltavam meios de se mudar para a Cidade; e, mesmo se tivesse fundos, ficaria relutante em deixar Amana para trás. Mas não poderia pedir sua mão sem ter nada para oferecer em troca. Nessa época, apareceu em Sarobor um acadêmico barbudo de fala mansa chamado Vuk, que, de acordo com o falatório, estava viajando de cidade para cidade havia dez anos, ouvindo músicas e histórias e anotando-as.

– É um ladrão de música – disseram aqueles na ponte que se recusaram a falar com ele. – Se ele vier falar com você, mande-o para o inferno.

O acadêmico encurralou Luka na taverna uma noite e lhe contou da Escola de Música que recentemente fundara na Cidade. Para ganhar popularidade e apoio, a escola havia iniciado um programa de colaboração com o governo: qualquer músico tradicional de outro município teria um pequeno cachê por qualquer música que consentisse em enviar para gravação. O acadêmico disse que Luka era o homem procurado por eles para cantar em Sarobor – Luka e aquela garota encantadora, mesmo que não fosse tradição mulheres participarem de músicas de gusla.

Luka tinha visto seu primeiro rádio no começo daquela primavera; isso, combinado com o encontro na taverna, foi suficiente para fazê-lo sonhar. Podia ver como se colocaria lá com Amana – como uma viagem dessas poderia ser justificada, afinal. A solução veio uma semana depois, na forma de uma carta da irmã mais nova de Luka. Estava escrevendo sob o pretexto de informá-lo de seu casamento recente com um homem cujo pai tinha uma fábrica de carros em Berlim. Seu verdadeiro objetivo, no entanto, era dar-lhe suavemente a notícia da morte de sua mãe e negociar seu retorno a Galina em nome de seu pai, que ficara sozinho e perdido. Ela lhe deu notícia do único irmão que restara, o primogênito: havia morrido de pneumonia no inverno passado. Dois dos quatro que tinham entrado no exército haviam morrido fazia muito tempo, aos serviços do Kaiser; o segundo mais novo morrera numa briga por causa de mulher numa cidade próxima. Ninguém sabia do paradeiro do quinto, mas dizia-se que se apaixonara por uma cigana e fora com ela para a França muitos anos atrás. Seu pai, ela disse, estava quase morrendo. E agora, apesar do infeliz incidente com o touro, apesar do que foi dito sobre Luka, era função dele continuar com o nome e os negócios da família. "Com uma mulher", sua irmã cuidou de escrever, "de boa personalidade, que lhe traga muitos filhos".

Luka, que resistira tanto tempo a seu passado, de repente se encontrou pensando numa volta estratégica a Galina. O pai estava velho e abatido. Luka sabia que não haveria amor entre eles na volta, mas também sabia que o pai não viveria muito tempo e, depois disso, a herança que teria sido dividida pelos seis irmãos ficaria só com ele. Se sacrificasse dois de seus anos agora, usando-os para aperfeiçoar suas músicas em Galina enquanto esperava que o velho morresse, ele poderia fazer seu futuro com os rendimentos do homem que o tornara miserável, ou seja, por meio da própria fortuna de Korčul. A proximidade da morte do pai, a realidade da decadência da fortuna a tornava frágil.

Por alguns dias ele não falou com ninguém. Então, num cair de noite, subiu na treliça para o quarto de Amana e lhe pediu a mão em casamento.

– Bem, eu sabia que você era louco – ela disse, sentando-se na cama. – Mas não percebi que é um tolo.

Então ele lhe explicou tudo, sobre seu pai e sua fortuna, sobre o rádio na Cidade esperando por suas músicas – músicas que cantariam juntos, porque ele não conseguia se ver fazendo isso sem ela. Quando terminou, disse: "Amana, temos sido bons amigos nestes anos todos". Ele estava ajoelhado ao lado da cama dela. Levantou-se e sentou-se nas cobertas ao seu lado. "Seu pai vai pressioná-la, de um jeito ou de outro, para que se case com alguém. Não prefere que seja eu, e não um estranho forçando você? Prometo não tocá-la e amá-la como amo agora até o dia em que eu morrer. Nenhum outro homem que entre neste quarto e peça sua mão fará essa promessa sabendo com certeza se conseguirá mantê-la."

Foi a primeira vez que ele verbalizou algo próximo de uma confissão de si próprio e, mesmo sabendo já há muito tempo, ela estendeu a mão e lhe tocou o rosto.

Começaram a planejar o casamento. Amana concordou em se manter na casa e evitar ameaçar a situação; e por dois meses Luka se apresentou impecável na casa toda noite, comeu e bebeu com Hassan Effendi, os dois fumaram narguilé juntos e tocaram música até o sol nascer. Hassan Effendi, que logo deduziu que uma oferta de casamento surgiria, conformou-se com a ideia de ter um açougueiro empreendedor como genro, em vez de uma virgem obstinada como filha, e com paciência deixou Luka galanteá-lo por tanto tempo quanto necessário para se assegurar de uma proposta socialmente apropriada.

Se Luka tivesse um julgamento de caráter um pouquinho melhor, se tivesse percebido que Hassan Effendi já tinha se convencido num mês e meio, e pedido a mão de Amana quase imediatamente, esta história talvez tivesse um final diferente. Mas, enquanto os dois homens interpretavam as graças sociais tagarelando sem fim na varanda de Hassan Effendi, escutando a opinião um do outro, Amana tinha ficado totalmente fora das preparações; deixaram-na sozinha, esperando. E enquanto ela esperava, pensando no seu futuro como esposa de Luka, prevendo sua eventual mudança para a Cidade, começou a lhe ocorrer que a vida de solidão de uma virgem que publicamente defendera em tantas ocasiões tinha sido assegurada. Estava feito. Ela não precisava mais temer, como temera por toda a vida, a presença de um marido dominador, idiota, a experiência da noite de casamento, o fardo do casamento, a ideia aterradora de ter um filho. Uma única decisão sua, e todas essas possibilidades tinham sumido. Tinha a vida diante de si sem isso, e inicialmente ficou feliz. Mas começou a pensar que essa vida seria longa e, como sua forma de se ver dependia da presença desses medos, do conflito que geravam, ocorreu-lhe que a nova luta não tinha sido tão grande quanto aquela na qual se fortalecera a si mesma. E, sobretudo, deparou com outra possibilidade, antes inominada: a de mudar de ideia. De repente percebeu que sua vida toda tinha vindo e ido embora.

Duas semanas antes do casamento, Amana caiu de cama com febre. Notícias falando da gravidade de sua doença se espalharam pela cidade. As pessoas diziam que as cortinas onde morava não podiam ser abertas, que ela estava enrolada nos lençóis, suando e delirando, que o simples ato de mexer a cabeça lhe causava uma dor lancinante.

Luka não era um amigo, não era membro da família, nem mesmo um noivo oficial. Ele ouviu as notícias do seu estado no mercado e na ponte, e soube assim que médicos atrás de médicos foram à casa de Hassan Effendi sem que a menina melhorasse. De Hassan Effendi ele foi capaz de extrair apenas notícias esperançosas: *ela está muito bem, é só uma tossezinha, ela vai melhorar logo mais*, mas nas ruas ouvia que a situação estava desesperada, e que Khasim Aga, o herbalista, escrevera para um médico que vivia do outro lado do reino e era conhecido por fazer milagres.

Ninguém na cidade viu o médico milagroso chegar; ninguém seria capaz de reconhecê-lo na rua. Foi de conhecimento público que por três dias e três noites ele ficou sobre a cama de Amana, segurando-lhe o pulso, esfregando-lhe a testa. Ficou evidente também que esse médico milagroso, com um ou dois olhares sinceros e mãos que corriam com uma esponja fria pelo pescoço de Amana, apagou todas as suas ideias sobre virgindade e isolamento intelectual, todos os seus planos de uma vida de devoção à música e a Luka. Logo que começou a se recuperar, ela fugiu do quarto para se encontrar com o médico que a salvara, assim como saíra escondida para tocar com os trovadores – só que agora ela ia para moinhos abandonados e celeiros, passando perfume nos pulsos e no umbigo.

Aliviado com a notícia de que ela se recuperara, ainda sem permissão de visitá-la em sua cama, Luka não suspeitou de nada. Ele não sabia que, quando Hassan Effendi disse a Amana que consentia no casamento, ela beijara as mãos do pai e fora para seu quarto se enforcar com as cortinas. Luka não sabia que a história poderia ter acabado lá se a noiva do tigre não tivesse vindo na hora certa e encontrado sua irmã esparramada na cama, chorando de frustração por não ter conseguido enrolar a cortina no pescoço para saltar. Ele nunca saberia que a noiva do tigre havia segurado a cabeça de Amana em seu colo até que ela tivesse um plano melhor; que a noiva do tigre levara a carta desesperada de Amana para o médico na manhã seguinte. Que a noiva do tigre ficou vigiando quando Amana desceu pela treliça na noite seguinte; ela estava lá, no quarto da irmã, para dar à mãe a carta de despedida de Amana na manhã do casamento.

Hassan Effendi, parado diante das duas mulheres que restavam em sua vida, encontrou-se dizendo as palavras que nunca teria imaginado que Amana o colocaria em posição de dizer: "Maldita seja, aquela puta me desgraçou". E então, ali mesmo, com a esposa chorando em profusão por sua decisão, ele aproveitou a oportunidade para se livrar da criança com a qual achou que ficaria acorrentado para sempre ao vestir a surda-muda nas roupas de casamento da irmã, colocando-a no lugar de Amana.

Então, Luka, que passou o casamento com um olhar contemplativo, imaginando seu futuro com Amana na Cidade, não imaginava que os planos para a fortuna de seu pai, todas as músicas que esperava cantar, toda a liberdade que se via abrindo diante de si, tudo estava indo para o inferno enquanto ele fazia seus votos.

Ele não percebeu a trama de Hassan Effendi até levantar o véu, na cerimônia em que veria sua esposa pela primeira vez e se encontrou olhando, quase com estupidez profana, o rosto de uma estranha. Depois, quando os homens brindavam à noiva, tudo o que Hassan Effendi teve a dizer foi: "Mesmo assim, ela é sua, como ditam os costumes. É a irmã de sua noiva, e tenho o direito de exigir que a aceite. Você vai se desgraçar se recusá-la agora". Então, Luka se viu casado com uma surda-muda de treze anos, que olhava para ele com grandes olhos de medo e lhe sorria, ausente, durante a festa, enquanto sua mãe chorava e lhe beijava a testa.

Naquela noite, ele olhou para a terrível nudez dela e a fez virar o rosto enquanto tirava as próprias roupas, sob a expectativa de ambos. No dia seguinte ele a levou de volta a Galina numa charrete, uma esposa criança para a filha do açougueiro. Nenhuma risada, nenhuma amizade, nenhuma esperança para o futuro. A viagem durou cinco dias, e já no segundo ele percebeu que, apesar de ter ouvido o nome dela uma vez ou outra, havia se esquecido.

– Qual é o seu nome? – ele lhe perguntou, mas ela não respondia. Ele pegou sua mão e a sacudiu: – Seu nome, qual é o seu nome? – mas ela apenas sorria.

Para piorar as coisas, a casa – que Luka se lembrava como um lugar cheio de barulho, pés correndo, crianças chorando, duas frigideiras no fogo o tempo todo – estava em silêncio. O pai de Luka, desgastado pela velhice e com as costas curvas, sentava-se sozinho ao lado de um fogo baixo. Sem cumprimentos, olhou para a nova esposa enquanto ela entrava na casa e disse ao seu único filho restante:

– Não conseguiu nada melhor do que uma puta de Maomé?

Luka não teve forças para contar ao pai, com prazer, que seus planos tinham sido outros, e que de alguma forma ele cuidaria de tudo quando Korčul se fosse.

Com essa esperança distante crescendo em si novamente, Luka se conformou com sua vida temporária. Mesmo sem Amana, ele encontraria um plano para a gusla, para as suas músicas, para a Escola de Música. No meio-tempo, ele só tinha a garota surda-muda, um velho incontinente, os gritos incansáveis de morte das ovelhas na casa de defumação e sua própria ira com a injustiça daquilo tudo.

O que mais o surpreendia era quão rapidamente conseguira tolerar a esposa. Ela tinha olhos grandes e um modo de andar silencioso, e, às vezes, quando ele a olhava, via Amana, até a chamava de Amana vez ou outra. Ela precisava ser ensinada – teve de lhe mostrar como acender o fogo, onde ficava a cisterna, teve de levá-la para a vila várias vezes e lhe mostrar como fazer as compras –, mas ele percebeu que, quando ela entendia como uma coisa era feita, dominava-a completamente e desenvolvia sua própria forma de fazer. Ela estava em todo canto: ajudando na casa de defumação, lavando as roupas dele, trocando as calças sujas do pai. Sem reclamar, sem proferir uma sílaba, ela carregava água do poço e levava o homem para a varanda todo dia, para respirar ar fresco. Às vezes era até prazeroso vir para casa à noite e ter alguém que lhe sorrisse.

Luka poderia deixá-la em Galina com o velho depois que se recuperasse do que lhe havia acontecido? Poderia pegar parte do dinheiro do cofre do pai, escondido sob as vigas da casa, deixar a cidade sozinho, encontrar alguém para tomar o lugar de Amana?

Ele achava que sim. Depois de algum tempo, tendo seguido pelas costas a surda-muda pela cidade e dispersado as crianças reunidas atrás dela fazendo caretas e gritando obscenidades ouvidas dos pais, ele viu que piorara as coisas levando-a para lá As pessoas haviam começado a fofocar: *Olhe essa menina, olhe a surda-muda que ele trouxe, onde arrumou essa aí? O que ele está tentando esconder?* A atenção delas o levou ao pânico, o fez mais que nunca estar determinado a fugir; mas fugir também dificultaria as coisas, aumentaria a tarefa de desengrenar sua vida antes de novamente abandoná-la.

Então, houve a tarde em que veio para casa e a encontrou com Korčul no sótão: seu pai, num gesto disfarçado de afeto, tirava de lá caixas de relíquias da guerra, e Luka subiu a escada para encontrar a garota surda-muda sentada de pernas cruzadas com uma caixa nos joelhos, e o velho ajoelhado atrás dela, com a mão em seu seio.

– Ela é uma criança! – Luka continuou gritando depois de jogar Korčul na parede. – É uma criança, é uma criança!

– Ela é uma criança! – Korčul gritou de volta, sorrindo feito louco. Então disse: – Se você não começar a fazer filhos, eu vou.

Luka não poderia deixá-la lá, percebeu, porque, muçulmana ou não, criança ou não, Korčul ia estuprá-la, se é que já não tinha feito isso, forçando--a enquanto Luka estivesse fora da casa, e ela não teria como detê-lo.

Então Luka ficou, e, quanto mais ficava, mais distante lhe parecia o sonho; mais insultos Korčul disparava contra ele, mais perguntas as pessoas faziam sobre sua esposa ao entrar no açougue, mais ele a via como a única razão pela qual ainda estava lá. Nesses momentos, o silêncio dela o aterrorizava. Porque ele sabia, e com certeza, que ela podia ver cada pensamento que passava pela sua cabeça. Era como um animal, ele pensava, silencioso e ressentido como uma coruja.

E o que tornava a coisa consideravelmente pior era que, apesar de sua crença de que ela tinha o direito de pensar o que quisesse, ele fora, afinal, enganado. E o que essa menina queria dele quando tinha sido injustamente mutilado pelo destino? Ele se pegou querendo lhe explicar, contar-lhe que nada disso era culpa dele, nem o silêncio, nem o casamento, nem as investidas de Korčul. Queria explicar, mas estava tendo dificuldade em aclarar antes para si mesmo.

No dia em que as coisas finalmente despencaram, era alto verão, incrivelmente quente, e Luka não tinha sido capaz de fugir do calor. Ela estava esfregando a roupa num canto da cozinha, e seu pai roncava alto num dos vários quartos vazios.

Luka entrara para descansar à tarde, para esperar o pior do dia antes de voltar à loja. Ameixas tinham amadurecido no pomar, e ele trouxe três para casa; enquanto as fatiava na mesa vazia, ligou o rádio. Então, do nada, reconheceu o toque nasal do Monge, uma oitava mais alta do que deveria ser, cortando a melodia de uma das músicas de Luka, como algum tipo terrível de piada. Seu corpo pareceu despencar para longe de si.

Era "A encantadora", música que escrevera com e sobre Amana, reduzida de seu tempo lento, criada para a gusla, transformada numa ode frenética à boemia. Em parte, esperava acordar minutos depois e descobrir que caíra de bêbado na noite anterior, mas isso não acontecera, e ficou sentado na cadeira da cozinha enquanto a música passava pelos versos, e então, quando terminou, o rádio foi para outra coisa. Suas músicas tinham fugido dele também, ido para a Escola de Música.

Levantou o olhar para ver a garota de pé sobre ele, a camisa molhada no seu ombro como uma pele.

– Escute – ele lhe disse, e tocou-lhe a orelha, e depois o rádio.

Luka correu os dedos sobre o topo da caixa de mogno. Ela ficou lá, sorrindo-lhe. Naquele momento, ele ainda estava controlado. Então ela fez um gesto, algo como um dar de ombros, e se inclinou, pegou uma das fatias de ameixa da sua faca, colocou debaixo da língua e se virou para sair. Ele estava de pé, antes de saber o que fazia, empurrando a mesa sobre ela, apertando-lhe o rosto com todo seu peso. Ouviu o baque do corpo dela ao atingir o chão, e olhou-a, de pé, chutou-lhe as costelas e a cabeça até sair sangue das suas orelhas.

Tudo naquela primeira vez o surpreendeu. Sua própria fúria inexplicável, o ruído oco do pé ao chutar o corpo, a boca sem som da garota aberta, os olhos fechados. Ele percebeu que batera muito mais do que pretendia, porque esperava que ela gritasse de medo e de dor. Deu-se conta depois, enquanto a ajudava a se levantar, de que sua curiosidade sobre se ela podia ou não produzir algum som tinha sido satisfeita, e que agora havia mais raiva do que nunca: raiva de si mesmo, raiva dela por parecer tão surpresa, abandonada e submissa quando ele trouxe água para limpar o sangue do seu rosto.

Disse a si mesmo que nunca aconteceria de novo. Mas claro que aconteceu. Algo se abriu nele, e não podia fechar mais. Aconteceu na noite do velório de seu pai, quando apenas ele e ela estavam na casa, o silêncio em todo canto. Ele pensou: *depois de mim, não haverá criança, ninguém vai sobrar*, e rolou sobre ela. Ia tentar trepar com ela, disse a si mesmo, ia tentar. Mas havia meses desde que tentara e, sentindo-a debaixo dele, pequena e tensa, parada como morta, não conseguiu. Não conseguia nem machucá-la assim. Bater também não adiantava, mas o levava a sentir-se como se fizesse algo, pelo menos interrompendo seu julgamento. A injustiça disso, o julgamento que ele sabia estar lá mas que não podia ser jogado fora. Não podia forçá-la a verbalizar, e não podia fazê-la deixar de lado.

Finalmente, havia apenas medo nos olhos dela quando ele entrava, apenas a forma como seus ombros se encolhiam enquanto esfregava o chão e sentia os passos dele no tremor das vigas. O fato de que ela podia vê-lo daquela forma era um lado de si mesmo que o surpreendia. Às vezes, ele lhe jogava coisas: frutas, pratos, um bule com água fervente, que a acertou na cintura e encharcou suas roupas, enquanto ela ofegava e rolava os olhos aterrorizada. Quando a segurava de encontro à parede com o corpo e batia-lhe com a testa no rosto até sangrar.

As pessoas em Galina davam milhares de explicações para o casamento de Luka com a noiva do tigre. Era a filha bastarda de um jogador notório, alguns diziam, forçada a casar com Luka como pagamento de uma enorme dívida, um segredo vergonhoso do pai nos anos passados na Turquia. De acordo com outros, ele a comprara de um ladrão em Istambul, um homem que vendia garotas no mercado, onde ela ficara em silêncio entre sacos de temperos e pirâmides de frutas até que ele a encontrou.

Qualquer que fosse o motivo de Luka, era de consenso geral que a presença da menina em sua vida pretendia esconder algo, porque uma surda-muda não podia revelar a verdade sobre os diversos vícios que ele presumidamente adquirira na ausência de dez anos: suas apostas, libertinagens, sua predileção por homens. E talvez, de algum modo, isso fosse verdade; talvez ele tivesse se permitido pensar que encontrara alguém para colocar entre sua pessoa e a vila, alguém cuja aparência, além da deficiência, desencorajasse os outros a fazer contato enquanto ele se isolava e planejava voltar ao sonho que nunca seria satisfeito; ela os levava a lembrar demais da última guerra, do medo de seus pais, das histórias que ouviram de filhos perdidos para o sultão. Não era à toa, os aldeões pensavam, que ele encontrara uma esposa que nunca lhe pediria dinheiro nem coisa nenhuma, nunca o repreenderia por estar bêbado.

Mas, ao mantê-la, Luka também tropeçava numa complicação desagradável. Havia subestimado o poder da estranheza dela, o potencial da vila de se fascinar, e agora as pessoas falavam mais do que nunca. O sigilo que ela lhe deveria proporcionar tornou sua vida um espetáculo público.

Ele agora ouvia-os tagarelando, fofocando, especulando e mentindo descaradamente sobre o lugar de onde ela viera e a maneira como a havia encontrado, perguntando um ao outro dos ferimentos em seus braços, ou por que Luka e sua esposa raramente eram vistos juntos em público, por que ela ainda não lhe dera um filho – cada resposta possível levando a outras questões, a mais humilhações. Foi pior do que o primeiro inverno do casamento, quando ele a trouxe para a igreja no Natal e toda a congregação cochichou em seguida: *O que ele pretende trazendo-a aqui?* Pior do que no Natal seguinte, quando não trouxe e disseram: *O que ele pretende deixando-a em casa?*

E, agora, eles falavam da casa de defumação. Dois dias depois que o tigre foi avistado na vila, havia cochichos por todo lado. *O que ela estava fazendo*, perguntavam uns aos outros, *na casa de defumação com aquele tigre? E o que significa*, queriam saber, *o fato de Luka não conseguir mantê-la na cama?*

Por semanas ele suspeitara que faltava carne na defumadora, mas deixou isso de lado, recusando-se a acreditar que ela teria a audácia de roubá-lo. Então, ele viu o tigre, e a imagem daquele porco nas mandíbulas do grande gato o abismou. Era a ciganazinha, pensou, a puta muçulmana, saindo escondida e dando a sua carne ao diabo.

Ela o fazia parecer um idiota.

Na noite em que voltou da caçada, ele a levou para fora e a amarrou na casa de defumação. Disse a si mesmo que queria apenas castigá-la, mas, enquanto comia seu jantar e se preparava para dormir, parte dele esperava que o tigre viesse buscá-la, que entrasse de noite e a dilacerasse, e que de manhã acordasse para não encontrar mais nada.

Se alguém for a Galina agora e perguntar por isso, as pessoas lhe dirão coisas diferentes do desaparecimento de Luka. Numa versão da história, o lenhador da vila, ao acordar de um sonho no qual sua esposa esquecera de colocar a torta no forno e a servira crua demais, ele olha pela janela e vê Luka vagando na estrada vestido com uma camisola, com um lenço branco a prender-lhe o queixo ao resto da cabeça para que sua boca não caia aberta, morta, e com o avental vermelho de açougueiro jogado sobre um ombro. Nessa versão, o rosto de Luka é tão frouxo como o de um fantoche, e há uma luz brilhante em seus olhos, a luz do começo de uma viagem. O lenhador fica com as cortinas da janela abertas, tem as pernas duras de medo e está insone; observa o avanço lento do açougueiro na neve que corre levada pelo vento sob os pés do homem morto.

Outros vão falar da filha mais velha do padeiro que, ao acordar cedo e esquentar os fornos, abriu a janela deixando o ar de inverno entrar para refrescá-la e viu um falcão sentado como alguma coisa antiga caída na neve do jardim. Os ombros do falcão estão escuros de sangue e, quando ele a ouve abrindo a janela, vira-se e olha para ela com olhos amarelos. Ela pergunta ao falcão: "Está tudo bem com você, irmão, ou não?", e o falcão responde: "Não". E desaparece.

Quaisquer que sejam os detalhes, o consenso é que há uma consciência imediata da morte de Luka, e um reconhecimento tácito de que a noiva do tigre foi a responsável. Mas muitos que contam essa história não poderiam ter nascido quando aconteceu, e fica claro que todos deram versões diferentes uns aos outros.

Ninguém nunca lhe contará que se passaram quatro ou cinco dias antes de alguém começar a suspeitar de alguma coisa. As pessoas não gostavam de Luka, não visitavam sua casa, não apreciavam sua docilidade, com os óculos no pescoço, no espaço tediosamente branco do açougue e as mãos na carne; todos se sentiam desconfortáveis com isso.

A verdade é que, mesmo depois que a filha do padeiro foi comprar carne e encontrou as janelas do açougue fechadas e as luzes apagadas, vários dias se passaram antes de alguém tentar de novo, antes de perceberem que nesse inverno teriam de lhe fazer uma visita.

Havia a possibilidade real de que acreditassem que Luka tinha ido embora, que estava fora atrás de coelhos para as festas de inverno, ou que tinha desistido da vila e decidido desbravar a trilha nevada, chegando à Cidade enquanto a ocupação alemã ainda era recente. A verdade é que a situação toda não pareceu particularmente incomum a ninguém, até que a garota surda-muda surgiu na cidade, talvez duas semanas depois, com o rosto fresco, animado, e um sorriso que sugeria algo novo na sua vida.

Meu avô tinha passado a manhã carregando lenha e batia a neve dos sapatos na porta quando a viu vindo pela rua, enrolada no casaco de couro de Luka. Era uma tarde de inverno sem nuvens, e os aldeões se encostavam nas suas portas. Inicialmente, apenas alguns a viram, mas, quando ela chegou à praça, a vila toda estava espiando das portas e janelas, vendo-a abrir caminho para a loja de tecido. Podiam vê-la através da janela ao passar ali de forma indulgente; ela estava apontando para sedas turcas penduradas nas paredes e correndo as mãos sobre elas com afeição enquanto o vendedor as estendia no balcão. Alguns minutos depois, meu avô a viu cruzar a praça com cortes de seda sob o braço, seguida por uma pequena procissão de mulheres da vila, que, mantendo distância, estavam intrigadas demais para fingir desinteresse.

Quem veio com aquele nome para ela? Não sei dizer, nunca fui capaz de descobrir. Até o momento do desaparecimento de Luka, ela era conhecida como "a garota surda-muda", ou "a muçulmana". Então, de repente, por razões incertas para os aldeões, Luka não era mais um fator na percepção que tinham da garota. E mesmo depois daquela primeira vez, depois que ela enrolou a cabeça em seda turca e se admirou no espelho, na loja de tecidos, quando ficou claro que Luka não voltaria, que não tinha mais que temê-lo, ela não se tornou "a viúva de Luka". Eles a chamaram de "a noiva do tigre", e o nome pegou. Sua presença na cidade, sorrindo, sem ferimentos, sugeriu uma excitante e irrevogável possibilidade do que teria acontecido para Luka, uma possibilidade à qual o povo de Galina se prendeu mesmo setenta anos depois.

Se as coisas tivessem terminado de forma diferente e os desastres daquele inverno caído em alguma outra ordem – se o padeiro não tivesse se sentado na cama em alguma noite e visto, ou achado que tinha visto, o fantasma de sua sogra na porta, e tombado sob o peso das próprias superstições; se as tortas da tia do sapateiro tivessem assado da forma correta, deixando-a de bom humor –, os boatos que se espalharam sobre a noiva do tigre poderiam ter sido diferentes. As conversas poderiam ter sido mais práticas, mais generosas, e a noiva do tigre sido imediatamente vista como uma *vila*, algo sagrado para os aldeões. Mesmo sem uma admissão expressa, ela já era uma entidade protetora, santificada por sua posição entre eles e o demônio laranja no morro. Mas porque o inverno foi o mais longo entre os de que todos podiam se lembrar e cheio de pequenos desconfortos, milhares de discussões sem sentido, milhares de vergonhas pessoais, a noiva do tigre carregou a culpa pelos infortúnios da vila.

Então, as conversas sobre ela eram constantes, descuidadas e sem limites, e meu avô, com *O livro da selva* no bolso, ouvia.

Falavam dela em todos os cantos da vila, em todas as portas, e ele podia ouvi-los enquanto vinha da casa da Mãe Vera. Verdades e meias verdades, ilusões completas, vagando como sombras numa conversa que ele não deveria ouvir.

– Eu a vi hoje – dizia a viúva Brketič, seu queixo sacudindo, preso com pequenos colares, enquanto meu avô ficava no balcão da quitanda esperando por salmoura.

– A noiva do tigre?

– Eu a vi saindo daquela casa de novo, sozinha, sem ninguém.

– Ela o mandou embora, não foi? Luka nunca mais vai voltar.

– Mandou embora? Imagine só. Um homem como Luka sendo mandado embora por uma criança surda-muda. Nosso Luka? Já o vi comendo uma cabeça crua de carneiro macho.

– Então, o que aconteceu?

– Bom, é evidente, não é? O tigre o pegou. Aquele tigre o pegou, e agora ela está sozinha, sem ninguém para perturbá-la, ninguém além do tigre.

– Não posso dizer que sinto muito. Não sinto lá muito por Luka.

– Bom, eu sinto. Ninguém merece acabar desse jeito.

– De que jeito?

– Não é óbvio? Não é evidente? Ela fez um pacto com o tigre, não vê? Provavelmente deu cabo do Luka ela mesma, deve ter cortado sua cabeça de noite, e deixou o corpo para o tigre comer.

– Aquela coisinha? Ela não é maior do que uma criança.

– Estou te dizendo, foi o que aconteceu. O diabo lhe deu forças para fazê-lo, e agora ela é noiva dele.

Meu avô ouvia sem acreditar em nada, com precaução, com curiosidade, com a premonição de que algo inferior acontecia nessas conversas, algo que ele não encontrava no horizonte de sua imaginação. Ele entendeu que a parte do tigre era, claro, Shere Khan.

Ele entendia que, se Shere Khan era um carniceiro, esse tigre tinha algo de carniceiro em si também. Mas sempre sentiu certa compaixão por Shere Khan, para começar, e aquele tigre – nem tolo nem vingativo – não tinha vindo para a vila matar homens ou gado. A coisa que ele encontrara na casa de defumação era enorme, lenta, com hálito quente, mas para ele uma coisa piedosa, e o que se passara entre meu avô e a noiva do tigre tinha sido uma compreensão compartilhada de algo que os aldeões não pareciam sentir. Então, porque eles não sabiam, como ele sabia, que o tigre era concreto, solitário, diferente, não confiava no que diziam sobre a noiva do tigre. Não confiava neles quando cochichavam que ela tinha sido responsável pela morte de Luka, ou quando chamavam o tigre de *diabo*. E não confiava neles quando, algumas semanas depois da aparição na loja de tecidos, começaram a falar que ela estava mudando. O corpo dela, eles diziam, estava mudando. Ela estava ficando maior, a noiva do tigre, e mais assustadora, e meu avô ouvia nas lojas e na praça dizerem que era porque ela estava inchando de força ou de raiva. E, quando eles decidiram que não, que não era o espírito dela, mas apenas sua barriga que crescia, todos sabiam o que isso significava.

– Não acha que é um acidente, acha? – diria a linda Svetlana a seus amigos no poço da vila. – Essa menina viu o que estava por vir. E Luka, ele nunca foi muito esperto. Ainda assim, é isso o que acontece quando você casa com uma muçulmana de Deus sabe lá onde. Essa menina aí é como uma cigana. Provavelmente o pendurou em seus próprios ganchos de carne e o deixou lá, para o tigre.

– Isso não pode ser verdade.

– Bom, você pode ou não. Mas, digo-lhe, o que quer que tenha acontecido com o Luka, não foi acidente. E aquele bebê... Isso também não é acidente.

– Não é bebê, é comida. Luka a fez morrer de fome por anos, e agora ela está livre para comer.

– Você não a viu? Não a viu vindo para a cidade, tão lenta, esses roupões dela cada vez maiores na frente? Aquela menina está com uma barrigona, você é cega?

– Não tem barriga nenhuma.

– Ah, tem barriga, sim. E te digo mais. Essa barriga não é do Luka.

Nunca ocorreu ao meu avô aceitar o que os outros estavam pensando que o bebê pertencia ao tigre. Para o meu avô, o bebê era incidental. Ele não precisava supor, como eu supus, que tinha sido resultado de um momento bêbado de Luka ou do estupro de algum aldeão sem nome, e que o bebê estivera lá antes de o tigre ter vindo a Galina.

Entretanto, não havia como negar que a noiva do tigre estava mudando. E qualquer que fosse a fonte daquela transformação, o que quer que se dissesse sobre isso, meu avô percebia que a única testemunha era o tigre. O tigre via a menina como ela o tinha visto: sem julgamento, medo, tolice, e de alguma forma os dois se entendiam sem trocar um único som. Meu avô havia inadvertidamente esbarrado nessa compreensão naquela noite, na casa de defumação, e agora queria fazer parte daquilo. No nível mais simples possível, seu interesse era só o tigre. Era um garoto de uma vila pequena no meio de um inverno terrível, e queria, queria porque queria ver o tigre. Mas havia mais nisso. Sentado à lareira da casa de Mãe Vera, meu avô desenhou a forma do tigre nas cinzas e pensou em ver e saber sobre como todo mundo sabia, sem ter visto, que Luka estava morto, e que o tigre era o diabo, e que a menina estava carregando o filho dele. Ele se perguntava por que não ocorria a ninguém pensar em outras coisas. Pensar, como ele pensava, que o tigre não queria lhes fazer mal, e que o que acontecia naquela casa não tinha nada a ver com Luka, ou com a vila, ou com o bebê. A noite caía, horas de silêncio, e então, quieto como um rio, o tigre descendo a montanha, arrastando consigo aquele cheiro azedo, pesado, a neve derretendo em suas orelhas e em suas costas. Então, por horas ao lado do fogo, conforto e calor, a menina se encostando nele, tirando os carrapichos e gravetos da sua pele enquanto ele ficava deitado, de costas amplas, ronronando, a língua vermelha lambendo o frio das patas.

Meu avô sabia disso, mas queria ver por si mesmo. Agora que Luka sumira, não havia motivo para ele ficar longe. E quando viu a noiva do tigre, um dia, saindo do mercado para casa, com os braços pesados de latas de geleia e frutas secas, achou-se corajoso bastante para lhe sorrir e bater na barriga numa forma prazerosa de mostrar compreensão. Não tinha certeza de ter feito isso em aprovação à escolha de geleias ou porque queria que ela soubesse que não se importava com o bebê. Ela sorriu no momento em que o viu do outro lado da praça e, quando ele parou para cumprimentá-la – a primeira pessoa a fazer isso em semanas –, empilhou quatro de suas latas de geleia nos seus braços. Os dois andaram juntos lentamente pela rua, atravessando o pasto, passando pela casa de defumação vazia e pelo jardim, partido no frio de inverno.

Na igreja, as mulheres que faziam as velas estavam fofocando juntas: – Ela vai passar maus bocados com aquele bebê e apenas um tigre como marido. Te digo, me faz arrepiar toda. Deviam correr com ela daqui. Daqui a pouco ela vai dar nossos filhos para o tigre comer.

– Ela é inofensiva.

– Inofensiva? Pergunte ao pobre Luka se ela é inofensiva. Ele diria quão inofensiva ela é, se pudesse.

– Bom, tenho certeza de que ela teria algumas coisas para dizer sobre o Luka, se *pudesse*. Mãe de Deus, estou feliz que o tenha matado, se é isso que ela fez. Os ossos daquela garota que ele quebrou. Espero que ela o tenha dado para o tigre comer, bem lentamente. Começando pelos pés.

– Foi o que ouvi. Ouvi que ela o retalhou todinho, na sua casa de defumação, daí veio o tigre comer e ela o alimentou com fatias do marido morto como se fosse um banquete.

– Que bom.

– Bom? Não vê por que ela fez isso? Ela não fez isso por si mesma.

– O que quer dizer?

– Que o filho do tigre está crescendo dentro dela. Imagina o que teria acontecido quando ele saísse. Aquele Luka, sendo do jeito que é, vendo o bebê que saía da esposa. Ele a mataria, não é? Ou pior.

– O que quer dizer com pior?

– Bom, ele faria como um lobo.

– Como um lobo? Como?

– Não sabe? Um lobo mata os filhotes do outro lobo quando andam em matilha. Às vezes ele até mata a loba que os carrega. Não sabe de nada?

– Não sabia disso.

– Bom, foi por isso que ela o matou, não foi? Para que não ficasse louco como um lobo e matasse o bebê dela quando saísse.

– Faz sentido para mim. Ela matá-lo para dar espaço ao tigre. Mesmo assim, aquele Luka era um canalha da pior espécie. Como acha que o bebê vai ser?

– Sei lá, e tenho certeza de que não quero saber. Espero que eles corram com ela daqui. Na minha vida toda nunca pus meus olhos num diabo. Cinquenta anos, e nunca vi um. Não quero começar agora. Espero que ela tenha a decência de manter o filho na casa e não trazê-lo aqui para meus filhos verem.

– Vou te dizer uma coisa. Te digo isto: não sou a Vera. Não vou ter meus filhos misturados com a cria do demo.

Mãe Vera já flagara meu avô voltando da casa do açougueiro. Estava na escada da varanda quando ele veio no fim do dia pela primeira vez. Esperou-o, e ele, enquanto cruzava o campo, viu-a e abaixou a cabeça, certo de uma reprimenda. Para sua surpresa, ela não fez nada, apenas olhou para ele e o puxou para casa. Depois que ouviu o que diziam dela, fez uma cesta de comida, torta, geleias e picles, pôs algumas roupas e um raminho de alecrim, e mandou meu avô levar tudo para a noiva do tigre naquela mesma tarde, à vista da vila inteira, enquanto ela ficava na porta e lhe gritava para se apressar. Meu avô sorriu longamente para os passantes enquanto abraçava o cesto empurrando os pés pela neve. No meio do caminho do campo ouviu a voz da Mãe Vera lá atrás:

– O que estão olhando, seus tolos?

Durante todo aquele mês meu avô carregou comida e cobertores para a noiva do tigre. O inverno depositava-se, parado e insensato, nos penhascos de Galina e, enquanto permanecia assim no mundo, meu avô trazia água e lenha para ela, media a testa da menina para um novo chapéu que Mãe Vera estava tricotando, uma tarefa que a velha senhora fazia publicamente, em desafio, na sua varanda, para que a vila a visse enrolada em seis ou sete cobertores, as mãos azuis de frio. Ela nunca cruzava o pasto para cumprimentar a noiva do tigre, mas com frequência dava o chapéu semiacabado com um nó de fio amarelo e preto para o meu avô, e ele o carregava com tanto cuidado quanto faria com um ninho de passarinho, cruzava a rua, subia na varanda e, segurando as agulhas de lado, o enfiava no cabelo brilhante da noiva do tigre e olhava para a sua própria casa, para o aceno de aprovação da Mãe Vera.

Por meu avô não poder ficar na casa da menina depois de escurecer, ainda não havia sinal do tigre. Mas ele não tinha perdido as esperanças. Na maioria das tardes colocava cobertores no chão perto da lareira da casa da menina e a ajudava a se sentar; então, tirava *O livro da selva*. Levou alguns dias para descobrir que ela não sabia ler; inicialmente, ficou sentado ao seu lado com o livro aberto no colo, acreditando que os dois liam juntos em silêncio. Mas, afinal, percebeu que ela olhava impacientemente as figuras, e entendeu. Começou a desenhar a história de Mogli e Shere Khan para ela, com figuras deformadas, desproporcionais, nas cinzas da lareira: tigre, pantera, urso. Desenhou a Mãe Loba, os filhotinhos mamando e o chacal Tabaqui – ou pelo menos como ele o via, porque Kipling não o desenhara em nenhum lugar, e meu avô traçou algo que parecia um esquilo, estranho, de orelhas grandes, que pairava vigiando a caverna e era uma presa de Shere Khan. Desenhou a matilha de lobos e a Rocha do Conselho, mostrou-lhe em camadas de cinza como Baloo ensinou ao menino lobo a Lei da Selva. Desenhou um sapo para explicar o que significava o nome Mogli, e o sapo que desenhou estava péssimo, mas era fofo.

Ele sempre começava e terminava com um desenho de Shere Khan, porque mesmo seu gato franzino de nariz achatado com listras que pareciam cicatrizes a fazia sorrir, e com frequência a noiva do tigre se deitava e corrigia seu desenho, e meu avô sentia que estava se aproximando.

Meu avô sentou-se num banco próximo da porta da botica do farmacêutico, esperando pela pomada para a mão da Mãe Vera. Duas mulheres, esposas de homens que ele não conhecia, ficavam no balcão observando o farmacêutico preparar as ervas e dizendo: – O padre disse que se a criança-diabo vier a esta cidade estamos acabados.

– Não há muita diferença de ter ou não ter uma criança-diabo se o diabo já está aqui.

– O que quer dizer?

– O tigre. Eu o vi cruzando o pasto à luz da lua, grande como um cavalo. Com olhos selvagens naquela cabeça de tigre. Estou te dizendo, olhos humanos. Me arrepiei todinha.

– O que estava fazendo fora tão tarde?

– Isso não importa. A questão é que o tigre vai até a porta da casa do Luka e lá tira sua pele. Deixa-a nos degraus e vai ver a sua noiva grávida.

– Imagine só.

– Não preciso imaginar, eu vi.

– Claro que viu. Eu continuo me perguntando sobre aquele bebê.

Então meu avô disse: – Acho ela adorável.

As mulheres se viraram e olharam para ele. Tinham o rosto avermelhado de frio e os lábios rachados, e meu avô se remexeu onde estava sentado no banco e falou novamente. Disse: – A menina. Acho ela adorável.

Sem erguer os olhos do seu pilão, o farmacêutico disse: – Não há nada mais adorável do que uma mulher com uma criança.

As duas mulheres ficaram em silêncio depois disso, com as costas viradas para meu avô, cujas orelhas queimavam. Elas pagaram por suas ervas em silêncio, levaram um tempo para pôr as luvas e, quando se foram, a botica do farmacêutico preencheu-se de um vazio desagradável que meu avô não esperava.

O íbis na jaula do balcão ficou parado com uma pata enfiada na saia vermelho-sangue de suas penas.

O farmacêutico estava tirando bálsamo das prateleiras no fundo da botica, abrindo as tampas de latas e frascos, misturando creme branco numa tigela. Baixinho, ele disse: – Todo mundo tem medo de Shere Khan.

– Mas eu não vi Shere Khan na vila. Você viu? – meu avô perguntou. O farmacêutico olhou para ele e se virou de volta para misturar o creme branco com uma colher de madeira torcida. Daí meu avô disse: – Você tem medo?

– Não de Shere Khan – o farmacêutico respondeu.

Cruzando a praça uma manhã com um cesto de pães para a esposa do tigre, meu avô escutou: – Lá vai ele de novo.

– Quem?

– O garotinho, neto da Vera. Lá vai ele com um cesto para a pobre coitada. Olha como ele está aterrorizado, está tremendo todo. É errado mandar uma criança para a casa do diabo.

– O que eu não entendo é como nosso farmacêutico pode ficar sentado lá vendo aquela criança ir e voltar, ir e voltar, e nunca dizer nada. Ele nunca diz: *olhe aqui, minha senhora, mantenha seu filho longe da casa do diabo.*

– Aquele homem não sabe, aquele farmacêutico. Ele não é daqui de perto. Não pode dizer.

– Mas é dever dele. É dever dele dizer. Se ele não diz, quem dirá?

– Te digo, vou ter uma coisinha ou duas para dizer sobre o que é o que quando essa criança for devorada.

– Acho que está errada nesse ponto. Aquela menina não o machucaria.

– Provavelmente não pelo jeito como Vera está cuidando das coisas. Você sabe que esse é o terceiro cesto que ela manda nesta semana? O que será que está mandando?

– Pela graça de Deus, que seja água benta.

– Por que ela manda essas cestas?

– Talvez ela tenha pena.

– Pena do quê? Tem pena de a menina carregar o filho do capeta?

– Sei lá. Aquela Vera já foi parteira. Acho que ela se sente na obrigação de ajudar, como se a menina não pudesse se virar sozinha. Ela manda comida. Vi o moleque embalar o cesto quando derrubou uma ou duas vezes, e sempre tem pão dentro. Sopa também.

– Imagine só, alimentar essa menina quando o resto de nós nem carne tem. Alimentar a noiva do tigre quando não há carne. Quando essa menina está guardando tudo para o tigre.

Meu avô contou à noiva do tigre sobre o Bandar-log e sobre Kotick, a foca branca, mas sempre que chegava ao final da história de Shere Khan ele não conseguia contar a verdadeira conclusão. Via-se na vala da ravina, com Rama e os búfalos da água correndo ao comando de Mogli, sombras sujas nas cinzas, mas de alguma forma nunca conseguia revelar como o menino lobo tirava a vida do tigre. Ele não podia desenhar Shere Khan deitado na poeira, ou a pele de Shere Khan na rocha levantada, morta como a vela de um barco.

Em vez disso, todo dia era alguma coisa diferente. Às vezes, Rama tropeçava e desistia, ou havia uma luta de Shere Khan com os búfalos na qual ele corria o dedo sobre as figuras de cinzas, mandando nuvens de poeira e caos até encontrar um jeito de trazer Shere Khan vivo do meio do tumulto. Às vezes, nem chegava ao Rama; outras, Mogli assustava o tigre bobo com fogo, ou a matilha de lobos o perseguia e o espantava. Com frequência a luta terminava num empate, eles vinham para o cessar-fogo juntos e Baghera ficava ciumento com essa falsa paz.

Quem sabe a noiva do tigre entendeu a história do meu avô, ou a razão de ter feito essas gentilezas. É fácil supor que, depois de algumas vezes nas quais ele mudou a história, ela tenha percebido que alguma tragédia mais profunda lhe era escondida. Talvez sua gratidão ao tigre se equiparasse a essa nova gratidão, pela ajuda e companhia humana da parte do menino-lobo persistente e animado que desenhava histórias na lareira. Qualquer que tenha sido o motivo, alguns dias antes da chegada do Urso Dariša meu avô recebeu dela um saco de papel enrolado com uma fita, não maior do que um saco de botões. Quando o abriu na escuridão de sua casa naquela noite, seus dedos sentiram o vazio, depois os pelos curtos, ásperos e grossos que lhe traziam o cheiro distante e vivo da casa de defumação.

8

O CORAÇÃO

Voltando de Zdrevkov, parei em Kolac para pegar as balas das crianças, segurando a caixa da loja de conveniência do posto de gasolina quando ia fechá-la. Eu não tinha mais dinheiro vivo, e discuti com a mulher por vinte minutos, finalmente convencendo-a a aceitar o dobro do valor na minha moeda para cobrir os custos de ela ter de ir ao câmbio na manhã seguinte. Ela me ajudou a carregar duas caixas do chocolate local até o carro, depois saiu dirigindo num carrinho que rugia e soltava uma linha de fumaça enquanto saía pela estrada.

Havia um telefone público ao lado da bomba de gasolina deserta, e usei minhas últimas quatro moedas na ligação para minha avó. O saco azul estava na mochila, dobrado ao meio. O frio do necrotério nele me espantara, e eu não o tocara desde Zdrevkov.

Minha avô estava preparando as coisas para o velório o dia todo e, quando perguntou se eu estava pronta para voltar para casa, contei-lhe sobre Zdrevkov, sobre ir até a clínica de veteranos, sobre quão hospitaleiros e consoladores eles tinham sido. Ela me escutou em silêncio, e percebi que as notícias da viagem lhe eram tão incompreensíveis como a ideia da morte do meu avô havia sido para mim – tudo aquilo apenas palavras numa frase ruim. O fato de que Zdrevkov estava a curta distância pareceu confortá-la, reafirmando de alguma forma que ele tinha vindo me ver afinal. Ela podia perdoar um desentendimento, mas não uma mentira deslavada. Dirigindo até a península, eu pensara no homem sem morte, em como meu avô podia ter ouvido sobre os meninos que pisaram nas minas. A vila dos veteranos, dos velhos soldados se agarrando à vida depois que a morte se fora. Não mencionei nada disso a ela.

– Eles ficaram decepcionados? – ela perguntou. – Estavam esperando que ninguém fosse buscar as coisas dele? – Ela tinha criado essa imagem dos pertences do meu avô sendo distribuídos à equipe médica, seu chapéu na cabeça do coveiro assistente, seu relógio no pulso da recepcionista.

– Estão muito ocupados lá – respondi. – Eles se desculparam pelo erro – não tive coragem de dizer que tipo de lugar era, que tivemos sorte de encontrá-lo, sorte por ele não ter sido enterrado num morro de frente para o mar, atrás da clínica.

– Quer me dizer o que há na sacola?

Fez-se um longo silêncio. O telefone estalou. Minha avó finalmente disse: – Você abriu?

– Ainda não.

– Não abra – ela disse. – Não ouse. Como pode pensar nisso? – Ela começou a falar dos quarenta dias novamente, de interromper involuntariamente o progresso da alma. De como o saco era uma bênção, uma bênção intocada, e em que diabos eu estava pensando?

Estava gritando quando disse: – O que mais tenho para pagar meus respeitos, Natalia? Porque eu não sabia que ele estava doente. E você não disse nada quando soube.

O telefone bipou duas vezes, e a linha ficou muda. Meu *pager* tocou quase imediatamente, e continuou a tocar enquanto eu dirigia de volta a Brejevina, mas eu não tinha mais dinheiro, e a tarde se transformava em noite. Ela acabou desistindo, minha avó, e dirigi com as quatro janelas abaixadas, o vento mantendo-me acordada.

Quando cheguei de volta ao mosteiro, o portão estava fechado. Da estrada eu podia ver o sol baixo refletido nas janelas do clerestório, mas o jardim estava vazio. Por todo o calçadão, as lojas estavam escuras e fechadas, as tendas de cartões e as barracas de equipamentos de mergulho apertadas atrás de telas de ferro. Algumas centenas de metros à frente cheguei ao canal, e o povo de Brejevina e turistas estavam em animados grupos bronzeados, fumando, encostados em carros, passando lentamente entre árvores de eucalipto pela cerca do vinhedo. Entrei com o carro no canal e o deixei lá, subi o morro com a mochila nas mãos, o saco ainda lá dentro. Havia uma tranquilidade quente sobre o mar, que chegava à terra e aquietava tudo, até o vinhedo. Do portão podia ver os escavadores, mais misturados às vinhas do que estavam nessa manhã. Duré estava lá com suas orelhas de abano, parado como um espantalho, costas curvas, coxas abertas. O homem corpulento da manhã estava lá também, bebendo uma lata de coca, o pescoço avermelhado pelo sol. Os meninos da manhã, sentados num carrinho de mão cheio de terra entre as vinhas; não havia sinal da jovem ou da garotinha.

Frade Antun me viu do portão do vinhedo, abriu-o sem uma palavra. Desculpei-me, contei-lhe do trânsito e das balas, mas tenho certeza de que ele via que estava mentindo. Ele suava sob a batina, seus óculos estavam nublados e seu cabelo em cachinhos longe do pescoço.

Do morro, eu podia ver o sol cortando uma linha vagarosa na água, a balsa voltando das ilhas e o contorno dos fundos da propriedade de Barba Ivan. As pessoas estendiam-se pela cerca do vinhedo até a vegetação atrás da casa. Nada estava parada diante da varanda do andar de baixo, fumando com seis ou sete mulheres, viúvas arqueadas como pássaros em seus vestidos pretos, e algumas donas de casa de meia-idade mexiam em redes cheias de peixe que acabavam de vir da praia. Nada tinha colocado a comida numa longa mesa retangular sob a oliveira, e de tempos em tempos levava uma bandeja para as pessoas próximas da cerca.

Zóra estava parada ao lado de uma fogueira num tonel de óleo atrás dos escavadores, franzindo a testa para algo dentro do seu sapato. Quando se endireitou e me viu, ela me dirigiu um olhar antes reservado para o Mão de Ferro e os registros do administrador que trabalhava no escritório da Universidade. Armada com desinfetantes, vários litros de água e algum conhecimento do que estava por vir, ela ajudava a preservar a fé da comunidade em nós no sentido de evitar um desastre médico. E não queria a minha ajuda.

Entre as vinhas, Duré se abaixava sobre algo com um tecido úmido, limpando-o lentamente de um lado para outro, num esforço visível para não movê-lo demais. Era uma espécie de sacola, uma valise do tipo antigo, couro rachado, alças cinzentas puídas. Este, percebi, era o motivo pelo qual Duré tinha estado confiante em que o corpo acabaria aparecendo, pelo qual queria desprezar a realidade dos cães e inundações; ele salvaguardara seu primo – que eu anteriormente julgara ser o ocupante de uma cova rasa – enfiando-o em uma mala.

Duré limpava as laterais lentamente, com muito cuidado. Era evidente em seu rosto o grande alívio por ter recuperado a mala. Doze anos de julgamento por sua falta de habilidade em recuperar o corpo, sua negligência em deixar um membro da família para trás, com a lealdade sob suspeita, sempre se defendendo das conclusões a que deviam chegar sobre ele quando tentava se explicar. Teria ele abandonado um homem moribundo? Assassinado o homem e se livrado do corpo? E a doença em si? Como seus pensamentos devem ter se voltado direto ao corpo quando a esposa e os filhos começaram a adoecer, um por um; como ele deve ter vasculhado sua própria cultura, procurado pistas disso enquanto buscava curas da bruxa da vila, até que a velha finalmente lhe disse o que ele queria ouvir: apontou a sua negligência e irresponsabilidade com o corpo, e o absolveu, confirmando que a carga era dele.

A noite começou com uma oração. Ela havia sido escrita à mão num pedaço de papel verde-neon que estava presumidamente ilegível. Duré leu em voz alta, devagar, tropeçando nas palavras, sobre o nome do Pai e do Filho, e com uma invocação que o confundia, a ponto de ele ser forçado a pedir ajuda a outros escavadores. Enquanto eles tentavam em vão decifrar as instruções, eu imaginei a velha senhora que os mandara para lá, sozinha numa pequena e fria casa bem alta acima da vila de Duré, com os olhos leitosos e os membros frouxos como os de um sapo, dedicando todas as suas forças a compor rezas que ela sabia de cor, mas que nunca havia escrito. Suas notas incitavam os escavadores ao lamento, mas a hesitação deles fazia seus esforços parecerem pífios. Com xales e ajoelhados, haveria ares de dignidade no processo, produziria um som longo, grave e infinito, que teria dispersado a plateia na cerca do vinhedo. Em vez disso, o uivo discordante dos escavadores atraía os curiosos num coro constante de "lave os ossos, traga o corpo, deixe o coração para trás", que começou primeiro entre os homens mais bêbados, mas logo se espalhou por toda a fila.

Sem se deixar intimidar, o homem pesadão se virou para longe do fogo e gritou para todos: – Seus filhos da puta!

– Pare de estragar tudo – disse-lhe Duré, e perdeu o ponto da página. – Isso não faz parte – ele disse para frade Antun –, devo começar de novo?

– Não sei ao certo – o monge respondeu.

Frade Antun carregava incenso e o balançava de um lado para outro sobre a valise, sem saber direito o que fazer, enquanto Duré lia e os escavadores tossiam e faziam o sinal da cruz. Ainda não havia pista da garotinha.

O calor do dia combinado com o começo da minha manhã no vinhedo acabara comigo. Eu sentia como se tivesse esperado anos para aquele corpo ser encontrado, apesar de só ter ouvido sobre ele naquela manhã – de alguma forma, ter estado em Zdrevkov havia mudado tudo, e eu não sabia mais pelo que estava esperando. Minha mochila estava sobre meus joelhos, os pertences do meu avô dobrados lá dentro. Eu me perguntava com o que eles se pareciam sem ele: seu relógio, sua carteira, seu chapéu reduzido por sua ausência; objetos que se poderia encontrar num mercado de pulgas, no sótão de alguém.

A abertura da valise foi precedida de um batismo com água benta de uma das garrafas com ervas dos escavadores. Frade Antun a borrifou, e então Duré forçou o zíper. Não foi surpreendente que, após mais de uma década, o zíper não tenha se movido. No final, eles concordaram em cortar a sacola, e alguém correu para buscar uma faca de cozinha, que Nada passou da varanda. Os escavadores discutiam sobre onde deviam fazer a incisão. Silêncio total dos espectadores às costas de Duré, e, então, a faca entrou. Um rangido prolongado, seguido quase imediatamente pelo fedor de podre. O corpo lá dentro grunhia. O som, tenso como um violino, se estendeu entre o fogo e a cerca. Alguém atrás de mim invocou Deus. Braços entraram em ação; para baixo e para cima da cerca, o povo fazia o sinal da cruz.

Enquanto isso, Zóra ficou parada todo o tempo, vendo os procedimentos, seu corpo tensionado como uma corda de piano. Mais tarde, eu descobriria que, antes de começarem as coisas, ela perguntara a Duré se ele esperava mesmo encontrar um coração na valise, ao que ele respondeu: "O que você acha que eu sou, algum tipo de idiota?", e Zóra, por um milagre, não disse. Mas agora que grunhidos vindos da valise tinham sacudido a cidade toda em súplicas e espasmos, ela não podia mais se conter. "São apenas os gases despressurizando", disse, alto e para ninguém em particular.

Mas os escavadores estavam irredutíveis. Mais cânticos e lamentos, frade Antun recusando-se a tocar a garrafa de ervas, renunciando à água benta deles, mas, ainda assim, balançando seu incenso pacientemente sobre a mala, com a panelinha refletindo a luz do sol que se punha. Zóra esperou por outra oportunidade para dar sua opinião, mas minutos se passaram, e a oportunidade não surgiu. Ela voltou para o lado do vinhedo onde eu estava, subiu o morro limpando as mãos de poeira no casaco e ficou parada, pressionando meu corpo. Fui pelo caminho de pedra para lhe dar espaço.

– Tenho uma mensagem para você – ela disse. Passou-me seu casaco e tirou o suéter. Colocou-o no chão ao meu lado e se sentou nele, com o casaco nos joelhos. – Sua avó disse que, se abrir o saco, é melhor não se incomodar em voltar para casa. – Zóra disse aquilo sem olhar para mim, com a garganta pontilhada de suor por ter ficado muito perto do fogo. – Ela foi enfática nisso.

Zóra tinha começado a usar um novo perfume havia alguns meses, e eu não tinha sido capaz de me acostumar com ele ainda. Mas, sentada lá com a fumaça no seu cabelo e o dia lhe saindo da pele, o cheiro de álcool, sabonete e cigarros, o sabão em pó no cheiro engomado de seu casaco, o ferro em seus brincos tingidos de suor, tudo me atingia completamente. Tudo o que eu esperava que dissesse ela deixou cair entre nós, e eu não conseguia me lembrar das respostas que andara preparando.

Duré umedecera um trapo limpo com água da garrafa de ervas e estava tirando o primo da sacola, osso por osso, esfregando as longas lâminas amareladas de suas pernas gentilmente, colocando-as num lençol limpo no chão. Os outros escavadores pairavam sobre ele, fumando, com as costas viradas para a cerca. Eles tinham encerrado o ritual, falando baixinho, com pequenos gestos, seguindo as diretrizes da velha da vila ou vendo a reação animada dos espectadores que, imaginando que a maior parte do ritual já tivesse acabado, estavam começando a perder o interesse.

– O que você faria? – perguntei.

– Isso depende – Zóra respondeu. – O que seu avô diria?

– Ele me diria que satisfizesse minha avó, que não abrisse a sacola. – Depois de um tempo, continuei: – E diria que você testemunhasse.

– Nós não vamos voltar até sábado – Zóra me lembrou. – Mas você sabe disso. – Pegou-me a mão e a colocou no seu joelho, sem dizer nada.

O trapo úmido passava de mão em mão, estavam pingando a água dele nos ossos, a cúpula rachada do crânio, limpando os buracos vazios dos olhos e as linhas tortas entre os dentes. A coluna materializava-se no lençol, os discos vertebrais eram como brinquedos. Havia tantas mãos na sacola que era difícil dizer quem estava removendo o que, mas alguns eram meticulosos e organizados, arrumavam as peças no lençol, articulações aqui, dedos ali, mesmo que a coisa toda viesse a se dobrar em si mesma depois. Quebravam os fêmures, serrando-os com um cutelo para que o corpo morto não pudesse caminhar e levar doenças aos vivos, e Duré cuidava de enrolar o trapo, apertando-o bem em seu punho, chamando-o de coração. E, então, senti-me idiota por não considerar essa possibilidade, o coração metafórico, e por duvidar da velha bruxa, quem quer que ela fosse.

Silêncio enquanto Duré umedecia o trapo novamente, três goles de água para o coração recém-batizado, o aperto de seu punho fechado e pesado. O homem corpulento trouxe uma panelinha, e Duré, colocando nela o trapo com cuidado, deitou-lhe óleo e ateou fogo; por longo tempo a panelinha ficou no chão, com a família inclinada a olhá-la. Enquanto nós esperávamos isso acabar, eu só podia pensar no homem sem morte e na sua xícara de café.

Puseram água na panela, que soltava fumaça agora sobre os carvões do latão de óleo, e Duré batizou o fogo e os ossos com o que restou da água, e depois jogou fora a garrafa. Por toda a cerca, os espectadores começaram a se dissipar, entortando-se sob o peso de suas expectativas. Alguns meninos chutavam uma bola de futebol perto da cerca do vinhedo.

Então, a água começou a ferver, e Duré tirou a panela do fogo. Os homens a passaram em silêncio, sem emoções, todos bebendo decididos, tentando não derramar a água com as cinzas. Alguns tiravam o chapéu ao fazer isso; outros não se preocuparam em apagar o cigarro. Frade Antun carregou seu incenso até nós e ficou lá, vendo o lento progresso da panela de ferro e o rosto dos homens que já tinham obtido a sua dose do coração.

– Onde está a garotinha? – perguntei-lhe.

– Lá dentro, dormindo – ele respondeu. – Ela ficou com febre à tarde, e minha mãe ameaçou chamar a polícia se tentassem trazê-la de volta.

Estava ficando escuro. O sol já mergulhara atrás da lateral da península, e o céu no oeste caía rapidamente na água. Enquanto olhávamos, um dos meninos da festa funerária pôs seu chapéu e passou por nós rapidamente. Zóra já estava oferecendo uma mistura de água e desinfetante, mas o menino a empurrou e passou pelo portão no final do vinhedo.

E com ele acabou, o clima sigiloso do círculo ao redor da mala foi desfeito. Um dos homens limpou a boca e riu de alguma coisa.

– E agora? – Zóra quis saber.

– Agora vem a vigília – disse-lhe frade Antun.

– Aonde vai aquela criança? – ela perguntou mais uma vez.

– Pegar alguém de fora da família para enterrar as cinzas no morro.

– Por que ela mesma não faz isso?

– É membro da família – frade Antun respondeu. – Não pode.

– E quanto a você?

– Bem, eu não vou. – Espiando-nos por baixo de seus óculos, frade Antun parecia uma libélula enorme. – Ele vai ter dificuldades para fazer alguém subir até a encruzilhada agora que o corpo apareceu.

– Encruzilhada?

– Para nossa *mora* – frade Antun disse com um sorriso. – O espírito que vem para reunir os mortos.

– Eu vou – acabei falando antes que minha mente tivesse percebido totalmente o que queria dizer.

– Não seja idiota – Zóra me repreendeu, olhando nos meus olhos. Frade Antun roía as unhas, deixando-nos resolver a questão.

Eu confirmei: – Diga a Duré e à família que eu vou à encruzilhada para eles se mandarem a mãe e as crianças à clínica amanhã.

9
O URSO

Ainda que os aldeões de Galina relutem em falar do tigre e da sua noiva, eles nunca hesitam em contar a história de um dos coadjuvantes dessa trama.

Pergunte a alguém de Galina sobre o Urso Dariša e a conversa começará com uma história que não é verdadeira: Dariša foi criado por ursos – ou só comia ursos. Em algumas versões, ele passou vinte anos na caça de um grande urso preto que vinha enganando outros caçadores desde sabe-se lá quando; enganando até Vuk Sivić, que matara o lendário lobo de Kolovac. Os defensores da narrativa dizem que, afinal, o urso ficou tão receoso da perseguição de Dariša que veio para o seu acampamento uma noite e se deitou para morrer. Dariša conversou com o urso enquanto este morria na neve, e seu espírito se foi ao raiar do sol. Minha favorita, no entanto, é aquela que diz que o tremendo sucesso de Dariša como caçador derivava da sua habilidade de se tornar de fato um urso – ele não matava como os homens, com arma de fogo ou veneno ou faca, mas com os dentes e as garras, selvagemente rasgando a carne, com grandes dentes de urso fincados na garganta de seu oponente, fazendo um som tão alto quanto o de uma montanha se partindo.

Mas todas essas variações vêm de uma verdade: Dariša era o maior caçador de ursos do velho reino. Pelo menos isto é um fato. Há evidências. Há fotos de Dariša antes do incidente com a noiva do tigre – retratos nos quais Dariša, de olhos claros e rosto fechado, está sobre uma pilha de peles de urso, quase invariavelmente na companhia de algum membro imponente da aristocracia, cujo sorriso animado destina-se a esconder joelhos ainda tremendo pela caçada. Nessas fotos Dariša está sempre confiante e de rosto fechado, tão carismático quanto um pedaço de carvão, e é difícil entender como ele conseguiu gerar tantos seguidores entre os aldeões de Galina. Os ursos, nessas fotos, contam uma história diferente também, uma história de mortes em excesso – mas, até aí, ninguém nunca olha para eles buscando respostas.

Dariša vinha para Galina uma vez por ano, logo após as festividades de Natal, para aproveitar a hospitalidade da vila e vender peles que preparavam as pessoas para o inverno que sempre era difícil. Sua entrada era esperada, mas repentina; ninguém jamais o via chegando, apenas acordava-se para a surpresa positiva de descobrir que ele estava ali, com seu cavalo amarrado, os bois soltos da carroça, os produtos espalhados num tapete azul desbotado.

Dariša era baixinho e barbudo e, de passagem, poderia ser tomado por um mendigo; mas, com seus hábitos e sua tendência para gerar uma curiosidade mórbida nas crianças, ele parecia trazer um mundo mais amplo, mais admirável. Trazia notícias e calor também, e ocasionalmente histórias do mundo selvagem e dos animais que o povoavam; os aldeões de Galina associavam sua chegada a uma boa sorte e estabilidade pessoal.

Até aquele verão em particular, meu avô ficara ansioso, na expectativa da primeira visita do Urso Dariša, com tanto entusiasmo quanto toda a gente da vila; mas, distraído com o tigre e sua esposa, quase se esqueceu dele. Já os outros aldeões, não; a inevitabilidade de sua aparição permanecia no inconsciente coletivo, alguma coisa que eles não mencionavam, como se apostar nisso pudesse evitar que ele chegasse. Então, quando saíram de casa numa manhã no final de janeiro e o viram ali, marrom e sujo, e bem-vindo como uma promessa, o coração das pessoas se aqueceu.

Meu avô, que de outra forma teria sido o primeiro na fila a ir ao tapete azul desbotado e ver as cabeças de urso de boca aberta, os olhos de vidro ou de pedra, ou totalmente vazios, olhou pela janela e percebeu, com medo, o que ia acontecer. Do outro lado da praça, a esposa do tigre provavelmente estava olhando para Dariša também, mas ela não sabia da gravidade da comoção que animava a vila. Ela não supunha, como meu avô deve ter suposto, que o padre, ao correr até Dariša com os braços abertos, não estava apenas dando um alô, mas também dizendo: “Deus o abençoe, você veio em segurança, você precisa nos livrar desse diabo em pijama incandescente”.

O tempo todo meu avô torceu por um milagre, mas esperava um desastre. Ele tinha nove anos, mas sabia, desde o encontro na casa de defumação, que ele, o tigre e a noiva do tigre foram pegos no lado de uma luta já perdida. Ele não entendia os oponentes; não queria entender. A ajuda inesperada de Mãe Vera havia sido um sinal de esperança, mas ele não sabia para que servia essa esperança. E, com o caçador vindo, meu avô percebeu imediatamente que as perspectivas estavam agora pesadamente contra o tigre. O Urso Dariša, que por tanto tempo havia representado algo admirável e intocável, se tornou um traidor, um assassino matador de tigre, um instrumento de morte empunhador de faca e montador de armadilhas que se dirigia a algo sagrado, e meu avô não tinha dúvidas de que, com o tempo, Dariša teria sucesso.

Diferente da maioria dos caçadores, Urso Dariša não vivia para o momento da morte, mas para o que vinha depois. Ocupava-se do que era conhecido para que pudesse fazer aquilo que lhe dava prazer: a preparação das peles. Para Dariša, isto era o esfolar, a raspagem, o cheiro dos óleos de cura, a habilidade de emoldurar a lembrança da caçada recriando a selvageria em sua própria casa. Eis a verdade sobre Dariša: o homem era, no fundo, um taxidermista.

Para entender isso, há que se voltar à infância, às coisas que ninguém na vila conhecia; voltar para um bairro ilustre da Cidade, uma casa de tijolos vermelhos numa via iluminada por lampiões que ia desembocar no parque podado do rei; para o pai de Dariša, um renomado engenheiro austríaco viúvo duas vezes, que passava a maior parte do tempo fora do país; para a irmã de Dariša, Magdalena, cuja doença permanente os impedia de ir com o pai quando ele partia, por anos, para supervisionar a construção de museus e palácios no Egito, e os mantinha confinados à companhia um do outro; e para a paisagem das cartas do pai.

Magdalena era epilética, portanto, restrita a pequenas distâncias e pequenos prazeres. Incapaz de frequentar a escola, fazia o máximo de progresso que podia com um tutor e tentava pintar, sozinha. Dariša, sete anos mais novo que ela, amava-a cegamente, adorava tudo o que ela adorava, e crescera com a ideia de que o bem-estar dela era sua obrigação, sua responsabilidade. Parado no corredor da casa, vendo um empregado carregar as valises do pai para a carruagem que esperava, Dariša agarrara-se às lapelas do casaco do engenheiro, e seu pai dizia: – Você é um garotinho muito pequeno, mas vou fazer de você um cavalheiro. Sabe como um garotinho se torna um cavalheiro?

– Como? – perguntava Dariša, mesmo já sabendo a resposta.

– Com uma tarefa – seu pai dizia. – Assumindo a responsabilidade por outros. Posso te dar uma tarefa?

– Sim, senhor.

– Me ajude a pensar. O que você acha que mais precisa ser feito enquanto eu estiver longe? Enquanto você for o único cavalheiro na casa?

– Preciso cuidar da Magdalena.

– E você vai cuidar dela para mim?

Nos meses que se seguiam, ele se ocupava em fazer o que podia por ela, estabelecendo ordem num nível restrito, mas feroz. Eles tinham uma empregada que preparava as refeições e limpava a casa, mas era Dariša quem carregava a bandeja do café da manhã para o quarto da irmã, ele que a ajudava a pegar as fitas do seu cabelo, quem trazia seus vestidos e meias e montava guarda fora da porta enquanto ela se vestia, para que pudesse ouvir se se sentisse tonta e chamasse por ele. Dariša amarrava os sapatos dela, levava suas cartas ao correio, carregava suas coisas, segurava sua mão quando andavam no parque, arrumava as cestas de frutas, o copo de vinho e os pedaços de queijo para que ela pudesse pintar naturezas-mortas, mantinha uma circulação infinita de livros e diários de viagem na cabeceira da irmã para que pudessem ler juntos na cama. De sua parte, Magdalena fazia as vontades dele. Ele a ajudava muito, e ela percebeu rapidamente que, ao cuidar da irmã, ele aprendia a cuidar de si mesmo. Seus esforços invariavelmente recebiam a primeira frase nas cartas de Magdalena: *Querido papai, você devia ver como Dariša cuida de mim.*

Ele tinha oito anos quando testemunhou um dos ataques dela. Entrou no seu quarto para contar um pesadelo. Encontrou-a enrolada nas cobertas, seu corpo tenso com espasmos, seu pescoço e ombros encharcados de suor e de alguma coisa branca e pegajosa. Olhando para ela, de repente sentiu-se perdido, oprimido pela chegada silenciosa de algo que entrara no quarto com ele quando abriu a porta. Ele a deixou lá. Sem vestir o casaco nem calçar os sapatos, ele deixou a casa e correu pela rua em seu camisolão, os pés nus pisando na calçada úmida até a casa do médico do outro lado da cidade. Por todo lado, ele sentia apenas ausência, ampla e pesada como um navio. Ausência de gente nas ruas, de seu pai, ausência da certeza de que Magdalena estaria viva quando ele chegasse em casa. Chorou só um pouco e, depois, na charrete do médico, não chorou mais.

– Não vamos contar isso ao papai, tudo bem? – Magdalena pediu dois dias depois, quando ele ainda se recusava a deixar a cabeceira da sua cama. – Você foi um cavalheiro tão corajoso. Meu bravo, bravo cavalheiro. Mas não vamos lhe contar, não vamos deixá-lo preocupado.

Depois disso, Dariša aprendeu a ter medo da noite. Não apenas porque achava a escuridão em si aterrorizante ou porque tinha medo de ser levado por algo sobrenatural e feio, mas porque percebeu de repente a extensão de sua própria incapacidade.

A morte, alada e silenciosa, já estava na casa com ele. Pairava nos espaços entre as pessoas e as coisas, entre sua cama e o lampião, entre seu quarto e o de Magdalena – sempre lá, vagando pelos quartos, especialmente quando sua mente estava em outro lugar e enquanto ele dormia. Decidiu que seus acordos com a Morte tinham de ser preventivos. Desenvolveu o hábito de dormir por duas horas, enquanto ainda havia luz lá fora, depois acordar e vagar pela casa, entrar no quarto de Magdalena, sua respiração esfumaçando, e ficar com as mãos na barriga dela como se ela fosse um bebê, esperando o movimento das suas costelas. Às vezes, ele se sentava ao lado da cama dela a noite toda, mas com mais frequência deixava a porta do seu quarto aberta e passava pelo resto da casa, quarto por quarto, à procura à Morte, tentando espantá-la de seu esconderijo. Olhava nos armários do corredor e nos gabinetes de louça, nos armários em que caixas de jornais velhos e diagramas eram guardados. Olhava no quarto do pai, sempre vazio, no guarda-roupa onde ele mantinha o uniforme militar, debaixo da cama, atrás da porta do banheiro. Ia e vinha pela casa, abrindo e fechando janelas com uma determinação inútil, esperando que, a qualquer momento, ao olhar no forno encontrasse a Morte espremida – um homem, apenas um homem, um homem paciente e alado com os olhos fixos de um ladrão. Dariša planejava dizer: "Eu te encontrei, agora cai fora". Não tinha plano de ação caso a Morte se recusasse.

Dariša estava fazendo isso havia meses quando o Palácio de Inverno de Emin Pasha abriu suas portas. Por anos, o destino da residência de inverno de Pasha tinha sido assunto de debate entre os oficiais da Cidade. Como uma relíquia da história otomana da Cidade, estava sem uso fazia tempo. Incapazes de encontrar uma utilidade para o palácio, e não querendo livrar a Cidade dele, os magistrados de Viena o chamaram de museu e o viraram do avesso naquele ano, para o prazer dos súditos reais que já eram patronos das artes, frequentadores de lugares como a Ópera Nacional, a Biblioteca Real e os Jardins do Rei.

Maravilha e Majestade, dizia uma placa vermelha e dourada em cada poste de luz no bairro de Dariša. *Um olhar resplandecente no Mundo Bárbaro.*

O andar superior do palácio era um clube de charuto para cavalheiros com salão de carteado, bar, biblioteca e museu equestre, ilustrado por cavalos da coudelaria de Pasha equipados, carregados de arreios dourados e selas metálicas do império, carruagens rangentes de rodas polidas, fileiras e fileiras de estandartes com imagens da lua crescente e das estrelas imperiais. No andar de baixo havia um pátio com jardim de jasmim e palmeiras, uma galeria acolchoada para leitura no exterior e um lago no qual, diziam, um sapo branco raro vivia num crânio sob as vitórias-régias, posto por algum assassino para ocultar a identidade da vítima decapitada. Havia corredores de retratos com tapeçarias nas paredes e lamparinas de metal, tapetes retratando banquetes e batalhas, uma pequena biblioteca anexa em que as jovens damas liam, e um salão de chá com a porcelana de Pasha, os livros de receita e as xícaras de café.

Magdalena aproveitou imediatamente a oportunidade para levar seu irmão para conhecer o palácio. Tinha dezesseis anos, consciente da gravidade de sua doença e cada vez mais torturada pelo fato de que nunca estivera em lugar nenhum, e de que era culpada pelo isolamento de Dariša (do qual ele não reclamava) e pela sua patrulha noturna infinita (da qual ele não desistia). Ela lera no jornal que no palácio se encontrava a chamada Sala de Espelhos de Pasha, e levou o irmão porque queria que conhecesse algo do mundo fora da rota de ambos, do parque e das quatro paredes da casa.

Para entrar na Sala de Espelhos de Pasha era preciso cruzar um jardim e descer uma pequena escada rumo a um piso parecido com a antessala de uma tumba. Um grande dragão estava entalhado no tímpano, e um cigano com um filhote de leão sentado numa caixinha ameaçava amaldiçoar quem não pagasse ao guia. Isso era feito principalmente para as crianças, porque tanto o cigano quanto o leãozinho trabalhavam para o museu. Colocava-se uma moeda no chapéu do cigano e ele dizia: "Tome cuidado consigo mesmo"; então empurrava o visitante para dentro e fechava a porta. Receoso da condição de Magdalena, o médico da família recomendara que ela não entrasse, e, assim, Dariša entrou sozinho.

A primeira parte do labirinto era inocente, uma sequência de espelhos de brincadeira que aumentavam, encolhiam e faziam a cabeça de quem olhasse parecer um zepelim, mas, passando por isso, tinha-se a noção de ficar de pé, de ponta-cabeça e de costas. O teto e o piso eram feitos de azulejos dourados e madeira entalhada, e os espelhos estavam colocados de tal forma que cada passo do visitante dava numa alcova de nove, dez, vinte mil dele mesmo. Dariša se aproximava lentamente, com os azulejos do chão mudando de forma, os ângulos dos espelhos inclinando-se para dentro e para fora da realidade enquanto suas mãos tocavam vidro e mais vidro; daí, finalmente, abria-se um espaço inesperado.

Vindo de cantos invisíveis, o visitante ocasionalmente encontrava um oásis pintado, ou um pavão imponente no que parecia ser uma grande distância, mas que na realidade estava em algum lugar próximo. E, então, surgia a marionete de um encantador de serpentes indiano, com sua serpente de madeira saindo de um cesto.

Ao passar pelo labirinto, Dariša sentiu que seu coração poderia parar a qualquer momento, que, mesmo vendo a si mesmo em todos os cantos conforme avançava, não sabia qual desses era real, e seu movimento ficava travado pela indecisão e pelo medo de se perder, de nunca encontrar o caminho para fora da neblina, e, apesar das melhores intenções de Magdalena, deparou-se com o mesmo vazio encontrado na escuridão de seu quarto em casa. A cada trecho, de poucos em poucos metros, seu rosto atingia o espelho e deixava uma mancha gordurosa no vidro. Ele estava chorando quando chegou ao oásis de Pasha, um átrio com cortina de seis ou sete pavões vivos ao redor de uma fonte verde, e, atrás dele, a porta para a sala de troféus.

Esta sala era um longo corredor estreito com papel de parede azul. Um tapete turco franjado se desenrolava no comprimento do cômodo inteiro, e a parede sul estava cravejada de crânios brilhantes de antílopes e carneiros selvagens, amplos chifres de búfalos e alces, caixas de besouros e borboletas presos com alfinete, poleiros entalhados dos quais os amplos olhos de falcões e corujas espiavam, dentes de elefante cruzados como sabres ao lado do chifre espiralado de um narval, e um cisne grande, de asas abertas silenciosas, flutuando na ponta de uma corda. Ao final do corredor figurava o corpo ereto de uma cabra hermafrodita, com fotografias de animais vivos preservando momentos de vida no zoológico de Pasha, para provar que sua existência havia sido real, e não fabricada após a morte.

A parede oposta era iluminada por lamparinas voltadas para cima em enormes gabinetes de vidro nos quais as coisas selvagens do mundo posavam num silêncio agitado. Um gabinete para cada canto da terra, para cada lugar em que Pasha ou seus filhos haviam caçado. Grama amarela e as coroas nos galhos espiralados de árvores pintadas no fundo de um gabinete, onde se via um leão e seu filhote, uma avestruz, um javali púrpura e uma pequena gazela encolhida num emaranhado de espinhos. Madeira escura com telas de cachoeiras, a boca de uma caverna, um urso rígido em pé, com as patas dobradas, olhos para cima e orelhas para a frente; atrás do urso, uma lebre branca de olhos vermelhos e um faisão em voo preso na parede. Um rio em tom pastel, cheio de cabeças de zebra bebendo, cudo, órix com chifres levantados, orelhas alertas para captar o silêncio. Um painel da noite: bambus torcidos, verdes como o verão, e um tigre cheio de fogo, de pé no bosque com o rosto para cima num rosnado, olhos fixos atrás do vidro.

Meninos são fascinados por animais, mas para Darіša o sonho histérico do labirinto dourado, junto ao santuário silencioso da sala de troféus, resumia-se numa ideia simples: ausência, solidão e, no final de tudo, a Morte, em milhares de formas naquela sala, com franqueza e clareza – a Morte tinha tamanho, cor e forma, textura e graça. Havia algo concreto naquilo. Naquela sala, a Morte tinha vindo e ido, varrido, deixando para trás um milagre da vida – era possível, ele percebeu, encontrar vida na Morte.

Darіša não entendia necessariamente o sentimento que se apoderara dele. Só sabia que por muito tempo tinha temido a ausência, e agora, aqui, havia presença. Mas percebia que tinha algo a ver com a preservação do espírito, com a manutenção de uma imagem que se podia amar, ou temer, ou respeitar. Depois disso ele passou a ir ao Salão de Espelhos com frequência, sozinho, entrava na sala de troféus, admirava os focinhos de cera e as posturas fixas, a posição de tendões e músculos e as veias no rosto de veados e carneiros.

Começou como aprendiz do sr. Bogdan Dankov, da Dankov e Slokić, muito antes de Magdalena morrer. Teve um encontro por acaso com ele no palácio, quando o velho mestre veio reparar os pelos de uma raposa. O sr. Bogdan montava as cabeças mais respeitadas na cidade e, aos olhos de Dariša, nos seus doze anos, era um artista do maior calibre. Seus clientes eram duques e generais, gente que vivia e caçava nos lugares descritos pelo pai de Dariša em suas cartas. E cada vez mais ele frequentava a oficina de Bogdan no lado sul da cidade, esperando as entregas do dia, os servos de grandes homens que traziam peles e crânios, chifres e cabeças. Claro, nem tudo era prazeroso; as peles que chegavam com cheiro de alguma coisa frouxa e engraçada, a forma como a pele morta ficava na cabeça caída. Mas a espera valia a pena pelo prêmio de ver o sr. Bogdan desenhar os esboços para o manequim e, conforme as semanas passavam, erguer a moldura de madeira, esculpir o gesso e a cera, talhar os músculos e linhas nos quais os tecidos se segurariam embaixo da pele, escolher os olhos, estender a pele e costurá-la no corpo até que ficasse recheada novamente, nos joelhos, orelhas, rabo, em tudo. Daí vinha a fase da pintura dos cantos, do brilho do focinho, do polimento dos chifres.

Para praticar, Dariša montou uma pequena oficina no celeiro do pai. Era uma solução permanente e inexpugnável para o seu problema de falta de habilidade para dormir, do qual nunca foi curado. Ainda era o vigia da casa e lia até que Magdalena e a empregada dormissem. Então, descia para a oficina, tirava da caixa as peles, pegava o gelo e começava o processo de restaurar a cabeça. Ele devia refletir de alguma forma que, se a Morte já estivesse na casa, seria atraída por aquela atividade, interessada na mágica do reverso, intrigada, talvez, em como a pele deformada se erguia sobre novos ombros, flancos e pescoço. Se mantivesse a morte lá, fascinada e preocupada, pensando naquilo enquanto dividia o celeiro com ele, ela não vagaria pela casa. Ele praticava primeiro em pequenos animais que tirava do lixo, em gatos que haviam encontrado seu fim sob rodas de charrete, depois em esquilos, que prendia numa armadilha improvisada de isca e caixa no fundo do jardim. Quando o alcião de Magdalena morreu, ele mostrou a ave montada para o sr. Bogdan, e conquistou o direito de levar pequenas tarefas para casa: raposa, texugo, marta. Qualquer que fosse a satisfação que tivesse com o produto final, ele não a admitia nem para si mesmo nem para o quarto silencioso e vazio.

Continuou assim por anos, mesmo depois do ataque que matou Magdalena, acontecido previsivelmente numa tarde ensolarada de março, no parque, quando ele largou a mão da irmã para amarrar os cadarços e ela se afastou, caiu e bateu a cabeça; depois de um longo tempo no hospital, partiu sem acordar e sem nunca mais lhe dizer uma palavra. Outras coisas caíram em sequência ao seu redor – o reino, primeiro, cujas guerras que o uniram levaram seu pai à falência. E este se enforcou numa das várias pontes que cruzavam o Nilo, bem longe, no Egito. Sozinho, sem dinheiro, sem serviço, Dariša se mudou para o porão do sr. Bogdan e continuou o aprendizado nos negócios da Morte. *Pelo menos*, dizia a si mesmo, *isso é algo que sei fazer*; e ia ao Salão dos Espelhos cada vez mais para aprimorar sua técnica, até que finalmente teve permissão para trabalhar num dos maiores porcos selvagens de Pasha, depois montado no escritório do Marechal sem que Dariša ficasse sabendo. Ele tinha planos, na época, de abrir seu próprio negócio ou assumir o do sr. Bogdan quando o mestre se aposentasse. Mas então vieram a Grande Guerra e anos de pobreza, e qualquer negócio que sonhasse abrir antes de completado acabava indo para os cofres e bolsos dos ricos, que fugiram, morreram, faliram, assumiram outras identidades, adotaram outros reinos.

Aos vinte anos, tendo enterrado o sr. Bogdan e distribuído fielmente quase todo o dinheiro do velho aos seus filhos legítimos e ilegítimos para que pudesse ficar com o porão para si, Dariša estava buscando trabalho. Viu-se fazendo entregas para o dono de uma taverna que detestava, um cigano tuberculoso de rosto amarelado chamado Karan, que insistia em pagá-lo em moeda antiga. A taverna era uma cabana de um cômodo, por isso nunca havia espaço ali, e os clientes se espalhavam pela praça, onde Karan montava espaço com caixas e caixotes, latões virados e barris quebrados, qualquer coisa encontrada e não usada que pudesse servir como tampo de mesa.

Contribuindo com a popularidade da taverna – particularmente aos olhos das crianças – havia Lola, a ursa dançarina de Karan e paixão de sua vida. Era um bicho velho, de focinho caído e olhos tímidos, que havia passado infinitos anos viajando pelo mundo com seu mestre, apresentando-se em esquinas e circos, em produções teatrais e palácios de gala; e uma vez, como evidenciado pela única fotografia emoldurada de Karan orgulhosamente à mostra sobre a grelha, para o arquiduque já falecido. Ela era tão velha que não precisava mais ser amarrada, e se satisfazia em passar os últimos anos na sombra de um carvalho perto da taverna; deixava as crianças da vizinhança subirem nela e espiarem o interior de suas narinas. Na rara ocasião em que se levantou para dançar, ela cambaleou com uma graça que ainda mostrava sinais da antiga glória.

Dariša nunca vira um urso vivo antes e, quando não estava limpando pratos ou cortando a entrega matutina de carne, ficava lá fora com Lola. A velhice havia desgastado a visão e o faro dela e com frequência tudo o que podia fazer era se levantar e se mover de uma área de sombra para outra; mas a gama de expressões ainda denunciava o animal selvagem nela. Havia, é claro, a inclinação lateral quase canina de seus olhos quando queria algo que não deveria ter (um bom corte de carne, por exemplo, ou um gole de *rakija*, que ocasionalmente podia beber), ou a forma como seu focinho se mexia em contentamento ao som da voz de Karan; mas havia também o repuxo repentino de seus músculos faciais quando conseguia ouvir um cão ao longe, e o olhar sombrio, tenso, que lhe vinha na hora de comer.

Quando Lola finalmente morreu naquele inverno, Karan estava ao seu lado, pesaroso. Ele fechou a taverna e a manteve enrolada num enorme cobertor na sala de jantar por quatro dias antes de deixar que Dariša a levasse. No porão do sr. Bogdan, Dariša trabalhava lentamente, um pouco por dia, suas mãos tentando lembrar dos movimentos da faca e da agulha o mais suavemente possível, enquanto a mente se fixava em Lola e no labirinto dourado. Quando ele a trouxe de volta para Karan, quase um mês depois, o cigano perdeu a fala. Dariša a posicionara em pé, seu corpo meio virado e as orelhas alerta, de algum modo entre a dança e uma posição para enxergar a presa; suas patas estavam abertas, o pelo penteado e limpo, os olhos grandes e fixos em alguma coisa ao longe. Dariša encontrara o equilíbrio entre a natureza dócil e a dignidade feroz que, há muito, ela perdera. Karan imediatamente lhe deu um aumento, colocou Lola no morro embaixo de sua árvore e deixou a focinheira prateada com a qual dançava sob uma enorme pata traseira.

Lola ficou assim, fora da taverna, durante meses, e, quando a primavera trouxe caçadores das montanhas depois da estação de caça, eles se maravilharam com a autenticidade dela e quiseram conhecer o homem que fizera tamanha justiça ao animal. Os caçadores eram homens feios em todos os sentidos, de rosto duro, mas ficavam menos feios conforme bebiam. Beberam muito naquela noite, pagando rodadas e mais rodadas para Dariša. Não havia mais dinheiro para ganhar em taxidermia na cidade, lhe disseram; mas havia florestas no mundo todo, que pertenciam a reis e condes, e até as que não pertenciam a ninguém, e elas estavam cheias de ursos, lobos e linces, cujos esconderijos agora valiam muito para os homens da cidade que tentavam se distinguir nos círculos sociais aos quais não tinham direito de nascença. Os caçadores disseram a Dariša que neste mundo a aristocracia se entregara a buscas frívolas, e um homem não podia mais confiar nela para arrumar trabalho. Em vez disso, ele precisava encontrar por si mesmo as feras, caçá-las em seu próprio tempo e com sua própria habilidade. Se um rico idiota por acaso fosse junto, era uma bênção a mais; mas ficava cada vez mais difícil encontrar ricos idiotas, não eram confiáveis nem quando expressavam interesse, e não se podia passar a vida esperando por eles.

Dariša esfregou o chão pelo resto da primavera e do verão, mas, quando o outono veio, seguiu os caçadores rumo às montanhas. Convencera-se de que a caçada era apenas uma nova avenida no negócio da morte, e de um jeito ou de outro acomodaria um retorno à sua independência e ao trabalho que amava. Ele mesmo traria para casa as peles que reviveriam a oficina do sr. Bogdan; mataria os ursos cuja pele os médicos e políticos iam comprar nas barracas do mercado, ursos cuja morte não vista embelezaria as histórias de generais ao lado da lareira.

Naquele primeiro ano, seguindo um caçador depois do outro, Dariša se tornou um deles. Dizia-se que ele entrara na caçada como se tivesse nascido para isso; mas talvez fosse a possibilidade de ter um propósito novamente que alimentava sua vontade de adotar a nova vida com tamanha ferocidade, energia e dedicação. Ele aprendeu a montar acampamento e a consertar armas; construir esconderijo e sentar-se sem se mover por horas; seguir a trilha da presa no escuro e na chuva. Aprendeu de cor o movimento de grupos de cervos pelas montanhas, que antecipava os ursos que vinham pegar os desgarrados.

Aprendeu a caçar no final do outono, quando os ursos, lentos e gordos, eram mais ferozes nos últimos meses de busca por alimento antes da hibernação. Absorvia vorazmente o que os outros caçadores lhe podiam ensinar; o que não podiam, descobriu sozinho.

Caçou com armadilhas e armas, com laços e carne envenenada, acostumou-se com a forma barulhenta e fedida como os ursos morriam e como sua pele saía do corpo se fosse cortada da maneira certa, pesada, cheia de sangue, mas aconchegante como um roupão. Aprendeu a amar a solidão, imperturbada, exceto por um encontro ocasional com outro caçador, ou a hospitalidade inesperada de alguma fazenda esquecida por Deus, nas quais os homens sempre pareciam ter partido, e as mulheres, felizes por vê-lo. Aprendeu que sete meses de caça podiam gerar o prazer de três meses de trabalho no porão do sr. Bogdan, afastado do mundo, reconstruindo as peles que trazia.

Aprendeu também a tolerar e a entender a necessidade de levar ricos idiotas à caça, uma fila de jovens tentando se prender aos direitos de nascença da nobreza vinda de pais e avôs. No seu terceiro ano de caçada, esses jovens o seguiam pelo mato, tão confiantes quanto as corças, em alardes loucos, altos e completamente imprevisíveis. Eram o tipo de homens que vinham despreparados e com suprimentos demais, cujos dentes batiam e os braços morriam no momento crucial. Com frequência, um deles inexplicavelmente aproveitava a ocasião e dava o golpe estrondoso no momento certo e num ângulo preciso; esses garotos raros, poucos e espaçados nunca podiam se recuperar do choque da primeira matança, e seus rostos, em fotos da caçada e por semanas seguintes, registravam sorrisos de estupefação e alguma coisa mais.

Porém, mais e mais, com o tempo ficando difícil, Dariša encontrava-se caçando ursos específicos, problemáticos. Histórias de suas proezas se haviam espalhado, e os mensageiros varriam os bosques para encontrá-lo e dar-lhes mensagens do tipo: um urso negro dera cabo do filho de alguém em Zlatica; um urso-diabo não avistado estava indo para uma fazenda em Drveno e matando cavalos no campo; uma porca vermelha do tamanho de uma casa perdera os filhos para um urso macho em Jesenica e diligentemente guardava o campo de milho em que eles haviam morrido, atacando os fazendeiros durante a colheita; um porco selvagem cinza fizera um ninho para si mesmo num celeiro em Preliv e estava hibernando lá.

Um por um, ele encontrou todos; e, quando a matança acabou, levou as peles para a próxima vila. Os aldeões lhe deram as boas-vindas e o acolheram oferecendo-lhe comida e roupa, compraram as peles que ele não guardou para si mesmo; quando chegou a hora de ajudá-los também, eles se alinharam em respeito pela ruas da vila e o viram deixá-la para a floresta além. Se Dariša tomava ou não a precaução de enterrar suas armas em algum lugar da floresta, é irrelevante. Basta dizer que ele formava uma figura impressionante, com seu quase um metro e noventa, desaparecendo na floresta sem armas, com uma grande pele de urso sobre os ombros.

Dariša, o Urso. Atrás dele, o conhecimento do labirinto dourado, e, em algum lugar à frente, um avanço nessa direção. No meio-tempo, nada além de ursos.

E agora um tigre.

Fala-se, claro, que Dariša intercedeu a favor de Galina assim que ouviu falar nos infortúnios da vila; a verdade, entretanto, é que tinha pouco interesse em caçar um tigre no alto inverno. Ele já estava com quase cinquenta anos naquela época, relutante em se meter com algo não familiar, e, além disso, sabia que a guerra se aproximava, sentia isso nas histórias que ouvia pela estrada. Não estava propenso a ficar naquela parte das montanhas com as tropas se movendo rapidamente pelos morros, prontas para avançar ao primeiro sinal de primavera. E, apesar de sua recusa ao padre ser firme, foi o farmacêutico quem finalmente o convenceu a ficar, apelando para sua compaixão, não pela honradez ou desespero, nem mesmo pela novidade da caça.

Era bem sabido que Dariša, em sua estada na vila, ficou satisfeito em sentar-se na praça, afiando suas facas e dando espiadas nas mulheres sem fôlego que fofocavam; ou paquerando-as no Mercado, onde se punham de braços cruzados atrás de sua barraca, com olhos alertas e fixos. O afeto de Dariša pelas mulheres estendia-se a uma intolerância pelas coisas que as feriam ou humilhavam, como homens barulhentos, comportamento grosseiro, avanços não desejados. Se isso vinha ou não de seus dias de responsabilidade por Magdalena não sei dizer, mas ele era notório onde quer que fosse por deslocar o ombro de bêbados agressivos ou puxar a orelha dos garotos da vizinhança que assobiavam para jovens mulheres vindas do pasto.

Então, no nascer do dia, o farmacêutico o levou para o começo da floresta com a desculpa de lhe mostrar os rastros de tigre. “Pelo menos venha ver o que temos em nossas mãos”, ele disse, “e me diga o que acha disso.”

Os dois se ajoelharam sobre as marcas de pata da noite anterior, e Dariša ficou espantado com o tamanho delas, a força e certeza do rastro que serpenteava montanha acima entre as árvores. Dariša inspecionou o mato procurando urina e traços do pelo do tigre presos nos gravetos baixos e, quando voltou com o farmacêutico, ambos seguiram o rastro do tigre de volta para a vila, no pasto e sobre a cerca. Isso os levou, é claro, à casa do açougueiro, e a noiva do tigre saiu à porta ao vê-los passar. Sua gravidez já era evidente, mas algo – a gravidez em si, ou a ausência de Luka, ou algo totalmente diferente – a fazia parecer em estado de graça.

Dariša tirou o chapéu quando a viu, e o manteve dobrado nas mãos enquanto a noiva do tigre o estudava com olhos fixos. O farmacêutico pegou o braço de Dariša e disse: – O tigre parece gostar dela, o que me preocupa. Ela mora sozinha. – Não a chamou de "a noiva do tigre" nem mencionou que ela mesma parecia gostar muito do tigre.

– Não é a mulher do açougueiro? – Dariša quis saber.

– Viúva – disse o farmacêutico. – Viúva recentemente.

Nada na história indica que Dariša tenha tido outra reação com a garota; mas, por ter concordado, no final daquela tarde, em ficar por lá e ver o que poderia ser feito em relação ao tigre, as pessoas dizem que ele se apaixonou por ela. Ele estava meio apaixonado por ela quando andou pelos bosques aos pés da montanha lendo sinais do tigre na neve, e um pouco apaixonado quando abriu as garras de uma armadilha para ursos perto da cerca pela qual o tigre tinha vindo. Estava e assim também na manhã seguinte, quando foi verificar as armadilhas e as encontrou vazias, fechadas e sem nada, desarmadas com o ar; e assim também quando anunciou para a vila toda que só poderia trabalhar com a cooperação de todos, e que nenhuma das crianças deveria chegar perto das armadilhas novamente, porque dessa vez poderiam não ter tanta sorte e perder um braço ou uma perna nas garras de ferro. E a fofoca ecoava pela vila. O que era essa nova feitiçaria? Como as armadilhas poderiam ter fechado sozinhas sem nada para fechá-las? Ninguém ousava contar a Dariša o que eles pensavam: *ela* fizera aquilo, a noiva do tigre. O medo deles, no entender de todos, parecia menor com Dariša lá, e tinham vergonha de revelá-lo; então, a mágica da garota devia ficar relativa ao pasto, à vila, provavelmente à montanha toda; nada poderia desfazê-la.

Depois, naquela tarde, Mãe Vera puxou a orelha do meu avô e exigiu: – Você fez isso, garoto? Você foi às armadilhas na noite passada?

– Não fui eu – ele disse, ressabiado.

E não tinha sido mesmo. Mas ele tinha explicado os esforços de Dariša para a noiva do tigre nas cinzas da lareira, e passado uma noite sem dormir, rezando para que o tigre não caísse na armadilha, indo à janela espiar as ruas vazias à luz da lua. A insistência de Mãe Vera para que ficasse fora disso não o impedia de tirar vantagem da tolerância de Dariša com as crianças, seguindo o Urso quando ele ia trabalhar; não impedia meu avô de se sentar inocentemente num toco próximo de uma árvore enquanto Dariša preparava carcaças de iscas, fazendo mil perguntas sobre a caçada, nem de seguir Dariša no pasto; e, conforme os dias passavam, ao canto dos bosques, à margem mais baixa da floresta, e, tampouco, de se intrigar com a visão de armadilhas vazias.

Quando os rastros desapareceram totalmente do pasto, o farmacêutico soube que a noiva do tigre era, de certa forma, responsável pela falta de sucesso de Dariša. Com isso em mente, esforçou-se ao máximo para afastar o Urso, para impedi-lo de revelar muitos de seus planos para meu avô.

– Claro, ele não quer que você o mate – disse o farmacêutico para o Urso uma noite.

– Vou deixá-lo ficar com um dos dentes quando eu terminar – Dariša respondeu sorrindo. – Isso sempre ajuda.

O tigre, ao que parecia, tinha desaparecido da vila. Isso forçou Dariša a caçar mais fundo no bosque, e depois vieram coisas difíceis de explicar. Seus laços, disseram, estavam sempre cheios de corvos – corvos já mortos, com as asas duras e fechadas – e iscas intocadas. As armadilhas de Dariša ficavam bem espalhadas e bem escondidas, e ele as encontrava todas, noite após noite, cheias de pássaros mortos. De que modo ela podia, pequena como era, carregando o peso a mais da sua barriga, fazer aquela jornada noturna, cobrindo os próprios rastros, e os do tigre? Como ela podia enterrar cada carcaça envenenada que Dariša armava – não apenas coelhos ou esquilos, mas cervos, cabras, porcos – para que ele não as encontrasse de manhã? Quando Dariša, cada vez mais frustrado, montou uma armadilha funda num córrego congelado, como ela pôde quebrar a armadilha e deixar, no lugar dos galhos e cordas, um cobertor velho jogado sobre a ponta de uma lança? Como podia fazer tudo aquilo e voltar à vila sem ferimentos, sem arranhões, com os olhos cheios de inocência, vendo os aldeões que fingiam não saber que era ela?

Não posso explicar nada disso.

Mas a filha do padeiro achou que podia. Incapaz de se controlar, ela parou Dariša uma noite na rua e lhe segurou os braços enquanto contava tudo sobre o ferreiro, sobre Luka e o bebê.

– As pessoas viram – ela disse, com os olhos cheios de lágrimas. – O tigre é o marido dela. Ele vem para a casa toda noite e tira sua pele. Aquele farmacêutico, ele sabe, mas não vai te contar. Ele não é daqui.

Não sei dizer se Dariša acreditou nisso; mas era um homem prático e estava ciente da sua tendência para rapinar, por meio da reputação que tinha, as superstições das pessoas de Galina. Não o surpreendeu descobrir que os aldeões tinham criado uma teoria própria. Mas percebeu, então, que o farmacêutico tirara vantagem disso; que o levara a proteger a garota acima dos outros, sem apresentar a possibilidade de que ela não queria a sua proteção. Ele desconfiara de uma sabotagem deliberada por algum tempo, e fora tolo ao ignorar os sinais. Naquela noite, Dariša teve um ataque de fúria. – Você mentiu para mim – gritou. – Há muito mais nisso do que você me levou a acreditar.

– Por que eu contaria histórias da vila para você? – respondeu o farmacêutico, mantendo-se firme entre Dariša e o íbis na jaula. – O que elas são além de superstições? Como ouvir essa bobagem poderia lhe ter servido de ajuda?

Mesmo assim, naquela noite Dariša sentou-se à janela da loja e o farmacêutico, por bem ou por mal, foi forçado a lhe fazer companhia. Eles ficaram em silêncio por horas, vendo a rua da vila e o quadrado distante de luz na janela da casa do açougueiro. Mas, não obstante todos os seus anos de caçador, as incontáveis vigílias que aprendera a suportar, Dariša se viu caindo em sonhos que não faziam sentido, nos quais ficava na frente da casa da noiva do tigre, com seus ombros largos, sua pele vermelha brilhando à luz da lua, o tigre cruzando a rua, tendo a noite atrás a arrastar-se como a barra de uma saia. A porta da casa do açougueiro se abria, e então, pela janela, Dariša via o tigre se levantar e abraçar a garota, e os dois se sentavam juntos à mesa para comer – e sempre comiam cabeças, de boi, carneiro e cervo, depois comiam a da cabra hermafrodita da sala dos troféus de Pasha.

Os aldeões não se surpreenderam ao ver Dariša preparando-se para partir na manhã seguinte e ficaram na neve, silenciosos e pálidos, enquanto ele enrolava seu tapete e guardava o resto das peles em sua carroça sem olhar para eles. Não estavam surpresos, mas, sim, zangados; ele lhes tinha sido a linha de defesa mais certeira, a arma mais confiável que puderam encontrar contra o tigre, e a mágica da garota se mostrara poderosa demais até para ele. Estavam sozinhos agora diante do tigre e da sua noiva, sozinhos novamente.

O tigre tinha estado por dias no mato acima do mosteiro arruinado, buscando o menor rumor do homem que montava armadilhas aos pés da montanha; para ele, era evidente agora o som e o cheiro delas. Não chegava perto para ver o que faziam. Ela o levara lá, andara com ele pacientemente, a mão por entre seus ombros, trazendo-lhe a carne escondida em algum lugar do seu casaco. Ele se enfraquecera sem o calor da vila e o cheiro da casa de defumação no seu cabelo, embora às vezes encontrasse traços disso no ar, quase sempre à noite. Uma vez ou outra tinha ido com ela, e a seguira na escuridão das árvores, mas ela sempre o levava de volta. Então, ele ficava nas ruínas de Sveti Danilo enquanto a neve caía do telhado despencando no altar, e ali observava os pássaros aninhados no arco dourado do enfeite.

O tigre não temia o caçador porque não sabia como ou por que devia temer. Só sabia que o cheiro que emanava do caçador era diferente, um cheiro confuso, de terra e podridão, de posses sobre as quais a morte se havia esfregado repetidamente, e não achava aquilo convidativo. E também assim não era quando ele via o homem na clareira da montanha, ou quando o encontrava em seu velho lugar de esconderijo, ou pelos caminhos em que andara no dia anterior. Não foi o cheiro do caçador, mas o de um texugo, instável e quente como o sono de inverno, que ele seguiu de Sveti Danilo no dia em que encontrou o carro de boi escondido num pinheiral.

O tigre foi por trás para o carro, no sentido do vento, e a forma surpreendente, o tamanho do carro o fez abaixar-se. Agachado ali atrás ele via, além dos arreios que as rodas tinham afundado na neve, os bois em seu lugar meio cegos por suas crinas, encostados um no outro para se aquecer, com o hálito saindo em fumaça. O cheiro do caçador estava por todo canto.

O tigre ficou nos arbustos atrás da charrete por um longo tempo, esperando algo fora do alcance da sua compreensão. Então, o vento mudou, os bois sentiram seu cheiro e começaram a se mexer, nervosos, os arreios balançando, as correntes que os prendiam à charrete fazendo um som metálico. Aquilo o impulsionou um pouco, só um pouco, e ele viu seus instintos virem à tona; estava de pé e correndo, uma torrente de sangue já em seu peito quando ele passou pela carroça e saltou sobre a traseira do boi da direita. Pegou-o por um momento – garras que cortavam as ancas e dentes fincados na base grossa da cauda –, mas havia os arreios, a carroça e o outro boi, e uma coisa na confusão o atingiu nas costelas. Ele soltou a presa e caiu, ficou para trás, vendo a carroça disparar e serpentear pelo caminho até parar depois da clareira.

O caçador não estava à vista.

Meu avô deveria ter se sentido aliviado com a partida de Dariša. Mas acordou naquela noite, depois de horas de semissonhos, com uma histeria a correr-lhe pelas veias na escuridão. Sentando-se na cama, não conseguia se livrar da sensação de que ocorrera uma mudança, alguma coisa agora parecia rastejar entre ele mesmo, o tigre e a noiva do tigre. Isso até que as distâncias entre eles, que estavam lenta e perigosamente diminuindo, voltassem a ficar insuperáveis. A ideia de caminhar sozinho para casa o exauria.

O céu estava sem nuvens e a lua fazia sombras no chão ao lado da sua cama. A lareira já se apagara, com brasas dando os últimos respiros. Ele se levantou, calçou as botas e vestiu o casaco, e assim, de camisola, com a cabeça descoberta, foi para fora e correu pela cidade, com o vento mordendo seu rosto e seus dedos.

Não havia luz na vila. Por todo lado o pasto brilhava com a neve recente. Em algum canto atrás de si, um cachorro latiu, e outro aceitou o chamado, suas vozes falavam uma com a outra na escuridão. O peso da nevasca da tarde varrera o telhado inclinado, empilhando-se sobre as cercas grossas das escadas e na varanda, deixando sulcos brancos para trás, grossos e irregulares. Meu avô ficou embaixo dos degraus da varanda e olhou para a torre preta do sótão e suas janelas pretas. A casa lhe parecia estranha, pouco familiar, e ele não conseguia resgatar a lembrança de estar lá dentro com a noiva do tigre. Ele podia ver que algo tinha cruzado a escada e a varanda, deixando rastros brancos. Tentou dizer a si mesmo que talvez o tigre tivesse feito isso ao voltar para casa; mas as pegadas eram pequenas, as trilhas curtas demais e com dois pés, e levavam para longe da porta. Pensou em subir, entrar, esperar por ela ao lado da lareira. Mas a casa estava vazia, e ele ficaria sozinho.

Meu avô correu para o fim do pasto e para debaixo da cerca, seguindo a trilha que ficava mais profunda com a neve adensando no campo. No inverno todo ele não tinha ido tão longe, com a neve grunhindo sob suas botas; correu cego para a frente, o hálito formando nuvens brancas ao seu redor. Seus olhos lacrimejavam com o frio. Adiante, o solo afundava num riacho, e ele ficou preso por breve tempo nas pedras geladas; e começou a seguir uma subida íngreme do mato no canto da floresta.

Os rastros estavam cheios de hesitação ali, e mostravam buracos irregulares, incertos, em lugares onde o cabelo e o casaco dela se tinham enroscado forçando-a a girar para se livrar, ou onde as árvores ameaçavam seus olhos. Meu avô se mantinha com a cabeça abaixada e buscava os ramos de arbustos, levantando-se, exausto, mas forçando-se a seguir em frente. Neve, acumulada em quantidade no silêncio dos pinheiros, caía sobre ele enquanto seguia. Suas mãos estavam queimadas, ele engasgava no próprio medo, na sua falta de habilidade para se mover mais rápido, na urgência da sua descrença. Talvez a casa fosse ficar escura para sempre. Talvez ela tivesse ido embora finalmente. Ele caiu, uma vez, duas, e toda vez que caía na neve parecia mais fundo, e, quando se levantava, suas narinas estavam entupidas e era preciso esfregar a ardência dos olhos.

Ele não sabia quanto mais adiante tinha de ir. Talvez a noiva do tigre tivesse partido há horas. Talvez já tivesse encontrado o tigre em outro lugar bem em frente no bosque e os dois tivessem ido em frente, no inverno, deixando-o para trás. E se as histórias não fossem falsas e ridículas como ele pensara anteriormente? Se, pela mesma mágica que o tornava um homem, o tigre também a tivesse transformado? E se meu avô encontrasse os dois e ela não se lembrasse dele? Conforme seguia, seu coração estremecia amargamente pulsando nas costelas, e ele continuava na tentativa de ouvir um som, o som do tigre, o som de qualquer coisa, menos de seus pés e seus pulmões. Ele estava subindo, subindo, subindo, para onde as raízes de árvores faziam uma curva sobre o que parecia ser o cume do morro.

Enfim, lá estava ela, numa clareira, e ele os viu, as árvores inclinando-se brevemente, num berço na lateral da montanha; a noiva do tigre, ainda ela mesma, ainda humana, com os ombros cobertos pelos cabelos, estava ajoelhada com os braços cheios de carne. O tigre não estava à vista, mas havia alguém mais na clareira, a cinco ou seis metros dela, e o alívio de meu avô por encontrar a menina foi tomado pela realização dessa figura inesperada, que mudava diante de seus olhos de homem para uma sombra, e homem novamente. Era o Urso Dariša, enorme, em pé, que avançava pela neve com uma arma nos braços.

Meu avô queria gritar para avisar, mas cambaleou, sem ar, seus braços levantados para tirá-lo da neve. A noiva do tigre não ouviu nada. Estava ajoelhada em silêncio na clareira, cavando. Então, Urso Dariša estava sobre ela. Meu avô o viu pegar a noiva do tigre e puxá-la para cima, já se debatendo como um animal enlaçado; Dariša a pegara pelo ombro, e seu corpo arqueava para a frente, afastado dele, seu braço livre sobre a cabeça para enfiar-lhe as unhas no rosto, no cabelo, e o tempo todo ela fazia um som áspero, rouco, como uma tosse. Meu avô ouvia os dentes dela batendo com força.

Ela estava enorme e desajeitada, e Dariša cambaleou para a frente e a empurrou na neve; ela caiu e desapareceu. Meu avô pôde ver na escuridão, mas ainda estava correndo. Então, Dariša ficou de joelhos, e meu avô esticou as mãos, gritou – um longo, infinito uivo de medo, ódio e desespero –, e se jogou nos ombros dele, mordendo sua orelha.

Dariša não reagiu rápido, provavelmente porque por um momento tenha pensado que era o tigre sobre ele. Então, deve ter percebido que algo pequeno e humano mordia sua orelha, e tentou pegá-lo; meu avô se segurou com mais força, até que Dariša finalmente lhe agarrou o casaco e o tirou com um braço, jogando-o no chão. Meu avô ficou caído, espantado. Sobre ele, as árvores estavam altas, afiadas e perdidas na escuridão, e os sons ao redor de sua cabeça desapareciam na neve. Então, o rosto furioso do Urso Dariša, seu pescoço escuro de sangue e seu peso desabaram no peito do meu avô – podia ser o joelho ou o cotovelo de Dariša – e, antes que ele soubesse o que acontecia, sua mão se fechou em algo frio e duro e contraiu-se na neve; ergueu aquilo direto e bateu-o no nariz de Dariša. Houve um estalo, e uma explosão repentina de sangue, depois Dariša caiu à frente sobre meu avô e ficou quieto.

Meu avô não se levantou. Ficou deitado ali, com os pelos ásperos do casaco de Dariša na boca, e escutou o som torpe da batida do coração, incerto se era do seu ou de Dariša. Então, as mãos marrons de sangue da esposa do tigre rolaram o homem caído e ela puxou meu avô para que se pusesse de pé. Estava pálida, com a pele sob os olhos repuxada e cinza de medo, e virava o rosto para todos os lados, inutilmente apertando-o mais fundo no casaco.

Meu avô correu novamente. A noiva do tigre corria ao seu lado, agarrando-lhe as mãos como se fosse cair. Respirava fundo e rápido, com pequenos sons saindo de sua garganta. Meu avô esperava que ela chamasse o tigre de alguma forma, mas não sabia como o faria, nem se devia segurar sua mão ou ser segurado. Estava certo de que poderia correr mais rápido, mas a noiva do tigre tinha o outro braço sobre a barriga; manteve o passo com ela, junto ao seu corpo bem agasalhado e aos seus pés nus, segurando-lhe os dedos com força.

10

A ENCRUZILHADA

– Não – disse Duré para frade Antun –, não, não quero ela, me arrume outra pessoa.

Mas a multidão ao longo da cerca diminuíra, o acampamento se levantado, restaurantes no calçadão reabriam, e a criança que tinha ido como voluntária não voltara. Duré quis esperar mais, mas a noite caía e, depois de alguns minutos sem melhor possibilidade, foi forçado a consultar seu papel verde para saber das regras que explicitamente me proibiriam de levar o coração de trapo à encruzilhada.

– Pelo amor de Deus – ele disse finalmente, com o rosto contraído. – Você tem ao menos um santo padroeiro na família?

– Onde está escrito isso? – perguntei, tentando ver o papel.

– Não importa – disse Duré. – Quem é o seu santo padroeiro?

– Lázaro – respondi, incerta, tentando visualizar o ícone pendurado na alça da caixa de costura da minha avó. Mas pareceu suficiente para Duré, e ele cedeu.

– Amanhã – ele disse. – Eu mando os meninos.

– Mande todos nesta noite – Zóra interveio. – E a garotinha também.

Mesmo antes de receber o jarro, eu já admitira para mim mesma que meu desejo de enterrar o coração em nome da sua família não tinha nada a ver com boa-fé ou com boa medicina, ou com qualquer tipo de generosidade espiritual. Tinha, sim, com o *mora*, aquele homem que saía da escuridão para escavar jarros e que provavelmente era apenas alguém da vila pregando uma peça, mas que estava mesmo assim reunindo almas numa encruzilhada a sessenta quilômetros de onde meu avô tinha morrido, a um passeio de balsa da ilha da Virgem das Águas, a três horas de Sarobor, e não havia jeito de contornar essas coisas, não depois que pensei nelas a tarde toda, não com os pertences do meu avô na minha mochila. Eu estava preparada, é claro, para um trote, para uma conversa desconfortável, um encontro no qual flagraria três adolescentes escavando o jarro para roubar moedas do buraco, colocando cigarros nas cinzas amadas do coração. Era também possível – mais do que possível, na verdade, provável; realmente, a possibilidade mais provável – que ninguém aparecesse e que eu tivesse de esperar na encruzilhada a noite toda, observando o vento vir pelo terreno verde do vinhedo vizinho. Ou que, na minha exaustão, cairia no sono ou começaria a alucinar. Ou seria o homem sem morte, alto e usando seu casaco, vindo pelos campos de grama alta sobre a cidade, sorrindo, sempre sorrindo. Daí se sentaria, sem respirar, em algum arbusto ou sob alguma árvore, enquanto desenterrava o jarro, provavelmente assobiando para si mesmo, e, quando o tivesse nas mãos, eu sairia e lhe perguntaria do meu avô.

O sol já tinha morrido, trazendo o céu mais para baixo e espalhando nuvens finas nos cantos do horizonte, onde ainda havia luz. A maré subira de repente, cinza e pesada, massiva, na praia abaixo. Frade Antun se voluntariou para me mostrar o caminho para a encruzilhada, e pegamos a estrada do vinhedo no espaço aberto entre a cidade e a montanha; andávamos ao sul pelo penhasco, por campos de vegetação eriçada e flores roxas e vermelhas espalhadas em arbustos fechados, das quais gafanhotos pretos que cantavam caíam como flechas quando passávamos. Frade Antun andava alguns passos à frente, em silêncio, talvez considerando como traria à tona o assunto do meu desaparecimento no começo daquela tarde. Segui-o com uma pá de jardim no bolso e o jarrinho de argila nas mãos, morrendo de medo de derrubá-lo ou de que o virasse e derrubasse água com cinzas sobre mim.

Eu tinha a mochila ao ombro, que balançava de um lado para outro. Podia ouvir a crepitação abafada do trapo azul de Zdrevkov. Passamos por um garotinho que trazia seis ovelhas de rosto cinza da montanha – nós as ouvimos antes de vê-las e, muito depois de terem ido, ouvimos o sino constante do macho.

– É muito gentil da sua parte fazer isso – disse frade Antun de repente, olhando de volta para mim. Balancei a cabeça.

– Pelo menos eles vão tomar remédio agora – eu disse e pensei em Zóra no cemitério, esperando pacientemente para começar a limpar a boca das pessoas e passar água.

– Tenho certeza de que o tempo poderia ser mais bem utilizado – ele disse, e por um momento achei que me repreendia, mas ele se virou, sorriu para mim, eu sorri de volta, continuando a andar.

– Você cuida de sessenta crianças, padre – acabei dizendo. – Eu só vou enterrar um vaso.

Frade Antun segurava a barra da sua batina, e eu podia ver as sandálias e o jeans puídos por baixo.

– Há muitos quadros do seu cachorro na cidade – eu disse. – No mosteiro e na casa da sua mãe.

– Bis não é meu – ele disse. – É o cachorro de Arlo, meu irmão.

– Seu irmão foi quem fez as pinturas na casa de Nada?

– Algumas – ele disse. – Mas muitas pessoas as trouxeram depois da guerra.

– As crianças parecem mesmo muito ligadas a ele – eu disse, e tudo pareceu fazer sentido para mim. – Arlo leva o cachorro lá para elas brincarem?

– Meu irmão morreu – ele respondeu subitamente.

Chegamos a uma pequena subida na estrada, onde o caminho pela grama desviava, subindo o morro, mas frade Antun apressou-se no campo, onde as folhas grudentas e finas raspavam umas nas outras. Eu ia atrás dele, tentando pensar em alguma coisa para dizer, algo além de *sinto muito*, quando ele parou abruptamente e se virou. – Para minha mãe, tem sido muito difícil – assenti, e frade Antun coçou atrás do pescoço com a mão. – Arlo tinha quinze anos no ano em que a guerra começou, e fizera amizade com alguns meninos que ficavam com a gente nas férias. Um dia, todos foram acampar em Bogomoljka, apenas cinco ou seis moleques, por uma noite ou duas. Algumas noites se passaram; ele tinha quinze anos, você sabe, pensávamos que talvez estivesse aprontando alguma. Não procuramos por ele. Ele ficou longe uma semana. Meu pai foi jogar o lixo fora numa caçamba na entrada e lá estava ele.

Eu disse "sinto muito" e me arrependi imediatamente, porque aquilo simplesmente me saiu da boca, e continuou a sair sem efeito nenhum.

– Enfim – ele disse, sem me escutar –, naquela semana toda em que ele se foi, Bis ficou sentado ao lado da caçamba e não se moveu, e nós todos achamos que ele estava esperando ao lado da estrada que Arlo voltasse. Só então entendemos, ele estava esperando que achássemos Arlo. – Frade Antun tirou os óculos e os limpou na batina. – Então descobrimos alguns anos depois que aqueles meninos com quem ele tinha ido acampar estavam servindo a fronteira paramilitar. E agora as pessoas pintam o Bis.

Ele estava com as mãos enfiadas na batina, e disse de novo que foi muito difícil para sua mãe, e eu queria dizer que sabia, mas não sabia. Ele podia ter dito *a sua fronteira paramilitar*, mas não disse. Fiquei esperando que dissesse, mas não disse, então o deixei sem dizer nada, e não disse nada também. Ele me avisou: – Não falta muito agora.

Continuamos andando lado a lado, subindo a ladeira, depois descendo por uma leve inclinação no campo onde a neblina da noite se agarrava à lateral da montanha. Abaixo de nós, no fundo da descida, havia uma trilha de terra que levava direto à parte mais íngreme da ladeira, onde o mato crescia fechado e escuro, e, passando por ele, a outra trilha que levava a um campo, a parte espinhenta do vinhedo.

Quando chegamos à encruzilhada, frade Antun me mostrou o templo da Virgem. Estava numa prateleira que havia sido entalhada, no lado virado para o mar, em uma pedra que ficava na grama onde as duas estradas se encontravam. A Virgem, um ícone de madeira com cantos escuros que a água havia danificado, ficava de pé na pedra, e as flores, secas como papel, empilhavam-se em buquês escurecidos ao redor da base da pedra. Vários metros à frente, a grama estava cheia de latas de cerveja e bitucas de cigarro, que frade Antun começou a pegar com as mãos enquanto eu me ajoelhava e enfiava a ponta da minha pá na terra. O chão estava duro e denso; decidi ir raspando em vez de tentar tirar bocados de terra. Com frequência eu olhava sobre o ombro para frade Antun, que estava empilhando latas, garrafas e lixo no avental que fizera com a frente da sua batina. Quando terminou, ele acendeu uma vela no templo e eu coloquei o jarro no buraco que havia cavado, então joguei três moedas lá. Fiz um morro com a terra, como ele me mostrou, apertei firme no topo do jarro e me levantei, tirando a terra das mãos. Perguntei-lhe se seria difícil voltar para a cidade no escuro, caso eu tivesse de fazer isso antes de amanhecer.

Ele olhou para mim, surpreso. – Está pensando em ficar?

– Eu disse que ficaria.

– Ninguém nunca fica – frade Antun disse, e soava sério. – Há raposas aqui, doutora, que transmitem raiva, e obviamente há pessoas que vêm se embebedar. Não posso deixar você ficar.

– Vou ficar bem – insisti.

Frade Antun tentou de novo. – Há homens, doutora, que ficam bêbados por aqui. – Olhava-me como se pensasse em como me forçaria a voltar com ele. – Eu insisto – ele teimou.

– Estive em Zdrevkov hoje – eu disse. Deveria fazê-lo se sentir melhor sobre a minha decisão de ficar, mas ele tirou os óculos e tocou com o pulso em cada olho, bem lentamente.

– Doutora – ele disse de novo.

– Vou ficar – respondi. Em seguida: – É parte do meu serviço de boa ação. – Não era totalmente mentira, e ele não podia discutir sobre isso.

E eu não podia lhe contar a verdade.

Ele olhou ao redor e voltou a falar: – Devo pedir que fique no vinhedo então, e precisa me prometer que não vai sair até amanhecer.

– Por quê?

– Dizem que as vinhas são sagradas – ele respondeu. – O sangue de Cristo.

Ele empurrou os óculos para cima, nervoso, pegou meu braço e andamos uns sete metros para fora da estrada, entrando nas primeiras fileiras do vinhedo. Ele me puxava, eu percebi, me trazendo o máximo possível para as vinhas. Segurava-me a mão e ficava olhando para a montanha até a água, seguindo entre as vinhas e me puxando.

– Não importa, é claro – ele disse quando achou um ponto. – Ninguém virá realmente, doutora. Deve saber disso, deve saber... – assenti com veemência. – Mas vai me dar paz de espírito saber que você saiu da estrada – ele sorriu. – Temos direito a nossas superstições.

Observei-o enquanto andávamos entre as vinhas. Ele acenou para mim uma vez e saiu, eu mal conseguia vê-lo, mas acenei de volta, e fiquei onde estava; vi-o passando pelo campo lentamente, sem olhar para trás, e ele não ter feito isso me preocupou, agora que eu estava sozinha. As latas em sua batina chacoalhavam, e eu podia ouvi-las depois que ele desapareceu no morro, descendo a rua que levava ao cemitério lá embaixo.

Estava muito tarde, mas o fim da luz do dia ainda caía no mar, formando cones atrás dos picos das ilhas próximas. Às onze da noite, de uma noite sem nuvens, a lua estava sobre a superfície do pico do Monte Brejevina, lançando uma rede de claridade que provocava novas sombras no chão. Não havia nenhum lugar para sentar, então fiquei lá nas vinhas, tremendo até me cansar; abaixei-me na terra e vi a luz bruxuleante da vela da Virgem pelas pernas de madeira do vinhedo. Podia sentir a sacola azul, mas, com a luz que caía, ela tinha ficado cinza como todo o resto.

Pelas primeiras duas horas não tive visitas, e é possível que tenha adormecido, porque não me lembro como o tempo passou. Então, acho que ficou tarde o bastante para começar o movimento das coisas noturnas, e uma coruja saiu de um lugar atrás de mim e pousou no campo, o tufo branco de suas penas eriçado ao redor da cabeça que girava enquanto ela escutava alguma coisa que eu não podia captar. Ficou comigo por um tempo, de olhos esbugalhados e silenciosa, mudando de um lado para outro; quando me levantei para esticar as pernas, ela se foi. Havia ratos no vinhedo, e o movimento rápido de seus pés. As cigarras cantavam em ondas, calmamente, e vinham rugidos do campo. Por volta das duas e meia ouvi o que achei ser passos, fiquei de pé e tentei olhar o templo, mas era apenas um burro vindo da montanha, marrom, de cabeça grande, desinteressado. Tinha olhos tímidos, e entrou no vinhedo um pouco à minha frente; pude ouvi-lo se movendo entre as folhas com um ruído seco de ronco por onde passava. Deixou para trás um cheiro quente e doce.

Meu avô, percebi, me chamaria de um monte de coisas por ter ficado lá. Não havia me ocorrido que, se alguém viesse, poderia ser pelo vinhedo também, e surpreenderíamos um ao outro; eu arriscava levar um tiro, uma facada, ou algo pior.

Às três e quinze uma raposa saiu correndo do nada. Eu me confinara ao quadrado no vinhedo e não me movia; ela veio com um guincho que se ergueu sobre mim do chão e me fez estremecer. Soava como uma criança, e procurei a criança antes de ficar em pé, mas então vi a raposa, ou pelo menos os círculos que eram seus olhos e o *flash* prateado da sua cauda sumindo na escuridão. Pensei: *ao diabo com isso.*

Meus pés estavam dormentes. Caminhei até os pinheiros e voltei ao canto do vinhedo, para ver que, de alguma forma, a vela no templo se apagara.

Alguém já estava lá.

De onde estava eu podia ver as costas curvadas de uma figura abaixada no chão ao lado da pedra. Quando a vi, recuei rapidamente no vinhedo e continuei a olhar entre as folhas. Não sabia de onde tinha vindo o homem. Não conseguia entender como não o ouvira se aproximando. Ele cavava, lenta e metodicamente, usando ambas as mãos, jogando pedrinhas pretas de terra, com sua sombra estendida como asas pela pedra branca. Ele encontrou o jarro, e ouvi que manuseava as moedas – uma, duas, três. Toda aquela certeza que eu tinha de que ninguém viria, e agora isso. Eu mal conseguia ficar de pé, quanto mais dizer: *Você é o homem sem morte? É você?* numa voz convincente para merecer resposta. Ele estava com o jarro e se virou para se afastar do templo. Não começou a descer a rua para Brejevina nesse momento, mas uma lenta subida pela montanha. Esperei até ver seu contorno na primeira fileira além da linha das árvores, e então o segui.

11

O BOMBARDEIO – GAVRAN GAILÉ

Alguns anos antes de meu avô morrer, bombas caíam sobre a Cidade. Foi o colapso final, anos após ter começado a guerra, e finalmente chegou a nós. As bombas caíam em prédios do governo e bancos, nas casas de criminosos de guerra, mas também em bibliotecas, em ônibus, nas pontes que cruzavam os dois rios. O bombardeio veio como uma surpresa, especialmente porque sua forma de começar era mundana.

Houve um anúncio e então, uma hora depois, o grito da sirene de ataque aéreo. Tudo acontecia lá fora, de alguma forma, até quando o estrondo das bombas entrou pelas janelas abertas. Mesmo os que estavam fora podiam dizer a si mesmos que era algum tipo louco de acidente de construção, que o carro, arremessado a vinte e cinco metros na fachada de um prédio de tijolos, era só um tipo terrível de piada.

Bombas caíam, e a Cidade toda se fechou. Pelos primeiros três dias, as pessoas não sabiam como reagir. Havia histeria, principalmente, e elas fugiam ou tentavam fugir, mas as bombas caíam nos dois rios, e não havia como evitá-las. Aqueles que ficaram na Cidade foram convencidos de que o ataque não demoraria mais do que uma semana, que era ineficiente e dispendioso, e que os inimigos desistiram e iriam embora, não havendo nada a fazer senão aguentar firme. No quarto dia do bombardeio, compelidas pela necessidade irresistível de certos tipos de liberdade, apesar das circunstâncias – ou talvez por causa delas –, as pessoas começaram a ir para os cafés novamente, sentando-se em varandas, com frequência ficando lá fora para beber e fumar mesmo depois de as sirenes terem soado. Havia uma atitude de segurança ao ar livre – se você estava lá fora, as pessoas raciocinavam, era um alvo muito menor, em movimento; já quando está dentro de casa, só pode esperar que eles errem o que estão mirando de fato sem atingir você. Os cafés ficaram abertos a noite toda, com as luzes apagadas, a televisão chiando na sala dos fundos, as pessoas sentadas em silêncio com sua cerveja e seu chá gelado, assistindo às inúteis cachoeiras vermelhas de luz dos canhões antiaéreos no morro.

Enquanto isso acontecia, meu avô não lia a respeito nem falava, sequer para minha mãe, que nos primeiros três dias de bombardeio se tornara o tipo de pessoa que grita para a televisão e não a desliga nem quando vai para a cama – como se mantê-la ligada fosse de alguma forma isolá-lo dos trovões lá fora, como se a presença da nossa cidade na tela pudesse conter de alguma forma o que estava acontecendo, tornar aquilo razoável, distante e insignificante.

Eu tinha vinte e dois anos e fazia residência na Academia Militar de Medicina. Para mim, a persistência dos rituais do meu avô significava que ele estava inalterado, mantendo a disciplina, a continuidade e o estoicismo. Não notei, nem me dei conta de que os rituais em si estavam mudando para ele, que havia uma diferença entre os rituais de conforto e os preventivos que vieram no final da sua vida. Ele ainda saía como se tivesse várias visitas domiciliares a fazer, mas seus pacientes de uma vida toda começavam a morrer, a sucumbir lentamente às doenças da velhice, mesmo com ele lá. Seus exercícios diários continuavam, mas agora eram do tipo perfunctório, de um velho: de frente para a janela da sala na luz pálida da manhã, sua calça moletom frouxa e puxada sobre as meias, suas mãos juntas nas costas de uma forma objetiva, enquanto ele ficava na ponta dos pés e caía de volta nos calcanhares, ritmicamente, com uma batida que reverberava no apartamento inteiro. Fazia isso diariamente, sem falta, mesmo com as sirenes berrando no quarteirão adiante.

Por vinte anos assistimos juntos à apresentação das quatro da tarde de *Allo Allo!*. Agora havia cochilos de tarde. Ele dormia sentado, com a cabeça abaixada, os pés esticados diante de si e o corpo ancorado totalmente nos calcanhares dos tamancos. Suas mãos estavam dobradas sobre a barriga, que em geral roncava, porque, além de tudo, ele agora reclamava, sem precedentes, das coisas que minha avó cozinhava para nós, reclamava das *burek* e *paprikash* e pimentões recheados, coisas de que me lembro vê-lo comer com prazer no passado, refeições pelas quais havia suspirado feliz em jantares silenciosos. Acontecia quando eu não estava olhando, mas vovó agora preparava refeições separadas para ele, porque não suportava nos sujeitar à punição de comer legumes cozidos duas vezes por dia e carne escaldada no jantar, que era tudo o que ele comia, estritamente e sem queixas.

Seus passeios ao zoológico se tornaram uma coisa do passado bem antes de o bombardeio forçar a Cidade a fechar seus portões. Houve muita especulação sobre esse fechamento – as pessoas, não apenas meu avô, estavam furiosas, sentiam que era um sinal de desistência, acusavam a Cidade de usar o bombardeio como desculpa para matar os animais, para economizar os recursos. Indignadas, as autoridades criaram uma coluna semanal no jornal que apresentava retratos dos animais e relatava seu bem-estar, o nascimento de suas crias, os planos para a renovação do zoológico quando os ataques terminassem.

Meu avô começou a fazer recortes de jornal sobre o zoológico. Eu vinha no começo da manhã, depois do turno no hospital, para encontrá-lo tomando o café da manhã sozinho, virando o jornal e lendo-o irritado. Houve um desastre, ele me disse, no zoológico.

– O negócio está muito ruim para nós – comentou, virando a cabeça para olhar através das lentes bifocais, seu pires com sementes e nozes já pela metade, seu copo d'água tingido de laranja com suplementos de fibras. A história do jornal focava o tigre, só o tigre, porque, apesar de tudo, ainda havia esperança para ele. Não falava nada das leoas que tinham abortado e dos lobos que comeram os filhotes um por um, enquanto esses uivavam de agonia e tentavam fugir. Não dizia nada das corujas abrindo os ovos não chocados e puxando a gema avermelhada, do pássaro formado e quase pronto indo para fora do centro; ou da valiosa raposa do Ártico que estripara o parceiro e rolara nos seus restos até o coração dele parar à luz lancinante dos ataques noturnos.

Em vez disso, dizia que o tigre começara a comer as próprias patas, primeiro uma, depois a outra, sistematicamente, da pele ao osso. Havia uma foto do tigre, Zbogom – o filho envelhecido de um dos tigres da minha infância –, estendido no chão de pedra da jaula, com as pernas, duras como pau, amarradas atrás de si ao jeito de presunto. Dava para ver as marcas pretas e grossas onde a pele dos tornozelos havia sido molhada com iodo, e o jornal dizia que nada poderia abater aquela compulsão particular – tinham tentado tranquilizantes, correntes, faixas mergulhadas em quinino. Modificaram um colar para cachorro e o colocaram no pescoço do tigre, mas ele comeu o colar durante um dos ataques aéreos e, depois disso, dois dos próprios dedos.

Dois dias depois do artigo com o tigre, bombas acertaram a ponte no Rio Sul e, passadas duas horas de sua queda, acertaram a fábrica abandonada de carros ao lado do zoológico. Sonja, nossa elefanta africana adotada – amada mascote do zoológico, matriarca de olhos pequenos da cria da fortaleza, que adorava amendoins e crianças pequenas –, caiu morta na hora.

Por semanas, a Cidade estava tentando entender a surpresa da guerra, a realidade de sua chegada, e a tratamos como coisa incomum e temporária; mas, depois daquele ataque em particular, algo mudou, e toda a indignação e superioridade que tinham vindo do final da última guerra agora estavam sendo colocadas em prática. Em todas as noites seguintes, as pessoas marchavam por milhas para ficar ombro a ombro nos portões da fortaleza. Outros, enquanto isso, apertavam-se em fileiras inebriadas nos arcos de pedra das pontes que restavam. Era preciso estar bêbado para guardar a ponte, porque os riscos de ser atingido eram grandes, e os de morrer cresciam, porque ficar em cada lado não poupava o herói de cair na água se o meio fosse atingido.

Zóra, mais corajosa do que qualquer um que eu conhecia, começou sua programação defensiva – passava as noites com milhares de pessoas aos joelhos de pedra do cavalo do Marechal na margem leste de Korčuna, usando um chapéu de tucano em solidariedade às pessoas que guardavam o zoológico. Ela podia contar histórias do bombardeio do Primeiro Banco Nacional, quando viu um míssil atingir o velho prédio de tijolos do outro lado do rio, o som vazio provocado pela luz azul descendo do topo do prédio e alcançando janelas, portas e venezianas de madeira. O prédio ganharia nome em bronze com placas comemorativas em homenagem aos mortos, graças ao fato de, logo que a fumaça clareou e apesar de tudo, revelar-se em pé, como um crânio sem mandíbula, enquanto as pessoas gritavam de alegria e se beijavam – o que, os jornais posteriormente apontariam, deu origem a uma explosão de nascimentos.

Durante a guerra, implorei ao meu avô para que desistisse de suas chamadas noturnas, os rituais que o faziam se sentir produtivo agora, contra os seus desejos – que ele expressava com um vocabulário bem mais colorido do que eu mesma havia me permitido aos catorze anos. Pus-me de vigília no zoológico por noites e noites; a multidão lá era diferente, mais velha. As pessoas começavam a chegar por volta das sete horas, a tempo da última rodada do pipoqueiro, e ficávamos em pequenos grupos na calçada que corria ao redor do muro da fortaleza, usando a fantasia do nosso bicho da vez. A mulher-leão estava lá, usando um esfregão amarelo como peruca. Um homem, que amarrara arames ao redor da cabeça e meias brancas como orelhas, ficou de pé à maneira de Nikodemus, nosso coelho galês gigante. Algumas pessoas vieram como uma matilha de lobos, usando rolo de papel higiênico para simular focinho, e uma mulher, que tinha ido ao zoológico apenas uma vez quando criança, veio vestida como se lembrava da sua primeira e única girafa: amarela, com chifres curtos. Eu não tinha coragem de lhe dizer que se esquecera das manchas.

Vim pelo tigre, claro, mas o melhor que pude fazer foi pintar um chapéu no estilo David Crockett, do meu velho baú de fantasias no porão, com listras laranjas e pretas, e fiquei lá com a monstruosa cauda de guaxinim falso pendurada nas costas. A raposa era um cara vestido num terno vermelho, com gravata borboleta e óculos. O zoológico nunca teve um panda, mas tínhamos seis ou sete deles guardando o portão da fortaleza com rabos de espuma que saíam da calça. O hipopótamo usava suéter roxo com um travesseiro dentro.

As pessoas também estavam escrevendo no muro do zoológico com giz e tinta *spray* e, algumas semanas depois, começaram a vir com placas que favoreciam reportagens simpáticas sobre o VÁ SE FODER padrão que era erguido pelas pontes. Um homem de cinza com uma toalha rosa na cabeça apareceu uma noite nos portões do zoológico segurando uma placa que dizia: SOU UM ALVO ELE É FANTE. Havia também um cara famoso de Dranje, onde a torre da água tinha sido atingida, que originalmente posou como um pato, mas apareceu na calçada, no dia seguinte ao bombardeio da fábrica de algodão, com a placa: AGORA NÃO TENHO CUECAS LIMPAS.

Depois disso, os jornais foram inundados de manchetes com a foto desse pôster, o letreiro vermelho, suas luvas cinzas gastas agarrando o papelão. Ele apareceu novamente, por uma semana ou duas, trazendo a mensagem: SEM CUECA NENHUMA. E alguém trouxe outra placa que dizia: NEM EU.

Zóra e eu trocávamos histórias sobre nossos turnos na clínica, em que enfaixávamos cabeças, braços e pernas, ajudávamos a dar espaço para os feridos, auxiliávamos na maternidade, supervisionávamos a distribuição de sedativos. Da janela do escritório no terceiro andar do hospital Sveti Jarmo viam-se os caminhões vindo dos locais de bombardeio, as lonas estendidas no pátio de pedra carregadas com partes dos mortos. Não eram como as partes que víamos na anatomia, frescas, conectadas com seus devidos tecidos, ou com a função que lhes dava sentido. Ao invés disso, não faziam sentido, deitadas lá, vermelhas, coaguladas, chamuscadas nas laterais, em pilhas nas quais só se podia inferir o que já tinham sido – pernas, braços, cabeças. Estouradas por bombas, haviam sido tiradas de canais, árvores, destroços de prédios no propósito de identificar os mortos, mas mal se conseguia distinguir o que eram, muito menos ligá-los a corpos, rostos, entes queridos.

Ao voltar para casa um dia, encontrei meu avô parado no corredor com seu grande casaco abotoado, usando chapéu. Vim enquanto ele prendia seu cinto cuidadosamente e enfiava *O livro da selva* de volta no bolso do casaco. O cachorro estava sentado no banquinho ao lado da porta. E meu avô conversava com ele, já de coleira, à espera, com aquela voz conhecida. Beijei-o e disse: – Para onde está indo?

– Estávamos esperando – ele disse, referindo-se ao cachorro e a si mesmo. – Vamos com você hoje à noite.

Pela última vez fomos ao forte juntos e andamos o caminho todo. Era uma noite clara, iluminada, de outono, e descemos a rua até chegar ao Boulevard da Revolução, então viramos para a cidade alta pela rua de paralelepípedos que corria ao redor do trilho do bonde. Os trens passavam, silenciosos e velhos, tão vazios quanto a rua, os trilhos lisos com a chuva da tarde. Havia um vento suave e frio que soprava do Boulevard em nossa direção, levantando folhas e jornais contra nossas pernas e o rosto do cachorro, que corria de boca aberta, em saltos curtos, de pernas gordas, entre nós. Eu tinha colocado um laço laranja no cachorro, para honrar o tigre, e oferecido meu chapéu de guaxinim para meu avô. Ele olhou para mim e disse: "Por favor, me deixe alguma dignidade".

Tinha sido previsto que não haveria ataque aéreo naquela noite, mas a calçada e o zoológico estavam praticamente vazios. A mulher-leão estava lá, encostada num poste, trocamos alôs e ela voltou ao seu jornal. Um cara que eu tinha visto só uma ou duas vezes sentava-se no muro do zoológico girando o dial de um rádio portátil. Sentamo-nos no banco do ponto de ônibus, e meu avô colocou no colo o cachorro, com suas patas gorduchas cheias de lama. E, por uns vinte minutos, observamos a confusão geral do cruzamento com o semáforo quebrado, que ninguém tinha arrumado em quase um mês. Então a sirene do outro lado da cidade disparou, seguida por outra mais próxima, e dois minutos depois vimos a primeira explosão ao sudoeste, do outro lado do rio, onde eles começavam no velho prédio do tesouro. Lembro-me de ficar surpresa de ver que o cachorro se sentava ali, parecendo alheio a tudo, enquanto as ambulâncias de Sveti Pavlo ligavam as luzes e saíam da garagem no fim da rua. Eu confortava meu avô sobre o tigre, dizendo-lhe que os gatos e cachorros aleijados nos Estados Unidos às vezes ganham pequenas cadeiras de rodas que se prendem no quadril, e que assim o cachorro ou gato pode levar uma vida completamente normal, puxando-se para um lado e outro na casa.

– Eles levam uma vida digna – afirmei.

Por um longo tempo meu avô não disse nada. Ele tirava petiscos do bolso e dava para o cachorro, que mastigava ruidosamente e cheirava a mão do meu avô, querendo mais.

Em toda a guerra meu avô ia vivendo com esperanças.

No ano anterior ao bombardeio, Zóra conseguira levá-lo a procurar o Conselho Nacional de Médicos para que resgatasse relacionamentos passados e a colaboração de hospitais do outro lado da nova fronteira. Mas agora, na última hora do país, era claro para ele, mas não como para mim, que o cessar-fogo trouxera uma ilusão de normalidade, mas não de paz. Quando sua luta tem um propósito – libertá-lo de algo, interferir em nome dos inocentes –, existe a esperança de uma finalidade. Quando a luta acontece – e quando se baseia em nomes, em lugares em que o sangue dos combatentes está ancorado, com a ligação desses nomes e lugares a algum marco ou acontecimento –, não há nada além de ódio e da longa, lenta progressão de gente que se alimenta disso, e é alimentada, meticulosamente, por aqueles que estão diante dela. Então a luta é infinita e vem em ondas e ondas, sempre mantendo sua capacidade de surpreender os que são contra ela.

Nossa vigília no zoológico começou mais de um ano antes de descobrirmos que meu avô estava doente, antes das nossas visitas secretas ao oncologista, nossa aliança final. Mas o corpo se conhece, e parte dele já devia saber o que estava acontecendo quando ele se virou para mim e me contou pela última vez sobre o homem sem morte.

Meu avô esfregou os joelhos e disse:

*

– O cerco de Sarobor. Nunca falamos nisso. As coisas estavam ruins naquela época, mas havia chance de que melhorassem. Havia a possibilidade de que não fosse tudo para o inferno imediatamente. Eu estava na conferência no mar, prestes a dirigir para casa, quando recebi uma ligação sobre um homem ferido em Marhan.

"Fui para Marhan e sua massa de barracas e homens, e algumas pessoas tinham sido atingidas por tiros num conflito a alguns quilômetros subindo a rua. Contaram-me, enquanto eu os enfaixava, esperando o reforço médico, que estavam lá para tomar a fábrica de aviões no vale Marhan, primeiro com artilharia pesada, em seguida com homens. Depois disso, eles disseram, iriam para Sarobor. Sarobor. Pode imaginar? Sarobor, onde sua avó nasceu. Então encontrei o general e lhe perguntei: 'Que diabos é isso?'. Sabe o que ele me disse? Ele respondeu: 'Os muçulmanos querem acesso ao mar, então vamos mandá-los para lá, rio abaixo, um por um'.

"O que eu poderia dizer sobre aquilo? O que há para dizer? Casei-me com sua avó numa igreja, mas teria casado com ela também se a sua família tivesse pedido para eu casar num *hodza*. Em que me ofende eu dizer *feliz Eid* para ela uma vez por ano, quando ela fica bem feliz ao acender uma vela pelos meus mortos na igreja? Fui criado como ortodoxo; por princípio, eu teria batizado sua mãe como católica para poupá-la de ser mergulhada na água suja que eles têm na pia batismal. Na prática, não a batizei de forma nenhuma. Meu nome, seu nome, o nome dela. No final, tudo o que se quer é ter alguém para encontrar quando chega a hora de o colocarem debaixo da terra.

"Deixei Marhan. Mas não fui para casa. Elas estão em casa, sua mãe e sua avó, mas não é para lá que eu vou. Meu substituto vem, e é um jovem médico. Não consigo me lembrar do rosto dele. Ele vem, e eu digo adeus e parto, então saio na estrada e caminho toda a tarde até chegar a Sarobor. São cinquenta graus centígrados no vale de Amovarka, tudo está seco e verde-claro, muito silencioso, exceto pelo bombardeio, que começa agora em Marhan. Isso foi há trinta anos, você sabe, e a guerra mal era uma guerra de verdade. Isso foi quando eles tinham grandes oliveiras nos morros sobre a cidade. Você provavelmente não consegue se lembrar do que era essa cidade antes de eles começarem, antes de explodirem as vizinhanças muçulmanas e derrubarem aquela velha ponte no rio como uma árvore, como nada.

"Vou para Sarobor e lá está deserto. A noite está caindo. Por todo o quarteirão turco pode-se ouvir homens bombardeando a fábrica no vale Marhan e ver as luzes sobre o morro. Pode-se ver o que vem em seguida. A gente sabe o que está por vir. Todo mundo sabe, então ninguém está lá fora, e não há luzes nas janelas. Há um cheiro de cozinha, as pessoas se sentam para comer no escuro. Há um cheiro encorpado de comida que me faz pensar no desejo irracional que se apodera das pessoas quando é quase o fim, em vez de economizar para um cerco, elas estão banqueteando nas casas ao longo do rio, comendo ovelha, batatas e iogurte. Posso sentir o cheiro de hortelã e azeitonas, e às vezes, quando passo pelas janelas, ouço frituras. Então, penso na forma como sua avó costumava cozinhar enquanto vivíamos em Sarobor, parados ao lado da janela, com o grande bambuzal lá fora.

"O bairro turco tem aquela rua estreita que corre pelo rio no lado muçulmano da cidade, com os cafés turcos fechados e os restaurantes onde você pode comprar o melhor *burek* do mundo, os lugares que vendem cachimbos *hookah*, oficinas de vidraceiros, mas agora jardins de flores foram todos escavados para novos cemitérios. Por toda a rua, enquanto se vai pela margem do rio, pode-se ver a Ponte Velha ao longe, com aquelas torres redondas da guarda reluzente. E de poucos em poucos metros se passa por fontes turcas. Aquelas fontes... Este é o som de Sarobor, que sempre soa como água correndo, água boa e limpa, do rio às cisternas. Depois há o velho bosque, com aquela mesquita solitária como uma casca.

"Cruzo a Ponte Velha e vou ao Hotel Amovarka, onde sua avó e eu passamos nossa lua de mel antes de encontrarmos um apartamento para morar. É onde os dignitários estrangeiros e embaixadores ficam quando chegam a Sarobor.

"O diretor da fábrica de aviões em Marhan – aquela que estamos bombardeando – às vezes fica lá por meses a fio. O hotel ergue-se em sua base de pedra à margem do rio, amparado por oliveiras e palmeiras, dando para a água no topo da catarata. Há aquelas janelas com cortinas brancas e uma varanda que parece a saia de uma mulher, com todas aquelas pedras redondas que saem da água. Há lanternas turcas de ferro na varanda. Vê-se dali a Ponte Velha, e quando se faz uma caminhada noturna a partir do hotel pode-se olhar a catarata e o restaurante na varanda, onde eles têm uma orquestra de quatro homens que vai de mesa em mesa tocando músicas românticas.

"Dentro, o hotel tem aquelas telas de madeira e arcos pintados de vermelho e branco. Tem tapeçarias de Pasha penduradas em cada parede, e velhas cadeiras de encosto alto e uma lareira no *lobby*. Entro, e o lugar está vazio, completamente vazio. Cruzo o salão sem ver ninguém, nenhuma alma, nem mesmo no balcão. Passo pelo longo corredor e me encontro no cômodo da frente do restaurante, na varanda.

"Há um garçom lá, apenas um. Ele tem muito pouco cabelo, todo branco, penteado para a frente, e uma ferida preta grande na testa, clara como o dia, aquela ferida de devoto muçulmano que sempre se consegue reconhecer. Está enrolado em seu terno e com sua gravata e o guardanapo sobre o braço. Ele me vê se aproximando e se anima. Como se estivesse empolgado por me ver, como se fosse a melhor notícia do dia eu estar ali. Ele me pergunta se quero jantar, e diz isso de uma forma que pretende me encorajar a ficar, mesmo que ninguém mais esteja jantando, e respondo que sim, que quero jantar, claro. Estou pensando na minha lua de mel, e me lembro também que eles têm lagosta aqui, todo o tipo de peixes que trazem em barcos pelo rio, vindos do mar.

"'Onde o senhor gostaria de sentar?', ele me pergunta e aponta o salão. O restaurante tem pé-direito alto, amarelo, com uma batalha pintada no teto, lanternas de ferro e cortinas vermelhas penduradas; o salão inteiro, como o resto do hotel, está completamente vazio.

"'Na varanda, por favor', respondo. Ele me conduz à varanda e me faz sentar na melhor mesa da casa, que é feita para dois, e leva embora o outro garfo e faca, guardanapo e prato.

"'Minhas desculpas, senhor', ele me completa. Tem uma voz rouca, áspera, mesmo que eu possa ver por suas mãos e seus dentes que nunca fumou na vida. 'Só temos o vinho da casa hoje.'

"'Está ótimo', digo.

"'E só temos a garrafa, senhor' ele completa. Eu lhe peço para trazer a garrafa e o aviso também que vou passar a noite, se poderia fazer a gentileza de encontrar alguém da recepção para me ajudar. Sei que você acha que isso não foi uma boa ideia. Sei que você pensa que aqueles homens nos bombardeios no morro estão se preparando para descer a Sarobor de manhã. Mas ficar era meu plano na época, então lhe disse isso, talvez também para ser gentil. Ele é um homem muito velho. E você não sabe o que nossos garçons costumavam ser. Como eles treinaram para os velhos restaurantes. Eles iam para uma escola, a melhor escola de serviço de mesa, bem ali na Cidade. Aprendiam o ofício, as maneiras. Eram praticamente *chefs*. Podiam reconhecer um vinho com os olhos fechados e fazer o corte da carne eles mesmos, podiam dizer quais peixes nadavam onde e o que comiam, metiam-se por anos em jardins de ervas antes de poderem servir; é este o tipo de garçom que ele é, e é um muçulmano, além de tudo; a coisa me faz pensar na sua avó, e me sinto doente de repente, vendo-o partir para pegar meu vinho.

"Sento-me e os escuto lá em Marhan. De poucos em poucos minutos, aquela explosão azul ilumina o topo dos morros na coroa do vale e alguns segundos depois chega o som da artilharia. Há uma brisa vinda do sul soprando pelo vale que traz o cheiro pungente de pólvora.

"Posso ver o contorno da Ponte Velha na margem sobre o hotel, e um homem que caminha da torre ao outro lado iluminando postes de luz da forma antiga, como se fazia na minha época. O rio faz um som na margem sob a cordilheira do hotel. Inclino-me um pouco para a frente olhando as flores no corrimão da varanda, onde a água está escura quando bate nas pedras brancas do leito do rio. Quando me encosto de volta, noto o cheiro de fumaça de cigarro por perto e olho ao redor; para minha surpresa, há outro hóspede sentado numa mesa no canto oposto, com o cotovelo no corrimão de pedra da varanda. Usa terno e gravata e está lendo, segurando o livro em pé, de maneira que não posso ver-lhe o rosto. A mesa na sua frente está vazia, exceto por uma xícara de café, o que me faz pensar que ele terminou seu jantar, e fico feliz que vá partir em breve, que vá terminar seu café e partir. Ele parece completamente alheio à forma como o bombardeio ilumina o céu – como uma celebração, como se fogos de artifício estivessem espocando sobre o morro e a comemoração se aproximasse. Então me encontro pensando: *talvez seja uma comemoração para ele, talvez ele tenha cruzado o rio nesta noite para festejar no velho palácio muçulmano. Talvez, para ele, isso seja engraçado, uma noite da qual vai falar por anos para os amigos quando lhe perguntarem a respeito de mandar os muçulmanos rio abaixo.*

"Nesse momento, o velho garçom retorna, trazendo minha garrafa. Posso lembrar agora: é um Salimač 88, de um famoso vinhedo que logo estará do nosso lado da fronteira. Ele me serve como se não significasse nada para ele, e tenho a impressão de que está se esforçando para mostrar a grande força de caráter que é necessária para me servir esse vinho como se não lhe fizesse a menor diferença se o proprietário do vinhedo está ou não enfiando a baioneta em seu filho na fábrica de aviões neste exato instante. Ele tira o papel alumínio do topo da garrafa e a rolha do vinho na minha frente. Vira minha taça e me serve um pouco, e pisca enquanto o provo. Então me serve a taça e deixa a garrafa na mesa. Desaparece por um momento, depois volta, empurrando um carrinho com grandes folhas de alface e cachos de uva, fatias de limão, todas ao redor de um prato de peixes. Os peixes estão com olhos claros e firmes, mas parecem ter sido retirados de um circo.

"O garçom me diz: 'Bem, senhor. Nesta noite temos linguado, enguia, sépia e St. Pierre. Posso recomendar St. Pierre? Está fresco, foi pescado nesta manhã'.

"Não há muitos deles, não muitos peixes – talvez cinco ou seis, mas bem arrumados, com as duas enguias enroladas nos cantos da travessa. O St. Pierre está deitado de lado como um pedaço de papel espinhoso, a mancha em sua calda espiando como um olho. De todos os peixes no carrinho, é o único que parece de fato um peixe, e também aquele que não emite um vago cheiro de morte. Agora, eu adoro St. Pierre, mas nessa noite me vejo querendo lagosta, e pergunto se há. O velho garçom se curva e se desculpa, diz que estão sem lagosta.

"Digo-lhe que preciso de um momento para pensar, e ele me deixa com o cardápio e desaparece. Estou decepcionado por causa da lagosta, posso lhe dizer, enquanto me sento lá olhando para os pratos que vão ter de combinar com o peixe. Eles têm, é claro, o que se espera: vários tipos de batatas, uma salada com alho, quatro ou cinco molhos diferentes para o peixe, mas volto--me o tempo todo para a lagosta, como ela terminou. E penso: *Meu Deus, seria terrível se esse homem, esse fanfarrão que está aí lendo um livro, acabou de pedir a última lagosta, a lagosta que devia ter vindo para mim, quando não estou aqui para me vangloriar com o mal dos outros.*

"Bem no momento em que estou pensando isso, o velho garçom reaparece e se inclina sobre a mesa do homem.

"Então, senhor?', escuto o garçom dizendo ao homem. 'Conseguiu escolher? Há algo que posso oferecer para o senhor beber?'.

"'Sim, por favor', o homem responde. 'Água.'

"Abaixo meu cardápio e olho para ele. O homem abaixou o livro ao falar com o garçom, e eu o reconheço imediatamente. O garçom vai buscar água, e Gavran Gailé não levanta seu livro de volta; em vez disso, olha para o rio, ao redor da varanda, e finalmente deposita em mim aquele olhar, e é o mesmo do homem dentro do caixão – os mesmos olhos, o mesmo rosto inalterado e inteiro, como deveria ser no quarto de bêbados naquela noite, na Igreja da Virgem das Águas, quando não tive oportunidade de olhar para ele.

"O homem sem morte sorri para mim, e eu lhe digo:

"'É você.'

"Ele me chama de doutor e se levanta tirando pó da roupa. Vem me cumprimentar. Fico de pé, seguro meu guardanapo e, enquanto ainda estamos nos cumprimentando com as mãos em silêncio, pergunto-me por que ele está ali, mas não posso dizer que esteja surpreso ao vê-lo. Não, percebo, não estou nem um pouco surpreso. Ele estar ali só pode querer dizer uma coisa, e, como o resto de nós, ele sabe o que vai acontecer. Ele veio coletar, o homem sem morte.

"'Que maravilha', ele me diz. 'Que maravilha notável.'

"'Há quanto tempo está na cidade?', pergunto.

"'Faz vários dias já.'

"Estou cansado e, objetivo, lhe digo: 'Sem dúvida você tem oferecido muito café às pessoas'.

"Ele não sorri com isso, mas não me reprime também. Não confirma nem nega. Só fica lá. Ocorre-me que ele nunca parece cansado, nunca abatido.

"Digo-lhe que insisto em que me acompanhe no jantar, e ele aceita com alegria. Vai pegar seu livro e sua xícara, e o garçom lhe traz outro prato.

"'Os cavalheiros sabem o que vão pedir?', o garçom quer saber.

"'Ainda não', meu amigo responde. 'Mas vamos querer um narguilé.'

"Espero até o garçom partir na busca dos cachimbos e digo: 'Tive a melhor refeição da minha vida aqui'. O homem sem morte assente em apreciação. 'Durante a minha lua de mel', completo. 'Você não conheceu minha esposa. Ficamos aqui na lua de mel, minha esposa e eu, e comemos lagosta. Dois anos depois da primeira vez em que nos encontramos naquela vilazinha. Você se lembra?'

"'Lembro-me.'

"'Eu era muito jovem', continuo. 'Foi uma linda lua de mel. Por uma semana não comi nada além de lagosta. Ainda poderia comer isso.'

"'Então você deveria comer.'

"'Eles não têm mais hoje.'

"'Que pena.'

"'Você não pediu a última?', quero tirar minha dúvida.

"'Como vê, eu ainda não comi.'

"Ficamos em silêncio por um tempo, e ele não me pergunta o que estou fazendo ali. Aí me ocorre que talvez ele saiba de algo que não sei – que talvez ele não tenha vindo ver outra pessoa, talvez tenha vindo me ver, que está lá especialmente por minha causa, e esse pensamento se apodera de mim. E, digo-lhe, uma coisa é não acreditar, outra bem diferente é cogitar da possibilidade, e não sei se é o bombardeio ou a noite ou a Ponte Velha na água, mas é o que faço enquanto estou lá segurando o guardanapo no colo, eu penso na possibilidade.

"'E você, tem andado ocupado?', pergunto.

"'Não particularmente', ele responde, e quer dizer mais, mas nesse momento o garçom vem com o narguilé, que monta para nós, limpando o bico dos cachimbos, colocando tabaco e *tumbak* no vaso. Quando termina, há um cheiro doce queimando no cachimbo, de mel e rosas, e ele tira um lápis e um pedaço de papel para anotar o nosso pedido.

"'O que diz do pedido?', o homem sem morte me pergunta.

"'Eu adoro St. Pierre', respondo. 'Na falta de lagosta.'

"'Vamos pedir St. Pierre?'

"'Vamos.'

"'Queremos o St. Pierre', diz o homem sem morte ao velho garçom, olhando para ele e sorrindo. O garçom faz uma reverência, como se tivéssemos feito uma boa escolha. E fizemos mesmo uma ótima escolha. É provavelmente o último St. Pierre que o hotel vai vender.

"'Posso agraciar os senhores com uma *mezze*?', o velho garçom diz. 'Temos uma excelente *ajvar* com alho e também salada de polvo. Temos um *sarma* maravilhoso e queijo com azeitonas.'

"'Acho que podemos nos dar a esse luxo', o homem sem morte diz. 'Podemos nos dar a esse luxo esta noite. Vamos querer tudo. E, para acompanhar o peixe, batata cozida com acelga.'

"'Muito bem, senhor', diz o garçom, enquanto anota tudo com um toco de lápis.

"'E, naturalmente, o molho de salsinha.'

"'Naturalmente, senhor', o garçom concorda.

"Ele preenche nossos copos de vinho e parte, e eu fico sentado ali, olhando para o rosto calmo e sorridente do homem sem morte, e perguntando a mim mesmo por que podemos nos dar a esse luxo nesta noite em particular. O homem sem morte pega o cachimbo do narguilé e começa a baforar lentamente, grandes nuvens de fumaça espessa se erguem de suas narinas e boca, e ele aparenta estar muito satisfeito sentado ali, com explosões estremecendo o vale em Marhan.

"Devo parecer estupefato com isso, porque ele me pergunta: 'Há algo de errado?'. Balanço a cabeça, e ele sorri.

"'Não se preocupe com o preço, doutor. Eu convido. É importante, muito importante se dar ao luxo desses prazeres.'

"*Meu Deus*, digo a mim mesmo, *e agora chegou a isso. Minha última refeição, e com um homem sem morte*.

"'Minha melhor refeição', ele diz do nada, como se ainda estivéssemos nesse assunto, 'foi no Big Boar há uns sessenta anos'. Não sei por que, mas não me vejo perguntando: *Como? Como você poderia ter tido uma refeição dessas, quando seu rosto diz que você tem trinta anos, e isso já pareceria mui-*

to. E ele continua: 'O Big Boar era uma taverna maravilhosa no parque de caça do rei. Você matava a própria presa e o *chef* a preparava da sua forma especial. A mulher sobre quem lhe contei, aquela que morreu, fui com ela lá quando fugimos. Quando fugimos daqui.'

"'Eu não sabia que ela era de Sarobor', eu digo.

"'Todo mundo vem de algum lugar, doutor. Ela costumava tocar gusla lá', ele diz e, apontando para a Ponte Velha: 'bem ali'.

"A salada de pimentão e polvo e o *sarma* chegam, o garçom arranja os pratos, e o homem sem morte começa a comer imediatamente. O cheiro é maravilhoso, ele leva aquelas folhas de repolho e o pimentão verde para o seu prato, e todos aqueles óleos escorrendo uns nos outros, os tentáculos rosa-arroxeados do polvo brilham oleados, e eu coloco um pouco no meu prato e como também, mas lentamente, porque, quem sabe, talvez esteja envenenado, talvez o velho garçom esteja trabalhando como vingança, talvez seja por isso que o homem sem morte está aqui. Mas é difícil demais não comer com as luzes se apagando em Marhan, e agora Gavran Gailé não para de falar da refeição que estamos comendo. Toda vez que o garçom se aproxima, Gavo fala alto sobre quão maravilhosos são os sabores, quão fresco o óleo; e é verdade, a comida é maravilhosa, mas sinto que ele está enrolando; esse negócio de ser a minha última refeição, *Meu Deus*, o que fiz vindo para cá?

"O garçom traz o St. Pierre e está magnífico. O peixe é escuro e crocante por fora, e foi grelhado inteiro. Ele o corta lentamente com a faca de peixe e a pele fica macia e fofa sob a faca, serve nos nossos pratos e, em seguida, serve generosamente as batatas com a acelga. As batatas são de um amarelo vivo e soltam fumaça, e a acelga está espessa e verde, presa às batatas. O homem sem morte come sem parar, falando que a comida está incrível; o que é verdade, é uma refeição incrível, e, mesmo que se ouçam os bombardeios em Marhan, está tudo bem com a comida na varanda e o rio e a Ponte Velha.

"Porque preciso saber, num certo ponto digo: 'Você está aqui para me dizer que vou morrer?'.

"Ele olha para mim, surpreso. 'Com seu perdão?'

"'Esta refeição', confirmo. 'Este luxo. Se você está aqui para me oferecer o luxo da minha última refeição, eu gostaria de saber. Gostaria de ligar para minha esposa, minha filha, minha neta.'

"'Como você fez essa pergunta sem ironia, creio que tenha aceitado o que eu sou. Isso significa que você está pronto para pagar a sua dívida comigo, doutor?'

"'Certamente não', respondo.

"'Ainda precisa de mais provas?'

"'Nós nem tivemos café ainda.'

"Gavran Gailé pega um canto de seu guardanapo e limpa a boca.

"'Posso ver?'

"'O quê?'

"'Sua aposta, doutor. O livro. Deixe-me ver.'

"'Não', recuso, preocupado.

"'Vamos, doutor. Só estou pedindo para ver.'

"'Eu não peço para ver a sua xícara', digo-lhe. Mas ele não desiste, não pega de volta seu garfo e faca, só fica sentado ali. E, depois de um tempo, tiro O *livro da selva* e o passo para ele. Ele limpa as pontas dos dedos antes de pegar o livro e passa a mão sobre a capa.

"'Oh, sim', ele diz, como se se lembrasse bem, como se recordasse a história. Abre e folheia o livro entre os retratos e os poemas. Temo que vá pegá-lo, mas também tenho medo de irritá-lo deixando que saiba que não confio nele.

"'*Rikki Tikki Tavi*', ele me diz, passando o livro de volta por sobre a mesa. 'Eu me lembro dele. Gostava muito.'

"'Que surpresa', respondo, 'que você goste da doninha'. Ele não me repreende por dizer isso, mesmo que saibamos que estou sendo ao mesmo tempo rude e incorreto: Rikki Tikki é, obviamente, uma fuinha.

"Gavran Gailé me observa colocando o livro de volta no bolso. Sorri para mim, inclina-se sobre a mesa e diz baixinho: 'Estou aqui por causa dele', e aponta para o garçom. Não diz que não está aqui por minha causa e fico receoso, mas de repente sinto-me péssimo pelo velho garçonzinho.

"'Ele sabe?'

"'Como saberia?'

"'Antigamente você lhes contava.'

"'Sim, mas já aprendi algumas coisas, não é? Você esteve lá, doutor, enquanto eu aprendia. Se eu lhe disser, ele vai me furar com um espeto de *kebab* e vou ter uma recuperação difícil, o que não deve acontecer, porque, como você diz, devo ficar muito ocupado.' Ele se senta de volta e limpa a boca com o guardanapo. 'Além do mais, que bem lhe faria saber? Ele está feliz, está servindo uma refeição enorme para duas pessoas alegres às vésperas da guerra. Deixe-o ficar feliz.'

"'Feliz?', estou embasbacado. 'Ele podia estar em casa, podia estar com sua família.'

"'Estamos nos dando, e a ele, um luxo', o homem sem morte diz. 'Esse sujeito tem muito orgulho do que faz, e está servindo uma refeição magnífica e gloriosa, uma refeição memorável. Hoje à noite, ele vai para casa encontrar sua família e falar sobre servir a última refeição do Hotel Amovarka, e amanhã, quando ele se for, aqueles ainda vivos terão isso para contar. Eles vão falar disso depois que a guerra acabar. Não vê?'

"O garçom vem e leva nossos pratos, o prato grande com o St. Pierre, os pequenos espinhos, tudo esvaziado. Ele equilibra os pratos num braço e o guardanapo branco permanece dobrado sobre seu braço livre, e fico preenchido pela ideia dessa refeição memorável, que eu não estava aproveitando por medo.

"'Posso tentá-los com um drinque de sobremesa?', diz o velho garçom. 'Ou sobremesa?'

"'Os dois', respondo de repente. E acrescento: 'Vamos querer o *tulumbe* e o *baklava* e o *tufahije*, e também o *kadaif*, por favor'.

"'Com *rakija* de marmelo', diz o homem sem morte, e, quando o velho garçom parte, ele me diz estar feliz por eu entrar no espírito da coisa.

"Não conversamos, porque estou pensando em como convencer o homem sem morte a dizer para o garçom, ou talvez em como eu mesmo poderia avisá-lo sem que o homem sem morte notasse, e o garçom traz a sobremesa numa enorme bandeja de prata e a abaixa.

"O *tulumbe* está ali, dourado, macio e pingando; o *baklava* gruda na boca, a maçã assada com nozes está adorável, derrete com o garfo, e todas essas coisas vêm com o conhaque de marmelo que queima a garganta entre as mordidas. Fico um pouco bêbado, observando o fogo no céu de Marhan. Sinto falta da comida da sua avó, porque os doces dela são melhores do que esses.

"Quando terminamos, Gavran Gailé empurra sua cadeira para trás e diz: 'Pronto'. Coloca as mãos sobre a barriga e algo nele me deixa triste também.

"'Você vai morrer amanhã também?', pergunto. 'É por isso que está aqui?' É uma pergunta tola, e percebo isso assim que a faço.

"'Claro que não', ele me diz. Seus dedos estão batucando na barriga como dedinhos de menino. 'E você?', ele pergunta.

"Eu não rio, mesmo achando que ele brinca. 'Depois de tudo isso, depois que esta cidade for arrasada até o chão, que é o que vai acontecer amanhã, sem sombra de dúvida, você não acha que ele lhe dará permissão para morrer?', pergunto.

"'Claro que não vai dar.' Gavo terminou sua *baklava*, mas raspa o prato com a lateral do garfo. Então, limpa a boca com o guardanapo e levanta a mão para o garçom. O garçom vem e recolhe os pratos, e, antes mesmo de perguntar, o homem sem morte diz: 'Agora teremos café.'

"E, eu penso, isso é sério. Ele pega o cachimbo do narguilé novamente e começa a fumar, e a cada par de baforadas me oferece, mas recuso. O tabaco tem cheiro de lenha e rosas amargas. A fumaça se desdobra e se soma à neblina baixa, manchando as luzes sobre a ponte. O garçom volta com nosso café. Começa a montar a mesa para colocar as xícaras, mas o homem sem morte diz: 'Não, vamos tomar juntos nesta aqui', e tira a sua xicarazinha branca com a borda dourada.

"Faço uma última tentativa e, enquanto o garçom ainda pode ouvir, digo: 'Creio que, agora, você pedirá ao cavalheiro para tomar café conosco'. Digo isso rudemente, para que o garçom saia e não beba da xícara.

"Mas o homem sem morte responde: 'Não, não, nós dois já tomamos café nesta tarde, não foi?', e o velho garçom sorri e abaixa a cabeça careca, de repente fico desalentado, sou tomado de tristeza por aquele senhor. 'Não, meu amigo, este café é para você e para mim', diz o homem sem morte. Quando o garçom parte, Gavo serve o café quente na xícara e o passa para mim. Senta-se de volta e espera que esfrie o suficiente. Isso leva muito tempo, mas acabo bebendo minha xícara, e meu amigo sorri para mim.

"'Bem, agora...', ele diz e pega minha xícara. Está escuro na varanda, e ele espia dentro da xícara; inclino-me para a frente, o rosto dele é como uma pedra.

"'Olhe aqui', ele diz de repente. 'Por que você veio a Sarobor? Você está com o outro lado.'

"'Imploro-lhe que não diga isso', respondo. 'Imploro-lhe que não diga isso alto novamente. Quer que aquele velho escute?'.

"Gavo ainda segura minha xícara, e eu respondo: 'Não estou com o outro lado. Não tenho lado. Sou de todos os lados'.

"'Não por nome', ele diz.

"'Minha esposa nasceu aqui', eu lhe digo, e bato na mesa com o dedo. 'Minha filha também. Vivemos aqui até minha filha completar seis anos.'

"'Mas você parece saber o que vai acontecer amanhã. Eu pergunto, por que veio? Não foi chamado. Não veio aqui para resgatar nada de valor. Você veio para jantar. Por quê?'

"'Isto *tem* valor para mim', digo. 'E aparentemente para aquele pobre senhor, para quem você não vai dar nem a chance de estar com a sua família.'

"'Ele vai estar com a família nesta noite, doutor, quando voltar para casa', diz o homem sem morte, e ainda está paciente. Nem acredito que seja tão paciente. 'Por que eu deveria lhe dizer que amanhã ele vai morrer? Para que, na sua última noite com a família, ele fique se lamentando?'

"'Por que então se importou de contar aos outros?'

"'Que outros?'

"'Os outros, o homem que o afogou e o outro, com aquela tosse na Virgem das Águas. Por que não o avisa? Aqueles outros homens estavam morrendo, morrendo mesmo. Este poderia se salvar, ele podia ir embora.'

"'Você também', ele diz.

"'Eu vou.'

"'Vai mesmo?', ele me provoca.

"'Vou', respondo. 'Me dê essa xícara, seu canalha, com esse risinho aí. Não há nada nela para mim.'

"Mas ele não me dá a xícara, e me diz: 'Você não respondeu, doutor, quando perguntei por que veio a Sarobor'.

"Bebi bastante vinho de uma só vez, e então respondi: 'Porque amei esse lugar por toda a minha vida. Minhas melhores lembranças estão aqui... Minha esposa, minha filha. Isso, tudo isso, vai para o inferno amanhã'.

"'Ao vir aqui, você percebe o risco que está correndo? Eles podem atirar um míssil agora mesmo e atingir este prédio.'

"'Isso vai acontecer?', quero saber. Estou bravo demais agora para me preocupar.

"'Pode ser que sim, pode ser que não', ele responde.

"'Então você também não vai me avisar?'

"'Não, doutor, estou falando de outra coisa', ele explica, pacientemente. 'Não estou falando de doença, de uma longa e lenta descida até algo. Estou falando de algo repentino. Estou tentando explicar. Não vou avisar esse homem porque sua vida vai terminar repentinamente. Ele não precisa saber disso, porque, ao não saber, não vai sofrer.'

"'Repentinamente?', repito.

"'Repentinamente', ele ecoa. 'Sua vida, como ele a está vivendo, bem e com amor, com amigos. E então algo repentino. Acredite em mim, doutor, se sua vida acabar repentinamente você vai agradecer, e se não acabar assim, você vai desejar que tivesse acabado. Você vai querer essa morte repentina, doutor.'

"'Eu, não', rebato. 'Eu não gosto das coisas repentinas, como você diz. Eu preparo, eu penso, eu explico.'

"'Sim', ele confirma. 'E essas coisas você pode fazer razoavelmente bem, mas não isso.' Ele aponta para a xícara e eu penso, *sim, sim, ele está aqui por minha causa também.* 'De repente', ele diz.

"'Você não prepara, você não explica, você não pede desculpas. De repente, você vai. E com você leva toda a contemplação, toda a consideração de sua própria partida. Todo o sofrimento que viria de saber, vem depois que você parte, e você não é parte disso.' Ele olha para mim, eu olho para ele, e o garçom vem com a conta. O garçom deve achar que algo terrivelmente particular está acontecendo, porque parte rapidamente.

"'Por que está chorando, doutor?', o homem sem morte me pergunta. Eu esfrego os olhos e lhe digo que não tinha percebido que estava chorando.

"'Haverá muitas coisas repentinas, doutor, nos próximos anos', diz Gavran Gailé. 'Serão anos longos, bem longos. Não tenha dúvida disso. Mas esses anos vão passar, uma hora vão acabar. Você precisa então me dizer por que veio para Sarobor, doutor, onde se arrisca a cada minuto que se senta aqui, mesmo que saiba que um dia essa guerra vai acabar.'

"'Essa guerra nunca vai acabar', eu lhe digo. 'Estava aí quando eu era criança, e estará aí para os filhos dos meus filhos. Vim a Sarobor porque queria vê-la de novo antes do que pode acontecer, porque não quero que isto vá para longe de mim, como você diz, de maneira repentina.' Estou amarrotando e esticando a toalha da mesa. O homem sem morte põe no prato da conta notas novinhas que não vão valer nada no dia seguinte. Digo-lhe: 'Gavran Gailé, a xícara diz que vou me juntar a você nesta noite de maneira repentina?'.

"Ele dá de ombros e sorri para mim. Não há nada de raiva, nada de perversidade em seu sorriso. Nunca há. 'O que gostaria que eu dissesse, doutor?'.

"'Que não.'

"'Então quebre a xícara', ele me diz, 'e parta.'"

*

Meses depois, por semanas e semanas seguintes ao fim do bombardeio, Zbogom, o tigre, continuou a comer as próprias pernas. Ele estava dócil e domesticado com os tratadores, mas selvagem consigo mesmo, e eles se sentavam na jaula com ele, acariciando o grande bloco de sua cabeça enquanto roía os tocos de suas pernas. Os ferimentos infeccionaram, ficaram inchados e pretos.

No final, sem anunciar no jornal, eles deram um tiro naquele tigre sem pernas, dentro da sua jaula. O homem que o criou – o homem que tratou dele, pesou-o, lhe deu banhos, o homem que o carregou pelo zoológico numa mochila, o homem cujas mãos aparecem em cada foto tirada do tigre quando filhote – foi quem apertou o gatilho. Eles dizem que a companheira do tigre matou e comeu um de seus filhotes na primavera seguinte. Para a tigresa, a estação significou uma luz avermelhada e calor, um som que se ergueu e caiu como um grito; então, os tratadores levaram os filhotes restantes para longe dela, criaram os filhotes em casa, junto com seus animais de estimação e suas crianças. Casas sem eletricidade, sem água corrente por semanas sem fim. Casas com tigres.

12
O FARMACÊUTICO

O homem que descobriu a morte do Urso Dariša ainda vive em Galina. Seu nome é Marko Parović, tem setenta e sete anos de idade, e já é bisavô. Seus netos recentemente lhe compraram um novo cortador de grama, e ele opera aquela monstruosidade sozinho, um homem minúsculo, de braços bronzeados, que de alguma forma consegue conduzir a máquina laranja numa linha reta por seu gramado. Ele não fala do Urso Dariša de noite, e não falará dele de modo nenhum sem reunir coragem com vários copos de *rakija*.

Quando fala, esta é a história que conta:

– Uma hora depois dos primeiros raios do dia, o Urso Dariša acordou de sua jornada interrompida na neve cheia de sangue. Quando se sentou e olhou ao redor, viu que o tigre estava comendo seu coração. Lá, entre as árvores negras de Galina, o diabo de olhos amarelos enfiava os dentes fundos na massa molhada do coração de Dariša. Inicialmente aterrorizado, ele tocou suas costelas e percebeu que estavam vazias; buscou o resto de suas forças, a força de ursos cujos corações foram calados com o passar dos anos. Sem seu coração humano, Dariša ficou de quatro e suas costas se ergueram como uma montanha, os olhos cheios de escuridão. Seus dentes caíram como vidro das mandíbulas, e em seu lugar cresceram dentes amarelados de urso. Ele saltou alto sobre o tigre, iluminado pela lua, e a floresta toda estremeceu com o seu rugido.

"Até hoje, em algumas noites, pode-se ouvir o rugido da batalha dos dois quando o vento sopra do leste através das copas das árvores de Galina. O Urso Dariša jogou seu grande peso de fera sobre o tigre, e o diabo de olhos amarelos enfiou suas garras nos ombros de Dariša, e os dois rolaram pela neve, mordendo um ao outro, derrubando árvores e tirando pedras do solo.

"De manhã, nada restava da terrível batalha além da pele vazia do Urso Dariša e um campo manchado de sangue que até hoje não voltou a florescer."

*

Algumas horas depois de amanhecer – ele teve certeza de que não conseguiria dormir, mas de alguma forma, assim que amanheceu, viu-se sucumbindo à sua própria exaustão, ao frio terrível, ao alívio de ter trazido a esposa do tigre em segurança para casa –, meu avô acordou para um mundo que já sabia que o Urso Dariša estava morto. Marko Parović, verificando as suas armadilhas para codornas aos pés da montanha, deparara-se com a pele manchada de vermelho e voltara correndo para a vila, arrastando-a atrás de si, chamando por Deus.

Quando meu avô saiu da cama e foi para a porta, uma grande multidão já se reunia na praça, e as mulheres, tendo na cabeça lenços com estampa de flores, gritavam:

– Dariša está morto. Deus nos abandonou.

Meu avô ficou ao lado da Mãe Vera, no fim da escada, vendo a multidão aumentar. Ele podia ver Jovo, o quitandeiro, e o sr. Neven, que consertava arados; podia ver o padre em sua batina preta manchada e as irmãs solteironas de duas casas ao lado que tinham vindo de chinelos. Meia dúzia de pessoas de costas para ele. A primeira onda de pânico causada pelas notícias de Marko Parović estourara, e agora meu avô via feições descrentes de homens e mulheres que conhecera a vida toda: o padeiro, rígido e de rosto vermelho, com os dedos cobertos de massa; os ombros sacolejantes da sua filha, que estava sem fôlego, enrolando o cabelo nas mãos como uma mulher em luto num enterro. Um pouco afastado estava o farmacêutico, em silêncio, com o casaco sobre os ombros, olhando a pele encharcada de sangue, tudo o que restava do Urso Dariša jazia a seus pés como se nunca tivesse estado vivo.

O farmacêutico se abaixou e pegou uma ponta da pele. Meio levantada, parecia uma asa peluda e molhada.

– Pobre homem – meu avô ouviu uma mulher dizendo.

– É demais.

– Precisamos honrá-lo. Precisamos de um velório.

– Olhe, Deus! O que devemos enterrar?

– Aqui – meu avô ouviu o farmacêutico dizer –, aqui, está certo de que não havia traço dele?

– Senhor – Marko Parović respondeu, abrindo as mãos. – Havia apenas os traços na neve onde ocorreu a batalha.

Um murmúrio de horror e admiração passou pelo povo, e as pessoas fizeram o sinal da cruz. A decepção coletiva com Dariša, a raiva pelo seu abandono, o fato de que eles estiveram denegrindo seu nome e o que ele fazia duas horas antes, tudo ficou de lado com a notícia de sua morte.

Um dos cães da vila aproveitou o momento para investigar a pele estendida e levantar uma perna sobre ela; houve um grito de ultraje, com seis ou sete mãos buscando a pele e a bota de alguém chutando o cachorro para longe, e Vladiša, cujos nervos nunca foram recompostos desde o encontro com o tigre, caiu num desmaio.

– Por Deus, vamos levar isto para a igreja – disse o padre. Enquanto um punhado de aldeões perplexos carregava a pele na direção da igreja, o farmacêutico amparou Vladiša nos degraus da varanda, e olharam pela primeira vez para meu avô na porta.

– Traga água – disse o farmacêutico, e meu avô correu para a bacia na cozinha. Quando voltou, estava ciente de ser cuidadosamente estudado pelos olhos da vila, as mulheres sobre ele como sombras. Mas meu avô só olhava para o farmacêutico, que tinha cheiro de sabão e calor humano, e que sorriu quando ele lhe passou a bacia de água.

Então houve um tumulto de vozes femininas.

– Foi você, não foi? – gritou-lhe a filha do padeiro, pronta para a briga. Meu avô recuou nos degraus de sua casa e olhou para ela. – Não fuja não, fique bem aí, e mostre seu rosto. Olhe bem. Olhe o que aconteceu.

Mãe Vera se pôs atrás do meu avô, e a filha do padeiro disse: – Não está envergonhado? A que preço você ficou amigo daquela puta do diabo, você a fez se sentir bem-vinda aqui? Não tem vergonha?

– Cuide da sua vida – Mãe Vera ralhou.

– Isso agora faz parte da vida de todos nós – a filha do padeiro respondeu

Meu avô não falou nada. Com a luz do dia e algumas horas de sono separando-o daquilo, a jornada da noite passada parecia ter acontecido milhares de anos atrás. Sua mente não conseguia localizá-la exatamente. Ele suspeitava, mesmo com a filha do padeiro culpando-o pelo envolvimento, que ninguém sabia de fato seu verdadeiro grau de responsabilidade. Mas ainda havia uma chance de que alguém viesse à frente e dissesse que o tinham visto sair da vila na noite anterior; ou, ainda pior, que haviam testemunhado sua volta com a menina, afundando na neve sob o peso dos esforços dela; ou que tivessem encontrado os rastros dele antes de a nevasca da meia-noite tê-los coberto.

Deitado em sua cama, com os pés frios e as pernas tremendo, tentando conter os espasmos nervosos dos membros, certo de que a força com a qual lhe batia o coração era ouvida pela Mãe Vera, meu avô se permitiu acreditar que eles tinham se safado de alguma coisa. Mas, agora, era impossível não pensar em Dariša. E, mesmo que meu avô fosse jovem demais para entender por completo o que tinha acontecido com o Urso, algum sentimento de responsabilidade deve ter ficado preso nele por toda a vida. Da forma como era, com nove anos de idade e aterrorizado, tudo o que pôde fazer foi ficar parado na porta e assistir ao pânico que sacudia a vila sem nenhum sentido.

– Isso já foi longe demais – disse o lenhador. – Ele vai dar cabo de nós um por um.

– Precisamos ir embora, todos nós.

– Precisamos mandar aquela puta embora e ficar lá – Jovo gritou.

Nos movimentos dos homens, meu avô viu um novo propósito. Eles ainda não haviam se coordenado, mas estavam prestes a tomar uma decisão, e meu avô sentiu a inevitabilidade do desastre passar por ele como um rio contra uma correnteza na qual estivesse completamente perdido.

Ele estava certo de uma coisa: ela precisava dele agora mais do que nunca. Percebera isso na noite passada, quando ambos pararam numa clareira um pouco abaixo da montanha e ele ficara sobre a esposa do tigre enquanto ela se ajoelhava na neve, vendo o hálito sair da sua boca em longos e finos tentáculos, e ele tinha sido incapaz de lhe soltar a mão. Sentia que, fosse o que fosse aquilo que a fizera adulta, ela se mantinha calma e sem medo, preservava a barriga redonda como a lua, não cedera aos terrores da noite. Ele a deixava sozinha às vezes, além de ficar sozinho com ela. Era como se eles tivessem perdido o tigre, e como se o tigre os tivesse abandonado; estavam apenas os dois, meu avô e a noiva do tigre.

Ele a ajudou a subir a escada para a sua casa na noite anterior e lhe disse, mesmo que ela não pudesse ouvi-lo, que voltaria de manhã. Voltaria com chá quente e água, com mingau para o café da manhã, e lhe faria companhia. Tomaria conta dela. Mas agora ele percebia que aquilo era impossível. Deixar a casa e andar pela praça com todos a observá-lo, ou cruzar o pasto e entrar na casa dela, ia deflagrar algo, um declínio sem fim. Ele não podia fazer isso; não tinha autoridade, não tinha jeito de se segurar contra o choque de fora, contra a raiva dos adultos, que eram, afinal, maiores do que ele. E ela, a mulher do tigre, estava totalmente sozinha. Esse pensamento o sufocava acima de todos os outros.

Ele queria explicar isso à Mãe Vera enquanto ela o forçava de volta para dentro de casa. Queria contar-lhe sobre a noite anterior, sobre quão fria e aterrorizada a menina estivera. Mas não conseguia encontrar uma forma de se explicar. Ocorreu-lhe, então, que ela tinha permitido que ele dormisse; deixara de acordá-lo de manhãzinha para fazer as suas tarefas, ou às oito da manhã para tomar o café; ela não o acordara quando Marko Parović cambaleou pelo mato e passou pela casa do açougueiro com a pele sangrenta em suas mãos, segurando o choro. Ela o deixara dormir porque sentira que ele precisava disso. Não havia mais nada que ele pudesse lhe dizer. Ela já sabia. E, qualquer que fosse o motivo, ela tinha se afastado disso, e seus olhos revelavam a verdade, até onde lhe dizia respeito; ela não tinha mais lugar naquela batalha.

Sem esperança, meu avô ficou na janela e espiou.

Havia um círculo fino, sujo de lama, onde a pilha de neve da noite passada começava a derreter; os cães da vila, sujos e desbotados, estavam amontoados por lá, nas cercas e portas amplas das casas da vila molhadas e frias, e, além deles, a pequena casa do açougueiro no canto do pasto com a chaminé soltando fumaça, que lhe parecia incrivelmente distante agora. Quando o farmacêutico ficou de pé e começou a abrir sua botica, meu avô correu para fora atrás dele.

As pessoas, ao falar do farmacêutico de Galina, raramente mencionam sua aparição. Como descobri por Marko Parović, há uma razão para isso. “Digno”, ele diz do farmacêutico, passando a mão pelo rosto, “mas muito feio”.

A implicação é que, apesar da configuração infeliz de seus traços – ou talvez por causa disso –, o farmacêutico parecia digno de confiança, em paz consigo, alguém a quem se podia pedir conselhos.

É menos fácil imaginá-lo em uma de suas muitas vidas antes de Galina, aos dez anos, na primeira vez em que ele aparece nas histórias dos outros, quando foi encontrado vagando pelas ruínas chamuscadas do mosteiro de Sveti Petar por um bando de *hajduks*, doze homens montados em pangarés esfarrapados que chegaram tarde demais para interromper o ataque de um batalhão otomano. Os monges de Sveti Petar foram acusados de esconder um rebelde que matara o sobrinho do capitão do batalhão numa briga de taverna, vários meses antes, e o capitão pessoalmente aceitara a tarefa de vingar tanto a morte de seu sobrinho quanto, o mais importante, a difamação do jovem como um bêbado. Quatro dias de cerco e, então, uma matança indiscriminada; pois os *hajduks*, que haviam passado a manhã tirando os mortos das frágeis cinzas da capela, eram a redenção pelas mãos de Deus na visão do farmacêutico, que rastejara para debaixo de uma charrete virada para o muro sul. Ali estava uma criança que tinha sido encontrada por eles, que não sabiam quem era, mas podiam supor que fosse um órfão do mosteiro. Nunca saberiam dos seus medos, do seu ódio, da sua imprudência cega quando perdera a paciência para rezar e avançara encarando sozinho a cavalaria turca. Um sabre o atingira nas costelas, e ele ficou caído lá, buscando ar na manhã manchada de fumaça enquanto o capitão, Mehmet Aga, se inclinava sobre ele e lhe perguntava seu nome, para saber quem estava prestes a empalar. Ele não disse aos *hajduks* – e ninguém em Galina jamais saberia – que não foi a admiração de Aga pela coragem do menino que salvara sua vida, mas o nome do menino: "Kasim", disse o farmacêutico, usando pela última vez o nome sob o qual ele fora abandonado na porta do mosteiro: "Kasim Suleimanović", e Aga, voltado para uma improvável piedade pelas mãos de seu próprio Deus, o deixou lá para peneirar a terra de cinzas. Salvo por seu nome uma vez, o garoto não esperava que o salvassem de novo. Quando os *hajduks* lhe perguntaram seu nome enquanto o enfaixavam, ele respondeu que não se lembrava.

Então os *hajduks* lhe deram um novo nome, Nenad, o inesperado. Mas, para o farmacêutico, o nome não significava nada; trocado uma vez, ele faria isso seguidamente. Ainda assim, seu antigo nome e o que significava o seguiria, não trocado, pelo resto da vida.

Kasim Suleimanović o manteve nos seus anos com os *hajduks*, vivendo e saqueando na sua companhia com considerável relutância até fazer dezoito anos. O nome trazia incerteza, a consciência de um certo tipo de traição cujas consequências ele sempre anteciparia. Como um abutre, o nome ficava em seus ombros, conservando-o longe para que pudesse ver as falhas que tornavam os *hajduks* ridículos; eles estavam determinados a devolver aos pobres, mas em sua generosidade desenfreada deixavam de guardar para si mesmos, o que com frequência os levava a catar migalhas e a desperdiçar severamente suas valiosas conquistas. A vitória com eles era desejada, mas a derrota era mais honrosa, formava mais o caráter, mais prazerosa na reflexão posterior; suas buscas exigiam discrição, mas eles irrompiam em músicas que enalteciam as próprias proezas ao primeiro toque de admiração numa taverna.

Enquanto o farmacêutico estava entre eles – preparando as suas refeições, afiando suas espadas, cuidando dos feridos –, não verbalizava as reservas que tinha em relação àquela vida, não podia confessar que os esforços dele celebravam uma certeza de fracasso, sendo, portanto, sem sentido, idiotas e arriscados. Em toda inclinação coletiva dos *hajduks* ele reconhecia uma tentativa deliberada de evitar a segurança.

O nome o seguiu também quando o campo *hajduk* caiu no domínio do bando magiar de caçadores de recompensa. O nome estava com ele quando arrastou seu único compatriota vivo, o Cego Orlo, para longe dos destroços do campo e para dentro do bosque; estava com ele enquanto cuidou de Orlo, enfaixando seu crânio fraturado, imobilizando a fíbula atingida por uma bala. Até que uma infecção fez a perna esquerda de Orlo inchar para o dobro do tamanho normal, latejando por sua corrente sanguínea durante semanas. Foi um inverno pesado, e o farmacêutico manteve o velho ao ar livre o máximo que podia, aplicando-lhe curativos, mantendo a perna gelada, temeroso de que acordasse uma manhã para descobrir que a perna ficara preta à noite.

Em seguida à recuperação do Cego Orlo, o farmacêutico poderia ter se afastado, encontrado outra vida, mas era preso ao dever de cuidar do companheiro cego, e, portanto, ficou; isso talvez fosse a única desculpa para o seu medo num mundo no qual sua posição era incerta.

Protegido na primeira metade da vida por monges e guardado pelos *hajduks* nesses dez últimos anos, ele não sabia como desistir da certeza de uma fraternidade inquestionável. Sem isso, não teria forças.

Ao lado do Cego Orlo, o farmacêutico adquiriu as fundações da farsa que viria a abominar por anos. Seguiu o Cego Orlo de vila em vila, alimentando-se das superstições dos simples e influenciáveis. Faziam o mesmo truque em toda cidade: o profeta cego e seu companheiro de semblante infeliz. Oficialmente, Cego Orlo lia folhas de chá, ossos, dados, tripas, o movimento de pássaros, e sua condição trazia credibilidade ao que afirmava. Mas toda a intuição de que precisavam suas mentiras se baseava em sinais não pronunciados do farmacêutico, que aprendia a ler os desejos e medos dos seguidores nas linhas da boca e dos olhos, na testa, nos mínimos movimentos das mãos, nas inconsistências vocais, nos gestos de que eles mesmos não tinham consciência. Então, Cego Orlo dizia o que eles queriam ouvir.

– Sua colheita vai prosperar – ele dizia ao fazendeiro com mãos calejadas.

– Um garoto bonito da vila ao lado está em seus pensamentos – ele dizia para a virgem que o olhava diante de tripas rosas da pomba que lhe trouxera. – Não se preocupe, você também está nos pensamentos dele.

Servindo como os olhos do Cego Orlo, o farmacêutico aprendeu a ler mentiras brancas, a distinguir olhares furtivos de amantes secretos que iriam precipitar casamentos, entender velhos ódios familiares escavados em conversas ao lado da lareira que lhe permitiam antever conflitos, lutas, às vezes assassinatos. Aprendeu também que, quando confrontadas por extremos da vida – fossem bons ou ruins –, as pessoas recorriam à superstição para encontrar significado, costurar eventos não conectados, para entender o que acontecia. Ele aprendeu que, não importava quão grave o segredo, quão imperativo o silêncio absoluto, alguém sempre sentiria necessidade de confessá-lo, e um segredo desvendado era uma força terrível.

Enquanto aprendia dessa forma a dissimular, o farmacêutico acabou esbarrando, quase acidentalmente, em seu próprio talento médico. De início, começou lentamente, com serviços que suplementavam a profissão do profeta: ervas para dor de cabeça, encantamentos de fertilidade, misturas para impotência. Mas logo estava engessando ossos e curando mal-estar, colocando os dedos em nódulos linfáticos inchados de doentes de gripe.

Certa vez, sem experiência prévia, ele extraiu uma bala incrustada profundamente no ombro de um guarda da cidade. Era um dom, dizia-se onde quer que ele fosse; eles nunca tinham visto tamanha calma, autoridade e compaixão num jovem assim. Era um dom para todos, mas o era especialmente para o farmacêutico; como curandeiro, ele dava respostas, acabava com o medo, restaurava a ordem e a estabilidade. Cego Orlo, com suas mentiras e manipulações, tinha poder, sim; mas seu verdadeiro poder, ele acabou entendendo, vinha do definido e do concreto, nas previsões baseadas em evidências, na vida continuada de um homem que se sabia poderia salvar-se, e na morte de um homem que se sabia no rumo da morte certa.

Claro, nem o farmacêutico nem o Cego Orlo podiam contar com o lado imprevisível de suas empreitadas, com a desconfiança das pessoas, detalhes omitidos que faziam enorme diferença em situações impossíveis de prever. Foi, provavelmente, não o primeiro dos seus erros graves, mas o único do qual eles ainda estavam por perto, e pagaram caro. Na cidade de Spašen, aconselharam um bem-sucedido mercador, que procurava expandir seus negócios, a aceitar um ambicioso jovem seu protegido, a favor do qual o homem talvez investisse.

– Dê uma posição ao menino – disse Cego Orlo. – A juventude revigora a alma.

Claro, nem ele nem o farmacêutico podiam imaginar que a alma do jovem estava, de fato, revigorando a mulher do mercador; ou que o mercador voltaria uma noite para casa e descobriria que a patroa fugira com o jovem protegido e o jarro de dinheiro que o mercador mantinha escondido na pia batismal da capela. O mercador bebeu por três dias e três noites exatos, sem parar, e assim lubrificado, numa noite, deu um tiro no Cego Orlo, quando ele e o farmacêutico voltavam de um jantar na casa do moleiro.

O farmacêutico, que mal escapou com vida, descobriria várias semanas depois que o marido traído era um homem de determinação considerável; ele estipulara uma modesta mas incentivadora recompensa a quem acusasse de fraude o farmacêutico e exigisse sua mudança de lá. O farmacêutico lamentava a morte do compatriota, sua última ligação com a primeira vida, mas nesse momento já estava certo do que queria, do que ansiava: estabilidade, retidão, pertencer a algum lugar. Encontrou isso, alguns anos depois, num canto remoto das Montanhas do Norte, numa pequena vila na qual estava passando quando uma mãe de quatro filhos ficou doente. Parou para cuidar dela, e nunca mais partiu.

Marko Parović ainda não tinha nascido quando o farmacêutico começou a montar sua botica em Galina, lentamente, mas com determinação. Mas ele conta a história da chegada do homem como se a tivesse testemunhado: a charrete com suas incontáveis bugigangas, as dúzias e dúzias de jarros em caixotes lentamente carregados pela porta da loja abandonada do sapateiro, o balcão construído com a ajuda de jovens da vila, o espanto que foi a vinda do íbis na gaiola. Como por anos as crianças da vila se esforçaram por ensinar a ave a falar, e como o farmacêutico, por puro prazer, nunca tentou corrigi-las. Como seu único pagamento por muitos anos foi lenha para o seu fogo. Como uma única lenha da pilha do afligido lhe dava o privilégio de se sentar em uma de suas cadeiras de madeira envernizada, de lhe revelar os segredos do que o atormentava, das suas dores de cabeça e dos pesadelos, do desconforto de certas comidas e da dificuldade de fazer amor. E como o farmacêutico, parecendo dispor de todo o tempo do mundo, escutava e fazia anotações, abria a boca do cliente e espiava seus olhos, sentia-lhe os ossos da espinha, recomendava-lhe ervas secas e tudo o mais.

Alheio ao passado do farmacêutico, Marko Parović nada pôde me dizer sobre o que ele deve ter sentido naqueles anos prazerosos, quando finalmente conquistou a confiança da vila, a segurança de sua fé, o poder que vinha de encantá-los com a habilidade de curar pequenas dores e segurar o avanço da morte. Como deve tê-lo aliviado, após uma vida de violência, ser requisitado para presidir disputas triviais de terra e brigas de comércio numa vila que tinha apenas uma arma. E, claro, Marko Parović não pôde me dizer nada sobre como o farmacêutico deve ter se sentido com a primeira aparição da esposa surda-muda de Luka, uma muçulmana como ele, ou sobre como o tratamento que os aldeões lhe dispensaram deve ter reforçado sua necessidade de se manter em segredo, mantê-los hipnotizados e sem desconfianças, por mais envergonhado que se tenha sentido por deixar de intervir a favor dela.

Ele mal se lembrava de Luka quando criança, mas tinha consciência do filho do açougueiro logo que retornou. Luka, que tinha visto o mundo, que era bruto sem ser tolo, uma combinação indesculpável; Luka, que, apesar da desconfiança entre eles, apareceu pálido na porta da sua botica uma noite, havia dois outonos, com olhos tingidos de sangue, voz partida: – Venha logo, acho que ela está morta.

Então, na casa de Luka, ele tinha visto a última prova do que suspeitava havia meses. A menina estava num canto, enrolada sob uma mesa quebrada que fora empurrada contra a parede. Ele não podia imaginar como a mesa tinha ido parar lá, como ela caíra embaixo da mesa. E não podia arrastá-la. Seu pescoço parecia solto, quebrado, e se ainda estivesse viva podia matá-la ao movê-la. Assim, ele arrastou a mesa pela sala, enquanto Luka se sentava no chão da cozinha, soluçando com as mãos nos olhos. O rosto da menina estava irreconhecível, grudento por causa do sangue, seu cabelo emaranhado e o couro cabeludo sangrando no chão. Seu nariz estava quebrado, ele estava certo disso sem precisar tocá-la. Colocou as mãos no chão, trouxe seu rosto para perto, ajoelhou-se assim por um longo tempo antes de finalmente encontrar a respiração dela, presa numa grossa bolha de sangue coagulado de saliva que se estendia entre os lábios.

Ele avaliou os danos: rótula quebrada, couro cabeludo cravejado de cacos de algum tipo de louça, mão esquerda destroçada, coluna torcida, uma ponta de osso na pele pouco acima do pulso. Inicialmente, achou que três dos seus dentes da frente tinham caído, mas pôs os dedos na sua boca e os encontrou, empurrados para trás no céu da boca. Usou uma colher para apoiá-los, trouxe-os à frente novamente com um estalo úmido que sentiu na ponta dos dedos. Eles nunca mais ficariam certos, mas pelo menos ela não os perderia. Limpou o sangue do seu rosto, enfaixou-lhe a cabeça, imobilizou o que podia e tratou do resto, prendeu a mandíbula com curativos, amarrou o queixo como se amarra o de um defunto. E foi assim que ela ficou, deitada numa cama improvisada no cômodo da frente, passando quatro dias até conseguir abrir um olho. O farmacêutico estava indo à casa de Luka duas vezes por dia para colocar gelo no rosto e nas costelas dela, e esfregar pomada nos cortes da cabeça, o tempo todo convencido de que ela partiria entre uma visita e outra, e ficou impressionado quando a menina olhou para ele.

Na última vez em que passou para vê-la, o farmacêutico disse para Luka: "Se isso acontecer de novo, acabo com você".

Falava sério, e naquela época ele ainda tinha peso suficiente na vila para cumprir a promessa. Mas então veio a epidemia que tomou as crianças da vila – quando Mirica fez para o meu avô chá com as folhas de oleandro e quando socorreu Dušan, amigo do meu avô, ferido acidentalmente num jogo nós-contra-otomanos – e a longa e aterrorizante disputa em que ele as viu fugindo do seu alcance, uma por uma.

Depois disso, a fila diante de sua porta minguou; os pacientes costumavam vir à sua botica duas, três vezes, para se certificar de que estavam no caminho da recuperação, para questionar as ervas que lhes havia prescrito. Seu poder – que até então o elevara acima do padre como o último mediador a quem recorrer para o próximo mundo – estava de repente equilibrado na ponta de uma faca. Ele era, sempre fora um forasteiro; quando sua intervenção falhava, sentia esvair-se o poder que tinha na vila. Tinha decidido defender a menina; mas, em vista da derrota, aquela promessa feita mais para si mesmo caiu sob os esforços de reconquistar a confiança dos aldeões, restabelecer a fé e a submissão ao seu poder. Tornava-se claro para ele que esses esforços também haviam falhado.

Os homens da vila tinham começado uma pequena fogueira na praça, e o fogo gerava bolsões de fumaça. Alguns dos homens tinham cruzado o pasto aos pés da montanha procurando o acampamento de Dariša, para encontrar sua charrete e seus pertences, o que em parte esperavam tivesse desaparecido, assim como o próprio Dariša. Alguns pararam em frente à casa do açougueiro e não foram além. Jovo teve coragem suficiente para subir e espiar pela janela, mas não viu nada.

Meu avô ficava, com suas botas molhadas, na varanda da botica do farmacêutico, vendo o gelo sobre a porta escorrer em gotas que faziam um ritmo silencioso nos corrimãos e nas árvores. Quando o farmacêutico abriu a porta, meu avô apenas disse "por favor", e repetiu isso seguidamente, até que o amigo o puxou para dentro e se ajoelhou ao seu lado com um copo de água quente, fazendo-o beber bem, bem lentamente.

Então o farmacêutico tirou o cabelo dos olhos do meu avô e disse: "O que aconteceu?".

Os degraus da casa dela estavam cobertos de neve, o farmacêutico subiu e ficou na entrada. Carregava nas mãos a garrafa que misturava a bebida para futuras mães que fazia com frequência, de giz, açúcar e água. Bateu na porta com os dedos, inicialmente de leve, para que o som não atravessasse o pasto; quando ela não respondeu, bateu com mais força, até se lembrar de que ela era surda, e então ficou ali parado, sentindo-se um idiota. Tentou abrir a porta, que cedeu. Ele parou por um momento, lembrando-se da arma, a arma do ferreiro, que não tinha aparecido novamente na vila desde que Luka a trouxera de volta, perguntando-se se ainda estava com a menina e como poderia se anunciar. Abriu mais a porta, olhou ao redor e entrou.

A noiva do tigre estava sentada no chão ao lado da lareira, desenhando algo nas cinzas com os dedos. O fogo brilhava forte em seu rosto, e seu cabelo caíra ao redor dos olhos; ele não podia vê-los exatamente. Ela não levantou o olhar quando ele, entrando, fechou a porta atrás de si. Estava sentada, enrolada em uma seda turca roxa, dourada e vermelha, e suas pernas nuas e finas dobravam-se sob a grande barriga. O que mais o impressionou foi o vazio do cômodo; havia uma mesa, alguns potes e tigelas sobre ela. Nenhum sinal da arma. Ela ainda não o tinha visto, e ele não queria surpreendê-la, mas não havia nada que pudesse fazer agora. Ele deu um passo à frente e entrou, ela se virou abruptamente e o viu; ele estendeu as mãos para lhe mostrar que era inofensivo e não estava armado.

– Não tenha medo – ele disse. Então, abaixou-se um pouco e tocou com os dedos seus lábios e a testa. Havia quase quarenta anos que não fazia aquele gesto.

Ela se levantou num movimento rápido, e o tecido deslizou por seus ombros. E ficou ali, com o rosto fechado e furioso, e o farmacêutico continuou curvado, sem se mover. Ela era muito pequena, a noiva do tigre, com ombros estreitos e um longo pescoço fino que um rio de suor havia coberto de sal. Sua barriga estava enorme, dura e redonda, desequilibrada na forma como puxava as ancas para a frente.

– O bebê – ele disse, apontando para ela. Pôs a mão sob o casaco e balançou-se um pouco, então lhe estendeu a garrafa.

– Para o bebê.

Mas ela já o reconhecera, ele podia ver isso – ela se lembrava dele, lembrava-se da sua casa, lembrava-se de que ele a entregara de volta a Luka –, e o olhar vindo do rosto dela era de intensa repulsa. Todo o corpo dela tremia.

O farmacêutico tentou explicar. Sacudiu a garrafa novamente, sorrindo, segurando-a alto para que ela visse. A água estava turva dentro.

– Para o bebê – ele disse novamente e apontou para a barriga. Fez um gesto de colo com os braços, apontou para si mesmo. Mas o rosto dela não mudou até ele dar outro passo em sua direção.

Ele esperava alguma mudança. Num espaço de tempo tão curto, ela tinha conseguido causar na vila um pavor reverencial. Ele a invejava por isso, admirava-a apesar de tudo. Ele se perguntava se ela podia captar a admiração. Ela conseguira a reverência assustada da vila sem esforço ou intenção e, mesmo agora, ele suspeitava que não soubesse o que tinha feito.

A noiva do tigre deve ter visto a hesitação no rosto dele, porque naquele momento seu lábio superior se levantou e seus dentes ficaram à mostra, ela guinchou para ele com a ponta do nariz subindo aos olhos. O som – o único que ele já a ouvira emitir, quando ela não havia proferido som algum com os ossos quebrados e ferimentos que se espalharam como continentes por seu corpo – atravessou-o como um tiro, e o deixou lá, paralisado. Ela estava nua, furiosa, e ele descobriu que ela tinha aprendido a fazer aquele som imitando um rosto que não era humano. Ele deixou a garrafa, sem virar as costas para ela, buscando a porta atrás de si, e quando ele a abriu, não conseguia nem sentir o ar frio entrando. O calor da casa ficou com ele como uma marca, enquanto ele caminhava de volta.

Um pouco abaixo do pasto, onde um córrego começava a voltar em pontos escuros pelo gelo, o farmacêutico viu Jovo esperando por ele. – Volte para a sua casa – disse o farmacêutico.

– Ela está lá dentro? – Jovo quis saber, movendo-se em frente um pouco.

O farmacêutico parou, virou-se. – Vá para casa – repetiu, e esperou até Jovo partir.

Meu avô estava esperando com o íbis pela volta do farmacêutico.

– Ela está bem? – meu avô perguntou.

O farmacêutico olhou para ele sem palavras por um longo momento. Antes de sair – depois que meu avô lhe contou tudo, depois que o farmacêutico prometeu ajudá-la –, meu avô o viu acendendo o lampião em sua mesa e trazendo jarros, colheres e um copo vazio da prateleira. Meu avô ficou ali, o nariz escorrendo, e viu as grandes mãos redondas do farmacêutico trabalhando no pilão e na massa. Esfregando o interior do copo. Trazendo as balanças douradas. Medindo os pós. Ele observou o farmacêutico derramar água quente numa garrafa e colocar o açúcar e o giz e folhas de hortelã. Viu a nuvem branca quando o farmacêutico tapou o vidro com a palma da mão, sacudindo, limpando com um pano. Lavando as mãos.

Agora o farmacêutico voltava com a mesma garrafa ainda cheia.

– Ela não o conhece – disse ao meu avô e estendeu a garrafa. – Então, pegue isso, você tem de correr e lhe dar isto. Ela precisa.

– Todo mundo vai me ver – meu avô argumentou.

– Todo mundo se foi.

Então meu avô cruzou a praça, carregando o vidro esfumaçado, olhando sobre o ombro para a praça vazia; meu avô, que foi para a casa do açougueiro, sorrindo; meu avô, que segurou a mão da mulher do tigre quando ela colocou o vidro nos lábios; meu avô, que limpou o queixo dela.

Não levou muito tempo depois disso.

Há uma enorme árvore fora da vila do meu avô às margens do córrego que leva ao rio Galinica. No inverno, os ramos vermelhos arqueiam sobre a margem, nus como ossos da bacia, curvando-se como mãos fechadas em reza. A árvore fica próxima da cerca em que começam os campos de milho trançados, e Marko Parović me disse que o povo de Galina a evita a todo custo; seus galhos, ele diz, formam uma rede na qual as almas são presas quando se erguem aos céus, e os corvos que se empoleiram lá tiram as almas da casca como minhocas.

Foi ali que Marko Parović testemunhou a morte do farmacêutico de Galina, há mais de sessenta anos. Marko me leva ao limite da vila para me mostrar, para bater no tronco com sua bengala, ficar de pé e apontar a árvore para que eu entenda, para que possa visualizar o enforcado, um jovem de olhos verdes de uma vila do sul, recrutado por tropas invasoras que passavam pelas terras baixas, e solicitado – não exigido – a realizar as execuções quando eles fossem de cidade em cidade. Eles mataram os líderes, os instigadores da rebelião e resistência, ou apenas os homens com seguidores leais, o tipo de seguidores que o farmacêutico agora possuía novamente, agora que todo mundo sabia, sem que precisasse ser dito, que ele a salvara deles, que ele tinha sido a causa da sua morte.

O farmacêutico, um homem tão feio, me diz Marko passando a mão no rosto, "horrível, mas ótimo", ficou na cerca no campo de milho com o nó em seu pescoço, perguntando-se por que não lhe haviam dado um tiro, e ainda esperando que fizessem isso. Dos sessenta homens que vieram à vila, Marko me diz, os alemães eram doze, e doze desses não foram ao enforcamento. Estavam na taverna, bebendo, apagando seus cigarros em pedaços do solo nus pelo gelo derretido que os trouxera ali. Os que ficaram ao lado da árvore naquela tarde eram homens cuja língua Mark Parović entendia e cujo ódio o farmacêutico entendia ainda mais, e eles tinham trazido a vila toda para ver o farmacêutico estrebuchar numa corda como um animal estripado, o primeiro de muitos exemplos sem sentido.

Marko não se lembra de ver meu avô entre os espectadores no enforcamento, apesar de ele provavelmente ter estado lá, de olhos esbugalhados e perdido, vítima de uma traição que já tinha compreendido, mal falando desde a manhã de sua última visita, quando eles a encontraram morta em sua varanda. Naquele dia ele chorou por horas e, quando buscou ajuda, absolvição, o rosto que viu era gentil, mas firme. Mãe Vera disse: "Agora está feito, então deixe para Deus". Depois da guerra, ela jurou para ele – e isso o manteve em frente –, eles deixariam a vila, iriam para outro local, começariam uma vida nova. No verão em que Mãe Vera morreu, meu avô já era médico, já era o homem que ia se tornar.

Mas Marko não se lembra da quietude intensa do farmacêutico antes de o recruta chutar suas pernas da cerca, seus olhos firmes e resignados, toda a luta arrancada dele por algo que ninguém presente entendia completamente, mas que todo mundo, depois, transmitiria como a sua responsabilidade, a graça do autossacrifício.

– Eles nem o enterraram no cemitério – Marko disse, apoiando-se na sua bengala, acenando com a mão livre em direção à igreja. – Tivemos de colocá-lo lá nós mesmos, depois da guerra.

– Onde a menina está enterrada? – ocorre-me de repente lhe perguntar.

– Que menina? – ele diz.

– A menina. A noiva do tigre.

– O que isso tem a ver com todo o resto? – ele rebate.

13
O RIO

No meio do caminho da montanha, a figura parou para descansar, e eu parei também, na cobertura de uma árvore baixa levada pelo vento que se inclinava sobre a estrada, com o cheiro de lavanda e sálvia penetrando em minhas narinas. Ele estava parado no meio da rua, balançando sobre seus pés enquanto olhava ao redor, e tive a nítida impressão de que olhava para mim, de que sabia que eu estava lá, e tentava decidir o que fazer comigo. Eu não tinha planejado o que fazer se ele se virasse e viesse me confrontar, e pela primeira vez lamentei o casaco branco que ainda usava e a mochila farfalhando nos meus ombros. Fiquei parada enquanto o homem virava de um lado para o outro, um tipo lento, ponderado, de dança, apoiando-se num pé e depois no outro, ombros inclinados para a frente, costelas torcidas para as sombras; então me peguei pensando: *mora*, e rindo de mim mesma por dentro. A lua surgiu e jogou todo o plano do morro num relevo agudo, as sombras das árvores e as rochas erguidas ao longo da estrada, e vi que o homem se movia de novo. Lenta, lentamente, afastando-se, ele subiu o morro. Esperei que desaparecesse numa curva e parti atrás dele.

Por um longo tempo senti que estava atrasando, o empuxo íngreme da montanha agia sobre mim quanto mais eu avançava, e agora havia uma curva à direita na estrada, para o que se tornou um leito de rio raso, quase vazio, levando para longe da cidade, além do lado plano da montanha varrido pelo vento. Além de mim estava o contorno iridescente da praia, iluminada por placas para vender sorvete e terraços de restaurantes. Luzes do porto manchavam a água, e a praça escurecia ao redor do mosteiro onde estava o jardim de frade Antun, vazio.

O homem seguia determinado pela margem do rio, ao lado do fino canal de água, em direção a uma subida cheia de árvores que se alargava rapidamente no morro diante de nós. Andei atrás dele em campo aberto, torcendo para que não se virasse e olhasse para mim novamente, porque, agora que estávamos nos movendo pela lateral do morro, eu não podia mais me esconder.

Parecia que o vento tinha parado, as cigarras também, e não havia som senão o leve burburinho do rio sob os meus pés e os estalos dos fechos da minha mochila, além do ocasional farfalhar de algo que corria pela grama.

Bem à frente, a figura andava de forma irregular, empurrando-se à frente pela água. Formava uma silhueta estranha por trás, inclinando-se, com grandes pés acolchoados silenciosamente na terra, a cabeça girando sobre o ombro. Não havia nada de encorajador no homem, nada que indicasse ser uma boa ideia continuar a segui-lo. Parei uma vez, por alguns minutos, com os sapatos encharcados, e observei seu avanço enquanto ele se afastava de mim. Pensei seriamente em dar meia-volta.

Logo à frente, o homem parou de repente, num brusco giro que o fez abaixar-se, então se endireitou e continuou. Dei-lhe mais distância, lutando para ver adiante no escuro. Havia algo lá, algo que interceptara o impulso do homem à frente, e, quando me aproximei, aquilo saiu da escuridão lentamente. Era uma corrente, notei, enferrujada, de metal, que cruzava o leito do rio, presa em duas árvores, uma em cada margem. Estava rangendo um pouco, e quando cheguei nela vi, pendurado em duas pontas da corrente, o familiar triângulo vermelho: MINAS. Qualquer dúvida que eu tivesse – vinda das histórias do meu avô, da minha própria sanidade, da escuridão selvagem da caminhada – caiu por terra, e tive certeza de estar seguindo o homem sem morte, certeza de que a loucura que veio ao encontrá-lo, o tipo de loucura que podia fazer meu avô amarrar uma pessoa a um bloco de concreto e jogá-la num lago, o mesmo tipo que me forçava a jogar a mochila sobre a corrente e descer de quatro engatinhando por um campo minado, levava-me a ficar de pé e continuar.

Então o homem entrou pelo meio das árvores, e fiquei para trás por um tempo, não sabendo se deveria segui-lo. Ele podia se esconder, percebi, atrás de uma árvore e me ver tateando ao redor no escuro, depois pegar-me na encruzilhada quando eu pisasse em algo que achasse inócuo e terminasse numa explosão de sangue.

Ou eu poderia me perder no bosque e ficar lá até de manhã. Mas tinha vindo até ali, então segui, na completa ausência de luz, no silêncio mortal dos pinheiros de troncos grossos, folhas afiadas, chegando mais perto. Estava ofegante, percebi, porque o morro era íngreme e a água segurava meus movimentos. Tentei me silenciar, para que o homem não me ouvisse enquanto estávamos no bosque. O leito do rio serpenteava nos pinheiros e meus pés escorregavam nas rochas molhadas e nas plantas que se depositavam lá; as pinhas estalavam e se embaraçavam na frente dos meus sapatos, fazendo barulho demais. Eu continuava na expectativa de erguer o olhar e ver que chegara ao homem repentinamente, ou que ele havia parado e esperava por mim. Não podia ver nada naquela escuridão, mas podia visualizá-lo claramente em pensamento, de pé, com seu chapéu e o pequeno jarro, impaciente, olhando para mim, com seu rosto inclinado de nariz grande e pontudo, olhos sem perdão, e o sorriso persistente de que falara meu avô.

Quando saí da floresta, eu o perdera. O leito do rio se tornara uma trilha seca, vazia, gramada, erguendo-se bruscamente morro acima, e me esforcei, com a ajuda das mãos, para me equilibrar.

No topo, o chão se nivelou em algum tipo de campo, e lá estava uma pequena ponte de pedra que se erguia sobre o córrego; fui à margem e a cruzei. Do arco, podia ver as casas, o contorno de casas abandonadas nos dois lados do leito seco do rio, bloqueadas aqui e ali pelas densas coroas farfalhantes de árvores que eram bem diferentes das árvores no bosque pelo qual eu havia acabado de passar. Ocorreu-me que essa devia ser a vila que frade Antun mencionara, aquela que as pessoas abandonaram para viver mais próximo do mar depois da Segunda Guerra Mundial. A primeira casa a que cheguei estava à minha esquerda e se distanciava das demais. Tinha fachada redonda, com o que parecia ser uma pequena fenda na janela do andar superior, agora sem telhado, com janelas de vidros quebrados, a grama do campo entrando, alta bastante para tocar três ou quatro venezianas penduradas nas dobradiças.

O homem que eu havia seguido podia ter entrado na casa, podia estar olhando para mim da escuridão das janelas vazias. Eu não via nada lá dentro, e passei lentamente por essa casa, olhando sobre o ombro. Parte do muro ao redor da casa estava quebrada, e havia uma área pavimentada lá dentro que levava a algum lugar parecido com um jardim. O homem sem morte também podia estar lá, pensei, mas, se estivesse, eu não queria encontrá-lo.

A próxima casa ficava à minha direita, sombreada por grandes árvores, e percebi que já fora uma hospedaria de dois andares. Uma grande escadaria de pedra ziguezagueava pela frente do prédio, e floreiras vazias se penduravam no corrimão. A longa varanda do segundo andar outrora suportara uma treliça com vinhas, mas agora tinha apenas varetas enferrujadas que se espetavam antes de sumir no telhado parcialmente derrubado.

O resto das casas estava apertado pelo leito do córrego, bocejando em sombras, e andei pela lateral, primeiro encarando uma margem, depois outra, passando por arcos em ruínas e pilhas de venezianas quebradas, por camas de palha, pátios desertos com baldes e ferramentas de jardinagem carregadas de ferrugem, com a grama crescendo ao redor. Passei pelo que parecia ser uma varanda aberta num restaurante aninhado entre as esquinas de dois prédios; havia algumas mesas e cadeiras espalhadas pelo chão de pedra e, para minha surpresa, uma única cadeira de plástico, na qual dormia um enorme gato, silencioso e parado, o pelo cinza brilhando à luz da lua.

Eu tentava me lembrar – como se precisasse daquele tipo de pensamento naquele momento – das histórias particulares sobre os espíritos da montanha, os que viviam nos campos e bosques e existiam apenas para o prazer de enganar viajantes idiotas. Meu avô certa vez me contou de um homem em Sarobor que tinha subido o morro atrás de sua ovelha e acabou comendo numa casa cheia de mortos. Encontrou a casa ao seguir uma garotinha com chapéu branco, depois revelada não uma menina, mas algo malicioso e impossível de esquecer, algo que o mudou, o perturbou até a morte.

À minha frente o leito do rio seguia por uma descida inclinada e desembocava numa trilha serpenteando no vale abaixo. Havia algumas últimas casas agrupadas ao redor da curva na estrada, diante do mato crescido novamente em moitas e, entre elas, descendo a trilha de lado para não escorregar, vi uma casinha de pedra bem pequena, com um portal erguido numa porta verde muito, muito baixa, a única que se mantinha inteira em toda a vila vazia, e entre a porta e o chão vi luz.

Em qualquer outra noite, eu teria dado meia-volta e seguido pelo caminho por onde vim. Mas em qualquer outra noite eu não teria nem chegado lá. O homem que eu seguia, disse a mim mesma, tinha entrado naquela casa; a não ser que estivesse parado atrás de mim, a não ser que estivesse me observando desde que cheguei à vila. Aquele pensamento já bastou para me fazer subir pela escadaria de pedra rachada. Demorou algum tempo para abrir a porta, mas consegui e entrei.

Você é Gavran Gailé, eu ia dizer. Então, o que fosse para acontecer, aconteceria.

*

– Olá, doutora.

– É você.

– Claro. Venha, doutora. Entre. O que está fazendo aqui? Venha, feche a porta. Sente-se, doutora. Isso é muito feio. Você poderia ter se machucado, ter se perdido. Não percebi que você estava me seguindo.

– Eu te vi no vinhedo.

– Bem, não notei, não percebi. Eu teria parado e feito você dar meia-volta. Venha à lareira. Sente-se, vou abrir espaço.

– Tudo bem. Fico de pé.

– Deve estar cansada. Por favor, sente-se; aqui, sente-se bem aqui. Vou tirar estas coisas. Eu pretendia arrumar o lugar, mas nunca dá tempo. É sempre tão tarde. Venha, sente-se. Não se importe com as flores, só as tire do caminho e se sente.

– Não quero invadir.

– Pode trazer as flores mais para perto, doutora, mais perto do fogo. O fogo as seca mais rápido.

– Desculpe-me.

– Quanto mais rápido elas secarem, menos cheiram. E, como você vê, eu não as jogo fora. Está com frio, doutora?

– Eu devia voltar.

– Isso está fora de cogitação. Você deve esperar. Precisamos terminar aqui.

– Cometi um erro.

– Mas está tudo bem agora, e vai ficar. Você está aqui, está segura. Vamos caminhar juntos de volta. Venha, coloque estas moedas no barril para mim.

– Meu Deus. Quanto é isso?

– Havia mais, antes.

– Eu nem reconheço parte desse dinheiro.

– Parte dele é de antes da guerra. Parte até mais antiga.

– O que é este?

– Este é bronze romano, os morros estão cheios de moedas assim. Pode não significar muito para você, mas ainda é pagamento para os mortos.

– O que você vai fazer com isso tudo?

– Doar. Não é bonito dar o dinheiro dos mortos para os vivos. Mas é uma vergonha deixar aqui quando poderia fazer bem para alguém.

– Talvez você tenha de arrumar mais espaço.

– Seus pés estão nos desenhos, doutora. Deixe-me tirá-los.

– Desculpe.

– Preciso encontrar outro lugar para colocá-los, algum lugar longe da lareira. Seria fácil eles pegarem fogo. Alguns são bem velhos. Este aqui, veja. O homem que deixou esta pintura já está morto. Tenho trazido moedas de seu túmulo aqui desde o ano passado.

– Você é a *mora*.

– Nem sempre. Havia uma *mora* há mais de cem anos. Daí a guerra veio, e eles não acreditaram em mais nada. Minha esposa não acreditava em nada, ela não pôde acreditar depois do que aconteceu com meu filho. Ela voltava do túmulo dele para casa e dizia: *Os desenhos que as pessoas colocam estão molhados e as cores escorrem por todo canto, e as flores ficam velhas, sujas e fedem, e tudo por quê? Para eu me sentir melhor? Há um buraco no chão, e meu filho está enterrado lá.* Água, doutora.

– Perdão?

– A água, atrás de você. Por favor, para minhas mãos. Uma noite, limpei o túmulo e trouxe as flores e desenhos para cá. Ninguém nunca vem aqui. A maioria das minas se foi, mas eles ainda dizem que é perigoso. Eu não posso jogar fora as coisas do túmulo do meu filho. Talvez até eu mesmo acredite. Quando minha esposa voltou para casa na noite seguinte, foi como se alguém lhe tivesse cochichado um segredo. Ela me perguntou se eu tinha visto o túmulo. Estava limpo e claro, e ela ficou ao lado dele e sentiu que nosso filho estava em paz. Mãos humanas, ela diz, não tinham limpado o túmulo. Foi a *mora*. Ela sabia disso bem dentro dela. Então, voltou e pôs moedas, e o que eu poderia fazer além de trazê-las aqui?

– Mas isto tudo não é de um túmulo só.

– Não. Logo havia pessoas colocando moedas nos túmulos de todos os seus amados. Deixando flores, roupas, às vezes comida. Eles mantêm os mortos seguros e bem alimentados, assim confortam a si mesmos. Às vezes subo aqui com sacos cheios, e a caminhada é dura. Terra sagrada, eles dizem. Deixem algo para os seus mortos aqui e chegará a eles. A *mora* vai levar.

– E ninguém sabe?

– Alguém sempre sabe, doutora. Mas eu ficaria feliz se fosse só você, se só você soubesse.

– Ninguém da vila? Seu filho não sabe?

– Se há gente que sabe, é do tipo que não diz o que sabe. Alguém já deve saber neste momento. Não que sou eu, talvez, mas eles devem saber. E ainda assim continuam mandando as coisas. E continuo a trazê-las para cá. Você não vai contar para a minha esposa, doutora? Não vai, não é?

Ele nem precisava perguntar. Eu soube há muito tempo que algumas histórias é melhor guardar para si mesma.

Gente que fala da morte do meu avô agora fala dos meninos de Zdrevkov, da mina terrestre que arrancou suas pernas e destroçou seus corpos. No almoço dos médicos, fico sabendo que os velhos fizeram as suas homenagens, admiravam meu avô, abatido e com a pele acinzentada, imbatível diante de uma doença que escondia como vergonha. Ele abandonou todos e viajou centenas de quilômetros para salvar a vida dos meninos. Como contei para Zóra, sempre que ela liga do Instituto de Neurologia em Zurique, em pânico nas altas horas da madrugada – cada vez com mais frequência, agora que seu filho chegou à idade em que entende melhor os objetos enfiando-os no nariz –, o fato de os meninos em si não terem sobrevivido não aparece nos relatos.

O conhecimento dos médicos não se estende ao conteúdo do saco de pertences do meu avô, ou à maneira como eu o trouxe para casa e o entreguei a minha avó dois dias depois do velório, ou ainda como ficou na mesa do corredor por trinta dias, fazendo-a pensar que uma parte do meu avô ainda estivesse conosco, sentada silenciosamente ali, só pedindo semente de girassol.

Deixando espaço para quaisquer erros de cálculo que fiz sobre sua morte, no décimo quarto dia minha avó abriu o saco do hospital – antes de tirar o pijama de seda debaixo do travesseiro, antes de guardar seus tamancos. Quando voltei do hospital para casa naquela noite, vi-a como viúva pela primeira vez, a viúva do meu avô, sentada silenciosamente em sua poltrona verde, com seus pertences no colo, arranjados numa lata de biscoitos. Sentei-me num banquinho ao lado dela e a vi passar por eles. Minha mãe já estava lá. Por um longo tempo, ninguém disse nada, e havia apenas as mãos da minha avó com seus dedos macios e anéis grandes; então minha avó disse: "Vamos tomar um cafezinho", e minha mãe foi passar o café, dando espaço para minha avó discordar dela, corrigir sua técnica, apontar o óbvio: "Não coloque essa panela aí, use a prancha, pelo amor de Deus".

Claro que nunca contei a ninguém sobre o quarto incendiado na vila abandonada, a mesa quebrada e o barril transbordando de moedas, o carpete de folhas mortas, fileiras de jarros e garrafas – argila e porcelana, vidro e pedra, bocas cheias de cera e rolhas e tampas quebradas ou faltando –, oferendas vazias, com teias de aranha presas nas garrafas e jarros. O incêndio tinha posto sombras nos cantos e beiradas, e todos os jarros e garrafas cantavam, e as pinturas de Bis ficavam empilhadas como papiros junto à parede, e eu, tendo prometido não contar e exigindo uma promessa similar em troca, ajoelhei-me para abrir o saco em segredo, absolvida por um cômodo que, para o resto do mundo, não existia.

No saco encontrei sua carteira e seu chapéu, suas luvas. Encontrei seu jaleco de médico, dobradinho ao meio. Mas não vi *O livro da selva*, pelo qual procurei em luto naquele quartinho sobre Brejevina. Levei um longo tempo para aceitar que havia sumido, desaparecido completamente, saído de seu casaco e da nossa casa, das gavetas em seu escritório e das prateleiras da sala.

Quando penso no último encontro de meu avô com o homem sem morte, visualizo os dois numa conversa casual, sentados juntos na varanda daquele restaurante em Zdrevkov, com *O livro da selva*, o termo da aposta, fechado na mesa entre eles. Meu avô em seu melhor terno, e o homem sem morte o leva para fora, não para uma xícara de café, mas para uma cerveja, uma longa risada antes de fazerem juntos a jornada pelas encruzilhadas. Pela primeira vez no longo tempo em que se conheciam, eles não estavam sozinhos, e passam despercebidos, dois homens pelos quais se poderia cruzar na rua sem dar uma segunda olhada. Eles têm o comportamento confortável de velhos amigos, de duas pessoas pelas quais a vida passou. Para o homem sem morte, é mais do que uma vida, mas nunca se saberia disso ao olhar para ele. De acordo com as descrições do meu avô, ele é um jovem aos noventa e cinco anos, e ainda será um jovem muito depois dos quarenta e cinco dias do meu avô, e provavelmente depois dos meus.

Os poucos médicos que podiam ter rido do livro que meu avô sempre carregava no bolso provavelmente imaginariam que ele foi perdido, ou roubado em Zdrevkov, trocado em algum lugar na jornada de um homem a caminho da morte. Mas o livro se foi – não foi perdido, nem roubado, apenas se foi –, e para mim significa que meu avô não morreu como uma vez disse que os homens morrem, com medo, mas com esperança, como uma criança, sabendo que encontraria o homem sem morte novamente, certo de que pagaria sua dívida. Sabendo, acima de tudo, que eu iria procurá-lo e encontraria o que ele deixara para mim, tudo o que restava d'*O livro da selva* no bolso do seu jaleco de médico, aquela página dobrada, amarelada, arrancada do fim do livro, com um punhado de pelos grossos, ásperos, enfiados dentro. *Galina*, diz a letra manuscrita do meu avô, acima e abaixo do desenho de criança de um tigre, que está curvado como a lâmina de uma cimitarra na página. *Galina*, diz, e é assim que sei como encontrá-lo novamente, em Galina, na história que ele não me contou, mas talvez tivesse desejado fazê-lo.

Um dia saberei o suficiente para contar a mim mesma a história da infância do meu avô. Mas não vou explicar o que aconteceu com o tigre e sua esposa. Acho que é fácil explicar. Seria simples imaginar a razão da ligação entre eles; ele só era metade selvagem em sua domesticação parcial, e tinha saudade, sem ter capacidade de articular isso, da companhia e previsibilidade da vida na fortaleza. Por mais que tenha aprendido a cuidar de si mesmo, sua vida como tigre foi maculada desde o nascimento – talvez a grande e mortal luz de Shere Khan que meu avô acreditava tivesse sido extinta. Ele tinha sido entorpecido pelas circunstâncias, e era-lhe mais fácil sucumbir que ser alimentado por uma mão. É possível reduzir a ligação do tigre a algum acidente previsível da natureza, torná-lo misterioso como um urso revirando uma pilha de latas de lixo; mas este não é o tigre do meu avô, não é o tigre pelo qual meu avô carregava *O livro da selva* no bolso todo dia pelo resto de sua vida, o tigre que meu avô manteve ao seu lado durante a guerra e nos longos anos em que ele e Mãe Vera lutaram na Cidade, e durante os seus estudos; o tigre que estava com ele quando conheceu a minha avó e lecionou na Universidade, e quando encontrou o homem sem morte; o tigre que ele carregou para Zdrevkov.

Pode-se dizer também que a menina era jovem e tola e, por um tempo, foi incrivelmente sortuda. Este era o seu maior dom, apesar de tudo estar contra ela, de encontrar um tigre que não era totalmente tigre, de vê-lo face a face na primeira vez, de, por alguma forma, carregar o mesmo cheiro de um velho tratador e despertar alguma lembrança perdida. Mas isso também seria simplificar demais as coisas.

Talvez seja suficiente dizer que ele gostava da sensação da mão dela entre seus olhos. Ela gostava do cheiro do seu pelo quando se encostava nele para dormir.

No final, não posso dizer quem ou o que ela era. Não posso dizer ao certo o que aconteceu com Luka, mas inclino-me ficar do lado daqueles de Galina, segundo os quais ele acordou depois de ter deixado a menina amarrada na casa de defumação para o tigre e a encontrou ajoelhada aos pés da sua cama, seus pulsos esfolados, segurando a arma do ferreiro na boca.

Se a situação fosse diferente – se o povo de Galina tivesse consciência do seu próximo isolamento efêmero, de que era apenas uma questão de tempo até a guerra se adensar ao redor –, sua visão do tigre e da noiva poderia ter sido mais superficial. *Não é estranho*, eles afirmariam, *aqui há um tipo de história de amor*, e daí iriam para outro tipo de alcovitagem. Mas eles ligaram sua dor ansiosa à da menina, evitando assim olhar além dela para o que estava por vir. Depois da sua morte, o tempo deles com ela se tornou uma lembrança uniforme que os carregou pela primavera, pela chegada dos alemães com seus caminhões e, depois, pela chegada da ferrovia, que os aldeões tiveram de construir; e, afinal, o trem, o chocalho e a tosse dos trilhos que os acordavam de noite e toda vez eles pensavam: *não pare aqui, não pare*), e ainda mais do que isso.

Quando se pergunta ao povo de Galina hoje "Por que você não deixa seus filhos saírem depois que escurece?", as respostas são vagas e desconfortáveis. Dizem: *Para que sair depois que escurece? Não dá para ver nada, não há nada além de perigo. Por que deixaríamos eles por aí, fumando cigarro, jogando dados, quando há trabalho para fazer de manhã?* Mas a verdade é que, pensem nele ou não, o tigre está sempre por lá, em seus movimentos, no seu discurso, nos gestos preventivos que se tornaram parte da vida cotidiana. Está lá quando os cervos vermelhos descem da montanha, e quando o vale todo tem cheiro de medo; está lá quando encontram carcaças de veados abertas e devoradas, as costelas vermelhas bem destacadas da pele, e se recusam a falar disso um ao outro. Estão cientes, o tempo todo, de que o tigre nunca foi encontrado, de que nunca foi morto. Os homens não saem para cortar lenha sozinhos; há um forte consenso contrário a virgens que cruzam o pasto na lua cheia à noite, mesmo que ninguém esteja realmente certo das consequências.

O tigre morreu lá, eles se convenciam, morreu de fome em sua solidão, caminhando pelos penhascos, esperando por ela. Murchara, enrugado como uma casca, caído em algum lugar, vendo os corvos à espera da sua morte. Ainda assim, na maioria dos verões, meninos levam as ovelhas ao penhasco e esperam que o som de seus sinos tire o tigre do seu esconderijo. Quando chegam a uma clareira, a algum lugar que parece ser o que procuram, eles cobrem as orelhas com a palma das mãos e o chamam, tentando fazer um ruído mais parecido com o de um animal do que com a voz humana, mas o som que sai deles só parece com eles mesmos, e nada mais.

Entretanto, há em Galina, e sempre houve, um lugar no qual as árvores são finas, um espaço amplo em que as árvores não cresceram e a luz irrompe, manchando a neve. Há uma caverna ali, uma ampla fatia lisa de pedra onde o sol sempre bate. Meu avô tigre vive aqui, numa clareira da qual o inverno não vai embora. Ele é o caçador de veados e porcos, luta com ursos, faz-se uma grande fonte de confusão para o lince, é um extasiado admirador das cores dos pássaros. Esqueceu o forte, as noites de incêndio, sua longa e difícil jornada para a montanha. Tudo permanece morto em sua memória, exceto a noiva do tigre, pela qual, em certas noites, ele chama, emitindo aquela nota firme que despenca. O som é solitário, grave, e ninguém o escuta mais.

AGRADECIMENTOS

Tenho uma dívida eterna com:

Meus pais Maja e Jovan, cuja fé não tem fronteiras e nunca falha; meu irmãozinho Alex, o melhor ilustrador do mundo; minha avó Zahida, sólida como uma rocha.

Dr. Maša Kova evi – minha companhia de viagem, das fraldas às dentaduras –, cuja tolerância por ligações tarde da noite foi indispensável para completar este livro, e cuja esperteza e sabedoria me reconectaram com minhas raízes.

Alexi Zentner, que é uma força da natureza em cada vida que toca. Viajamos tão longe, nós dois.

Parini Shroff, por me dar o presente de aniversário que me colocou no caminho certo novamente e cujo amor me mantém, levantando-me mais alto.

Meus professores: Patty Seyburn, cuja fé me fez ir em frente; Alison Lurie, por sua gentileza; Stephanie Vaughn e Michael Koch, por sua generosidade; J. Robert Lennon, por seu entusiasmo. Ernesto Quiñonez, por insistir que não era uma questão de "se", mas de "quando", por seus ataques de risada e por *Cosmos*.

Meu agente Seth Fishman, por apostar em mim, por ter todas as respostas e por ser meu amigo.

Meu editor Noah Eaker, cuja voz foi a luz que me guiou nos últimos dois anos e por acompanhar minha crença de que apenas mais cinco minutos fariam a diferença; Arzu Tahsin, que é impressionante; Susan Kamil e Jynne Martin, por me fazerem sentir em casa na Random House.

Branden Jacobs-Jenkins, Deborah Treisman, Rafil Kroll-Zaidi e C. Michael Curtis, cujo apoio e bondade continuam a me impressionar; Judy Barringer e todo mundo na Constance Saltonstall Foundation for the Arts.

Tricia, que é da família, por ler meu trabalho desde que tenho dez anos. Amigos e amados, da Califórnia a Nova York: Jared, sobre quem penso que ainda posso crescer para ser igual algum dia; David, que sempre sabe do que estou falando, não importa quão obscura seja a referência; Danielle, que altera a realidade; Colleen, por saber o que dizer, sempre; Christine, ainda a pessoa mais generosa que conheço; Jay, que está sempre comigo; Yael e a incrível família Zentner – Laurie, Zoey e Sabine –, que não são de fato uma banda de rock, apesar de soarem como uma aqui.

Nada disso seria possível sem vocês.

Este livro foi composto em Electra LT Std
para Texto Editores Ltda.
em agosto/2011.